狂王の庭

小池真理子

角川文庫
13934

禁色《きんじき》と黄金の想いを
抑制するがよい、
瞼を閉じよ
リラの樹の下で
そしてふたたび
真昼の夢に耽《ふけ》るがよい。
（シュテファン・ゲオルゲ「架空庭園の書」富岡近雄訳より）

『ゲオルゲ全詩集』（１９９４年、郁文堂刊）より。

【陣内家・久我家　系図】

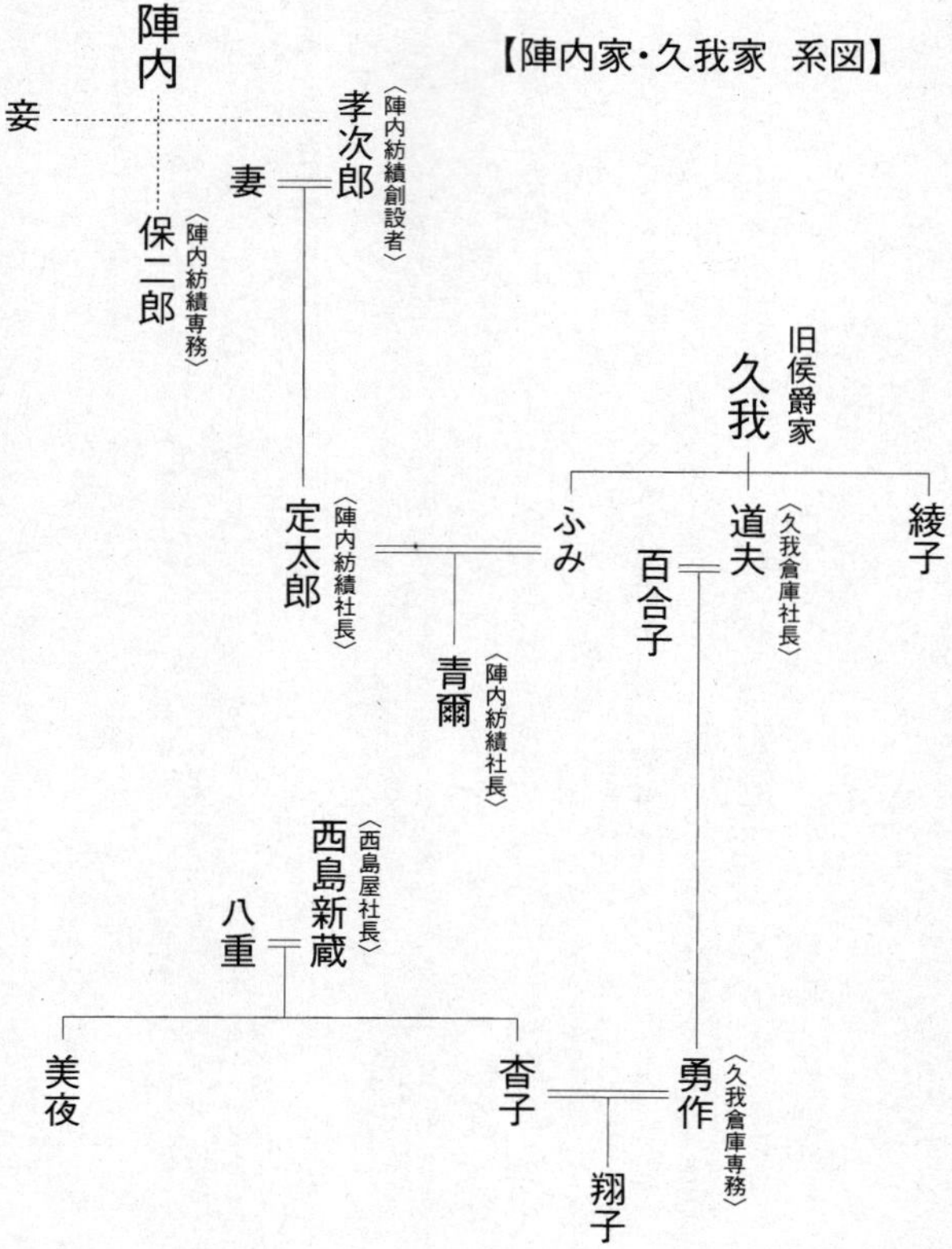
陣内
妾
孝次郎
〈陣内紡績創設者〉
妻
保二郎
〈陣内紡績専務〉
旧侯爵家
久我
定太郎
〈陣内紡績社長〉
ふみ
道夫
〈久我倉庫社長〉
百合子
綾子
青爾
〈陣内紡績社長〉
西島新蔵
〈西島屋社長〉
八重
美夜
杳子
勇作
〈久我倉庫専務〉
翔子

序

鎌倉の地に、高級日本料理店〝扇亭《おうぎてい》〟が店開きしたのは戦後まもなくのことであった。昭和初期、とある財閥の別荘として建てられた数奇屋《すきや》造りの建物をそのまま使った料亭である。料理はもちろんのこと、座敷の設《しつら》えが風雅きわまりないというので、店はたちまち、時の風雲児たちの間で話題になった。経済人、文化人たちの秘密めいた会合に頻々《ひんぴん》と利用され始め、噂が噂を呼んで、東京からやって来る政治家たちの密談に使われたこともあった。

だが、それも昭和五十年を過ぎる頃までの話に過ぎない。以後、客層は次第に変わり、女将《おかみ》をいたずらに緊張させるような客は殆《ほと》んどいなくなった。今ではもう、いっときの贅沢《ぜいたく》を味わおうとする一般客にのみ、愛され、親しまれている。

古刹《こさつ》の多いこの土地にも、近年、新しい建物が続々と立ち並んだ。観光でそぞろ歩く人々の姿ばかりが目立ち、かつての面影は次第に失われつつある。そんな中、扇ガ谷《おうぎがやつ》の一角だけは、未《いま》だ変わらぬ静謐《せいひつ》さが保たれており、扇亭はその緑濃い谷戸の奥に、今もひっそりとした佇《たたず》まいを見せていた。

広い日本庭園は充分に手入れが施されていて、どの座敷からでもその隅々までを見渡すことができた。春には桜やシャガの花が、夏には紫陽花《あじさい》や百日紅《さるすべり》、秋には萩や紅葉、そして冬には白梅や寒椿が庭のどこかに彩りを添え、いずれの季節に出向いても、客が庭園の眺めに退屈を覚えることはなかった。

平成十三年四月、近隣の菩提寺《ぼだいじ》で執り行われた久我《くが》杳子《ようこ》の三回忌法要の後、参列者が一堂に会したのもこの、扇亭であった。

久我杳子は、翔子《しょうこ》という名の娘を残していた。その年の誕生日を迎えると、翔子も四十六歳になる。法要の後の会食の席として扇亭を選んだのは、翔子よりも五つ年上の夫、梶《かじ》原《わら》であった。

梶原はもともと、翔子の父、久我勇作《ゆうさく》が経営する株式会社久我倉庫に勤務していた。早くからその豪放磊落《らいらく》な仕事ぶりが勇作の目に止まり、気にいられて頻々と自宅に招かれているうちに、翔子を見初めた。正式に結納が交わされたのは、交際を始めてから二ヶ月目。その半年後にはもう、二人は大勢の人々の祝福を受けながら華燭《かしょく》の典を挙げているという素早さだった。

結婚後、梶原は若くして営業課長から営業部長へと、目ざましい昇進を重ねた。社長に取り入って生涯の安泰を得た男、などというつまらない陰口を物ともせず、社長の娘婿という立場に臆《おく》することもなく、梶原は勇作のよき片腕であり続けた。

「鎌倉なら扇亭だよ」と、その種の贅沢な店なら、誰よりもよく知り尽くしている梶原は妻に向かって言った。なに、昼間の数時間のことでもあるし、どうせ年寄りと子供ばかりなんだから、料理を食うと言っても鳥が餌をつつくようなもんだろう、大酒飲みは僕ぐらいなもんだし、高くつくほどのことでもないよ、だいたい、お義母《かあ》さんはああいう店が嫌いではなかったはずだしね、亡くなるとわかってたら、連れてってやったのに、残念だよな……そんなふうに息まいて、梶原はさっさと予約を取り付けてきたのだった。

自分は長生きをする、と決めてかかっていた久我勇作が、脳出血に倒れて呆気《あっけ》なく他界したのは六年前。まるでずいぶん前からそう決めていたかのように、その翌年、杏子はそれまで暮らしていた成城の高級マンションを処分し、鎌倉に小さな古家を買い求めた。以後、亡くなるまでの三年間、東京に住む娘夫婦の家を訪れることもなく、めったに人と会うこともないまま、杏子は一人静かに鎌倉の地を愛《め》でながら暮らした。

大正十年生まれの女性にしては、幸運にも思春期の戦争体験が、その人生にさして大きな傷痕《きずあと》を残すことにはならなかった。そればかりか、満足のいく教育を受ける機会にも恵まれ、旧華族で、皇室とも縁の深い久我家の長男坊の妻におさまって、その生涯はまことに波瀾《はらん》のない、人も羨《うらや》む穏やかなものであった。

若い頃からよく本を読み、暇さえあれば紙に散文とも詩ともつかないものを書きつけていた。典型的な文学少女で、文章も舌を巻くほど達者であった。小説でも書いてみればいい、と奨《すす》めた人も何人かいた。だが杏子は笑うばかりで聞く耳を持たなかった。

音楽や絵画にも精通していた。晩年には俳句や短歌もたしなんだ。家のそこかしこに清《せい》楚《そ》な花を活《い》け、香を薫《た》き、古い着物を背筋を伸ばして着こなして、老いてからの古都での侘《わ》び住まいも、傍目《はため》にはきわめて風雅なものに映った。

だが、娘である翔子には、母がいつも何かしら、自分を取りつくろって生きているようにも見えた。何かを隠している、というわけでもなさそうなのに、心の扉には厳重に鍵《かぎ》がかけられていて、誰も中に入ることができない……そんな印象を抱くこともあった。

反面、母は人が集まった席では陽気にふるまって、居合わせた面々を楽しませる努力を惜しまなかった。誰とも真に心を割って話したがらなかったくせに、きわだって多感であり、何かというと感情に突き動かされて、涙ぐむような一面もあった。

身体の内に、人知れず孤独を飼い馴《な》らし、孤独をこそ愛してきたように見えながら、それでも誰かと会うと、母はいつも満面に笑みを浮かべた。母の笑顔は柔らかく、気品があって、春の昼下がりのように、のどかで優しかった。

翔子は今も、母を思い返す時、母その人ではない、母の顔に拡がった、凪《な》いだ海のような穏やかな笑みを真っ先に思い浮かべる。流れ去った時間が母に与えたのかもしれない、悲しみや悦《よろこ》び、諦《あきら》めや熱情、烈《はげ》しかったものの痕跡は何ひとつ見えず、母はただ、初めからそうだったように、翔子の記憶の中で無言のまま、柔らかく微笑み続けているだけなのである。

よく晴れた四月の午後、扇亭の座敷には三十名を超す人々が集まっていた。

庭の桜の古木が見渡せる座敷であった。前夜の雨ですっかり散ってしまった桜の花びらが、濡《ぬ》れた地面に貼りついて、座敷から眺める客の目には、それが巨大な友禅の帯に描かれた、流れる白い絵模様のように映った。

座敷の設《しつら》えはもとより、絶妙なタイミングで運ばれてくる料理はどれも美味だった。女将の立ち居振る舞いにも、老舗《しにせ》ならではの気配りがこめられていて、法要の後の会食の席としては、まことにふさわしい場所であったことを、翔子は改めて思い知らされた。

夫の梶原はと言えば、早くも胡坐《あぐら》をかいて寛《くつろ》ぎながら、手酌で酒を飲み始めていた。夕刻までには東京に戻り、そのまま新幹線で仙台に行かねばならない、と聞いていたが、梶原が酒を飲むことを加減しているようには見えなかった。

梶原の隣には、母の嫁ぎ先である久我家の面々の顔が並んでいる。翔子がよく知っている顔もあれば、母の告別式で初めて知った顔もある。自分の結婚披露宴の時のみならず、父、勇作の告別式の際、こんなにも両親には親類縁者筋が多かったのか、と翔子は驚かされたが、その感想は今も変わっていない。

コの字型に並べられた膳《ぜん》の反対側……久我家の面々と相対する側には、西島家の人間の顔が見える。西島は、亡き母の旧姓である。母、杏子の父親で翔子の祖父にあたる男は、長野県松本市にある大きな老舗の味噌《みそ》屋「西島屋」の長男坊だった。江戸時代からある味噌屋だったが、祖父は娘たちに男と同等の教育を受けさせることを望むような、徹底してハイカラ志向の男だった。

西島家の面々の中に美夜《みや》の顔がある。母の妹である。もう六十九になったはずだが、その清楚な美しさは変わらない。

濃い紫地に鈍色《にびいろ》の細かい文様の入った着物を着ている。昔から伏し目がちに、とりとめのない笑みを浮かべ、楽しいのか楽しくないのか、と問われれば、楽しいですよ、としか答えない、そんな人だった。今も誰とも喋《しゃべ》らずに、膳の上のものに少しずつ箸《はし》をつけ、時折、濡れ縁の外に拡がる庭園を眺めては、誰にともなく微笑んでいる。

美夜の隣には、美夜の双子の娘がいる。二人とも翔子より若い。それぞれ一人ずつ美夜にとっての孫を連れ、賑《にぎ》やかである。

男孫は小学校にあがったばかり。女孫は小学四年生である。躾《しつ》けが行き届いているのか、孫たちは二人ともおとなしく、礼儀正しい。

梶原が、徳利を手に立ち上がって、美夜の夫、益岡の隣に行った。男二人は酒を酌み交わしながら、何事か熱心に話に興じている。

益岡は七十一になる会社経営者である。経営状態は良好で、未だかつて、その羽振りのよさに影がさしたことは一度もない。年齢よりも遥《はる》かに若く見え、つい最近までは女遊びも盛んだったと聞く。

美夜は若い頃、一度、結婚に失敗し、益岡に強く請われて再婚を決意した。益岡が美夜を見初めた際の熱心さは、一族の間では有名な語り種《ぐさ》になっているほどである。だが、前の結婚について、美夜はあまり詳しいことを語りたがらなかった。母もまた同様で、翔子が知っていることと言えば、美夜のその結婚生活がわずか一年にも満たない、不幸なものであった、ということだけである。

益岡が何事か梶原の耳に囁《ささや》き、梶原がさも愉快そうに笑い声をあげた。そうやって並んで酒を飲んでいると、その表情といい、過剰な自信を窺《うかが》わせる目つきといい、親子のように二人はよく似ている。

美夜の孫たちが立ち上がり、濡れ縁に出て行った。沓《くつ》脱《ぬ》ぎ石には二足の草履が置かれてあった。それが大人用だったにもかかわらず、子供たちは競うようにして草履に足を入れ、振り返ってそれぞれの母親の顔を見た。「ねえ、ママ。ちょっとお庭に出てもいい？」いいけど、と美夜の双子の娘たちは口々に言った。「転んでお洋服、汚さないようにね」はあい、と子供たちは甲高い声をあげた。それを合図にしたかのように、居合わせた人々が一斉に、思い思いに足をくずして寛ぎ始めた。

扇亭の女将が、柔らかな笑みを浮かべながら座敷に入って来たのは、その時である。ほつれ毛もなく丁寧に結い上げた灰褐色の髪に、藍染《あいぞ》めの着物姿がよく似合う。亡くなった母よりも少し若い。体質なのか、肉付きの悪い女だったが、きびきびとした動きが未《いま》だに艶《つや》めいた気配を漂わせる。

女将は音もなく畳の上をすべるように歩いて翔子のもとにやって来ると、優雅に膝《ひざ》を折って翔子に耳打ちした。

「お客様がおみえになってらっしゃいますが」

客、と言われてもぴんとこなかった。法要に参列した人間は、一人残らず扇亭に集まっている。翔子がここに来ていることを知っていて、訪ねて来るような人間の心あたりはなかった。

「変ね。皆さん、全員揃ってるはずなんですけど」

翔子がそう言うと、「これを」と女将は着物の痩《や》せた胸元から一枚の名刺を取り出して、翔子に手渡した。「これをお嬢様にお見せすればおわかりになる、と」

渡された名刺は安手の紙を使ったものだったが、女将の胸元に入れられていたせいか、そこからはかすかに香の匂いがたちのぼった。名刺には、「鈴原工務店　鈴原幸夫」とあった。

なんだ、と翔子は少女めいた声をあげた。「鈴原さんじゃない」

女将は婉然《えんぜん》と微笑んだ。「いかがいたしましょう」

「お誘いしてたのに、遠慮していらっしゃらなかった方なんです。ここに呼んでいただけますか。まだお料理のほう、なんとかなりますよね」

「ええ、それはもう。ですが、なんですか、ちょっとお嬢様にお渡ししたいものがあるだけだから、玄関先でかまわないとおっしゃって……」

「あがろうとしないの？」

「はい」

翔子は短く笑った。「相変わらずね。いいわ、わかりました。私が行きます」

母、杏子が晩年暮らしていた家は、主を失った後、急速に朽ち始めた。母をしのぶつもりもあり、当面、そのままにしておくつもりでいたものの、無人の廃屋を放置しておくのは何かと気がかりなことではあった。

母が愛していた家を取り壊すとなれば、よほどの覚悟が必要だったが、前年の秋、家の隣の空き地で原因不明の火の手があがった。もう少しで母の家に火の粉が飛び移りそうになり危なかった、と消防署から連絡を受けた。翔子は夫と相談した後、取り壊す決意を固めた。

鈴原は、その解体工事の際に世話になった地元の工務店経営者である。鎌倉に移り住んで以来、家のちょっとした修繕など、男手が必要になるたびに母は鈴原を頼りにしていた。根っからの善人ふうの柔らかい物腰が母の信頼をかったらしい。鈴原もまた、そんな母を「久我の奥様」と呼び、季節の新鮮な野菜や魚を届けるなどして、とりわけよく尽くしてくれた。

家の解体工事など、したことがないので勝手がわからない。まして母が暮らした家が取り壊されるのを見届ける勇気もなかった。翔子は鈴原を信頼して、一切の面倒な手続きを任せ、その年の一月、滞りなく古家は解体されたのだった。

扇亭の玄関の、御影石《みかげいし》が黒々と敷きつめられている広い三和土《たたき》に、カーキ色の事務服を着た鈴原が所在なげに立っているのが見えた。

翔子を見つけると、鈴原は弾《はじ》かれたように直立不動になり、深く身体を折って頭を下げた。「皆様お集まりの席に、突然、押しかけたりして……いやどうも、どうしようかと迷ったのですが」

母よりも一回りと少し、年下だと聞いている。小柄だが、筋肉質の頑丈そうな、色黒の男である。事務服の袖《そで》から覗《のぞ》く手も、首も、何もかもが赤銅色に灼《や》けていて逞《たくま》しい。

「ともかくあがってよ、鈴原さん。母も喜ぶわ」

「とんでもございません。こんななりをしてきましたし、まだ仕事の途中で、じきに戻らないといけないもんですから。あのう、それよりも、今日はこれをお嬢様にお渡ししようと……」

鈴原は、小わきに抱えていた濃紺の風呂敷《ふろしき》包みを取り出すと、両手を使って恭しく翔子の目の前に差し出した。

「何？」

「いえね、どうやら奥様が残されたものらしいんです。中を開けてみたわけではないので、はっきりしないんですが」

翔子は風呂敷包みを受け取った。ずしりと重い、固いボール紙を思わせる感触が掌《てのひら》に伝わった。本のようなものが入っている様子だった。

翔子は立ったまま、風呂敷包みの結び目を解いた。中からは、大判の、茶色い事務用封筒が出てきた。

表書きに、赤いマジックペンで大きく、「開封厳禁」と書かれてある。封の部分には何重にも、茶色の布製ガムテープが巻かれてある。テープは変色しかかっていて、端の部分が乾いて小さくめくれ上がっている。

鈴原が依託した解体業者の一人が、解体の際、母が住んでいた家の、天袋の奥に残されていたこの封筒を見つけた。業者が建物の解体を請け負った際、中に放置されたままになっている家財道具などは、建物と一緒に処分してかまわないことになっている。

だが、封筒それ自体がさして古いものでもなさそうなうえ、仰々《ぎょうぎょう》しく「開封厳禁」と書かれてあることが気になった。近々、鈴原を訪ねた時にでも手渡して、判断を仰がなければ、と思い、家に持ち帰ったのだが、彼はその翌日、軽い脳梗塞《のうこうそく》の発作を起こし、倒れて病院に運ばれた。退院できたのはつい一週間ほど前。はたと思い出し、家人を通してこの封筒を鈴原のもとに届けて来たのが、一昨日のことだったという。

「東京のお嬢様のご自宅にお送りしようと思ったんですが、ちょうど奥様の三回忌でもあることだし、法要の後で、お嬢様に直接手渡したほうが、お嬢様も喜ばれる、だなんてね。なんだか、芝居がかったことを女房が言いだすもんですから、つい……」

翔子が黙ったまま、「開封厳禁」の文字を見つめていると、鈴原は慌てたように問いかけてきた。

「それ、久我の奥様が残されたものじゃございませんでしたか」

翔子はゆっくり首を横に振った。「母のものよ。確かにそう。だってこれ、母の字ですもの」

「よかった」鈴原は、ほっとしたように笑顔を作り、ズボンのポケットから白いタオルを取り出して、顔を拭《ぬぐ》った。「なにしろそういう事情だったものですから、お手元にお届けするのがこんなに遅れてしまって、本当に申し訳ありません。何か御大切なものなのでしょうし、それを長い間、お預かりしてた形になって、亡くなった奥様にも申し訳がたたないんですが……まあ、倒れて入院したような人間をあんまり責めるわけにもいかなくてですねえ」

「もちろんよ。この封筒のこと、ちゃんと気がついてくださっただけでも感謝しなくちゃいけないわ。ご病気の後でまた思い出していただけたんでしょう？　こちらこそお礼を申し上げなければ」

「いやいや、お礼だなんて、そんな……」

「母の遺品は、一つ残らず整理したつもりでいたんだけどな。解体工事に入る前に、最後に私が出向いて中を調べた時も、家中、くまなく見てまわったんですよ。もちろん天袋の中も点検したはずなんだけど……全然気がつかなかったわ」

「気がつかれなかったはずですよ。いや、天袋と言っても、ずっと奥のほうのね、手を伸ばしても届かないようなところに押し込まれてたみたいなんです。奥様やお嬢様の背丈じゃ、とっても届かないようなところですよ。きっと奥様は脚立か何かに乗って、手を伸ばして、えいやっ、っていう感じで奥に押し込んでおかれたんでしょうね。そうとしか考えられません」

そうね、と翔子はうなずき、「開封厳禁」と書かれた封筒を何か恐ろしいもの、見てはならないものでも見るような思いで眺めた。

二年前のことが思い出された。死の床に臥《ふ》していた時、母は何かをひどく案じていた。あれが気になるの、あれが心配で仕方がないの、と言うのだが、あれ、というのが何なのか、いくら聞き返しても答えない。猛烈に暴れまわる癌の痛みに耐えかねて、幾本ものモルヒネを打ったあげくのうわ言なのか、と思ってもみたが、必ずしもそうではなさそうなのが気掛かりだった。

腫瘍《しゅよう》が発見された時はすでに末期で、どうにも手のつけようのない状態だったのだが、母はいっとき、医学では説明のつかない、不思議な小康状態を取り戻したことがあった。

その時、母は翔子を前にして、何日ぶりかの晴れ晴れとした笑みを見せた。「記憶がなくなるって怖いわね。どこにしまったのか、全然覚えてないの。あの家の中にあることは確かなのよ。他に持っていくはずはないんだもの。まして盗まれるようなしろものじゃないんだし。でもね、ほんとにどこにしまったのやら、きれいに忘れちゃってて、思い出そうとしても、なんにも出てきやしない。病気のせいね、きっと。頭が馬鹿になってる」

「何の話？」と翔子は穏やかに聞き返した。「どこにしまったのか忘れた、って言う、そのしまったものは何だったの？　アルバム？　指輪？　何か大切なものだったのね？　ね、お母さん、私が探しに行ってあげようか。大きな家じゃあるまいし、隅々まで探せばきっと出てくるわよ」

母は静かに目を閉じ、「ううん、いいの」と答えた。深い呼吸がそれに続いた。「昔のことだから。もういいの」

母と娘がまともな会話を交わしたのは、それが最後になった。母はその翌日、意識不明になり、生死の境を力なく彷徨《さまよ》った後、四日後、静かに息を引き取った。

遺品整理の際、それとなく気をつけていたのだが、それらしきものは出てこなかった。ただの病床でのうわ言か、妄想のようなものだったのだろう、と翔子は思い、そのうち忘れてしまった。

死の床で母が気にしていたのは、これだったのか、と翔子は思った。どうした加減か、何か見てはいけないもの、忘れたままにしておくべきものを見つけてしまったような思いにかられた。

「それでは私はこれで失礼を」鈴原が頭を下げながら言った。「また何か御用がありましたら、ご遠慮なくお申しつけください」

「ありがとう。本当にいろいろとよくしてくだすって、鈴原さんには感謝しています」

「今日はまあ、いいお天気で」開け放されたままの玄関の引き戸の向こうに首を突き出しながら、鈴原は言った。「こういう日、奥様はよく、お一人でお散歩なさってましたっけねえ」

「そう？」

「きれいなショールをはおってねえ。少し色のついた眼鏡、おかけになって。お化粧もきちんとなさって。おしゃれな方でした、ほんとに」

翔子は微笑みながらうなずき、再度、礼を述べた。

帰途、東京駅までの横須賀線の車中、梶原は翔子に、訪ねて来た客は誰だったのか、と聞いてきた。

翔子は「鈴原さんよ」と答えた。「挨拶《あいさつ》に来たの。あがってちょうだい、ってしつこく誘ったんだけど、仕事の途中だから、って遠慮して、全然あがろうとしないのよ。相変わらずだわ、鈴原さん。おくゆかしいんだから」

解体した母の家から、「開封厳禁」と書かれた封筒が出てきたことは口にしなかった。どういうわけか、言えずにいた。

東京駅に到着し、そのまま東北新幹線に乗り換える夫と別れて、翔子は一人、港区内にあるマンションに戻った。夫は仕事でその晩と次の日の晩は仙台に宿泊し、帰宅するのは二日後の夜、という予定になっている。

手を洗い、服を着替え、熱い紅茶をいれてから、翔子はダイニングテーブルに向かった。母の三回忌ということで、携帯電話の電源は切ったままにしておいた。留守番電話をチェックしてみると、仕事に関するメッセージが何件か入っていた。

翔子は航空会社の傘下にある企画代理店に勤めている。主な仕事は、機内誌の編集で、早くもベテランになってしまった。有名人の対談やインタビューなどの他、自分で記事も書く。翔子が何か書くと、文章が上手い、構成が巧みだ、とほめられる。そのたびに、自分の中にも母の血が流れていること、母の文学志向の要素が色濃く受け継がれていることを翔子は感じる。

自宅の電話を使って仕事を済ませ、会社にも連絡して、自分あてに電話がなかったかどうか、確認した。留守中、幾つかのすれ違いも起こってしまったようだが、それは致し方のないことだった。

受話器を置いてから、電話機の留守番電話ボタンを押した。携帯電話の電源を再び切り、バッグの奥底に押し込んだ。どこから電話がかかってきても、もう出ないつもりだった。

すっかり暮れなずんだ外の風景を遮断するかのように、窓という窓のカーテンを引いてまわった。両親の位牌《いはい》をおさめている小さな仏壇に向かい、手を合わせた。

ダイニングテーブルに戻り、冷めてしまった紅茶を入れ替えてから、改めて席についた。「開封厳禁」と書かれた封筒をテーブルに載せ、しばらくの間、じっと眺めまわしてから、ひと思いに封を開けた。

中から出てきたのは、本でもなく、ノートでもない、小型のスケッチブックだった。さほど古いものではない。手垢《てあか》もついておらず、新品同様と言ってもよかった。

表紙と裏表紙とを木綿の紐《ひも》で結び合わせるようになっている。まったく同じものが全部で七冊。それぞれに壱、弐、参、四……と墨文字で古風な番号がふってある。

壱と書かれたスケッチブックの紐をほどき、おそるおそる捲《めく》ってみた。万年筆で書かれた母の文字が、縦書きにびっしり連なっている。急いで書いたのか、文字がすべて斜めに歪《ゆが》んでしまっているページもあれば、一言一言、吟味しながら書いた様子の、ペン習字の手本のように見えるページもあった。あたかも一文字一文字が青インクをたっぷりと吸い上げたかのように、それぞれのページは何かしら重たく感じられた。

はらりと何かがテーブルの上に落ちた。セピア色に変色し、四角《よすみ》が均等に欠けてしまった上、中央に薄い縒《よ》り皺《じわ》が白く斜めに走っている白黒写真であった。

若い頃の母と、もう一人、若い男が写っている。ロココ調の猫脚がついた優雅な肘掛《ひじか》け椅子に、母が腰をおろしている。黒いタキシード姿の男がその後ろに立ち、母の左肩に軽く手を置いている。その指は男のものとは思えないほど繊細で長く、美しい。

母は小花模様がプリントされた、ペチコートつきの七分袖《そで》ドレスを着て、大きなつばのある白い帽子を斜めにかぶり、カメラに向かって微笑んでいる。ドレスの胸元は品よく開き、豊かな乳房の形そのままに、前が大きくせり出している。両手には丈の短い白レースの手袋。白いハイヒールの靴底が、芝生のようなものを踏んでいる。戸外で撮影されたものなのか、あるいは、よくできた書き割りを背景に写真館で撮られたものなのか。

見知らぬ男である。久我家に残されているアルバムや母の遺品の中に、少なくとも翔子が一度も見つけたことのなかった顔である。

椅子の高さ、母の座高との対比からすると、かなりの長身であるらしい。面長でひきしまった顔。一重だが澄んだ大きな切れ長の目。鼻梁《びりょう》は繊細に鋭く、なめらかな唇は美しく厚い。

オールバックに撫《な》でつけられた、光沢のあるやわらかそうな黒髪。形のいい額。猫のようによくしなる腱《けん》を感じさせる、薄い筋肉に被《おお》われているのであろう上半身。そして何よりも、人を射ぬき、魅了するようなその不可思議なまなざし……。

男の謎めいた魅力に包まれるようにして、母はまるで、古い映画の中に出てくる女優のように見えた。その一対の、たいそう魅力的な似合いの男女は、あたかも初めから番《つが》いで生まれてきたかのようでもあった。

翔子はスケッチブックを開き、連ねられた青インクの細かな文字におそるおそる目を落とした。途中、何度か顔を上げ、セピア色と化した写真を眺めた。

……まもなく時が止まった。

1

一九九七年十一月十二日

今日、庭で一枚の絵を焼いた。

あれから四十数年。家族はもちろんのこと、誰の目にも触れさせたことのない絵だった。私自身、最後に見たのはいつだったか。翔子が小学校にあがった時だったか。もっと前のことだったか。いずれにしても、強い感情に突き動かされて、人目をしのび、こそこそと行李《こうり》の奥深く隠しておいた絵を取り出して、飽かず眺めたのは遠い遠い昔のことになる。

油紙とパラフィン紙に何重にもくるまれた絵は、額縁もついておらず、裸のままだった。縦五十センチ、横三十センチほどのもので、剝《む》き出しの画布を裏側で留めた鋲《びょう》には赤錆《あかさび》が浮いていた。行李にしまっておいた間に鼠にでもやられたのか、上の隅のほうに小さな引っかき傷ができていて、指をさし入れると向こう側に突き出すほどの破《わ》れ目になっていた。

夫に見つかったら、どうなっていただろう。改めてそんなことを考えた。夫に追い出されることは怖くはなかった。そうしてほしい、と願ったことさえある。

そこに描かれているのは裸の私である。長い真珠のネックレスを乳房の間あたりで軽く結び、下半身に白い布をまとってはいるものの、それはまぎれもない裸婦像である。おまけに、身体のそこかしこに透けて見える破れ目のようなものから、とめどなく相手に向けた烈《はげ》しい思いがあふれ出ている。絵の中の私の顔には、相手を求める表情しか浮かんでいない。絵は唯一の、私の動かぬ不貞の証《あかし》でもあった。

あの時点で夫がその絵を見つけたとしたら、どうなっていたか。夫は驚愕《きょうがく》し、私をなじり、どういうわけなのか、と詰め寄っただろう。呆《あき》れ果て、怒り、茫然《ぼうぜん》とし、離婚の話を持ち出しただろう。そうなったら私はおとなしく家を出て、あの男のもとに走っただろう。そのうち、世間では噂が飛び交うことになっただろう。杏子は頭が変になった、頭が変になったものだから、頭が変な男と一緒になって、可哀相に、そのうち頭の変な子が生まれるに違いない、と。

そのほうがよかったのか、と思ったこともある。そうなっていればどんなによかったか、と。

私はあの絵を描いた人に恋をしていた。狂おしいほどの恋の焔《ほのお》に焼かれていた。流れ過ぎた時間の果てに、甘ったるい感傷をこめてそう考えるのではない。事実、恋をし続けていたのだ。私の恋は終息に向かうどころか、日毎夜毎、燃え盛って、どうにもしようがなくなってしまっていたのだ。

あの優れて偉大な躁鬱《そううつ》気質の男。病んだ魂の叫びをぶつけるようにして生きた男。戦後まもない混沌《こんとん》とした時代、湯水のように金を使い、自らが造り上げた巨大な庭園の中に逃げ込んで、全世界を支配しようとしていた、天涯孤独の男……。

私の手元に残されることになった、その一枚の絵は、いつか燃やさねばならない、と思っていた。私の死後、誰かがこの絵を見つけると思うといたたまれなかった。

この絵に描かれた女は、誰の目にも私であることがわかる。老いてからの私しか知らない人間ですら、それとなく水を差し向ければ、それが若かった頃の私自身であることに気づくはずである。

いつ死んでも不思議ではないような年齢にさしかかっていながら、あれこれと人々の詮《せん》索《さく》の対象になるであろうものを、後生大事にとっておくべきではない。不思議なものだ。昨晩、いつものようにたった一人の夕食の食卓に向かい、あまり食欲のないままに、朝の残りご飯で作った茸《きのこ》の雑炊をひと口、口に入れた途端、私はふいにそう思いたったのだった。

おかげでよく眠れず、早朝、目が覚めた。よく晴れて、ひんやりとした空気が甘いような匂いを放つ朝だった。身づくろいをしてから庭で落ち葉を掃き集め、真ん中に絵を載せて火を放った。乾いた落ち葉の爆《は》ぜる音がし、まもなく煙が上がり始めた。

変色した画布に火が移り、黒く焦げ出したかと思うと、ぽっ、と小さな音をたてて青白い焔が上がった。それは、いつまでも私の内側奥深くくすぶり続けていた、鬼火のようにも見えた。

焚《た》き火用に使っていた火箸《ひばし》の先で、時折、燃えさしを突き、落ち葉をかき回しながら、火が絶えることのないよう、見守った。煙が目に入り、涙が出た。それに誘われるかのようにして、少し鼻の奥が熱くなったが泣き出しはしなかった。

最後に泣いたのはいつだったろう。私はもう、すっかり年老いてしまった。みずみずしい感傷過多の多感な小娘ではない。泣く、ということ、涙を流す、ということから遠ざかって、すでに幾年もたってしまっている。

確かに泣きはしなかった。だが、にもかかわらず、燃え尽きた絵が落ち葉の中で灰になり、弱々しく最後の煙をあげているのをぼんやり見下ろしているうちに、私の中に不思議な、説明のつかない嵐が巻き起こった。

陣内青爾《じんないせいじ》のことを書き残したい、誰にも打ち明けることなく終わらせた、青爾と自分の秘密のすべてを綴《つづ》りたい……そう思ったのだ。書き終えたら、この絵と同じように焼き尽くしてしまえばいいのである。一切を吐き出すことができれば、処理のつかない澱《おり》のようになって深く沈んでいた自分の中の何かが、きれいに洗い流されるのではないか。そうに違いない、と私は思った。

誰かが読むことを想定して書くのではない、あくまでも自分自身のために書くのである。誰の目にも触れぬことを願いつつ、書くのである。その矛盾した喜び！

私は今、鎌倉の家の座敷の文机《ふづくえ》に向かい、スケッチブックを開いている。ちょうど数日前、買物帰りに文具店に立ち寄り、秋の草でも写生しようか、それとも俳句を詠む時に使おうか、と思って買い求めてきたスケッチブックである。昔ながらのデザインが好もしい。このスケッチブックとまったく同じものが、私の若い頃にも文具店の店先に並んでいたものだ。

窓の外の庭の叢《くさむら》で、秋の虫が弱々しく鳴いている。体力の続く限り書き続け、書き終えたら焼き捨てる。それがいい。闇から闇へ葬られる少し前に、封印した記憶に一条の光をあててやる……ただそれだけのこと。

そう思えばいくらか気持ちも和らいでくる。思い返すだけでひりひりとした痛みの走った記憶の数々も、多少は甘やかな色合いを帯びてくる。

陣内青爾……その名を紡ぎ出すペン先をじっと見つめているだけで、我知らず胸の底に、過ぎ去った懐かしい動悸《どうき》が甦《よみがえ》る。青爾がすぐ隣にいるような錯覚に陥る。

愛……そんな言葉を使わなくなって久しいが、私は青爾を愛していた。あんなに烈しく愛した男、あんなに狂おしく恋をした男は、いなかった。

2

私たちの出会い、出会ったあの瞬間を改めて思い返してみるたびに、今も胸の底にかすかな血のたぎりが生まれる。

私は覚えている。すべて覚えている。あの瞬間の狼狽《ろうばい》。恐怖にも似たためらい。めくるめく眩暈《めまい》のような感覚。自分が自分でなくなってしまったような、幸福な不全感……。

私はあの時、自分が感じたのと同じ感覚を目の前にいる男もまた、自分に対して感じている、とわかった。うぬぼれているのではない。それは説明のできない、言葉では到底表現することのできない、直感のようなものだった。

かといって、これは運命の出会いである、とか、この人とこれから何かが起こるに違いない、とか、そういったありふれた、或《あ》る意味ではおめでたい予感は何ひとつ覚えなかった。私は何も考えていなかった。少なくとも分析したり、人に向かって表現したりできるようなことは何ひとつ……。

私はただ、感じていただけだった。自分が感じているものを、目の前の男と等分に分かち合っている……そう感じただけだった。

あの時、私たちは二人きりではなかった。まわりには大勢の人間がいた。私の嫁ぎ先の一族と、その友人知人、あるいは私の見知らぬ人々。そして、料理やカクテルを銀のトレイに載せて、音もなくしずしずと室内を行き交う使用人たち……。

優雅な夜会だったが、決して堅苦しくはなかった。スペインふうに建てられた、大きな白い邸《やしき》の、天井の高い室内では、どちらかというとくだけた装いの人々が寛《くつろ》いで談笑していた。バルコニーに面した大食堂と玄関ホールとは、うまくつなげて大ホールになるように開放されていた。

バイキングふうに供されていた料理の数々は、戦後七年しかたっていないあの時代にしては、贅沢《ぜいたく》きわまりなかった。居合わせた人々は笑いさざめき合いながら、それらの料理を小皿に取り分け、泡のたつ透明な飲物や上等なウィスキー、葡萄酒《ぶどうしゅ》、ブランデーなどを口に運んでいた。

暖かな夜で、少し蒸し暑いほどだった。バルコニーに向かう、天井まである大きな幾つもの窓は開け放されていた。時折、土の香り、緑の香り、そして庭に咲き誇っていたツツジの花の香りをはらんだ風が吹きこんだ。そのたびに純白のレースのカーテンが音もなくめくれ上がり、美しい波形を描いた。

夫が、私を彼のところに連れて行った。彼は夫の従弟《いとこ》にあたる男だった。私よりも三つ年下であることは、あらかじめ聞いて知っていた。

彼は夫を見、次いで私を見た。

背の高い男だった。夫もあの時代の男にしては長身で、結婚が決まった時、周囲の人々に「外人みたい」と言われたものだが、目の前にいる男はさらに背が高かった。

背が高い……思ったのはそれだけで、彼の容貌《ようぼう》はその時、私にさほどの感慨を抱かせなかった。私は彼の全体を瞬時にして捉《とら》えていたのであり、その分、細部は見ていなかった。私を見下ろすようにして見つめた。夫が型通りに私を彼に紹介し、何か冗談めかしたことを言った。私たちは少し照れたように微笑み合い、会釈し合い、ひと言ふた言、挨拶《あいさつ》を交わし合った。

何を言ったのかはよく覚えていない。はじめまして、だの、お噂はかねがね、だの、やっとお目にかかれましたね、だの、その種のありきたりな挨拶をし合っただけだったと思う。

黒い蝶《ちょう》ネクタイをしめた使用人が、夫の傍を通りかかった。夫はその使用人を呼びとめ、トレイの上の、琥珀《こはく》色をしたウィスキーの入ったグラスを手に取った。

私の知らない、年配の男が夫に話しかけてきた。夫は愛想よく、これはこれは、と笑顔を作り、私たちに背を向けた。私たちは二人きりになった。

これからもよろしく、と目の前にいる背の高い青年は、微笑みを浮かべながら右手を差し出してきた。こちらこそ、と私も応《こた》え、私たちは握手を交わし合った。湿りけを帯びた、どちらかというと冷ややかさを感じさせる、繊細な手だった。

そうやっている間中、彼の目は私を射《い》ぬくように見つめていた。握手していた手がゆっくりと離れた。私は目をそらしたが、彼の視線が私に注がれていることは充分に意識していた。

誰かが彼の名を呼んだ。「青爾さん」と。とても気安く。

誰だったろう。年配の女の声だった。

黒のタキシードに身を包んだ彼は、素早く声のするほうを振り返った。振り返り、軽く手をあげてそれに応え、彼はまたすぐに私のほうに向き直った。

「お目にかかれて嬉《うれ》しいな」と彼は言った。

嬉しいです、とか、光栄です、といった、ごく一般的な大人の言い方を彼はしなかった。嬉しいな……彼はそう言った。最後の「な」の部分が、不思議なほど親しみ深く、熱く私の気持ちを捉えた。

私はうなずき、私も、と言った。

……昭和二十七年五月のことだった。

3

陣内青爾《じんないせいじ》が暮らす陣内邸と、邸を包むようにして拡がる広大な庭園は、国鉄国分寺《こくぶんじ》駅の南側に位置していた。

国分寺……私にとっては懐かしい地名だ。戦後になって初めて活気づいた新興地ではない。明治の終わり、大正時代からすでに中央線沿線の盛り場として名を馳《は》せており、戦争の被害を受けなかったため、木造の駅舎の北側には、昔ながらの店が賑《にぎ》やかに立ち並んでいたのを覚えている。

蕎麦《そば》屋、居酒屋、だんご屋、はきもの屋、酒屋、牛乳屋、それに呉服店や書店、ビリヤード場やカフェー、映画館までそろっており、界隈《かいわい》は国分寺銀座などと呼ばれていた。

小高い丘の上にある、雑木林に囲まれた七万坪ほどの敷地には、台湾で水あめ工場を始めて巨万の富をおさめた今村という人物のもつ別荘地が拡がっていた。今村別荘、などという呼び名で、比較的安く別荘を売り出したため、夏ともなれば、都心から別荘客もやって来て賑わった。別荘客相手に米屋や酒屋、食料品店が御用聞きに訪れ、近隣の農家の人たちは、リヤカーをひいて野菜を売りに行ったりもしていた。

だが、それらの賑わいも駅の北側に限られたことであり、南側はほとんど手つかずの状態だった。ほんの数軒、商店とも呼べない店構えの小さな建物があったような気もするが、何を売っていた店だったのか、記憶にない。

南側には桑畑や田んぼ、雑草の生えた野原ばかりが拡がっていた。そして、陣内邸はそんな牧歌的な田園風景の中、あたかも突然姿を現した幻の空中楼閣のごとく、二万坪近くある広大な庭園を配して建てられていたのだった。

当時、私が夫と暮らしていた下落合《しもおちあい》の自宅から国分寺まで行くためには、二つの方法があった。電車で新宿駅まで出て中央線に乗り換え、国分寺まで行くか、あるいは、青爾の専属運転手である佐高《さだか》が、私の家の前まで車で迎えに来てくれるか……。

よほどの不都合がない限り、青爾は私のために車を回してくれたのだが、それも初めのうちだけだった。青爾との関係が深まるにつれ、私は近所の目を考えざるを得なくなった。

戦前、佐高の運転する車は黒塗りのロールス・ロイスだった。確か一九三七年型だったと思う。戦前、日本に輸入されたのはたった二台しかなく、一台は故・吉田茂が駐英大使時代に持ち帰ったもので、残るもう一台が陣内家の所有するものになった。

ただでさえ物珍しい外国の高級大型乗用車である。運転手付きのそんな車が私の家の前に停車するだけでも、近所の噂になるに決まっていた。夫の耳に入ったら、あるいは、私の妹の美夜がそのことを知ったら、と思うと、恐ろしかった。

当時、美夜は青爾の婚約者だった。そのことを私は考えまいとしていた。美夜をだまし、夫を裏切り、私は青爾に逢いに行っていたのだ。私は青爾逢いたさに、家族に向けた一切の良心、深い愛情をかなぐり捨てて、鬼のようになっていたのだった。

美夜……その名は今も私の胸を痛ませる。美夜、美夜……。かわいそうな美夜。姉のせいで悲しみを背負わされた妹。そのすべてが私の責任であり、その罪のすべては私の側にある。

近所の手前もあるので、車での送り迎えはやめてくれるよう、私は青爾に頼んだ。青爾は私が電車に乗ったり、駅で乗り換えたり、階段を登り降りしたり、踏切を渡ったりしながら国分寺までやって来ることをいやがった。あなたは特別の人なんだから、と彼は言った。そんなことをしてはいけない、と。

彼には初めから、現実など見えていなかった。私は何も、特別の人間ではなかった。確かに戦前は特権階級、エスタブリッシュメントと呼ばれていたような旧侯爵の家に嫁いだわけだが、そもそも嫁いだ時、私の夫の一族は、一般人になり変わっていたのだ。

そして私もまた、ただの一人の女だった。市井の、どこにでもいる女に過ぎなかった。だから電車にも乗るし、自分で買物もする。足場の悪いところを歩いたりもする。自宅には住み込みの若い家政婦を一人おいていたが、自分で料理を作り、洗濯もした。庭いじりもした。娘時代と何ら変わることのない暮らしがそこにあった。

青爾には何度もそう言って聞かせたつもりだ。そのたびに、彼は年下の男としてまことにふさわしい、ふてくされたような表情をし、わかった、と言ったが、彼の口から運転手の佐高に送り迎えに関しての指令が出た様子はなかった。

仕方なく私は自分から佐高に、もう迎えに来る必要はない、青爾さんにもその旨、言ってあるのだから、と言って送り迎えを断った。佐高は無言でうなずいた。

佐高は私の妹、美夜を密《ひそ》かに愛していた。青爾の婚約者である美夜に隠れて、実の姉が何の用向きもなさそうだというのに、頻々と邸《やしき》を訪れることについて、佐高は初めから疑わしく思っていたに違いない。

だが、私が佐高とそのことで話をしたことはなかった。佐高も何ひとつ、口にしなかった。私を迎えに来る時も、車から乗り降りする際に私をちらと見る時も、佐高の表情に翳《かげ》りや怒り、侮蔑《ぶべつ》の影が浮かんだのを見たことは一度もなかった。

私と佐高の間には、何ひとつ、人間らしい会話はなかった。私はあくまでも陣内邸を訪れる客人の一人であり、佐高はそこで雇われている使用人に過ぎなかった。

美夜が佐高の愛を受け入れていれば、どうなっていたか、と今も思うことがある。松本にいる両親は、さぞや怒り狂ったことだろう。

だが、戦後の混乱期をかろうじて乗り越え、街の風景そのものが穏やかに活気づき始めたあの時代、すでに恋愛は自由だという思いが人々の間にたぎっていた。結局は、父も折れ、母も折れて、一切が問題なく片づき、美夜と佐高は一緒になっていたのではなかろうか。

だが、それも手前勝手な想像に過ぎない。美夜が愛し、求めていたのは佐高ではない、青爾だったのだ。そして、その青爾を奪ったのは私だった。

下落合まで佐高に送り迎えしてもらうことを拒否してからは、私はせっせと電車を乗り継ぎ、国分寺まで行くようになった。

新宿から国分寺まで、およそ四十分ほどかかっただろうか。行くたびに駅前には佐高が黒塗りの車を横づけにし、私を待っていてくれた。私はすぐにこそこそと隠れるようにして佐高の車に乗りこみ、駅の南側にある邸まで行った。

陣内邸とその庭園……青爾のことを綴《つづ》る前に、ひとまず私は、あの異様なまでもの佇《たたず》まいを今一度、思い返して記さねばならない。できるだけ克明に。できるだけ鮮やかに。今この瞬間、自分がそれらを目の当たりにしてでもいるかのように。

国分寺駅からは、国鉄の他に多摩湖鉄道、川越鉄道、そして通称、砂利線と呼ばれる、砂利を運搬する下河原貨物線が通っていた。道路事情もよく、交通手段には事欠かなかったのだが、駅周辺の宅地化が急速に進み始めたのは昭和三十年代後半になってからだ。

したがって、私が夫に連れられて、初めて陣内邸を訪れたあの昭和二十七年当時、陣内の邸と庭園はまるで巨大な秘密基地、幻の迷宮のようにしか見えなかった。幻の迷宮！まさにそうとしか言いようがない。

ぼうぼうと草の生い茂った、手つかずのままの国分寺駅南側の田園風景を窓越しに見ているうちに、車は砂利道を左右に大きく揺れながら走り続け、まもなく陣内邸の前に到着する。

邸内に向かうアプローチの手前には鉄製の巨大な門扉がそびえている。美しいアラベスク模様が施された装飾門である。

その装飾門を透かして、奥に驚くほど背の高い、手入れのいいセイヨウイトスギの高生け垣が、遠くまっすぐに続いているのが見えてくる。まるで遠近法を駆使して描かれた、一枚の絵画のような風景である。

運転手がいったん、車から降り、門扉の脇についているブザーを鳴らすと、どこからともなく男が走り出て来る。門のすぐ右横にある小さな家には、専属庭師の松崎一家が暮らしている。来客のために門扉を開けてくれるのは、その一家の誰かだった。

初めて陣内邸を訪れた日、私や夫、美夜が乗った乗用車を、門扉を開けて恭《うやうや》しく迎え入れてくれたのは、松崎家の家長、金次郎だった。青爾の父親、陣内定太郎の代から邸に仕えていた男である。

洋行の経験どころか、学歴も何もない男ではあったが、金次郎は勘がよかった。一見、そうは見えなかったが、際立った美的センスにも恵まれていた。

金次郎のことをそのように判断したのはむろん、青爾である。その推測は的が外れてはいなかった。それどころか、完璧《かんぺき》だった。

青爾は、夥《おびただ》しい数の、西欧の庭園の写真や絵画を松崎金次郎に見せ、繰り返し何度も説明を加えた。金次郎ののみこみは少年のように素早かった。自らの庭園を設計し、図面を引いたのは青爾だったが、忠実にそれをなぞり、優秀な職人を使って陣内邸の庭園を完成させたのは金次郎だった。

青爾の庭園は、ルネッサンス・バロック式庭園の完全な模倣でしかなかった。その模倣のためにこそ、青爾は惜しみなく莫大《ばくだい》な金をつぎこんだのだ。

黄色人種の滑稽《こっけい》な猿真似、と陰口をたたく人間もいた。「売国奴」と悪しざまに言う者もいれば、少しここがおかしいのかな、と言い、こめかみのあたりを指さして、にやにやと苦笑する人すら出てきた。

だが、たとえ西洋の猿真似に過ぎなかったのだとしても、とりあえず国分寺のあの土地には、巨大なルネッサンス・バロック式庭園が姿を現すことになったのだ。まるでエデンの園が、焼け跡の中にそっくりそのまま甦《よみがえ》ったかのように。

金次郎は当時すでに六十を超えていただろうか。頭が半分禿《は》げあがり、ぎょろりとした大きな目と、いつも濡《ぬ》れているような薄い唇とが得体の知れない爬虫類《はちゅうるい》を思わせた。無愛想とも言うべき寡黙な応対ぶりは、時として、何を考えているのかわからない不安を抱かせたが、その印象は最後まで変わったことがない。

その金次郎が、アラベスク模様の美しい門扉の鍵《かぎ》を開けると、ぎい、という低い音がして、門扉が左右に大きく開かれる。私たちの乗った車は、高生け垣に囲まれた、白っぽい小砂利のアプローチをゆっくりと前進する。

生け垣の右手奥には、青爾の父、陣内定太郎の時代に使われていた厩《うまや》がそのまま残されている。生け垣のわずかな隙間から、廃屋と化した厩が見え隠れしている。大きな厩だ。

陣内家が最高の栄華を誇っていた定太郎の時代には、そこに何頭もの美しい馬が飼われていたのだという。

私はその厩には行ったことがない。行ったのは美夜《みや》だ。美夜は佐高に誘われて、厩に行った。そしてそこで行われたことが最終的な引き金になり、美夜は精神の均衡を崩して、病の床に臥《ふ》したのだった。

今も時折、想像してみることがある。古い朽ちかけた厩の奥で、美夜が佐高に抱きすくめられ、愛の告白を受けて接吻《せっぷん》された時、美夜の目には何が映っていたのか。その耳に何が聞こえていたのか。

目にするはずもない何頭もの馬が美夜の目に映り、美夜の耳には、その馬たちの発する不吉ないななきが聞こえていたのかもしれない。美夜はその時、佐高に向かって自分が抱え込んだ苦悩を訴えようとしたのかもしれない。もっともっと私を愛してください、この悲しみを癒《いや》してください、と口にしようとしたのかもしれない。そうに違いない。

だが、美夜には結局、それができなかった。美夜はそういうことを素直に口にできる種類の人間ではなかった。たとえ、束の間の悦《よろこ》びであったのだとしても、それを受け入れようとするのは不潔なことだ、と美夜は信じていた。

美夜は厩での出来事を烈《はげ》しく恥じ、悔いた。佐高を遠ざけ、憎んでさえいるように装い、そして自ら、孤独の蟻地獄に落ちた。

美夜の脆《もろ》さがそうさせたのではない。まして、それ以上、積極的に美夜に向かっていくことのできなかった佐高のせいでもない。それもまた、まぎれもない、私のせいだったのだ。

その厩の前を通りすぎ、大きなスフィンクスの石像が両側に設置されているあたりで、アプローチは終わる。

もうそのあたりまで来ると、左手前方に陣内青爾が設計した巨大な庭園が見えてくる。夢の王国のごとき、庭園である。

だが、私が初めて邸を訪れた日、まだ庭園は完成されてはいなかった。造園途中だったので、あちこちに黒い土が盛られ、大きな石や煉瓦《れんが》がごろごろと転がり、わけのわからない木々や草花が雑然と仮植えされていただけだ。それらの見苦しい風景を断じて人の目に触れさせてなるものか、とばかりに、青爾はあの宴《うたげ》を昼間ではない、夜に催した。

宴の途中、青爾は闇にのまれた敷地を自ら指し示して、誇らしげに述べた。「来年の秋には、庭園の完成披露パーティーをいたします。皆さん、お忘れなきように」

拍手がわきおこり、青爾は一礼して軽く微笑んだ。その時、彼の視線が泳ぐようにして私の姿を追い求め、私を見つけるなり、意味ありげにひたと見据えてきた。

思い出す。あの時、私は慌てて目をそらし、夫の蔭《かげ》に隠れた。何故、そんなことをしているのか、自分でもわからなかった。私のすぐ隣にいた美夜が私をちらりと見て、興奮したような口調で囁《ささや》いた。

「お姉ちゃま。今、目が合っちゃったわ」

「誰と」と私は聞き返した。

あの方と、と美夜は言い、再び私から視線をそらせた。頰は薔薇《ばら》色に上気していた。

あの晩、美夜と青爾が似合いの組み合わせになりそうだ、と言いだしたのは綾子《あやこ》である。

綾子は、私の夫、久我勇作の伯母《おば》にあたる。旧侯爵であった久我家の人間であることを何よりも誇りとして生きていた老嬢で、ボランティアだの、何とかのバザーだの、そういったことを陣頭指揮を取って皆に声をかけ、人に感謝されたり、人をとりまとめたりすることを生き甲斐《がい》にしているような人だった。

軍人と結婚したが、まもなく夫は戦死し、子供もいないまま、以後、ずっと独身を続けていた。私の義父母の家の離れに暮らし、それがもともとの性格なのか、何の案じ事もないまま潑剌《はつらつ》とした老後を送っていて、私は綾子が塞《ふさ》ぎこんでいたり、病に臥せっていたりしたのを見たことがない。

銀鼠《ぎんねず》色の和服に身を包んだ綾子は、つかつかと私のところにやって来るなり、ごらんなさいな、杏子さん、と私の耳元で囁いた。「ああやって並んでいると絵になりますよ。まあ、何て美しいこと」

「え？　何でしょう」

「あなたの妹さんと青爾さんのことですよ。ほら、あそこ。ごらんなさいよ」

綾子の視線をたどっていくと、そこには美夜と青爾がいた。美夜はその時、青爾の脇に所在なげに立っていた。私が貸してやった、淡いクリーム色のタフタのドレスは美夜によく似合っていた。肩まで伸ばした髪の毛をゆるくカールし、何か途方もなく場違いなところに足を踏み入れてしまった、とでも言いたげに、美夜はどこかしら、おどおどしているように見えた。

手にした小皿の中のメロンを一生懸命、スプーンですくいとろうとしている。だが、その種の宴でのバイキングふうの食事に慣れない人間が、立ったままの姿勢で優雅にものが食べられるはずもない。メロンは小皿の中で躍り、スプーンを弾《はじ》き返してしまう。そのたびに美夜は困惑した顔つきで、誰かに見られたのではないか、と言わんばかりに、ちらと上目づかいにあたりを窺《うかが》った。

青爾はその美夜の隣で、二、三の男たちに囲まれながら、何かお愛想のように微笑んだり、適当に相槌《あいづち》を打ったりしていた。よほど会話の内容が退屈なのか、あるいは、隣にいる美夜が気になるのか、時折、美夜に話しかけている。

何を話しかけていたのかはわからない。そのたびに美夜は頰を染めてうなずき返した。はずみで小皿の中のメロンが揺れ、危うくすべり落ちそうになった。青爾が反射的に小皿の下に手を差し伸べながら、美夜の腕を取って助けようとした。美夜の頰はますます薔薇色に染まった。

「私の可愛い甥《おい》っ子も、今年で二十八ですよ、二十八。いつまでも独りでいるわけにもいかないでしょう。早くお嫁さん、もらわなくちゃいけない、って、ついこないだも、百合子さんと話してたところなのよ」

そう言って綾子は相槌を求めてきた。

そうですね、と私は言った。

私の義母、百合子は高名な漢学者の娘だった。育ちのよさからくるものだったか、生まれもったおとなしい、情の深い性格をもつ人で、あの頃、誰よりも密《ひそ》かに青爾の将来を案じていた。

青爾の母親、陣内ふみは、青爾が十四歳になった年に、井戸水を飲んでチフスに罹《かか》り、三十八の若さで急死した。綾子を筆頭に、私の義父の久我道夫とふみとは三姉弟である。したがって、百合子と青爾の間に直接の血のつながりはない。だが、生前のふみと親しくしていたこともあって、ふみの遺児でもある青爾に向けた百合子の情愛は、傍目《はため》にも微笑ましいほどだった。

結局のところ、私は後に、その百合子や綾子に連れられて陣内邸を頻々と訪れる機会を得るのである。義母たちに付き添っての訪問であり、しかもそれは、美夜と青爾の縁談をすすめるためのものでもあった。そういった大義名分があったからこそ、私と青爾は幾度か顔を合わせることになり、互いの距離が急速に縮められていくことになるのだが、むろん、そんなことになろうとは、あの時点では想像もしていなかった。

綾子は美夜と青爾を遠目に眺め、満足げにうなずいた。「お似合いですよ、ほんとに。まったくあの二人、お似合いだわ。絵になりますよ。妹さん、何ていうお名前だったかしら」

私は微笑み返しながら「美夜です」と言った。「美しい夜と書いて、美夜……」

「あらまあ、なんて素敵なお名前」

「私とは十も年が離れてるんですよ。今年で二十一になりますけど、そんなに年が離れてると、私は姉ではなくて、第二の母親みたいなものだったかもしれないな、って思うこともあるんです」

綾子は口をすぼめて笑った。「母親だなんて、いくらなんでも、それはないでしょう。青爾さんが二十八ということは、妹さんより七つ年上ということになるけれど、男の人はそのくらい、年が上のほうがいいんです。あなたがたの結婚披露宴でお顔だけは拝見していましたよ。でもしばらく見ないうちに、すっかりおきれいに、女らしくなられて」

ありがとうございます、と私は言った。「以前から都会での暮らしに憧《あこが》れていたみたいで……どうしても上京していろいろなことを勉強したい、って言いだしたものですから、今は洋裁学校に通わせているんです。仕方なく私どもの家に居候させて……」

「ああ、そうですってね。道夫からそんな話を聞いていますよ。でも、それはいいことだわ。若いお嬢さんが一人暮らしをするもんじゃありませんからね。洋裁をなさるというのもね、いいことです。……ところで、ねえ、杏子さん、どうお思いになる?」

「どう、って?」

「あなたの妹さんと青爾さんですよ。本当にお似合いの夫婦になるとお思いにならない?」

私は苦笑してみせた。「さあ、どうでしょう。田舎から出てきたばかりのあんな子が、青爾さんにふさわしいとはとても……。それに私も青爾さんとお目にかかったのは、今夜が初めてですから、まだ何も……」

「初めて？　おや、そう？」

「ええ。主人の従弟であることはもちろん知ってましたが、不思議となかなかお目にかかるチャンスがなかったんです。私たちの結婚披露宴の時も、風邪で高熱をお出しになったとかで、出席なさらなかったものですから」

「そういえば、そうだったわ。思い出しました。あなたがたの結婚式に、青爾さん、顔を見せていなかったわね。でも、三年前だったかしら、定太郎さんがお亡くなりになった時の告別式で会っているんじゃ……」

私は薄く微笑みながら首を横に振った。今さら思い出したくないこと、口にしたくないことだったが、仕方がなかった。

あの時は、と私は笑みを浮かべながら言った。「私のほうが具合が悪くて入院中だったものですから……。あの……流産してしまって」

綾子は眉《まゆ》を寄せ、小さな目を瞬《しばた》かせて、小声で「ああ」と言い、うなずいた。「ごめんなさい。そうでした。私ったら、なんてこと聞いてしまったのかしら」

「いいんです、もう。お気になさらないでください」

だが、綾子が本気で気にしている様子もなかった。美夜と青爾を結びつける、というアイデアによほど酔っていたらしい。綾子は私の傍から離れ、居合わせた客人たちの誰彼かまわず、同じ話をし始めた。人々はひそひそと顔を寄せ合いつつ、美夜と青爾をちらちらと眺めては、微笑ましげに、いたずらっぽい表情をしながらうなずき合った。

帰途の車の中で、私は夫と美夜を前に、綾子の話をした。美夜は夜目にもはっきりそれとわかるほど頰を赤らめ、「いやだわ、お姉ちゃま」と少し怒ったような口調で言った。

「それ、どういう意味なの？」

私は笑った。「照れなくたっていいじゃないの。美夜と青爾さんがお似合いだ、って言われたのよ。とってもきれいだ、って。並んでると絵になる、って」

夫の勇作がシートの上で大きくふんぞり返りながら、なるほど、と酒臭い息の中で言った。「青爾と美夜ちゃんか。美男美女だ。気づかなかったな」

美夜は、いやいやをするようにして顔を伏せた。「お姉ちゃまたち、からかってるのね。やめてちょうだい。私なんか田舎者だし、青爾さんに合うわけがないでしょ」

「似合いだよ、似合いだ。確かにそうだ」夫が大声で言った。「面白いことになるな。見てなさい。綾子おばはきっと、これからこの縁談の話を勝手に一人で進めようとするぞ。なにしろ、毎日退屈で、誰かと誰かを結びつけたがって仕様がない人なんだから。なあ」

私は笑いながら、そうね、とうなずいた。

その時はまだ、内心ちくりと、胸を刺してくるものは何ひとつなかった。当然だ。私は自分が青爾に本気で恋をし、青爾もまた本気で私に向かってこようとは思ってもいなかったのである。

それどころか、青爾と美夜の縁談話は、とてもいい話であるように思えた。確かに二人は似合いだった。松本にいる父母がこの話を聞いたら、さぞかし喜ぶだろう、とも思った。長女を旧侯爵家に嫁がせ、次女を大富豪のひとり息子に嫁がせることになるのである。親としてこれほど満足することはないだろう、などとも考えた。

私は夫から青爾を初めて紹介された時に感じた、あの不可思議な感覚のことを忘れていた。本当だ。思い出しもしなかった。

暖かな五月の夜の風を受けながら、私は車の窓の外を流れる景色を、何かしら浮き浮きした気持ちで眺めていた。戦争は終わった。完全に終わりを告げて、時代は今、どんどん加速度的に豊かな世界に向かって突き進んでいる……そんなことを考えた。

何もかもがいい方向に、心躍る出来事ばかりが詰まっている世界に向かって、少しずつ流れていくような気がした。三年前、せっかく身ごもった赤ん坊を流産してしまった時の悲しみも癒えていた。美夜と青爾の婚約が調えば、それをきっかけにして、またすべてが少しずつ流れるように、期待通りの結末に向かって動いていく……そんなふうに思えてきて、娘時代のように胸が高鳴ったのを覚えている。

それにしても考えてみれば不思議である。美夜はあの晩、初めて青爾を紹介された時からすでに、青爾に惹《ひ》かれていた。そしてその淡い恋心は、綾子から聞いた話を私が伝えたことにより、さらに倍加することになったのだ。

そしてまた、綾子が美夜と青爾の縁談を推し進めようとし始めたのも、私がその話を夫にしたからであった。夫はその翌日だったか、翌々日だったか、たまたま何かの用で自宅に電話をかけてきた母親の百合子にその話をし、百合子は百合子で綾子からすでにその話を聞いていたらしく、改めて興奮し始め、すぐさま綾子と段取りについて相談し合った。

すべてはあの晩、帰りの車の中で、私が綾子から聞いた話を夫や美夜に話して聞かせたことに端を発したのである。

4

話が脇にそれてしまった。元に戻そう。

陣内邸だ。そう、私は邸《やしき》のことについてさらに細かく思い出し、記していかねばならない。

スフィンクスの石像の手前まで続いている長い長い小砂利の道が終わると、道は大きく三つに分かれる。一本はそのまま直進する道であり、これは刈り込み模様の花壇や噴水が配されている主庭園を左に見ながら続いている。

二本目の道は邸に向かう道である。邸のバルコニーは主庭園に面していて、玄関に行くには邸の右側をぐるりと回って行かねばならない。そのための道であり、道の先には主庭園と薔薇《ばら》園が拡がっている。五月ともなると、あたり一帯に薔薇のむせ返るような甘い香りが漂って、息苦しくなるほどだったことを思い出す。

三本目の道は、その二本の道よりも細いもので、進んでいくと運転手の佐高が暮らす小屋が現れる。私はめったにそのあたりまで散策の足を伸ばさなかったので、あまりよく覚えていないが、確か、焦げ茶色をした小さな木造の建物だったという記憶がある。

その建物の脇が車庫である。煉瓦《れんが》造りの大きな車庫の中には、よく磨かれた黒い大型のロールス・ロイスが一台だけ。

途方もない資産家だったわりには、青爾は車にはまるで興味を示さなかった。そもそも、一般の人間が考えるような富の象徴に、彼は悉《ことごと》く関心を抱かなかった。巨大庭園を生み出すことに命を賭《か》け、金を湯水のごとく使い続けていたというのに、彼は富そのものや権力、社会的賞賛といったものに対しては禅僧のように無欲だった。

邸それ自体は、外壁を白いコテ塗りにしたスパニッシュ様式の洋館だった。南側……つまり庭園に面した側には、優美な流線型を描くバルコニーがついていて、その部分だけは典型的なバロック様式を踏襲していた。

屋根瓦《がわら》はくすんだ茜《あかね》色。地下室のついた鉄筋の二階建てで、車寄せのアーチの柱は、彫刻が施された美しい装飾柱である。玄関扉は両開きで、飾り金具がついており、一般の日本の家屋のように靴を脱がず、直接、出入りすることができるようになっていた。

中に入ると、すぐ目の前が広々とした玄関ホールである。天井まで届く巨大な掛け時計が静かに時を刻んでいて、いつ行ってもそこは静寂に包まれていたものだ。あらゆる物音をいったん吸収しては、遠くの壁に慎ましく谺《こだま》させる……そんな静けさがあった。

青爾を訪ねて行った際、ホール全体に谺して、はね返ってくる自分自身の靴音が、今も耳の奥に残っている。いつ誰に見られても恥ずかしくないよう、凜《りん》としていなければならない、と自分に言い聞かせていたせいだろうか。私の靴音はいつもどこか居丈高で、冷ややかだった。
玄関脇にクローク、正面にバルコニーに面した大食堂。左側と右側にそれぞれ、大サロン、中サロンが配され、サロンは用途に応じて使い分けられていた。どの部屋にも、絵が掛けられていた。プッサンやリューベンス、ティツィアーノなどの手による、神話や宗教の世界が描かれたものが多かった。

複製画ではない、本物の絵も多くあったに違いないのだが、思えばそんな話を青爾と交わしたことはない。絵のコレクションの話など、どうでもよかった。もっと他に話すべきこと、交わし合うべき特別なまなざしが、常に私たちの間にはあった。

大食堂の左横が厨房《ちゅうぼう》で、その隣に伸びているのが使用人用の居室だった。居室は一列にずらりと並んでいて、無味乾燥に連なる列車の個室を思わせた。

かつて、青爾の父、定太郎が健在だった最盛期には、国分寺の邸は別邸として使われていた。白金にある本邸から移動するたびに、執事《しつじ》、女中、コック、書生など、総勢三十名あまりの使用人が、大名行列のごとく、主につき従ってやって来ていたと聞いている。

だが、私が青爾の邸に通い始めた頃、すでに青爾は白金の本邸を売却し、使用人も大幅に解雇していた。当時、国分寺の陣内邸に住み込んでいたのは、佐々木てる、という名の年配の家政婦一人だけだった。

邸全体を維持していくのに、てる一人ではとても手が足りず、他に庭師の松崎金次郎の家族や佐高が毎日、交代でやって来ていた。パーティーや夜会などのよほどの特別な行事がない限り、青爾が外から臨時の使用人を雇い入れるということもなく、日常の青爾の身のまわりの世話は、すべて佐々木てるがやっていた。

玄関ホール左脇から、優美な階段が流れるように伸びている。階段の手すりには、羽を広げた鷲《わし》の彫像が施されている。

階段を上がると、二階の小ホールである。二階バルコニーに面して、青爾の書斎、居室、寝室の三つの部屋が並び、他にゲストルームが三部屋、リネン室などがあった。それぞれのゲストルームには装飾用のマントルピースと小さなバスルームがついており、その贅沢《ぜいたく》さは比類のないものだった。

だが、ゲストルームに宿泊している客人というのを私は見たことがない。長い間、ゲストルームは誰にも使われず、掃除もせずに鍵をかけられたままになっていたようで、私が知っている邸の二階といえば、青爾の居室と寝室、書斎だけだった。

陣内家というのは、群馬県前橋市で五百年間ほど続いていた、大富豪地主の旧家であった。青爾の祖父、陣内孝次郎は、明治二十五年頃、その地で小規模な会社を設立し、紡績業を始めた。後の陣内紡績である。

第一次世界大戦前後の好景気の間、陣内紡績は急成長をとげ続けた。青爾の父、定太郎は東京帝国大学を卒業後、孝次郎と共に陣内紡績をもりたてた。親子はその後、紡績業のかたわら、陣内農業研究所、陣内労働研究所などを創設し、近代化産業が抱える様々な問題に、学問的専門分野から取り組むなどした。その、あくまでも専門的でアカデミックな、まっすぐな開拓精神は、戦争で混沌《こんとん》としていた世間から拍手をもって受け入れられた。

定太郎の代になってからも、事業はとんとん拍子に発展し続けた。戦争の爪痕《つめあと》も、不思議なほど陣内紡績の発展成長に影を落とさなかった。

だが、定太郎が会社経営だけに熱心だったわけではない。人任せにできる部分は適宜、人任せにし、私生活では美術や音楽を愛し、文学に傾倒するような一面があった。

確かに成功した実業家ではあったが、それは親の代から引き継いだものをたまたまの好景気の波に乗って維持できた、というだけのことであり、本来、彼には実務家としての素質は希薄だったのではないか、と私は思う。彼はむしろ、典型的なディレッタントだった。

過多の感傷、過多のロマンティシズム、過多の英雄主義……そういったものを定太郎は生涯、肯定しながら生きた。その精神は、そのままそっくり、息子である青爾に引き継がれることになった。

久我勇作と結婚した頃、私は何度もその種の話を夫から聞いたものだ。

白金にあった陣内の本邸に遊びに行くとね、決まって邸の中には優雅なクラシック音楽が流れてたものだよ、と勇作は言った。「それで、青爾のおやじさんは、僕みたいな年端のいかない若造を前にして、その音楽の解説を始めるんだ。指揮者が誰それで、楽団はどこそこの楽団で、録音年月日はいついつで……ってね。目を閉じて、うっとりした顔をしながら話し続けるもんだから、うっかり席も立てない。青爾は、と言えば、そういう暮らしを嫌がっているふうでもなかったよ。彼も音楽が好きだったし、小説や絵の話をするのが好きだった。従兄弟《いとこ》同士だっていうのに、僕とは大違いさ。きみも知っての通り、僕は現実主義者だからね」

そう言って、久我家の御曹司《おんぞうし》……三十そこそこの若さで久我倉庫の専務の座についていた勇作は、豪快に肩を揺すって笑った。

もともと国分寺の陣内邸があった地所には、旧子爵の別邸があったのだと聞いている。火災で焼けおち、持ち主が手放したのをきっかけに、定太郎が買い取って、自らの別邸としたのである。

焼けたのは数奇屋《すきや》造りの、純和風の邸だったそうだが、定太郎はそこに白亜のスパニッシュ様式の洋館を建てた。だが、こだわったのは邸だけで、子爵時代の名残の日本庭園には手をつけなかった。堂々たる洋館に日本庭園、とは、あまりにちぐはぐな光景だったに違いないが、定太郎はその徹底した和洋折衷を心から愛《め》でていて、誰彼となく自慢してもいたようである。

青爾が十二歳になった年、定太郎は妻のふみと青爾を連れ、渡欧した。半年間、イタリアに滞在しながらドイツを回る、という贅沢三昧《ざんまい》の旅行だった。

昭和十一年。二・二六事件のあった年のことである。大戦前夜とも呼ぶべき、束の間の平和な時代、定太郎は、息子にイタリアやドイツの絵画や美しい庭園を見せ、美しい音楽を聴かせてまわった。本物がいかに美しいか、を説いて聞かせた。

愉楽の園……私はあの頃、青爾の造り上げた巨大庭園を眺めながら、幾度となく思ったものだ。だが、それは、父が青爾に教え続けた本物のよさをかけらも宿してはいなかった。庭園は徹底して偽物の、西欧の猿真似に過ぎなかった。

無理もない。その愉楽の園の作者には、もともと現実との接点がなかったのだ。庭園は青爾にとっての玩具《がんぐ》だった。青爾の魂は病んでいた。だからこそ彼は、偽物の、人工の愉楽の園に、逃げこんだのだ。

彼をそうさせたのが定太郎だったとは思わない。定太郎はあくまでも無邪気だった。無心に自分の美学を息子に植えつけようとしただけだ。

定太郎の妻、ふみにしても同様である。病弱で、寝床にいる時間のほうが長く、ろくに息子に愛情をかける余裕すらなかった、と周囲の噂で聞いてはいたが、だからといって、ふみが息子を愛していなかったことにはならない。年端のいかぬ息子を残し、他界してしまったからといって、それもまた、母親の責任が問われることではない。

誰のせいでもない、誰の責任でもなかった。だが、或《あ》る時を境にして何かが、青爾の硝子《ガラス》細工のような魂に罅《ひび》を入れ始めた。罅は、何年も何年もかかって青爾自身を蝕《むしば》み、苦しめ、破壊しにかかり、その魂を歪《ゆが》ませた。

そう。私はあれほど、向上心に欠けていた人間を知らない。青爾は自らの精神育成には、徹底して関心をもたなかった。彼は人と深く関わることを嫌った。時代感覚すら、備わっていたのかどうか、怪しいものだ。

彼はただ、自分の興奮に溺《おぼ》れていただけだった。自分の美意識、自分の官能、自分の激情、そうしたものに浸りながら、人工庭園の中で、自らを世間の目から遮断させようと試みただけなのだ。

青爾の日常……それは常に、信じられないほど優雅な怠惰の中にあった。

父亡き後、陣内紡績の代表の座に収まったとはいえ、彼は会社業務に関してははなから無関心だった。父が遺したものを受け継いだのだという自覚もなければ、野望もなかった。熱心に遊びに興じている子供が、母親から「勉強しなさい」と言われて、不承不承、机に向かう時のように、彼はいつも、憮然《ぶぜん》とした顔をして会社に行った。社では社長室に引きこもってしまうことが多く、取り巻きや側近を指揮して、采配《さいはい》を振ることは少なかった。かといって、唯々諾々になっていたわけでもない。強権を発動しようとする時、青爾は周囲に有無を言わせなかった。そこに理屈は通用しなかった。

晴れがましい場所を青爾は悉《ことごと》く嫌った。義理で出向かねばならないパーティーや冠婚葬祭への出席も、あれこれ理由をつけて側近たちに断らせた。それがいかに、社にとって重要な行事であったとしても、ひとたび青爾が首を横に振れば、周囲はどうすることもできなくなるのだった。

当時、陣内紡績の社屋は虎ノ門にあった。わざわざそこまで出向くのに嫌気がさすと、彼は平然と、国分寺の邸《やしき》まで側近を呼びつけた。深夜早朝、おかまいなしであり、しかもそれは仕事とは名ばかりで、途中、青爾は飽き飽きしたとでも言いたげに黙って席を立ち、姿を消した。

小一時間も待たされて、業を煮やした側近たちは呆《あき》れ果て、退散してしまう。その間、青爾は自室に閉じこもって、イーゼルに立てたカンバスに向かい、窓の外に拡がる巨大庭園を眺めつつ、絵筆を動かしていたりするのだった。

青爾は絵画を愛し、音楽を愛し、書物を愛した。彼には彼だけが見ている世界があり、彼だけが聴いている音楽があった。そこに他者は必要なく、それぱかりか現実すら無用だった。彼は冷酷に現実を切り捨て、時に、冷たく光る鋭利な刃物でずたずたに切り刻もうとすらした。

そのくせ、彼は一方で、「愛」というものを異様に生真面目に考えていた。それは彼だけが知っている愛であり、彼の愛の表現は悉く常識から外れていた。彼には初めから、過剰とも言える精神の世界しか存在していなかった。その不均衡が、彼をさらに深く蝕んでいくことになったのである。

幼くしてドイツをめぐり、ヒトラーが好んだドイツロマン主義に触れたことが、彼をそうさせたのか。突拍子もない分析かもしれないが、その影響が全くなかった、とは言いきれまい。

事実、青爾の中には、完璧《かんぺき》な秩序と美を愛するあまり、人間として、してはならないことをしてしまった権力者の、傲慢《ごうまん》さのようなものが見え隠れしていた。だが、その傲慢さは、容易に衰弱につながる傲慢さでもあった。

青爾の背後には常に死が潜んでいた。彼は死んだように静まりかえった美しい湖に舟を浮かべ、黒々とした洞窟《どうくつ》に向かって、日々、静かにオールを漕《こ》ぎ続けていたのだ。


それにしても、あの陣内邸の二階の、青爾の居室で過ごしたひとときは、何と熱く、私の胸を焦がしてきたことか。

彼が呼ばない限り、家政婦のてるも、他の使用人たちも、決して二階に上がって来ることはなかった。限りある時間だったとはいえ、私たちはいつも二人きりでいられた。

居室を中心にして、バルコニーに向かって右側が寝室、左側が書斎。寝室の奥には彼専用のバスルームがあった。

居室には黒い革張りの二人掛けソファーと、肘掛けのついた背の高い、どっしりした革の椅子が硝子テーブルをはさむようにして置かれていた。アラベスク模様の壁には何枚もの風景画、そして、あちらこちらにさりげなく置かれてある小テーブルの上には、季節の花が大きな硝子や陶の花器に、あふれんばかりに惜しげもなく活けられていたものだ。

私が頻繁に邸を訪れ、青爾の部屋に入りびたるようになったのは、昭和二十八年の秋から、翌年の早春にかけてのことである。花器に季節ごとに活けられていた淡々しいコスモスや秋咲きの薔薇《ばら》、水仙、枝ぶりのいい紅梅の花のことは今もはっきり思い出せる。

小テーブルには他に、銀のペーパーナイフ、銀のトレイ、銀の小箱や銀で縁取られた写真立てが、定規で計ったように等間隔に並べられていた。だがおかしなことに、何枚かある写真立ての中に、写真が入れられていたのを見たことがない。写真立てはいつも空だった。

どうしてなの、と聞くと、彼は「本当に飾りたいのはあなたの写真だから」と答えた。

美夜と彼とは、すでにその時点で、正式に婚約を交わしていた。邸にやって来た美夜が、何かの拍子に彼の居室に入り、写真立ての中に姉の写真を見つけることになりかねない。それを回避するために、写真立ての中を空にしているのだ、と彼は言い、その真っ正直としか言いようのない答え方は、私を烈《はげ》しく狼狽《ろうばい》させた。

私は内心の動揺を隠して微笑み、「馬鹿ね」と言った。そしてあからさまに美夜の名を口にした。「あなたがこの中に本当に飾るべきなのは、美夜の写真じゃなかった？」

「愛してもいない人の写真を飾れ、とでも？」と彼は聞き返した。その顔に残忍そうな、薄い笑みが浮かんだ。「悪いけど、それはできない」

私たちは二人して、美夜を冒瀆《ぼうとく》し続けていたのか。あの部屋で。あの典雅で美しい、そのくせ、どことなく陰鬱《いんうつ》な部屋で。

雨の日の午後など、室内は暗く沈んで、陶器のスタンドの明かりと、壁の間接照明とが壁や天井をぼんやりとこもったような、暗い山吹色に染めあげた。そんな時、私たちは明かりが作る影の中に溶けいるようになりながら、革張りのソファーで身を寄せ合うのが常だった。

抱擁し合えばし合うほど、切なさが増した。欲情するような切なさとは別の、それは明らかに恋をしている時の切なさに他ならなかったのだが、すでにあの頃の私には、その区別すらつかなくなっていた。

居室から寝室に向かう扉は、長い間、私にとっては禁断の扉であった。あそこだけは開けさせてはならない、と私は自分に言い聞かせていた。開けたら最後、本当に取返しのつかないことになる、と。

そのくせ、私は幾度も、寝室の扉を開けて、奥へ奥へと歩いていく自分自身の夢を見た。夢の中の青爾の寝室には、寝返りをうつたびにかすかに振動するベッドも、花が飾られている小ぶりの暖炉もナイトテーブルも何もなかった。がらんどうの暗い闇ばかりが拡がっていて、そこに全裸の青爾が正面を向いて立っていた。

気がつくと、わたしも全裸になっている。すべてを見られている、と思い、乳房のあたりが粟立《あわだ》ってくるのを覚えるのだが、裸身を両腕で隠そうともしていないのが不思議である。

そんな恰好《かっこう》で向き合って佇《たたず》んでいるというのに、青爾が私に触れることはなかった。私も彼に触れなかった。夢の中、私たちは気も狂わんばかりの切なさに喘《あえ》ぎながら、それでも全裸のまま、いつまでもいつまでも、互いの裸身を前に立ち尽くしているのだった。

同じような夢を、私はずっと後になってから幾度も見た。その夢を見るたびに、首すじのあたりに火照《ほて》ったような汗をかいて目を覚ました。

あれは何だったのか。いったい何を象徴していたのか。

二階のバルコニーに立つと、果てしなく拡がる庭園が見渡せた。晩秋の雨の日など、刈り込み花壇のある主庭園の向こう、カスケードと呼ばれる階段滝を降りたあたりは霧にかすみ、ぼやけている。雨の中、主庭園の噴水だけが勢いよく噴き上がっていて、その飛沫《ひまつ》は雨と混ざり合い、見分けがつかなくなる。

主庭園の横の薔薇園も、その向こうの萩の園路も、葡萄《ぶどう》の巨大な老木も、噴水の飛沫と雨の中にかき消され、輪郭すら目に映らない。そんな中、私は青爾と寄り添いながら、長い間、雨の音を聞いている。

帰らねばならない、一刻も早くここから出て、家に戻らねばならない、美夜への言い訳を考えねばならない、今日何をしていた、と夫から聞かれた時に、どう答えるべきか、あらかじめ、本当らしく聞こえる嘘をまとめておかねばならない……そんなことがめまぐるしく脳裏をかすめるのだが、すでに私の中で時は止まってしまっている。

一切が動きを止め、もうどうなってもかまわない、すべてを失ったってかまわない、あと数ヶ月で、美夜がこの男の妻になり、この邸で共に暮らし始めることになるのだ、ということすら、どうだっていい、などと、鬼のように恐ろしいことを考え始める。

青爾が私の腰にあてがっていた手に力をこめる。私は静かにその手を払うようにし、青爾と向き合う。

帰るわ、と私は掠《かす》れた声で言う。「もう行かなくちゃ」

いやだ、と青爾は言う。「行かせない」

私たちは目をぎらぎらと光らせながら、互いを見つめ合う。これが最後、もしかすると最後の逢瀬《おうせ》になるかもしれない、という思いが、かえって罪の意識を遠のかせる。恐ろしいことをしている、という思いよりも、不思議なことに、身が浄《きよ》まっていくような思いのほうが強くなる。死と向き合って、人が思いがけず清らかな気持ちになるのと、それはどこか似ていたような気がする。

私は目を伏せる。青爾の指先が私の顎《あご》に触れる。いささか乱暴な手つきで顔を上向きにさせられて、私は大きく目を開ける。

青爾の顔が目の前に迫ってくる。迫ってきたと思ったら、もう私は彼の唇を受けている。あまりにも感情が先走り過ぎていて、それは接吻《せっぷん》とも呼べないほど、束の間の触れ合いでしかない。私たちはすぐさま唇を離し、深いため息と共に抱擁し合う。相手を胸にかき抱き、力をこめ、そうやっていることしかできなくなったように、長い間、離れられずにいる。

雨の音が烈しい。烈しいのだが、それは外界のあらゆる音を閉ざし、静かに庭園の中に吸い込まれていって、やがてバルコニーにいる私たちを冷たい水飛沫《みずしぶき》の、薄青いヴェールで包みこむ……。

5

陣内邸で夜の宴《うたげ》が開かれてから、三ヶ月後。

八月の夏の盛りの或《あ》る日、私は義母の百合子、綾子と共に再び陣内邸を訪れることになった。美夜と青爾の縁談を正式に進めるための、それは第一歩だった。

綾子と百合子の間では、宴の晩以来、この降ってわいたような縁談の話がしきりと交わされていた。戦争も終わって、民主主義の世の中になったのだ、まず当人同士の気持ちを聞いてから、というのが筋なのではないか、と周囲に諭され、半ば、からかわれながらも、綾子と百合子は、まるで女子学生がピクニックの計画でも練るかのように、青爾と美夜とを結びつける企《たくら》みばかりに興じていた。

二人は下落合の私の家にも、頻々《ひんぴん》と訪ねて来て、美夜と会い、それとなく美夜の気持ちを訊《たず》ねた。それでなくても、青爾に向けた淡い思いが乙女のごとくふくれあがっていた美夜にしてみれば、そうした周囲の動きは、どれほど心ときめくことだっただろう。

美夜は私に、「どうすればいいのかしら」と聞いてきた。

「どうすれば、って、美夜がお受けしたいと思うのだったら、そうすればいいじゃないの」

「でも、青爾さんのほうでいやだと言ってくるかもしれないのよ」

「お義母《かあ》さんたちがあんなふうに熱心に言ってくださるのは、青爾さんの気持ちもよくわかってらっしゃるせいなのよ。心配することなんか何もないわ」

「でも……」

「いやなら、お断りする？　美夜の自由よ。まだ仲人《なこうど》さんを立てるところまで、話が進んでるわけじゃないんだし」

「いやじゃないわ。お姉ちゃま、わかってるくせに。ただ、あちらの気持ちがどうなのか、私には自信がないのよ。だって、一度しか会ってないんだし、ろくに話もしてないし……」

「縁談っていうのは、ふつう、一度もお会いしていない方との間で進められていくものでしょう」

「そうだとしても、青爾さんが私のことをどう思ったのか、わからないんだもの。ただの、田舎娘だと思ったんじゃないかしら」

「美夜は気にいられたに決まってるわ」

「どうしてわかるの」

「青爾さん、あの晩、そういう顔、してたもの」

「ほんと？」

「ほんとよ。私の言うこと、信じなさい」

私と美夜との間で、そんな他愛のないやり取りが、幾度交わされたことか。

だが、青爾に結婚の意志など、なかったのである。相手が美夜に限らず、初めからなかったのだ。二十八になるまで独身を続けていたのも、家庭を持とうという気持ちが彼になかったせいであり、それはどれほど美しい清楚《せいそ》な若い娘、家柄も教養も申し分のない娘をあてがわれたところで、いささかも変わらなかっただろう。

だが、あの頃の私には、そういうことはわからなかった。どうしてわかるはずがあっただろうか。夜の宴で熱っぽいまなざしを投げてきた初対面の、私よりも三つ年下の男が、縁談も何もかも無視しつつ、すでに人の妻になっている女に向かって、まっしぐらに突進して来ようとは夢にも思っていなかった。

あのまなざしは、束の間のものであり、もしかするとこちらの考え過ぎだったのかもしれない、彼はただ、あんなふうに人を見つめる癖をもっていただけのことなのだろう、と私は考えるようになっていた。事実、時がたつうちに、青爾から意味ありげに見つめられ、親しみ深く話しかけられたことはおぼろな記憶の中に消えていきつつあった。

そもそも青爾と美夜の縁談は、たとえそれがいささか性急に調えられていったのだとしても、これ以上、まっとうな、喜ばしいものはなかったのである。

実際、松本にいる実家の両親の喜びようは大変なものだった。母は私のところに電話をよこし、縁談がその後、どのように進んでいるか、聞いてきた。達筆の墨文字で書かれた父からの大仰な手紙が、私と勇作のもとに舞い込んだ。中には、美夜の今後に対する不安と期待が綴《つづ》られており、末尾に決まって、父が美夜のために詠んだ短歌が一首、つけ加えられていた。

江戸時代から続く老舗《しにせ》の味噌《みそ》屋、「西島屋」を継いでいた父は、若い頃から芸術に造詣《ぞうけい》が深かった。松本市内の旧制松本高等学校の学生らと、洋楽のレコードを聴きながら議論するような文学青年時代を送り、家業を継いでからも、その生き方は変わることがなかった。

商いに文学や音楽は必要ない、として、ずいぶん親戚《しんせき》筋から文句を言われていたものである。だが、父は自分のスタイルを頑固に守り抜いた。

「女だからといって、教育や自活が不要だというわけではない」というのが、父の持論だった。だからこそ私は女学校を出てから、東京のＹＷＣＡで語学を学ぶことを許され、美夜もまた、上京して手に職をつけるために洋裁学校に通うようになったのである。

陣内青爾の父、定太郎が、世間でも名うてのディレッタントだったことや、私や美夜から聞かされる陣内邸の優雅さを知れば知るほど、父はこの縁談が、理想的なものであることと、末娘を嫁がせるには、これ以上の家柄は望むべくもないと、老齢ながら、青年ふうの青臭さの残る胸の内で、再認識したのだった。

あの日は朝から気温が上がり、路面に照り返す陽射しの強さに頭がくらくらするほどだった。国分寺の駅に着いた時、空には巨大な入道雲が出ていて、それが怖いほど白かったのを覚えている。

国分寺の駅前には佐高が迎えに来てくれていた。私たち三人は、佐高の運転する黒塗りのロールス・ロイスで陣内邸《やしき》に入った。

造園作業たけなわで、邸の外にも内にも、たくさんのトラックが駐車されていた。むっとする草いきれや土の匂いがあたりを被《おお》っていて、耕されただけの造成地のように見える敷地のあちこちに、カーキ色の作業着姿で動きまわっている男たちの姿が見えた。何台かのブルドーザーの唸《うな》り声が遠く近く、響いていた。夏の午後、その音は、無数の昆虫の羽音にも似て、けだるさを誘った。

車寄せに車をつけると、玄関前に若いメイドが走り出て来て私たちを迎えた。民子だった。

松崎金次郎の孫娘で、当時、二十三、四歳だったと思う。少しえらの張った小さな顔に、大きな目、大きな口。モダンな顔だちの、日本人離れした美人であったことは間違いない。ショートカットにした髪形もよく似合っていて、馬鹿げたことに私はその後、青爾を誘いこむような目つきをしてくる民子に、嫉妬心《しっとしん》をかきたてられたものだ。

だが、私が民子と会ったのは、その日が初めてだった。五月の宴の時、民子の姿はなかった。メイドとしての仕事ぶりにも民子特有の奔放さがあり、気が向かなくなると、ぷいと邸を出て、どこかに遊びに行ってしまう。松崎の一家も手をやいている様子だった。

「ようこそ、いらっしゃいました」と民子は棒読み口調で言った。

そんな言葉を口にするよりも、チュウインガムでも噛《か》んでいたほうが似合うような顔つきで、民子は先に立って私たちを邸内に案内した。紺色のメイド服の中、大げさなほど大きく左右に揺れる尻《しり》が目立った。

通されたのは、玄関を入って左側にある大サロンだった。猫脚のついたロココ調の長椅子に綾子と義母が、そしてその脇の補助椅子に私が腰をおろすと、じきに氷を浮かせたアイスティーが運ばれてきた。

紺無地の和服にフリルのついた白いエプロンをつけ、しずしずと室内に入ってきたのは、佐々木てるだった。

すでにあの頃で、六十近かったのだったか。古株の家政婦であり、物腰の丁重さと恭しさは、慇懃《いんぎん》無礼な印象すら与えかねない女だったが、その愛想のなさは、ただの一度も、私に不快感を与えたことはない。てるはいつでも私に、物事に動じない、何が起こっても慌てたり、見苦しく乱れたりすることのない……人生にはあらゆることが起こり得る、と達観している初老の女の、神々しさのようなものを感じさせた。

てるは後に、ただ一人、私の味方をしてくれるようになった人である。私を蔭《かげ》で支え、私のために青爾と密会する手筈《てはず》を整え、そのためにつかなくてもいい嘘を周囲についてもくれた。そのうえ、その嘘はまことに自然で、完璧《かんぺき》だった。

何のためにこんなことまでしてくれるのか、という疑問は、てるにぶつけても無駄だった。てるという女は、いわば人生の綻《ほころ》びを愛していた女だった。そこにはモラルも常識も、理屈も、果ては損得勘定も何もなかった。人生は綻びのためにこそある、と固く信じていたようなところが、てるにはあった。私と青爾が深みに嵌《は》まって、悲劇の幕が下ろされることになる、とわかればわかるほど、てるはさらに勢いづいて、私たちのために密使の役割を果たそうとした。

今になって考える。或《あ》る意味では、てるは高級娼家《しょうか》の女将《おかみ》のようなものだったかもしれない、と。

自分は世界を裏側から支えているのだ、という自信。それは、ねじれた自信だったのかもしれない。だが、おそらくそれこそが、てるにとっての、このうえなく贅沢《ぜいたく》な、唯一の生き甲斐《がい》だったのだ。

手慣れた仕種《しぐさ》で、てるは私たちにアイスティーの給仕をし始めた。

綾子が「さすがにここらあたりまで来ると、いくらか涼しいのね」と話しかけると、「おかげさまで」と、てるは素っ気なくうなずき返した。

丸顔の、洗練されていない顔立ちだが、作ったような笑みを浮かべれば、その頰に、若い娘のような笑窪《えくぼ》が刻まれる。ぎょろりとした大きな目は、抜け目なさそうに光っていて、そのくせ、そこには長年の経験で培われた、ものごとに対する絶対の自信のようなものが窺《うかが》えた。

「シロップ、お入れいたしますか」てるが単調な口調で、誰にともなく聞いた。銀のトレイの上には、硝子《ガラス》瓶に入れられた透明なシロップがあった。

義母と綾子が「お願いよ」と言った。

てるはきびきびとシロップを紅茶のグラスに注ぎ、つと私を見た。「いかがいたしますか」

私はうなずき、「ええ」と言った。

てるの視線が、さも関心なさそうに……あたかも室内に飾られた陶器の人形を一瞥《いちべつ》するかのように、私の顔の上を流れていった。

あの時、まさか自分が、この﨟《ろう》たけた家政婦と示し合わせて、邸にこそこそと通うようになるとは夢にも思わなかった。彼女を信じて一切を任せ、恥ずかしいことも、人の道を外れたようなこともすべて、隠さずに披露するようになるとは。

だが、私はまだ、その時は、妹の縁談で邸を訪ねて来た、久我家のお伴《とも》の者でしかなかった。

てるが私のグラスに、シロップを注ぎ入れていた時、靴音がして、青爾がサロンに現れた。

背筋を伸ばした威厳のある歩き方は、何やら異国の王子を思わせた。ゆったりとした卵色のズボンに、白いシャツ姿だったと記憶している。ズボンには茶色のサスペンダーがついていた。外には夏の光があふれており、その光がバルコニーの陶製の椅子か何かに乱反射した。弾《はじ》けた光が一瞬、室内に飛びこんできて、青爾の顔を射た。彼は眩《まぶ》しそうに目を細め、私たちに近づいて来た。

私は義母たちにならって、ゆっくり椅子から立ち上がった。青爾はまず私を見つめ、次いで、お愛想のように義母と綾子に視線を移し、再び私だけを見るなり、「御無沙汰《ごぶさた》していました」と言った。

その目には、三ヶ月前に私をまっすぐに見つめてきた時の、あの、人を射ぬくような光があった。だが、唇に笑みはなかった。彼はひどく疲れている様子で、不機嫌そうにも見えた。

座るよう促され、私たち三人は再び椅子に腰をおろした。青爾は義母たちが座っている長椅子の正面の肘《ひじ》掛《か》け椅子に落ちつき、作ったような笑みを浮かべて私たちを眺めまわした。

「お庭の進み具合はいかが」綾子が聞いた。「今日も、大勢の職人が来ているようですね」

「うるさくて困ります。一日中、ブルドーザーの音を聞かされていると、頭が変になりますよ」

「そうだとしても、なんだか素晴らしいお庭ができそうじゃないの」綾子はバルコニーの向こうに、優雅な視線を移しながら言った。「勇作から聞いていますよ。大理石の大きな彫像なんかも、ヨーロッパから買いつけてくる予定なんですって？」

「そういうものは、とっくの昔に発注してあります。ただ、予定通り、到着するかどうかはわかりません。工事期間内に無事に届けばお慰み、というところですよ」

義母の百合子が目を細めてうなずいた。「もちろん、そういうものは全部、青爾さんが選んだわけでしょう？　さすがだわ。確かな審美眼がおありだものね。お父様が生きておられたら、さぞかし完成を待ちわびて、うずうずしてらしたことでしょうに」

「ここに、西洋のお庭がそっくりそのまま、できあがるのね。まあまあ、なんて素敵なんでしょ。楽しみだこと」

綾子と百合子は口々に、まだ見ぬ庭を褒めたたえ、青爾にお愛想をふりまいた。私は何も言わずに、聞いていただけだったが、青爾の視線がちらちらと私に注がれるのを意識していた。外ではブルドーザーが土を掘り返す音がしていた。合間に、油蟬の騒々しいような鳴き声が混じった。

「さて、青爾さん」綾子がゆったりとアイスティーを一口、飲んでから、おもむろに口火を切った。「今日の私たちの用向きは、いったい何だとお思いになる？」

「ほう。僕はまた、遊びにいらしたんだとばかり……」

「またそんなことを言って。うすうす見当がついていたんじゃなくて？　ねえ、百合子さん」

義母は大仰にうなずき、目を輝かせた。

綾子は手にしていた白いレースの扇子を開き、ぱたぱたと忙《せわ》しく顔をあおいだ。いたずらっぽい笑みが、その、薄く紅を塗った皺《しわ》だらけの唇に浮かんだ。

扇子の動きを止め、綾子は軽く咳払《せきばら》いした。「単刀直入に切り出させてもらいますよ。ねえ、青爾さん、あなた、杏子さんの妹さんの、西島美夜さんのことは覚えているでしょう？　五月の夜会の時に、このお邸《やしき》に来て、あなたとも親しく話をしていた、とても可愛らしいお嬢さんですよ」

　束の間の沈黙があったが、すぐに青爾は目を丸くし、おどけてみせた。「何を聞かれるかと思ったら。ここにおられる妙齢のご婦人がたは、いったい何の悪だくみをしてらっしゃるんです」

「悪だくみだなんて、人聞きの悪い。これはいいお話なのよ」綾子が身を乗り出した。「美夜さんはね、二十一歳になられるの。あなたも知っているでしょう？　ご実家は松本市にある、それはもう老舗《しにせ》中の老舗のお味噌《みそ》屋さん。躾《しつけ》の行き届いた、とてもお育ちのいいお嬢さんだってことは、ここにいる杏子さんの妹さん、というだけでもはっきりしてるわ。それに、あんなにおきれいだし、教養もおありだし、考え方もしっかりしていて、陣内のおうちにふさわしい方よ。だから……」

「結婚しろ……そういうことですか」

　あらまあ、と義母と綾子は顔を見合わせ、噴き出した。開け放した窓から、風が入ってきた。二人の笑い声は、風に乗って邸の外に流れていった。

　綾子が再び扇子を使いながら、のどかな口調で言った。「ものわかりがいいのね、青爾さん。あなたのほうからそう言ってくれれば、話が早いわ。そうなのよ。私たち、この縁談を進めたい気持ちでいっぱいなの。で、今日はあなたの意向を伺いに来た、というわけですよ。というわけで、どうかしら。まさか、金輪際、結婚はしない、なんて、決めてるわけじゃないんでしょうね」

「僕がそう言ったらどうします」

「信じませんよ、そんなこと」

「自信があるんですね」

「そうですよ。あなたほどの立派な教育を受けた、家柄のいい青年が、いつまでも独りでいることは許されません。大学が理科系だったものだから、運よく徴兵を免れて、亡きお父様の遺された会社の社長におさまって、今もこうして呑気《のんき》にしていられるとはいえ、あなた、もう二十八なのよ、二十八！　お庭にかまけるのもいいですよ。趣味に浸るのも悪くはないでしょう。でもね、どれだけたくさんの、あなたと同じくらいの年頃の若者たちが戦争で死んでいったか、ゆめゆめ忘れてはなりませんよ。今度はあなたが英霊たちの代わりに、家庭を築いて、子供を作って、まともな生活を営まなければなりません。お父様が亡くなって、陣内紡績はもちろんのこと、陣内の家を継ぐのはあなたの双肩にかかっているんだし。そろそろ、こういうことを本気で考えるべき時がきたと思ってもらわなくちゃ」

　黙っていたら、永遠に話が続きそうだった。綾子の剣幕を制するかのように、義母がおずおずと口をはさんだ。「ねえ、青爾さん。もしかして、美夜さんのこと、気にいらなかったの？」

　青爾の顔に一瞬、皮肉とも嫌悪感ともつかない、険のようなものが走った。「そんな質問、実のお姉さんのいらっしゃる前でするのは失礼ですよ」

　義母の代わりに綾子がぴんと背筋を伸ばし、居丈高に言った。「杏子さんはね、もう、久我の人間なのですよ。第一、こういうことは、お互いの気持ちをあらかじめ確かめておかなくちゃ、話が先に進みません。それに、気にいらなかったのなら、話が別だけれど、気にいったに違いないのだから、杏子さんだって……」

「何にせよ、僕は、杏子さんの前で、そういう話はしたくない」

「じゃあ、本当に美夜さんのこと、気にいらなかったとでも？　嘘おっしゃい」

「何も、そうだとは言ってないでしょう」

「なら、きちんとはっきり、気にいったのかそうでなかったのか、男らしくここでお返事なさいよ。それが筋というものでしょう」

　雲行きが怪しくなりそうだったので、私は慌てて間に入った。「私のことなら、お気をつかわれなくていいんです。本当に私はもう、久我の人間なのですし、美夜のことは、姉としてではなく久我の人間として考えていくつもりでいますから、どうか……」

　青爾はゆるりと私を振り返った。皮肉とも受けとれる笑みが、彼の唇の端に薄く浮かんだ。「上等ですね」

「え？」

「上等だ、と言ったんです。あなたは利口な方で、とてもまっとうな物の考え方をなさる。でも、利口すぎるのも考えものだな。僕がもし、ここで、あなたを無視して妹さんについての悪口を言い始めたとしたら、どうします。口ではそう言いながら、あなただって決して愉快ではないでしょう。あんな男のところに、妹を嫁にやるのはいやだ、と思い始めるかもしれない」

義母も綾子も、露骨に不快感をあらわにしたが、私は不思議なことに、何も感じなかった。それどころか、青爾の言っていることは明らかに正しいことだったので、胸のすくような快感を味わった。

まあ、と私は目を見開いて、軽く肩をすくめ、誰にともなくおどけてみせた。「そう言われてみれば、そうね。青爾さんのおっしゃる通りだわ」

青爾の視線は私から離れなかった。まっすぐな、人をひるませるような硬い視線だったが、私が微笑みかけると、彼は、すうっと、空気が抜けたように肩の力を抜き、椅子に寛《くつろ》いで私に微笑み返した。

「亡くなったあなたの母親の手前もあります」と綾子は、刺々《とげとげ》しく言葉をつなぎ、再び扇子で忙しく顔をあおぎ始めた。「忘れてはいないでしょうね。あなたを産んだ陣内ふみは、私の妹でもあった人間なのよ。亡きふみのためにも、あなたには一日も早く家庭をもって、落ちついてもらわなくちゃ。ふみだって、このままあなたが独身を続けていくことを望んでいたとは思えませんよ。まともな母親なら、息子に一日も早くいいお嫁さんを、と願うのが当たり前でしょう」

義母がおろおろと、泣きそうな顔をして青爾を見た。百合子は義妹にあたるふみの死後、残された青爾のことを息子同然に可愛がり、気づかってもいた。綾子のように、正面きってものを言う性格ではなかった分だけ、内心、誰よりも青爾の幸福を願っていたように思う。少なくともあの頃までは。

「今ここで、すぐにお返事するのが難しければ」と義母はとりなすように言った。「少しの間、じっくり考えてみればいいわ。ねえ、お義姉《ねえ》様。そうですわね」

「仕方ないわね」綾子は憮然《ぶぜん》として言った。「でもね、青爾さん、言っておくけれど、美夜さんのほうはこのお話に乗り気なのよ。松本のご両親も喜んでくださっているようだし、あなたさえ、結婚する気になってくれれば、何もかもがとんとん拍子に進むことになってるんですからね。それだけは忘れないでちょうだいね」

青爾はテーブルの上のシガレットケースから煙草を取り出し、卓上ライターで火をつけた。大きく組んだ足を崩そうともせず、優雅に煙を吸い込んで吐き出すと、彼は尊大な口調で言った。「笑わせないでください。おばさんたちが、勝手に決めて動きまわっているだけでしょう。僕には関係ありません」

綾子が顔を紅潮させた。「なんてことを。あなた、もう少し真剣に自分の人生を考えてみる気はないの？　いったい誰のおかげで……」

「僕は僕のやり方で生きていくんです。誰からも指図は受けたくないし、指図を受けなければならない理由もない。わざわざ来ていただいて、申し訳ないのですが、今はそうお答えするしかありません」

「あ、あの……」と義母が慌てて、綾子が何か言いかけたのを制した。「お義姉様、ここは私が……。もしかして青爾さん、あなた、他に誰か好きな女の人でもいるの？　もしもそうだとしたら、これは少し話が別になってくるわよね。ねえ、お義姉様、そうですわよね」

その質問がすべてを物語る、とでも言いたげに、彼は宙に視線を泳がせたまま、ふっと皮肉をこめて笑った。「僕に好きな女の人がいるかどうか、など、どうだっていいことでしょう。おばさんたちに、僕の私生活の打ち明け話をしても、仕方がない」

綾子は、苛立《いらだ》ったような吐息をつきながら、パチリと音をたてて扇子を閉じた。「よくわかりました。好きになさい」

「お義姉様、何もそんな……」義母が綾子に向かって、おろおろと手を伸ばした。

だが、綾子は聞かなかった。「いいんです。でも、だからといって私が諦《あきら》めたということにはなりませんよ。私は諦めません。こんなにいいお話、めったなことでは他からいただくこともないでしょうから」

青爾は黙っていた。誰もが口を閉ざした。険悪な空気が流れた。ブルドーザーの間断ない響きと、油蟬のしつこい鳴き声だけがあたりを支配していた。

サロンの扉にノックの音があり、てるが入って来たのはその時だった。

「旦那《だんな》様、松崎が至急、ご報告しておきたいことがある、と申しておりますが」

「何だ」

「いえ、その……何ですか、さっきお庭のほうで……」

「かまわないよ。ここで言いなさい」

「いえ……ですが……」

「いいんだ。言いなさい」

てるは私たちの顔を交互に見比べるようにし、軽く咳払《せきばら》いをしたかと思うと、ひと息に言った。「……お庭から、しゃれこうべが出たそうでございます」

「まあ」と綾子は声をあげ、百合子の腕を摑《つか》んだ。「なんて恐ろしい」

だが、青爾は顔色を変えなかった。彼はすっくと椅子から立つと、「松崎はどこにいる」と聞いた。

「外にいるはずでございます。まだお庭のほうに」

青爾はつかつかとサロンを横切り、バルコニーに出た。外にいた松崎と、バルコニーの手すり越しに何か話していた様子だが、何を話していたのかは聞き取れなかった。

まもなく戻って来た青爾は、何事もなかったかのようにてるに目配せし、「下がりなさい」と言った。「もう用はすんだ」

てるが下がっていくのを待ちかねたように、綾子が中腰になって青爾を質問攻めにした。

「いったい全体、どうしたっていうの。しゃれこうべですって？　そんなものがどうしてこのお庭に……」

「このあたりは戦火の被害を受けなかったんです。多分、大昔の行き倒れか、何かそんなようなものでしょう。骸《むくろ》がそのままになっていただけのことですよ。かなり古いものらしい。明治時代か、あるいはもっと昔の……」

「だとしたって、何の供養もされずに成仏できなかった仏様が埋まってたところにお庭を？　おおいやだ。いやですよ、気味が悪い。で、どこに？　どこに埋まってたって言うの？」

「敷地の最南端にグロッタを造る予定でいるんですが、業者がそのあたりの土をひっくり返していて、見つけたそうです」

「グロッタ？」綾子と百合子は同時に聞き返した。

「人工洞窟《どうくつ》のことですよ。洞窟の脇に池を造るので、そこから少し水を引いて、洞窟の中を湿らせます。本物そっくりになるように」

「お庭に洞窟！」綾子は呆《あき》れたように、天井を仰いでみせた。「ただでさえ、お庭からしゃれこうべが出た、なんてこと、信じられないのに、洞窟だなんて、いったい全体、どういうことかしら。ここに来ると、驚かされることばかりですよ。ああ、なんだか熱が出てきたみたい。顔が熱い」

百合子が綾子の手から扇子を抜き取り、綾子の顔をあおぎ始めた。「大丈夫ですか、お義姉様。そろそろ、おいとましましょうか」

「そうね、そうしましょう。やれやれ、疲れた。なんだか今日は、青爾さんにいっぱい喰《く》わされた、という感じですよ」

ははっ、と青爾は面白くもなさそうに笑い、映画の中の貴公子のように、大げさに胸に手をあて、綾子に挨拶《あいさつ》をしてみせた。「失礼の段、この通り、平にあやまります」

疲れたような笑い声がまきおこった。私も合わせるようにして笑った。

今も思うことがある。あの日、しゃれこうべが庭から発掘された、というのは、一つの不吉さの象徴だったのではないか、と。その後、自分たちの間に巻き起こされるすべての出来事を暗示していたのではないか、と。

しゃれこうべをその後、青爾がどうしたのだったか、記憶にない。役所や警察に届けたふしもなかったから、おそらくは松崎に命じて内々に処分させたのだろう。

供養めいたこともしなかったはずである。土まみれになったしゃれこうべは、降り積もる長い年月の闇の底から掘り出され、再び闇の彼方に葬られたわけだ。

私たちがいとまを告げて、玄関に向かった時、ちょうど来客があった。北向きの玄関の、ひんやりとしたホールに佇《たたず》んで、メイドの民子に白い麻の帽子を差し出しながら、その男は、おや、という顔をして、綾子と義母に会釈をした。

五十がらみの男だった。小太りで小柄の、色の白い子豚を思わせる顔をしていた。たるんだ瞼《まぶた》に被《おお》われたその小さな目は、どこか抜け目なさそうに光っていて、肉づきのいい頬と対照的に薄い唇は、いかにも酷薄そうだった。

綾子と義母は、一言も口をきかぬまま、男に冷たい会釈を返すと、私を促すようにして外に出た。佐高が車寄せに車をつけて私たちを待っていてくれた。民子がいかにも面倒くさそうな足取りで外に出て来て、私たちに向かって礼をした。私たちは再び、来た道を引き返し、国分寺の駅まで戻った。

帰路の電車の中、綾子は吐き捨てるようにして、「なんだか変な一日だったわ」と言った。「おまけに、最後にいやな人に会ってしまって。顔も見たくない、と思っていたんだけど、運が悪かったとしか言いようがないわね」

義母はこくりとうなずいた。「五月の夜会の時も、姿を見せていなかったでしょう?」

「当たり前ですよ。あんな男が来たら、居合わせた人全員の総スカンにあったに決まってます」

「青爾さんが招待しなかったのは当然としても、あの人は勝手に来てしまうようなところのある人ですからねえ。来ていたら、本当に大騒ぎになってたわ、きっと」

あのう、と私は間に割って入った。「あの方、いったい、どなたなんですか」

綾子は、ふん、と鼻を鳴らし、ハンドバッグから白いハンカチを取り出して、化粧パフでも叩《はた》くように忙しそうに顔の汗を軽く拭《ぬぐ》った。

「お妾《めかけ》の子供よ」百合子が綾子の代わりに私に言った。「青爾さんのお祖父《じい》様《さま》の陣内孝次郎さんがね、その昔、囲ってらしたお妾さんの子。新橋の芸妓《げいぎ》だったのよ。孝次郎さんが、水揚げをしてやってね、大事に大事に囲ってらした、っていう話だわ。妊娠したことがわかった時も、孝次郎さんたら、後先のことも考えないで、たいそう喜んでらしたそうよ」

「陣内保二郎という名前ですよ」綾子がぷりぷりした口調で後を継いだ。「お妾に子供を産ませるまではいいにしても、何も認知までしてやらなくてもよかったものを。おかげでこのありさまだわ」

「このありさま、って？」

無邪気に質問した私に、綾子は冷ややかな一瞥《いちべつ》をくれた。「帰ってから勇作にお聞きなさい。詳しく教えてくれるでしょう」

電車は真夏の午後の光の中を走り続けていて、私は何か取り残されたような、片づかないような気持ちになりながら、窓の外を流れていくぎらぎらとした油照りの街を眺めていた。

6

下落合にある、和洋折衷に建てられたあの家……あの家のことを私は今も克明に思い出すことができる。

中に漂っていた、レモンの香りのするつや出し剤の匂い。歩くたびに、かすかな軋《きし》み音をたてた廊下。雨樋《あまどい》を伝って烈《はげ》しく流れ落ちていく雨の音。夏の終わり、遥《はる》か遠くから、木々の梢《こずえ》をぬうようにして聞こえてきた、夥《おびただ》しいほどの蜩《ひぐらし》の声。鬱金《うこん》色の夕陽が射し込んで、何もかもが物憂い光の中に溶けていくように見えた、吹き抜けの居間。寝室の、水滴をつけた窓硝子《ガラス》の向こうに、白い綿毛のように降りしきっていた二月の雪。そして、その窓の枠に、点々と刻まれていた、誰かの背丈でも計ったかのような小さな疵跡《きずあと》……。

贅沢《ぜいたく》すぎる家ではなかったが、戦後まもない、人々が貧しさを強いられたような時代の新婚夫婦が住む家としては、もったいないほどの広さだった。久我家には、当時、世間が想像するほどの財力はほとんど残されてはいなかったのだが、久我倉庫の御曹司《おんぞうし》でもあった勇作には、微笑ましいほど青年じみた見栄があった。彼は無理をして、そんな家を手に入れてくれたのだった。

目の詰まったアオキの生け垣に囲まれた門から長いアプローチに入って行くと、大きな道祖神が現れる。勇作が、懇意にしていた石屋に彫らせたという道祖神である。その背丈は子供ほどもあって、家を訪れる客人の目をひいた。

石の中で、男神も女神も目を細めてゆったりと微笑んでいる。男女は互いのからだを慎み深く寄せ合いながら、頬をすり合わせている。風雨にさらされ、苔《こけ》むしているように見えるのは、石屋の演出であり、実際には真新しいものではあったが、一見、どこかの深山幽谷から掘り出してきた年代ものの道祖神のように見えるのが不思議だった。

夫婦相和し、という願いをこめて、勇作が造らせたものだったのが、皮肉と言えば皮肉である。とはいえ、私たちの結婚生活は、終始、穏やかなものであった。勇作が外で気儘《きまま》に遊んでいるのは知っていたが、そのことで家庭が乱されたことは、ただの一度もなかった。

勇作はきわめて合理的な考え方ができる男であり、その遊び方は実に手際がよかった。彼にとって遊びは遊び、家庭は家庭だった。感傷やロマンティシズムには徹底して無関心でいられる男でもあり、たとえ濃厚な情事の後ですら、ひとたび家に帰れば、一切を忘れ、妻である私の隣で高鼾《たかいびき》で眠ってしまうところがあった。

一方、私が心身共に貞淑な妻として夫につき従っていられたのは、結婚後、わずか四年にも満たない。たったの四年。失うものと得るものの大きさを天秤《てんびん》にかけて、失うものが大きすぎる、とわかっていながら、それでもなお、私はひそかに夫を欺き続けた。

夫を裏切り、妹に地獄を見せ続けることが、私の生涯だった。そう考えると、今も身体の奥底に、泥のような、ねっとりとした闇が拡がっていく。

青爾との密会後、家に帰る私の目に、まず真っ先に飛びこんできたのは、いつもあの、寄り添って微笑み合っている巨大な道祖神だった。私はその道祖神の脇を通り、玄関に入った。誰にも吐き出すことのできない胸の痛みと心の軋みを倍加したのは、他ならぬ夫が造らせた、あの道祖神だった。

玄関ポーチには、渋みのある色の煉瓦《れんが》が敷きつめられている。焦げ茶色のどっしりした扉には装飾用の真鍮《しんちゅう》のノッカーがついている。中に入ると、すぐに、二階の天井まで吹き抜けになった広い玄関ホールが現れる。

居間は洋室ふうに設《しつら》えられた部分と、座卓と座椅子の置かれた座敷の部分とに分かれていた。仕切りに使われていたのは、抽象的な水墨画が描かれた美しい屏風《びょうぶ》である。誰の作だったのか、高名な画家の手によるものだったに違いないが、その名は忘れてしまった。

帰りの遅い夫を待ちつつ、夜更けてから屏風の前の座布団に腰をおろし、黒檀《こくたん》の座卓に向かって、私はよく手紙を綴《つづ》ったものだ。宛て名は陣内青爾。書いても書いても、とめどなくあふれてくる愛の言葉はかえって私を苦しませ、真の気持ちを伝えるまでには至らない。その子供じみた狂躁《きょうそう》が我ながらいやになり、いったん書いたものを破り捨てては、また新たに言葉を選んで書き直す。それなのに、手紙は結局、小ざっぱりとした、どこにでもありそうなありふれた恋文になってしまうのが不思議であった。

居間からは、ベランダ越しに庭が見渡せた。さほど広くない庭ではあったが、私は時間を見つくろっては、自分で庭いじりをし、草をむしったり、花の手入れをしたりもした。夫は向日葵《ひまわり》や鶏頭などの、真夏の色鮮やかな花を好んだ。夫の性格がそのまま表れている。花であろうが人間であろうが、彼が愛するものはことごとく、生命力にあふれた闊達《かったつ》なものばかりだった。脆弱《ぜいじゃく》なもの、儚《はかな》いもの、虚《むな》しいものは、初めから彼の関心をひかなかった。

大輪の向日葵や、燃えあがる焰《ほのお》を思わせる真紅の鶏頭が、夏のよく晴れた空に強烈なコントラストを描いているのを眺めながら、私は時に、スケッチブックを拡げ、クレヨンを使って写生をした。写生したものを後になってまとめ、青爾に見せたこともある。絵が好きで、自らもよく絵筆をとっていた青爾は、へえ、と感心したような顔をみせたが、何も言わず、褒めもしてくれなかった。

そんなことはどうだっていい、と言わんばかりに、彼は私を正面から見つめて言ったものだ。今度、勇作さんがいない時に、あなたの家に連れて行ってほしい、と。あなたの暮らす家が見たいのだ、と。家も庭も隅から隅まで見届けて、ここであなたが生活しているのだ、ここであなたが呼吸をし、食事をし、僕のことを考えてくれている、ということを感じてみたいのだ、と。

だが、私が青爾を家に招いて、二人きりになることなど、どうしてできただろう。妹の婚約者であり、後に妹の夫になった男である。そんな男を妹や夫の留守中、家政婦に暇までとらせて、どうやればこっそり家に招くことができたというのか。

一階には他に、家政婦である仲江の居室、台所、風呂場《ふろば》、洗面所、応接室、小ぶりの茶室。そして少し離れた廊下の先に六畳の和室が一間あった。

もとはと言えば、納戸のようにして使われていた部屋だったが、松本から上京してきた美夜にあてがってやった途端、その部屋はたちまち美夜らしい、乙女らしい部屋に塗り変えられた。一面鏡の上の一輪挿しに季節の花を絶やさず、時に部屋いっぱいに洋裁の道具や美しい布地が拡げられて、美夜の部屋には、いつ行っても、美夜の女らしい香りが漂っていたものだ。

玄関ホールの脇には、黒ずんだ優美な手すりのついた階段があり、階段中央部分には、すべり止め用の絨毯《じゅうたん》が細長く敷きつめられていた。二階正面に八畳の和室。他に六畳間が二間並んでいて、私たち夫婦は、八畳の和室を寝室として使っていた。

戦火で奇跡的に焼けることなく残された、古い家であり、かつては旧華族出身の著名な学者が、若い家政婦と二人きりで暮らしていた家だった、と聞いている。

その学者と年若い家政婦との間には、男女の関係があったらしい、と教えてくれたのは勇作だった。妻子とは長期にわたって別居中だったといい、家政婦との仲が近所でまことしやかな噂のたねになっていたこともあるという。

その話を聞いた時、美夜も同席していた。

美夜は眉《まゆ》をひそめ、「まあ、いやだ」と言った。「奥さんも子供さんもいるのに、どうしてそんな噂になるようなことを……」

「そういうこともあるさ。男と女なんだ。好きになってしまえば、主人も家政婦も関係ない」

「奥さんの気持ちも考えずに？　不潔だわ」

勇作はふと気づいたように、美夜の顔を覗《のぞ》きこんで「おやおや」とからかった。「美夜ちゃんはまだ、こういう話、苦手らしいね」

「ええ。私はとても……」美夜はそう言い、にこりともせずに、うつむき加減で目をそらした。「……とてもいや」

美夜にはもともと、極度に潔癖なところがあった。それは時代や環境が作りだした潔癖さではない、生まれ落ちた時から備わっている、美夜の中の動かしがたい何かであった。

一つ屋根の下に暮らしてはいたが、美夜が私たち夫婦のいる場所に出入りすることは滅多になかった。洋裁学校へは毎朝、きちんと起きて通っていたが、帰宅するのは三時か四時。学校仲間とお茶を飲んで来ることもあったものの、どんなに遅くなっても、夕食までには戻って来た。

帰ってからはしばらく家の中のことを手伝ったり、買物に行ったりしてくれてはいたが、食事を私たちと共にする以外、顔を合わせないでいることも多かった。私から声をかけない限り、勇作の留守中、私の時間を邪魔してくることも少なかった。

幼い頃から、美夜にはそういうところがあった。万事において控えめで、同時に、慎ましかった。身内も含め、自分を取り囲んでくれている人間の邪魔をしないよう、できる限り遠慮しながら生きていくべきだ、というのが、美夜の信条であるかのようだった。

私が陣内邸に出かけた日の晩、夫の勇作が帰宅したのは、十時をまわってからだった。接待かたがた、飲んできたと言い、いつものことではあったが、彼はほろ酔いの顔をして上機嫌であった。

風のない晩で、夜遅いというのに、まだむし暑かった。夫が風呂に入っている間に、私は家政婦の伸江を先に休ませ、台所で夫のために西瓜《すいか》を切った。夏は風呂あがりに西瓜を食べるのが、夫の習慣だった。

西瓜を切りながら、台所でふと耳をすませると、美夜の部屋から、かすかに雨戸を閉める気配が聞こえてきた。切り分けた西瓜を持っていってやろうとして、私はふとためらった。

もちろん美夜は、その日、私が綾子と百合子と共に、陣内の邸を訪れたことを知っていた。話の流れがどのようになったのか、不安でたまらなかったに違いない。私が帰宅した時、小走りに出迎えてくれたのは伸江ではなく、美夜だった。

お帰りなさい、と言われ、にこやかな表情の中に、今にも割れそうになっている硝子《ガラス》細工の危なげなものを感じたのだが、私はあえて黙っていた。

洗面所で手を洗い、寝室で服を着替えていると、美夜がやって来て手伝ってくれた。脱いだ半袖《はんそで》の白いツーピースと、黒地に小さな白い水玉模様のついたブラウスとをハンガーにかけながら、美夜はさりげなさを装って問いかけてきた。「で……どうだった？」と。

私は鏡台の前に座り、ブラウスと共布で作ったヘアバンドを外すのに気をとられているふりをしながら、「そりゃあもう」と言った。「細かいことまではまだ話に出なかったけど、この分だと万事、うまくいきそうよ」

開け放した窓の外の木の幹で、けたたましくツクツクホーシが鳴き出した。豆腐屋のラッパの音が遠くに聞こえた。

美夜は「そう」とだけ言い、とりわけきれいな笑顔をみせた。私は鏡の中で美夜に笑いかけ、力強くうなずき返した。

青爾に結婚の意志がなさそうだ、ということは言えなかった。青爾が美夜のことを周囲が想像するほど気にいっている様子もない、ということにいたっては、口が裂けても言えなかったし、言うつもりもなかった。

美夜と二人きりの夕食をとっている間中、私は仕方なく、陣内の邸の庭から、しゃれこうべが発掘された話ばかりしていた。美夜がその話にたいそう興味をもってくれたため、縁談の件には詳しく触れずに済ませることができた。

だが、これから先は、こううまくはいかないだろう、と私は案じた。青爾に結婚の意志がないことを、美夜にはっきり告げなければならない時が来るのかもしれなかったし、そんな時が来たら来たで、そのいやな役回りを押しつけられそうな予感もあった。義母や綾子に、頼みますよ、杏子さん、あなたの口から美夜さんにはっきり言ってあげてくださいね、と頼まれれば、断るわけにもいかなくなる。

とはいえ、心底、気に病んでいた、というほどではない。まだあの時点では、美夜と青爾の縁談がどうなろうと、美夜は傷ついたりはしないだろう、と私はたかをくくっていた。正式に婚約を交わすに至ったわけではなかったのだし、周囲が双方の気持ちの打診をしていたに過ぎない。まして、美夜と青爾はまだ一度も、デートと呼べるようなものをしていなかった。たとえ、縁談そのものがあやふやなまま終わってしまったのだとしても、そんなことが原因で美夜が塞《ふさ》ぎこんでしまうだろうとはとても思えなかったのだ。

あの子ほどの器量よしなら、と私は思っていた。これから先、山のような縁談が持ち込まれてくるだろう、と。あるいはひょっとして、突然、顔を赤らめながら、私たち夫婦を前に、或《あ》る方から結婚を申し込まれたの、などと打ち明けてくることもあるのかもしれない、と。

西瓜をひときれ、皿に載せ、私は気を取り直して美夜の部屋に行った。和室の襖戸《ふすまど》を軽くノックすると、中で「はあい」と明るい声がし、すぐに美夜が顔を覗かせた。桔梗《ききょう》の花模様のついた浴衣《ゆかた》を着て、頭には三、四個のカーラーを巻いていた。

「西瓜、切ったの。甘いわよ。でも、寝るところだったら、やめといたほうがいいかしら」

「ううん、そんなことない」と美夜は私に微笑みかけた。「喉《のど》がかわいてたの。ちょうどよかった。お義兄《にい》ちゃま、さっき帰ったみたいね」

「相変わらず、いいご機嫌よ。すっかり酔っぱらっちゃって」

美夜はもう一度、いかにも美夜らしく、慎ましやかに微笑みかけてきたが、その目に何か言いたげな光がさしたのを私は見逃さなかった。

「どうかした？」

「え？」

「何か言いたそうな顔してる」

「そう？」美夜は聞き返し、照れたように目を伏せた。「なんでもないわ」

「何よ。言いなさいよ」

「なんでもない」

「いやな子。思わせぶりね」

「だって……」

「だって……何よ」

美夜は小首を傾げ、うつむいた。「お姉ちゃまがね、今日、あの方に逢ってきたんだと思うと……なんだか眠れなくなりそうなの」

心からの微笑み、というわけにはいかなかったが、私は美夜の純朴な恋ごころをからかうように笑ってみせ、「あらあら」と言った。「お熱いことね。美夜お嬢ちゃまは、国分寺の王子さまに夢中なんだわ」

だが、美夜は笑わなかった。皿の上の西瓜をまじまじと見つめ、「ね、お姉ちゃま」と生真面目な声で言った。「さっき、お夕食の時、聞きそびれたんだけど……」

「なあに？」

「……青爾さん、本当に私のこと、気にいってくださってるのかしら」

一瞬のためらいを見透かされまいとして、私は大きく息を吸い、美夜の腕を軽く叩《たた》いた。

「当たり前でしょ。どうしてそんなこと聞くのよ」

「私のこと、気にいっている、って言ってらした？」

「もちろんじゃないの」

「ほんと？」

「ほんとよ。あけすけにそういう言い方をしてきたんじゃなくって、それとわかるような、遠回しな言い方だったのが、いかにも青爾さんらしかったわ。最初っから、膝《ひざ》を乗り出して、大好きです、是非、おつきあいさせてほしい、なんて言ってくるような人じゃない、ってことは、わかってたし、そういうところが青爾さんらしくていいな、って、私は思ったわ。でもどうして？　どうして美夜は、そんなに自分に自信がないの？」

「ないのよ、全然。だって、あんなに素敵な人が、私を好きになってくれるだなんて、とっても思えないんだもの」

「あなたほどの別嬪《べっぴん》さんが口にするセリフじゃないわね。鏡を見てごらんなさい。青爾さんだけじゃなくて、美夜は誰からも愛されるわ。さあ、もういいから、それを食べてぐっすりおやすみ。そうそう、明日の土曜日、学校の後で何か予定がある？」

「明日？　ううん、別にないけど。どうして？」

「どこかで待ち合わせて銀座に行かない？　勇作さんがお世話になってる会社の社長令嬢がね、今度結婚するそうなんだけど、そのお祝いに何か素敵な食器を贈りたいから、デパートで見つくろって来てほしい、って、頼まれてたのよ。ついうっかり忘れちゃってて……さっき、まだ買ってないのか、って叱られちゃった。つきあってくれる？」

いいわ、と美夜は浮き浮きしたようにうなずいた。「お姉ちゃまも何か買う？」

「そうね。新しいパラソルが欲しいと思ってたところだけど」

「ほんと？　偶然。私もよ。白いレースのパラソルが欲しかったの。外国の貴婦人がさすような、縁にフリルのついた……」

「それをさして、国分寺の王子様のところに行くのね」

いやだ、お姉ちゃまったら、と美夜はいたずらっぽく私を睨《にら》みつけるような表情をし、輝くような笑顔を向けた。

翌日、美夜と銀座で待ち合わせ、食器を選んだ後で、パラソルを二本、買った。美夜は念願の白いレースのパラソル。私は、淡く透けるような紫色のレースのパラソル。それぞれのパラソルをさして、青爾の庭園が完成した日に、陣内邸を訪れた時のことを思い出す。

青爾は、その日、私と美夜を前にして、こう言ったものだ。

「絵のように美しい姉妹が、それぞれ白と紫色のパラソルをさして僕の庭を歩いている。白い薔薇《ばら》と藤の花がいっぺんに咲いたみたいで、きれいだった」

だが、その目は美夜を見ていなかった。
私しか見ていなかった。

勇作の、ものの食べ方は何につけ豪快だった。切りわけたビフテキをフォークで口に持っていく時も、香の物を嚙《か》み砕く時も、粗野な人間の食べ方のように見えることすらあった。それでも、決して下品にならなかったのは不思議としか言いようがない。それこそが家柄のいい証拠なのだ、と実家の父から教えられたこともあるが、本当にそうなのかもしれなかった。

椀《わん》の中の汁をすする時も、仕種が大仰で、時に躾《しつけ》教育を受けていない、粗野な人間の食べ方のように見えることすらあった。

西瓜《すいか》を食べる時、勇作はやはり、大胆に舌を鳴らし、大きくかぶりついては口もとに汁を滴らせる。顎《あご》から垂れていきそうになる果汁をあわやという時になって、素早くナプキンで拭《ふ》き取りながら、凄《すさ》まじい速さで食べ続ける。種はまとめて器用に口から吐き出す。添えたスプーンを使うことは滅多にない。

開け放しておいた居間の窓の外の叢《くさむら》で、鈴虫が鳴いていた。風がなく、相変わらず蒸し暑かったが、その時間、あたりは静けさで充たされていた。

西瓜を食べ終え、小さなげっぷを一つして、うちわで胸元をあおぎながら満足げに煙草に手を伸ばした勇作に、私は訊《たず》ねた。

「ねえ、陣内保二郎、っていう人、知ってる?」

勇作は、私を振り向いて目を見開き、ははっ、と短く笑った。「知ってるも知らないも……奴がどうかしたのか」

「今日ね、陣内さんのお宅ですれ違ったの。帰りがけに、玄関のところで。後で綾子おば様に、どういう方なの、って聞いたんだけど、綾子おば様もお義母《かあ》様も、なんだかぷりぷりしてて、詳しく教えてくれなかったのよ。勇作さんに聞けばいい、って」

「綾子おばは、奴のことを毛虫のように嫌ってるんだよ。相変わらずだな。話題にするのもいやなんだろう」

「青爾さんのお祖父《じい》様《さま》の、お妾《めかけ》さんの子供だ、って聞いたけど。五十くらいになる人？」

「さあてね。そうだな、もうそのくらいになるのかな。認知してやった上に、相手の女のお乳の出が悪いとかで、乳母までつけてね、それこそ乳母日傘《おんばひがさ》で育ててやったらしいよ」

「相手の方は新橋の芸者さんだった人なんですってね」

「格別きれいな女でもなかった、って話さ。何がよかったんだか。もうとっくの昔に死んでるよ。僕も一度も会ったことがない」

「その保二郎さん、って方、今は何をなさってるの」

「陣内紡績の専務さ」そう言って、勇作はいささか乱暴な手つきで煙草をもみ消した。「青爾のおやじさんが生きてたころはよかったんだ。青爾のおやじさんは、芸術と経営を両立させることができた人だったからね。それに、あれでなかなか、経営手腕は大したものだったよ。保二郎にとって、青爾のおやじさんは戸籍上の兄でもあったわけだし、遠慮して陰《かげ》にまわって、おとなしくしてたんだけどね。でも、今は状況が変わってしまった。このままいけば、陣内紡績はいずれは奴に乗っ取られることになりかねないだろうな」

「乗っ取られる？　どうしてなの？　青爾さんがいるのに」

勇作はうちわで胸のあたりをあおぎながら、ふん、と小さく鼻を鳴らした。「今の青爾に、陣内紡績を引っ張っていけるだけの力があるとは思えない。彼はいずれ、完全に経営を人任せにしてしまうかもしれないよ。自分の趣味の世界に浸るためにね。多分、保二郎はその時が来るのを虎視眈々《こしたんたん》とねらってるんだ。今だって、青爾が週にどれほどの割合で社に出向いてるか、怪しいもんだよ。会議には出ている、とか何とか、言ってたけど、それだけでは会社経営は成り立たんだろう。戦争は終わっても、男の仕事場っていうのは、いつだって戦場なんだ。でも、青爾にはそこで戦っていこうとするだけの強さも向上心もない」

「じゃあ、青爾さんには何があるの」思わず私はそう聞いた。

美夜の夫になるかもしれない男のことを不安に思って聞いたに過ぎなかったはずなのに、自分の中に、思いがけず、夫の言葉に反論したくなる気持ちがあることを知って、私は驚いた。私の目にも、青爾という人間が、現実を相手に戦っていける強靭《きょうじん》さをもつ人間だとは映っていなかったが、だからといって、それは批判されるような種類のものではないように思えたのだった。

現実など、いったい何ほどのものだろう、という考えが、もともと私の中にはあった。

累々と折り重なる戦争の犠牲者や、破壊され尽くした街並みを目の当たりにし、幾人もの親しい人間の死や不幸を娘時代に経験しながら、現実以外に人を救う方法はないのか、といつも考え続けてきた。それは怒りにも近い感覚だった。

　現実は人を殺し、人を惑わせ、人を堕落させる。そしてまた、そんな人間を救うのもまた、現実なのだった。名誉、富、社会的地位、賞賛、成功……そういったものだけが人を救い、同時に、そういったものが人を限りなく貶《おとし》めていくのだった。

　だとするならば、現実の生み出す悲喜こもごもの連鎖から目をそむけ、自ら幻の王国を創ってそこに閉じこもろうとする人間が現れても、不思議ではなかった。私は自分が、青爾の持っている感覚を好ましいと思っていることに、その時、初めて気づいた。

「青爾に何があるのか、って？」勇作は小馬鹿にしたように聞き返した。「彼にあるのは、男の戦場から逃避するための不思議な才能だけさ」

「あなたの言い方はずいぶん否定的なのね。そういう人のところに、美夜を？」

　勇作はじろりと私を見た。「気になるのか」

「そりゃあ、そうだわ。そんなふうにはっきり、あなたに言われてしまうような人だったとしたら、問題でしょう」

「まあ、聞きなさい。陣内という家には、こんなご時世にしては珍しいほどの財力が残されてる。青爾があれだけの馬鹿げた庭園を造ろうとしてるのを見ても、一目瞭然《りょうぜん》だろう。縁談としては悪くない。悪いどころか、上等だよ。それに、彼が美夜ちゃんと所帯をもって落ちつけば、少しは親から受け継いだ会社をまともに維持していこうという気にもなるさ」

「じゃあ、あなたは、美夜がそのために使われる道具になってもいい、とおっしゃるの？」

勇作は、厳しい目をして私を見た。「馬鹿を言うのもいい加減にしなさい。何が気にいらないんだ」

「気にいらないわけじゃないの。でも……あなたからそういう話を聞けば、姉として少しは不安にもなるわ」

「いらぬ心配だよ。青爾のことは、子供の頃からよく知っている。確かに芸術家肌が過ぎて、男として不甲斐《ふがい》ないところはあるにしても、決して案じなければならないようなやつではない。むしろ、純粋すぎるところがあって、それは彼の大きな利点だろう。だからこそ、早く家庭をもたせる必要があるんだよ。夢まぼろしを追っていても、目の前に現実が突きつけられれば、誰だってまともに生きざるを得なくなるからな」

私はうなずき、ややあって微笑んでみせた。「美夜は夢中なのよ。プロポーズされるのを夢見てるわ。一度しか会ってないっていうのに」

「夢中なのは結構なことじゃないか。で、肝心なことを聞き忘れた。彼は美夜ちゃんとの縁談について、どう言ってるんだ」

「今日のところは、はっきりした答えはなかったんだけど……」

「まさか、いやだ、と言ってるわけじゃないんだろう？」

「どうなのかしら。美夜がいやなんじゃなくて、結婚そのものにあんまり気持ちが動かないみたいなの。結婚なんか、考えてない、って。そのことはかわいそうだから、美夜にはまだ伝えてないんだけど」

「ポーズをとってるだけさ。決まってるじゃないか」

「そうかしら」

「そうだよ。何につけても、待ってましたと飛びつくようなまねはしたがらないんだ。そういう男だよ。縁談を持ち込まれること自体、おおかた、気恥ずかしいことだとでも思ってるんだろう。まったくいい年をして青臭い」

そう言われれば、そんな気もしなくもなかった。ほっとするような気持ちになりながら、私は笑った。「そうね。そうかもしれない」

「おふくろたちはその気なんだろ？」

「もちろんよ。もう大騒ぎ」

「ますます結構」

遠い空で、かすかに雷鳴が轟《とどろ》いた。すでに零時を過ぎようとする時刻になっていた。

勇作は両手を大きく掲げてあくびをし、「寝るぞ」と言った。「ひと雨くるかもしれないな。暑くてかなわん。少し降ってくれれば、朝は涼しくなるだろう」

私が風呂《ふろ》に入り、寝支度をして二階の寝室に行くと、勇作はまだ起きており、枕もとのスタンドの明かりの中、本を読んでいた。

それが何を意味することか、私にはわかっていた。一事が万事、勇作のやることには一定の……或《あ》る意味では胸のすくような……不変の法則があった。向日葵《ひまわり》と真紅の鶏頭を生涯、好んでいたのと同様、彼が、妻である私を抱こうとする時の合図のようなものも、その後も変わることはなかった。

私が布団にもぐりこもうとすると、勇作は黙って手を伸ばし、私に触れてきた。スタンドの明かりが消された。まず、着ている寝巻の上から、全身くまなく愛撫《あいぶ》を受け、やがて私がかすかに喘《あえ》ぎ始めるのを待って、寝巻の帯が彼の手によって解かれた。

接吻《せっぷん》とほぼ同時に交わろうとしてくる時の、いささか性急さを感じさせるやり方も、そして、階下の美夜や伸江の部屋にまで振動が伝わるのではないか、と案じられるほどの烈《はげ》しい腰の動きも、いつもの夜と変わりはなく、果てた後で、挨拶《あいさつ》のようなくちづけを軽く残し、どたりと音をたてて、大の字になってしまったのも同じだった。

まもなく鼾《いびき》が聞こえてきた。ひとたび眠りにおちると、彼は朝まで目を覚ますことはない。私と肌を合わせた晩はさらに眠りが深くなる。火事で家中が煙に包まれても眠っているのではないか、と思うこともあるほどで、その晩もまた同様だった。

寝冷えしないように、と彼に夏掛け布団をかけてやってから、私は簡単に身仕舞いを整え、階下の手洗いに立った。

トイレを使い、洗面所で手を洗っている時だった。ふいに廊下で電話が鳴り出した。けたたましいような鳴り方で、思わず身体が凍りついた。

今と違って、あの頃の電話は、かかってくるとまさしく「ベルが鳴り響いている」という音がしたものだ。あたりが静寂に包まれている分だけ、余計にベルの音は家中に谺《こだま》して容赦しない。

そんな遅い時刻に電話がかかってくるのは珍しいことだった。松本の実家で何かあったのだろうか、と一瞬、不吉な思いをめぐらせたが、その予感は、不吉さという意味において当たっていたことになる。

洗面所を飛び出そうとした時、伸江の部屋のドアが開く気配があった。久我の家にかかってくる電話のほとんどは、伸江が受けることになっていた。勇作はもちろんのこと、伸江が買物などで留守にしている時以外、私や美夜も、めったに電話には出ない。

小暗い廊下の先にある、伸江の部屋に向かって、「いいのよ。私が出るわ」と私は声をかけた。伸江に出てもらってもよかったのだが、いつものことながら、夫と性愛を交わした直後の顔を伸江に見られるのはいやだった。

伸江が何か答えたが、何を言ったのかは、聞き取れなかった。ドアが慎ましく閉じられる気配があった。

電話機は、階段脇の、細長い電話台の上にあった。黒光りしている自動式卓上電話機だった。それまでの共電式から、交換台を通さずに直接ダイヤルできる自動式の新型電話機が全国的に普及したのは、あの年になってからだったと思う。

まだ覚えている。その晩、電話台の上の丸い陶器の花瓶には、勇作の好きな赤い鶏頭の花が、束になって活《い》けられていた。

花瓶の横の、黄色いシェードのついた小さなスタンドの明かりを灯《とも》してから、私は急いで受話器を上げた。

交換台の女の声が、私の家の電話番号を確認してきた。自動式の電話といっても、市外通話は交換台を通さねばならない。私はてっきり、その電話は松本の実家からかかってきたものだと思いこんだ。

電話が切り替えられる気配があった。私は「もしもし」と小声で言った。「久我でございます」

「こんな時間に、申し訳ありません。非常識であることはわかっています」

男の声だった。聞き覚えがあるような気がした。淡い記憶の光の束が、いっとき、私の頭の中をかけめぐった。

その声には人を不安にさせるような響き、緊張感のようなものは、いささかも含まれてはいなかった。むしろ泰然自若としていて、旧知の相手に電話をかける時の、一種の気軽さすら感じられた。

男は言った。「久我杳子さんをお願いしたいのですが」

「私ですが」と私は言った。「失礼ですが、どちらさまでしょう」

そう聞いてから、ふいに何か、全身、粟立《あわだ》つような思いにかられ始めた。思考する前に、肉体が何かを感知してしまった、としか言いようがなかった。

「陣内です」

声の主がそう答えたのと、私が思わず息をのんだのとは、ほぼ同時だった。

「まだ、起きていらっしゃいましたか」

「ごめんなさい。久我はもう、やすんでしまったんです。でも、お急ぎなら、今すぐ起こして来ますけど」

「勇作さんに用があったわけじゃありません」と、青爾は奇妙に明るい調子で言った。「用があったのは、あなたにです」

私が黙っていると、青爾は淡々と続けた。「……あなたの声が聞きたかった」

どう応《こた》えればいいのか、わからなかった。私は聞こえなかったふりをし、言葉をつないだ。「いただいた電話ですけれど、お礼が遅れてごめんなさい。今日は、お忙しいところを、すっかりお邪魔してしまって……」

「僕は今……」ふいに青爾の声が私の言葉を遮った。「今、とても不思議な気持ちでいるんです。あなたのことが忘れられない。そのことを伝えたくて、電話をしました。短い時間でもいい、あなたと話がしたかった。お礼だの何だの、そういうこととは関係ないんです」

「……おっしゃる意味がわからないわ」

「本当にわからないんですか」

「僕があなたに恋をしていること、あなたはわからないんですか」

私は唇を嚙《か》み、おし黙った。スタンドの明かりが作る、丸く小さな黄色い輪が、幾重にも重なって花台の上の花瓶に映し出されているのが見えた。羽虫が何匹か、明かりの中を飛び交っていた。外の雷鳴が大きくなり、ふいにぱらぱらと軒先を叩《たた》く雨の音がし始めたが、受話器の奥には、静かに流れる砂のような気配だけがあった。

「……わかりません」

「もしもし？」青爾が言った。「聞こえてますか？　何故、応えてくださらないんです」

「酔ってらっしゃるのね」私は平静を装って言った。「主人もお酒に酔うと、時々、妙なことを口にしたりするから、慣れています。早くおやすみにならないと。あの……もう遅いですから、これで失礼させていただ……」

「切らないで」青爾は低い声で怒ったように私を遮った。「切らないで、もう少しこのままでいてほしい。僕の話を聞いてほしい」

「お聞きしなければならないような話は何もありません」

「僕が冗談を言っているとでも？」

「もちろんだわ」

「冗談なんかじゃない。本気です。どうしてこんなことが、冗談で言えますか。今日もあなたが帰ってから、どうにも気持ちが落ちつかずに大変でした。あなたのことばかり考えている。いや、今日だけじゃない。五月の夜会で、初めてあなたにお逢《あ》いした時からずっと……」

「やめてください。困ります。気は確か？」

「またお逢いしたいと思っています。今度は二人きりで」

掌《てのひら》に汗をかいていた。私は烈しく鼓動を繰り返す胸をおさえながら、深呼吸をした。

「ごめんなさい。これ以上、お話しているわけにはいかないの。失礼します。おやすみなさい」

相手の応答を待たずに、慌ただしく受話器をおろした。手が震えていて、その震えは次第に全身に伝わってきた。呼吸までもが途切れ途切れになりそうだった。私はしばらくの間、じっと電話機の前に佇《たたず》んでいた。

雨の音がふいに烈しくなった。外の叢《くさむら》で鳴き続けていた夥しいほどの虫の声がかき消され、大地を打つ雨の音以外、何も聞こえなくなった。

陣内青爾は頭がおかしい、と考えるべきだった。妹の縁談の話で家を訪ねたその日に、あろうことか、その縁談の相手の男は、深夜、姉のもとに電話をかけ、僕はあなたに恋をしている、と囁《ささや》いてきたのだ。

朝になったらただちに義母か綾子と連絡をとり、青爾の立場を慮《おもんぱか》って事の詳細を伏せながらも、即刻、この話はなかったことにしてもらうか、さもなければ、今この瞬間、二階で鼾をかいて眠りこけている夫をたたき起こして、今しがたのあまりにも無礼な電話の内容を訴えるか。私の取るべき道は二つに一つしかなかった。確かにそうだった。

だが、私は自分がそうしないであろうことに早くも気づいていた。今すぐ夫をたたき起こすこともしなければ、明日になっても明後日になっても、自分は一言もこのことを誰かにもらすことはないだろう、と思った。

五月の暖かな晩、あの国分寺の贅沢《ぜいたく》きわまりない邸で初めて陣内青爾を紹介された瞬間から、いつかこうなるかもしれないということを予感していたような気もした。それどころか、わかっていたような気さえした。何故、そんなふうに思うのかわからず、わからないなりに、私は自分がはっきりと、何かを密《ひそ》かに予感し続けていたことをその時、知った。

居間に行き、雨の音に包まれたまま、私は暗がりの中、じっと息をひそめて座っていた。考えはまとまらず、今しがたの電話での会話を思い出せば思い出すほど、烈《はげ》しい感情がわきあがってきた。

もちろんそれは、怒りや軽蔑《けいべつ》ではなかった。不安や困惑でもない。文字通り、否応《いやおう》なく熱を帯びそうになっている感情の嵐としか言いようがなかったのだが、その嵐が後に、さらに烈しさを増して吹き荒れることになろうとは、どうして想像できただろう。

小一時間ほどそうやっていて、二階にあがったものの、なかなか寝つけなかった。やっと浅い眠りにおちたかと思うと、再び目が覚め、夢ともうつつともつかない状態のまま、夜が明けた。

囀《さえず》り始めた雀の声の合間に、早くも油蟬の鳴き声が混じり始めるのをはっきりした意識の中で聞きながら、私は薄目を開け、隣で眠っている夫の、裸の背を見ていた。

7

美夜と青爾を結婚させようとする大人たちの企《たくら》みは、思いがけない形で実行に移されることになった。松本から両親が上京して来たせいである。両親さえ来なかったら、皆そろって青爾と会うこともなかっただろう。そうなれば、いつしか美夜と青爾を結びつけようとする義母たちの熱もおさまっていき、私も国分寺の陣内邸を訪ねることがなくなっていただろう。

そうこうするうちに、夏の夜、突然電話をかけてきて、恋をしている、と言ってきた青爾の記憶も、徐々に風化していったに違いない。後には何か、秘密めいた甘酸っぱい思い出だけが残されて、その思い出も、やがては苦笑まじりに語られる昔のエピソードの一つと化していただろう。青爾のことなどきれいに忘れて幸福な結婚をした美夜を相手に、「実はね、あの時」と面白おかしく打ち明けることもあったかもしれない。そして半ば呆《あき》れ顔の美夜と共に、くすくす笑い合ってさえいたかもしれない。

人生には常に無数の仮説が成り立つ。もしも、あの時、あんなことがなかったら、という仮説。偶然の出来事。偶然の出会い。ものごとに対する無意識の選択。天候のちょっとした変化。日常生活の歯車のささやかな乱れ。そういったものが、時に恐ろしいほど、人の一生を左右することにもなる。

記憶にすらとどまらないようなありふれた出来事が、完成されていたはずの物語のあらすじを時には残酷に、時には好都合に、急速に創り変えてしまう。物語は急変する。思いもよらなかったほうに流れていく。人生の物語は最後の最後まで、予測がつかない……。

松本から上京してきた両親は、ひとまず下落合の私の家に落ちついた。季節は秋になっていた。十月の初旬だったと思う。近所の家の庭に咲きほこる金木犀《きんもくせい》の花の甘い香りが、日がな一日、むせかえるように漂っていた。窓を開けるたびに母が、「なんだか香水の中に暮らしてるみたいね」とうっとりした口調でつぶやいたのを覚えている。

父も母も、上京の理由を「美夜のことで世話になっている久我家の皆さんへのご挨拶《あいさつ》」と言い張った。だが、本当の目的が別にあったことは一目瞭然《りょうぜん》だった。

堅苦しい段取りは抜きにして、さりげなく陣内青爾と食事を共にし、将来、末娘が連れ添うことになるかもしれない男の、人となりを観察しておきたかったのだろう。父はそのために事前に、義父母と連絡を取り合っていた様子だった。

むろん、義母たちには、その旨、はっきりと申し出たわけではない。だが、義母は義母で、松本の私の両親が上京してくる、というのを大仰に受け止めた様子だった。何があっても青爾を西島の両親に紹介せねばならない、と躍起になり、当然のことながら綾子も登場してきて、勇作まで巻き込みながら、陣内邸で昼食会を催す、という話が早々と取り決められてしまった。

慌ただしく物事が動き始めた中、青爾が何を思ったかについては、後になって私は本人から聞かされることになる。

綾子と百合子を前にし、青爾は平然と言ってのけた。「今は誰とも結婚するつもりがないのだから、美夜さんのご両親が出てきたからといって、食事を共にする必要などないではないですか」と。

それを聞いた綾子は激昂《げっこう》した。感情的になるあまり、青爾をあしざまに罵《ののし》り始めたので、それをなだめるのに義母は苦労したのだという。

青爾はその話を私にしながら、尊大そうにも見える顔をして私を見つめた。

「それでも、やっぱり、彼女たちに従うことにしたのは、何故だったかわかる？」

私は黙っていた。その答えを知っていたからだ。

青爾はさらりと、微笑さえ含ませながら言ってのけた。

あなたに逢いたかったからだ、と。昼食会には、あなたも必ず来るだろうことがわかっていたからだ、と。それ以外、何の理由もなかったのだ、と。

昼食会……。

あの美しく晴れわたった秋の日の日曜の午後、陣内邸で行われた昼食会の優雅さは、あれはいったい何だったのだろう。

田舎の味噌《みそ》屋から久我家に嫁いだ頃、何かの宴《うたげ》が催されるたびに、私は震えるような緊張感を味わったものだった。身につけるものはもちろんのこと、言葉づかい、仕種《しぐさ》、微笑み方、話題の選び方に至るまで、細心の気配りをしてみせなければならない。たとえ資産を失った後の貧しい暮らしの中にあってさえ、かつての栄光を忘れることなく、格式ばった優雅を求めてやまなかったのが久我家であった。

だが、陣内邸での宴における優雅さは、そうした古い階級社会の名残が見せる優雅さとは異質なものだった。緊張感を強いられる優雅さではない、それはむしろ、人を容易に幻惑させ、容易に彼方の世界に連れ去っていく、麻薬のような優雅さと言ってよかった。

一方で、どこかしら人工的で明晰《めいせき》な、整理し尽くされたような優雅……。何をしても、何を話しても、いかに微笑もうと、いかに放心していようと、一切の自由が認められる代わりに、気がつくと自分がチェス盤の駒の一つにでもなっているかのような、そんな幾何学的な優雅……。阿片《アヘン》を吸った後に押し込まれた、美しい小部屋で味わうような優雅……。

絶妙な間合いで運ばれてくる料理は、どれも贅沢で美味だった。食器類はこれ以上磨けないと思われるほど、ぴかぴかに磨きあげられており、時折、それは外の秋の光を受けて、虹《にじ》色の輝きを放った。

楕円《だえん》の大きなダイニングテーブルには、しみひとつない純白のクロスが掛けられていた。テーブルの中央の硝子《ガラス》器に風情たっぷりに活《い》けられていたのは、邸《やしき》の庭で咲いたという薄紫色の萩の花だった。

造園途中の庭には、日曜だったせいで作業員の姿もなく、ブルドーザーの轟音《ごうおん》や地響きも聞こえなかった。代わりに室内に低く静かに流れていたのは、ヘンデルのアリアだった。

会話は滞ることなく続けられた。誰も戦争の話を蒸し返そうとはしなかったし、戦死した共通の知人の名を口にすることもなかった。貧しさや幾多の苦労、目にしてきた現実の凄惨《せいさん》さをきれいに忘れ去ったかのように、居合わせた人々は皆、光り輝く未来の話、文学や絵画、音楽、映画、見果てぬ夢の話に終始していた。

あるいはそれは、青爾を中心にして、誰もが青爾に気をつかい、青爾が好みそうな話題を探していたせいもあるかもしれない。だが、たとえそうだったとしても、誰もがその場の雰囲気に酔い、会話を楽しもうとしていたことは確かだった。

その日の晴れわたった秋空同様、そこには一点の不吉さの翳《かげ》りも見えなかった。集まった人々が青爾本人も含めて、あまりにも完璧《かんぺき》に、あまりにも親しみ深く会話を交わし合うのを眺めながら、私はふと思ったものだ。あの晩の電話は何かの間違いではなかったのか、と。

陣内青爾は私にではない、別の女に電話をかけたつもりでいたのではなかったか。それを自分が滑稽《こっけい》にも勘違いして、動揺しただけのことではなかったか。

あるいはまた、青爾は本当に酒か、あるいは何か得体の知れない薬に溺《おぼ》れていて、相手かまわずあんなセリフを吐いてみたい衝動にかられただけだったのではないか。それが、何の偶然か、私という女に向けられただけではなかったのか……と。

実際、そんなことはあるはずもなかった。青爾が久我の家に電話をかけてきたことは確かだったし、その際、私の名を口にしたのも事実なら、私に向かって「あなたに恋をしている」と言ったのも事実だった。

だが、私はその新しい思いつきにしがみつこうとした。実際、そうでもしなければ、あの日、私はまともに青爾の顔を見ることすらできなくなっていたかもしれない。

あたかも正式に婚約が交わされた後ででもあるかのように、青爾は美夜を気づかっていた。そこには一種の照れすらも窺《うかが》えた。松本の両親が発する、失礼のない程度の幾つかの具体的な質問にも、彼は青年らしくはきはきと、晴れやかに答えていた。そんな青爾を見ながら、私は、今なら雨の晩の出来事を記憶の底から追い出すことができる、と確信を抱いた。

自分さえ忘れてしまえばいいことであった。たかが一本の電話であった。年下の、高等遊民そのものといった風変わりな男の、いっときの戯れだと考えれば、こちらが知らぬふりを装うのは造作もないはずであった。

今ならまだ、誰も傷つかずにいられる、と私はデザートに出てきたヴァニラアイスクリームをスプーンですくいながら考えた。美夜はもちろんのこと、自分さえも。

たとえ、いっとき、目の前にいるこの青年に思わず惹《ひ》かれそうになったという事実があったとしても、そんなものは今の段階なら、笑い飛ばして記憶の外に放り出してしまうことができる……。

「本当に夢のようなひととき……」アイスクリームを食べ終えた私の母が、感極まったように言い、ナプキンの端で唇を軽く拭《ぬぐ》った。「何もかもが夢のようですわ。あまりに素晴らしくて、ここがどこなのか、いっとき、忘れてしまうくらい」

「西洋の王侯貴族になったみたいな気がしますな」父がそれに合わせるように、にこやかに言い添えた。「いや、実に素晴らしい。それ以外、言葉もありません。東京に出て来て本当によかった。しばらくぶりに娘たちにも会うことができましたし、それだけでも嬉《うれ》しいのに、それに加えて、これほど素晴らしいお招きを受けようとは思ってもみませんでした」

「喜んでいただけて何よりです」青爾は目を細めた。「でも、くれぐれも誤解なさらないように」

「誤解？」父母は目を瞬《しばたた》かせて口々に訊《たず》ねた。「何がでしょう」

「毎日毎日、僕がこんな食事をとっているなどとお思いにならないでください。お客様を招いた時だけなんですから、この手の食事は。僕が好きなのは、ごく普通の、質素なものばかりです」

そうだった、そうだった、と勇作が青爾を遮るようにして豪快に笑い出した。「きみの好物は僕も知ってるぞ。ごく普通、というのは語弊があるな。普通であって普通ではない。一風変わってもいる」

「あら、そういう好物があったの？　ちっとも知りませんでしたよ」

綾子がそう言い、ねえ、と百合子に向かって相槌《あいづち》を求めた。百合子もまた、首を横に振り、「本当にちっとも」と応《こた》えた。

二人の年配の女は、たまたまその日、似たような薄紅葉《うすもみじ》の模様が描かれた訪問着を着ていて、仕種も表情も、年齢こそ違えど、対の人形のように似通って見えた。

「いったい何かしら」と美夜がはしゃいだように勇作に向かって聞いた。「なぞなぞをしてるみたい。教えて、お義兄《にい》ちゃま」

勇作がふざけた調子で人さし指を立ててみせた。「陣内青爾がこの世で一番好きなもの。これさえあれば、他に何もいらない、ってやつ。さて、皆様、いったい何だとお思いになりますでしょうね」

「わからないわ」美夜は救いを求めるように私を見、両親を見、次いで青爾を見た。美夜の目は、プレゼントの小箱を前にした幼女のようにきらきらと輝いていた。

勇作はグラスに残っていた赤葡萄酒《ぶどうしゅ》をぐいと飲みほし、「それではお答えしましょう」と言った。「それはですね、炊きたてのほかほかした御飯に、バターを載せて、醤油《しょうゆ》をたらした、通称、バター飯《めし》でございます」

「バター飯？」

美夜が素《す》っ頓狂《とんきょう》な声で聞き返したので、周囲に笑いの渦が弾けた。

青爾がわずかに顔を赤らめて、視線をそらした。「こんな席でみっともない話を暴露しないでほしいな、勇作さん。美夜さんに軽蔑《けいべつ》されてしまうじゃないか」

今度は美夜のほうが顔を赤らめる番だった。

美夜は目を伏せ、微笑みながら「いいえ、軽蔑だなんて、全然」と言った。「バター御飯って……美味《おい》しそう。食べてみたいわ」

「本当に？　本当にそう思いますか？」

「ええ、本当に」

「わかりました。今度、美夜さんにごちそうします」

再び全員が笑い出した。私の両親は微笑ましげに美夜と青爾を見つめ、うなずき合った。あたりはいっそう和やかな空気に包まれた。それは、完成された家族の間に漂うにふさわしい、何かしら安心できる和やかさだった。

おかしな話だ。私はその瞬間、嫉妬《しっと》にも似た気持ちを味わった。記憶が生温かい漣《さざなみ》のようになって押し寄せてきた。頭の奥底で、あの晩、受話器の奥から囁《ささや》かれた言葉が幾度も幾度も繰り返された。僕はあなたに恋をしている……。あなたに恋を……。

てると民子が紅茶を運んで来た。全員に紅茶が配られている間、束の間の沈黙が流れた。それはとてつもなく幸福な沈黙で、あたりの和やかさが変わることはなかった。

ところで、と青爾が、ティーカップをかたりと音をさせてトレイに戻すなり、改まった口調で言った。「そろそろこの場を借りて、美夜さんのご両親に一つ、僕から質問をさせていただきたいことがあるのですが」

父は満面笑みといった顔つきで、姿勢を正した。「なんなりと。なんでもお答えしましょう」

「或《あ》る意味で抽象的な質問になるのかもしれません。それでもよろしいですか」

「もったいぶるなよ、青爾」勇作がからかうように言った。「美夜ちゃんのことで、山のように聞いておきたいことがあるんだろう？　ちょうどいい機会だから、好きなだけお聞きすればいい」

　そうだよ、と義父の道夫も口をそろえた。「美夜さんご本人もここにいることだし、いい機会だ」

　全員が青爾に注目した。

　その時だった。青爾の視線が一瞬、私のほうに注がれた。それは本当に一瞬のことだった。閃光《せんこう》のようにまっすぐな視線が私の中を貫いていって、それは瞬く間に元に戻り、彼は何事もなかったかのようにゆったりと寛《くつろ》ぎながら、私の父に向かってこう言った。

「ここにおられる、とびきり美しい姉妹について、お伺いしたいことがあったんです。杏子さんと美夜さんは、お二人とも甲乙つけがたいほどのお美しい方であることは事実ですが、姉妹と言っても性格は微妙に異なるんでしょうね。僕には兄も弟もいませんし、まして姉妹については想像することすらできないので、かねがね伺ってみたいものだ、と思っていました」

　その質問は、邪気のないものには違いなかったが、ひどく唐突な感じがした。少なくとも私にはそう感じられた。だが、そんなふうに感じたのは私だけだったのかもしれない。

「性格……ねえ」父が穏やかに繰り返した。「それはまあ、姉妹なので似ているところもあるし、似ていないところも……。一口には何と申し上げたらいいのか……」

「全然違う、と申し上げてもいいんじゃないかしら」母が慎ましく言い添えた。「母親の目から見ますと、正反対のように見えることもありますから」

ほう、と青爾は﨟《ろう》たけた年長者のように、したり顔をしてうなずいた。「正反対……ですか。例えば、どんなところが」

「美夜は子供の頃からおとなしくて、従順で、何かというと人の蔭《かげ》に隠れてしまうようなところがありましたけれど、姉の杏子のほうは芯《しん》が強かったですわね。おてんば、というほどではないにしても、美夜よりも頑固で、独立心が強くって、親としてはちょっと扱いにくいところも……」

お母さん、と私はわざと渋面を作ってみせた。「扱いにくい、だなんて、ひどいわ」

「あたってるじゃないか。杏子は頑固だぞ。それに扱いにくい。違ったかな？」勇作がふざけて言ったので、全員が笑いだした。

「楽しい話だな。先を聞かせてください」

青爾が私をにこやかに、しかしまっすぐ見据えたまま、歌うように続けた。彼は私しか見ていなかった。私は慌てて目をそらした。

母が何か言いかけたが、父は自分こそが、この話題の話し手にふさわしいのだと言わんばかりに、それを遮った。「親の教育がどんなふうに影響したのかは存じませんが、確かに、杏子には少女の頃から独特のものの考え方が根づいていたようですな。反抗的だったというわけでもないのですが、時に親でも驚くような突拍子もないことを口にする。自分の価値観が世間と足並みをそろえずにいたとしても、平然としているところがありましたね。松本の高等女学校を出て専修科に進んで、それだけでもまだ足りずに上京して、YWCAに通って語学を習得したい、と言いだした時には、さすがに面食らいましたよ。そのうち、大きな戦争が始まるぞ、といくら言っても聞かないんですから。それもしかし、私の教育がそのまま受け継がれた結果だと思えば、反対のしようもない。女に教育は不要だ、と一言も口にしなかった結果がこうなったわけです。ですが、たとえそうだったとしても、願ってもいなかったような格式のある名家に嫁がせることができたわけですからね。肩の荷がおりました。一時はどうなることか、とひやひやさせられてばかりおりましたから。その意味で言ったら、美夜のほうは、一事が万事、実に育てやすい娘だったと申し上げてもいいですな。親の欲目かもしれませんが、気立てのいい子です。姉と年が離れているのがよかったのかもしれません。年が近いと、妙な影響を受けて、外に飛び出して行きたがる姉の真似ばかりしていたかもしれませんからねえ」

とうとうと話し続ける父の言葉は途切れることがなかった。姉である私を俎上《そじょう》に載せながら、美夜にしかない長所をさりげなく青爾に伝えようとしているのはよくわかった。

居合わせた人々は、静かに微笑みを交わし合った。青爾のもとに嫁ぐ娘として、これ以上ふさわしい人間はいない、と誰もが思っていたのは事実であった。

父が、男親らしく、松本の味噌《みそ》屋「西島屋」の営業成績について、あたりさわりのない打ち明け話を始めた。

青爾はさほど気乗りのしない表情で相槌を打っていたが、話題が、西島屋から陣内紡績に関することに移っていくにつれ、その表情の曇りは強くなった。

陣内紡績が現在どのような状態にあるのか、あるいは、今後、どのように経営維持されていこうとしているのか、ということは、実は父が美夜のために最も知りたがっていたことであった。西洋の王侯貴族のような贅沢《ぜいたく》な暮らしをしている陣内青爾を目の前にし、かえって父には陣内紡績の実情がいっそう、気にかかり始めていたに相違ない。

煙草を吸ってもいいでしょうか、と勇作が誰にともなく聞いた。それをしおに、全員が席を立ち、中サロンに移動することになった。

青爾は事業に関するつまらない会話から解放されたと言わんばかりに、私たちの先頭に立って中サロンまで案内した。その小さな移動の中で、父が青爾に発した質問の幾つかは、あやふやな返答の中にたち消えてしまった。

中サロンは陣内邸の玄関を入った右側に位置していた。大きな美しい観音開きの窓の向こうには、造園途中の、青爾が呼ぶところの「西苑」が見渡せた。邸《やしき》の南側に拡がる主庭園とは別の、西側にあたる区画園である。

あの昼食会が行われた日、すでに「西苑」にはコの字型に庭を囲む、恐ろしく背の高い、セイヨウイチイの高生け垣がほぼ完成されていた。あとは丹念な刈り込みを行えばいい、という段階にまで作業は終わっていたが、庭そのものはかろうじて刺繡《ししゅう》花壇の、ぼんやりとした輪郭を見せているに過ぎなかった。

「この一角は、ドイツ、バイエルンのリンダーホーフ宮にある区画園とそっくり同じにするつもりでいるんです」

青爾は食後酒の透明な飲物の入ったグラスを手に、窓辺に立って、誰に言うともなく言った。「リンダーホーフでは〝東苑〟と呼ばれていたようですが、ここは西側に位置しているので、〝西苑〟という呼び名になりますね」

ほう、と父が驚嘆したように目を見開いた。「バイエルンの？　というと、もしかすると、そのリンダーなんとかというのは、ええと、何て言いましたっけ。度忘れしたな。例の国王の……」

「ええ、バイエルン国王、ルートヴィヒ二世が残した宮苑のことですよ。よくご存じですね」

「いやいや、知っているというほどでもない。この年に至るまで幾つもの戦争を経験してくると、他国のことも何かと耳に入ってきてしまう、というだけのことですよ」

青爾は穏やかにうなずいた。「僕が父に連れられてリンダーホーフ宮を訪ねたのは、十二歳の時……昭和十一年でしたが、それはそれは美しい庭園でした。他にもいくつもの庭園を見てまわったのですが、あれほど記憶に残される庭園は他になかったですね。標高千メートルくらいのところにある森を切り拓《ひら》いて作られていましてね。宮殿自体はロココ調でした。全面、鏡で埋め尽くされた鏡の間とか、階下から自動的に料理が並べられたテーブルが上がってくる装置とか、単にきらびやかというよりも、あまりに華やかすぎて、かえって神経を逆撫《さかな》でされるような異様さがありましたが……。もっとも、国王自身が神経を病んでいたわけですから、当然なのかもしれません」

ほう、ほう、と父が感心したようにうなずいて、熱心に聞き入っている間、綾子は美夜とサロンの長椅子に腰をおろし、くすくす笑いながら何か耳打ちをし始めた。美夜は顔を紅潮させて、うつむき加減に微笑んでいた。義父母の百合子と道夫は、私の母と室内の壁に掛けられている絵画の前に立ち、親しげに会話を交わしていたし、勇作はくわえ煙草のまま、レコードキャビネットの中をあさり、中のレコードを一枚一枚、眺めていた。

窓辺に立って、外を眺めていたのは、私と青爾、そして父だけだった。

「この西苑が出来次第、中央には大きな石像を置きます。アモールとプシュケの石像をね。リンダーホーフ宮のものは、矢を射るアモールの石像でしたが、僕はそこにプシュケを並べたものを今、彫らせている最中なんです。ジェラールという画家の描いた油彩画に、『アモールとプシュケ』というものがあるのですが、その絵を忠実になぞった石像にさせるつもりでいます」

「プシュケ……ですか」

「神話に登場してくる美女ですよ。ご存じないとは思いますが」

「それはなんと素晴らしい。実際に目でご覧になってきたからこそ出来ることなんでしょうな。私など、想像もつかない」

「僕のこの庭園は、全体としてリンダーホーフに酷似したものになると思いますよ。もちろん、細部にわたっては違う箇所もたくさんありますがね。全体のイメージはやはりリンダーホーフだろう、と考えています」

「バイエルンの国王になられるわけですな」父が言った。「日本のルートヴィヒ二世が誕生する」

父に皮肉の刺《とげ》などあるはずもなかったのだが、私には何故か、父のその言葉は青爾に対する最大級の皮肉に感じられた。

青爾が自ら、バイエルン国王であった〝建造狂〟ルートヴィヒ二世の名を口にしたのは、それが最初で最後になる。後に彼がその名を口にしたことは一度もない。私もその話をしなかった。

何故だったのだろう。何故、ルートヴィヒの名を互いに口にせずにいたのだろう。あまりに似過ぎていたからか。その分裂、その狂乱、その過剰な情熱、その厭世観《えんせいかん》、その病める魂……その一切合切が、あまりにも両者の中で分かちがたく手を結び合っていたからか。

目の前にいる長身の、その美しい男と、異国の孤独な国王の姿とが、たちまち私の中で重なった。それは私の胸の奥底に、異様に甘美な戦慄《せんりつ》をもたらした。

父が手洗いに行きたい、と言い、その場を離れた。青爾は私のほうを見なかった。その目は窓の外の、リンダーホーフ宮苑を模倣して造られようとしている庭の一角に注がれていた。

私がそっとその場から立ち去ろうとすると、彼は前を向いたまま、「待って」と言った。低い声だった。間近にいた私ですら聞き取れないほどの。

美夜と綾子は長椅子の上で、何が可笑《おか》しいのか、しきりと甲高い声で笑い続けていた。私の母と百合子は、化粧直しにでも行ったのか、姿を消していた。義父は椅子に腰かけて、葉巻に火をつけようとしていた。

一枚のレコードをジャケットから取り出し、電蓄のプレーヤーの上に載せようとしている勇作の姿を視野の片隅にとらえながら、私は青爾の傍から動けなくなった自分を感じた。

「いかがです」青爾が何事もなかったかのように聞いてきた。「楽しんでいただいてますか」

私は青爾を見上げ、次いで、彼と並んで窓の外を眺める姿勢をとった。外では金色の、降るような秋の陽射しがあたりを埋めつくしていた。

「それはもう。ここもきっと、素敵なお庭になるんでしょうね」私は出来るだけあっさりと、あたりさわりなく聞こえるように言った。「楽しみです」

「この庭は、あなたのために造っている。あなたに捧《ささ》げる庭なんです。絶対に忘れないでほしい」

心臓の鼓動が大きくなった。私は唇を嚙《か》みながら、硝子《ガラス》窓の外の、未完の庭園を凝視したまま、低く吐き捨てるように言った。「馬鹿なことをおっしゃらないで」

「馬鹿なこと？　何故です。この間の電話でも言ったでしょう。僕はあなたに恋をしている。恋しい人のために庭を捧げることに、何の不思議がありますか」

「今日、何のために皆がここに集まっているのか、知っておっしゃってるの？　それ以上、馬鹿なことを言うんだったら、私、今から大声をあげますよ」

「あげたければあげればいい。あなたにはそんなこと、できっこない」

私が素早く首をまわし、彼を見上げて睨《にら》みつけたのと、勇作がLPレコードに針を落としたのはほぼ、同時だった。

「できっこない？」私は声を押し殺しながら聞き返した。「どういう意味？」

ワーグナーの曲が大音量で流れてきた。そう、あれは確かにワーグナーだった。

綾子と美夜が、驚いたように勇作のほうを振り返った。勇作は「失敬、音が大きすぎた」と言いながら、ボリュームのつまみを探し始めた。

「教えてあげましょう」大音量で流される交響曲のさなか、青爾がまじまじと私を見つめながら低い声で言った。「あなたも僕に恋をしているからですよ」

「おい、青爾」勇作が声を張り上げた。「この電蓄のボリューム、どうやって絞るんだ」

青爾は何ひとつ慌てた様子もなく私に背を向け、長く室内に伸びてくる鬱金《うこん》色の秋の光の中、ゆったりとした足取りで勇作のほうに歩いて行った。

8

瞬く間に一と月ほどの時間が流れた。青爾が初めて美夜あてに電話をかけてきたのは、十一月に入ってからのことになる。

電話に応対したのは家政婦の伸江だった。日曜日だったのか、土曜日だったのか、記憶は曖昧《あいまい》になってしまっている。ともかく美夜は学校に行かずに家にいた。庭に咲いた黄色い小菊の花を両手いっぱいに摘んできて、美夜は居間でそれを花器に活《い》けている最中だった。

取り分けた花を、電話台の上の花瓶に挿そうとしていた私は、伸江がいつにも増して丁重に応対するのを聞き、つと顔を上げた。

伸江が受話器を電話台の上に載せ、私に何か意味ありげな目配せをすると、居間のほうに小走りに駆けて行った。美夜お嬢様、美夜お嬢様、お電話です、と呼びかける伸江の声が家中に響いた。

美夜はエプロンで手を拭《ふ》きながら出て来て、「どなた?」と聞いた。

「国分寺の陣内様です」

束の間、私は自分でも説明のつかない気分に襲われた。それは痛みや苦しみを伴わない、それでいてどこかに軽い不快感のある痙攣《けいれん》のようなものに似ていた。

美夜は一瞬、電話台の前で立ち止まると、私のほうを見て、ひどく不安げな少女のような顔をした。私は微笑みかけてやった。美夜はまるで何か、怖いものにでも手を触れるようにして受話器を握りしめ、深呼吸してから「もしもし」と言った。

私はそっとその場から離れた。

電話自体はそう長いものではなかった。美夜はすぐに小走りに、居間にいた私のところにやって来た。さっきの、不安に満ちた情けない少女のような表情は、もう、かけらもなかった。

「青爾さんからお誘いを受けちゃった」美夜は照れくさそうに両手をもみしだきながら、興奮した口調で言った。「今度の土曜日にね、銀座で映画を観て、お食事したいって。何の映画か、聞いたはずなのに、忘れちゃった。ああ、お姉ちゃま、どうすればいい？　今度の土曜日っていったら、もうすぐよ。着ていくもののことも考えなくちゃ。何を着ていけばいいかしら」

私は微笑み返し、「よかったわねえ」とのどかな口調を作りながら言った。他にも何か言ってやりたいと思ったのだが、言葉が続かなかった。

かといって気持ちが乱れていた、というのでは決してない。むしろ私は落ちつきはらっていた。これでいい、と思った。こうなるのは自然なことだった。そのうち案じることもなく、何もかもがうまく運んでくれるだろう、と私は考えた。

美夜の悦《よろこ》びが伝わってきた。こんなに悦んでいる妹……こんなに素直に無邪気に恋をしている妹をいったい誰が裏切ることなどできるだろう、と思った。たとえいっときにせよ、気持ちがぐらついた事実があったことが、自分でも信じられないほどだった。

青爾は考え直してくれたのだろう、と私は思った。その思いは私を幸福にした。何があったにせよ、もう終わったのだ。あれは、いっときの気の迷い、芸術家気取りで贅沢《ぜいたく》な一人暮らしを続けている青年の酔狂な遊び……やはりそんなものだったのだ、と考え、私はひそかに安堵《あんど》のため息をついた。

初めてのデートに着ていく服について、あれやこれや、私相手に喋《しゃべ》り続ける美夜に相槌《あいづち》を打ち、あの服はどう、あのバッグと靴を合わせて、などと答えてやりながら、内心、私はどこか上の空で、自分は一人の青年に弄《もてあそ》ばれていたのだろうか、とも考えていた。

ここ数ヶ月間、いつも気持ちの奥底で、陣内青爾から言われた言葉を繰り返し反芻《はんすう》し、悩み、惑っていた自分がひどく愚かしく思われた。

恋などしていたわけではないのだ、と私は妙に小ざっぱりとした気持ちで思い返した。恋など、とんでもない。ただちょっと、あまりの率直さ、異様な接近ぶりに動揺させられていただけのこと。そう考えると、あらゆる悩みや不安から解き放たれて、自分自身が万能の人間になったように思われ、清々《すがすが》しい気持ちがあふれてきた。

私は美夜の結婚を思い、美夜と青爾の挙式がどんなものになるか、想像した。想像の中の青爾に、かつての酔狂な遊びの影は毛筋ほども残っていない。花嫁衣装に身を包んだ美夜の横に、青爾が生真面目な顔をして立っている。青爾は二度と私にあの話をしない。永遠にしない。

だが、私はその時からわかっていた。自分の中ではいずれまた、「あなたに恋をしている」と打ち明けられた時の記憶が、幽霊のように立ち現れることになるに違いない、と。そしてその記憶は、生涯消えないものとなるのだろう。罪深さも、不安も何もかもたち消えて、ただ、封印された記憶だけが残され、私はその小さな秘密を抱えたまま、死んでいくのだろう……と。

それはしかし、幸福な想像だった。私は自分自身に満足した。

義母の百合子から私あてに電話がかかってきたのは、その晩のことだ。

「青爾さんから美夜ちゃんに、電話かかってきた？」と百合子は、前置きも何もなく、出しぬけに聞いてきた。

「ええ、今日、かかってきましたけど」

「今日？」

「はい。今日の午後」

「で、青爾さんはなんて？」

「今度の土曜日に銀座で映画を観てお食事するとかで。美夜はとっても喜んで、デートの時に何を着ていけばいいか、って、今日はずっとその話ばかりだったんですよ」

「まあ、よかった」と義母ははしゃいだように言った。「青爾さん、ちゃんと約束を守ってくれたんだわ。だったらいいの。夜分、ごめんなさいね」

「いったい全体、どうなすったんですか」

「実を言うとね、私、義姉《あね》と一緒に、しびれを切らしてたのよ。青爾さん、とっくに美夜ちゃんをお誘いしたものとばかり思っていたら、まだしてない、って言うじゃないの。びっくりしちゃって、それは何ということ、美夜ちゃんに対しても、松本のご両親に対しても失礼でしょう、って、昨日、私、青爾さんにお説教したところだったの。でも、もうこれで安心ですよ。まあ、ほんとに青爾さんたら、のんびり屋なんだから。そんなにのんびりしてたら、美夜ちゃんを他の男性に取られてしまうわよ、っておどかしたんだけど、その効果があったみたいねえ」

義母はそう言うと、ころころと鈴を鳴らすような、のどかな声をあげて笑った。

いやな予感がした。不吉な予感の芽はたちどころに摘んでしまわねば、と思ったのだが、うまくいかなかった。

義母の百合子や綾子に説得されて、しぶしぶ美夜をデートに誘ってきた青爾の表情が目に見えるようだった。青爾が自らの意志で美夜を誘ってきたわけではない、という事実が、重たく私の心にのしかかった。

でも、と私は必死になって考えをまとめようとした。説得された結果とはいえ、青爾はその説得に応じたのだ。断り続けることもできたはずなのに、応じたのである。

そこには青爾自身の周囲に対する妥協、そうあらねばならない、とする覚悟のようなものがあったのかもしれない。そう考えることもできた。

それならそれでもいい、と私は思った。事実だけを受け入れるべきだった。どんな経緯があったのだとしても、ともかく青爾は美夜を誘ってきたのだ。銀座で映画を観て、食事をしたい、と言ってきたのだ。

いやなら、周囲の説得など無視することだってできたはずである。どんな手を使ってでも逃げ続けることができたはずである。

「まあまあ、これで一段落ですよ」義母は歌うように言った。「あとは若い人たちに任せて。ね？　そうでしょ？」

そうですね、と私は花瓶の中の、可憐《かれん》に咲きほこる黄色い小菊の花を見つめながら言った。

その週の土曜日の晩、八時半をまわった頃、家の前に大きな車が静かに停まる気配があった。

美夜が青爾に送られて帰宅したことはすぐにわかった。私が真っ先に思ったのは、今、すぐそこに青爾がいる、青爾がこの家を見上げ、闇に包まれた庭を眺め、玄関ポーチの明かりを受けた道祖神を目にしている、ということだけだった。

それは或《あ》る意味では、はしたない想像だった。私は美夜のことなど、何も考えていなかった。だが、そのはしたなさ、冷酷さのようなものが皮肉にも私を押しとどめてくれた。走り出て行って、青爾に挨拶《あいさつ》をすることもできたのである。妹を送り届けてくれたことに対して陽気な口調で礼を言い、よかったらおあがりになってお茶でも飲んでいきませんか、と言うこともできたのである。

勇作はまだ帰っていなかったが、妹の婚約者になるかもしれない青年を自宅に招き入れ、妹と共に茶菓をふるまっても、ちっともおかしくはない、と自分に言い聞かせることもできた。

だが、私は何もしなかった。黙ってじっと、居間で婦人雑誌に目を落としているふりをしていた。

ややあって、玄関の扉が開き、ただいま、と言う美夜の元気な声が聞こえた。仲江が走り出て行く気配があった。

外で車のエンジン音が轟《とどろ》いた。夫が社の車を使って帰宅する時にいつも聞こえる音とは違い、それはひどく重厚で、思わせぶりな音に聞こえた。次いで、未舗装の道を走り去って行くタイヤの、小石を踏みつぶす音が遠くに消えていく気配があった。

私は玄関に向かい、笑顔を作って美夜におかえり、と言った。「送っていただいたのね」

「そうなの。電車で帰るから大丈夫、って言ったんだけど、そんなことはさせられない、って」

「あがっていただけばよかったかな。せっかくここまで来てくださったんだから、お茶でもごちそうすべきだったわね」

「私もそう思って、お誘いしたんだけど、気をつかわないでほしい、って言われて……。あんまり無理強いするのも変でしょう?」

美夜は笑みを浮かべたまま、薄手のコートを脱いで仲江に渡し、「お義兄《にい》ちゃまは?」と聞いた。

まだ帰ってない、と私が言うと、美夜はいたずらっぽい仕種で四角い箱を差し出した。

「はい、おみやげ」

「あら、嬉《うれ》しい。なあに?」

「青爾さんが、皆さんでめしあがってください、って。銀座のね、今、一番美味《おい》しいって言われてるケーキ屋さんのケーキ。帰りがけにわざわざ近くに車を停めて、青爾さんが選んでくださったの。食べきれないほどたくさん。仲江さん、悪いけどお紅茶、いれてくださる? 仲江さんも一緒にいただきましょうよ。おいしそうよ」

「お食事してきたばっかりなのに、すごい食欲だこと。やっぱり贈り主が違うと、ケーキもただのケーキじゃなくなるのねえ。で、どうだったの? 楽しかった?」

そりゃあ、もう、と美夜は言い、はにかんだように目をそむけた。

後にも先にも、あれほど輝いていた美夜を私は知らない。あれほど無心な悦びに浸っていた美夜を私は知らない。

青爾と関わるようになって、美夜が一点の翳《かげ》りも見せない、娘らしい輝きを放っていた日があったとしたら、あの日だけだ。今もよく覚えている。美夜はペチコート入りの、形よくふくらんだギャザースカートをはいていた。緑色の地に白の小花模様がプリントされたもので、上は黒の、品よく胸の開いた長袖《ながそで》セーターである。セーターは比較的ゆったりしていて、さほど身体の線をなぞるものではなかったが、それなりに美夜の豊かな乳房を強調し、模造パールのネックレスもよく似合っていた。

その服装を選んでやったのは私だ。戦争はとっくの昔に終わったのだし、美夜は女学生でもない、第一、これは初めてのデートなのだから、襟元まできっちりボタンを留めたような、女学校の先生みたいな恰好《かっこう》は避けたほうがいい、できるだけ女らしい装いをするように、と教えた。

実際、美夜は着ているものに負けず劣らず女らしかった。ゆるく波打つ髪の毛は漆黒に輝き、細いうなじのあたりでは可憐なカールが躍っていた。

社会的地位も家柄も教養も申し分のない男から愛されるにふさわしい、無垢《むく》な娘を思い描くとしたら、今も私の頭の中には、あの晩の美夜の姿しか思い浮かばない。

美夜は妖精《ようせい》のように活き活きしていて、高貴で、艶《つや》やかでありながら、同時に清楚《せいそ》だった。ほんの半年ほど前までは、未知の人間にすぎなかった陣内青爾という一人の男が、すでに美夜の中では世界そのものになり、太陽になり変わっていることは誰の目にも明らかだった。

あの晩の美夜は、その男から愛されている、という実感を抱いていたはずだ。いや、愛されている、というほど大袈裟《おおげさ》ではないにせよ、少なくともこれから先、自分はこの男から真剣な愛を注がれようとしている、と思ったはずだ。

そこには嘘偽りはなく、猜疑心《さいぎしん》のかけらもなかったはずである。美夜は心底、青爾との結婚に向けた道のりが、温かな光と香気に満ちている、と信じていたに違いない。

美夜は私と向かい合わせになってショートケーキを食べながら、青爾との逢瀬《おうせ》の一部始終を私に報告した。映画を観て、どこで食事をして、何の話をしたか。映画館の様子、レストランの雰囲気、青爾が着ていた服、青爾の腕時計の革ベルトが焦げ茶色だった、ということに至るまで。

ケーキにフォークを突き刺したまま、食べることも忘れたように、美夜は美夜らしくもなく、驚くほど饒舌《じょうぜつ》に喋《しゃべ》り出した。

青爾が買ってくれたというケーキは、生クリームがたっぷりかかった、当時としてはとても贅沢《ぜいたく》なケーキだった。皆さんでめしあがってください、と青爾が言った時、彼の頭の中に私のことが浮かんだだろうか、とふと思った。馬鹿げた想像であることはわかっていた。だが、どうしようもなかった。

日比谷の映画館で、二人が観た映画は、『陽のあたる場所』だった。モンゴメリー・クリフトとエリザベス・テーラーが主演で、結婚を約束していた金持ちの令嬢がいたにもかかわらず、ひょんなことで知り合った貧しい娘と恋におち、妊娠させてしまう男の物語だ。よりによって、と私は後から何度もその映画のことを考えたものである。青爾と美夜の初めてのデートの日に、何故、その映画を観ることになったのか……偶然とはいえ、それはあまりに奇妙な偶然だった。

何故、他の映画ではいけなかったのか。何故、あの年に映画ファンが必ず観に出かけた『第三の男』や『風と共に去りぬ』ではいけなかったのか。何故、よりによって青爾は、婚約者のいる身で他の女にうつつを抜かした男を描いた映画を選んだのか……。

内容を詳しく知っていて、青爾が悪魔的ないたずら心からあの映画を選び出し、美夜を誘ったとは思えない。第一、私と青爾はまだ、あの段階では何ひとつ、気持ちを確かめ合ってなどいなかった。すべては青爾からの、遊び半分と思えなくもない一方通行にすぎなかった。

となれば、何の恋心も抱いていない娘を誘うのが面倒臭く、どの映画を観るか、という問題すらどうでもよくなって、何の気なしに選び出したのがあの映画だったというわけだろう。ただそれだけのことだったのだろう。

私が『陽のあたる場所』を観たのはずっと後になってからだ。すでに私と青爾は深くつながっていたから、映画の内容はあまりにも生々しく感じられた。結局、最後まで観終えることができなくなり、途中で席を立った記憶がある。

そして美夜は後に、初めてのデートの時に二人で観た映画が、あろうことか、自分と青爾の末路を象徴していたことに気づくのである。初めから青爾は自分のことなど眼中になく、青爾が求めていたのは自分の姉であったことを知るに至るのである。

とはいえ、それほど残酷な事実と向き合うことになっても、美夜は私に向けて恨みがましいことは一言も口にしなかった。怒りもせず、泣き出しもせず、いつも諦《あきら》めたような笑みを浮かべていた。恋敵が姉であったのは最大の不幸だが、同時に最良の結果であった、とでも言わんばかりに。

あんなことになっても、美夜は私を愛してくれていた。いや、愛、という言葉を使うのが偽善だとしたら、こう言い換えてもいいかもしれない。美夜は他の誰よりも、姉である私を必要としていた、と。

捨てられても邪険にされてもなお、親猫に甘えることしかできない子猫のように、美夜は私を求めてきた。私は私で、そんな美夜を不憫《ふびん》に思い、受け入れた。

不憫に思うこと自体が不遜《ふそん》であることはわかっていた。すべては私の責任だったし、私さえ、煮えたぎる恋心を黙って捨て去ればいいこともわかっていた。

だが、私にはそれができなかった。もちろん、恋など捨ててしまおう、と思ったことはある。百万遍もある。だが、思うだけだった。気がつくと私は青爾のもとに舞い戻り、何ひとつ以前と変わらぬ苦悩を抱えながら、青爾の抱擁を受け、青爾の唇をむさぼっているのだった。

傷つけられながらも、傷つけた人間のところに寄り添ってくる美夜を私は受け入れた。美夜は美夜で、そんな姉が何を思っているか、知っていながら、姉を許した。

私たちは争わなかった。互いの苦しみの、肝心かなめの部分を相手に見せずに済ませようとした。

　それが私たち姉妹の最大の不幸だった。


　年明けて昭和二十八年一月。青爾が二十九歳の誕生日を迎えるその日まで、美夜と青爾は何度、逢瀬を重ねたのだったか。せいぜい二度か三度。そんなものだったと思う。

　そのうち一度は、綾子と百合子も一緒だった。歌舞伎を観に行かないか、と二人から誘われた際、青爾さんもお誘いしたいのだけど、と珍しく美夜がわがままを言ったのだった。結局、青爾も同伴することになったのだが、それは私も一緒だとばかり勘違いしていたせいだ、と後になって私は彼から聞かされた。

　私はその歌舞伎には同行しなかった。当日になって、青爾が来る、と聞き、胸が騒いだのは事実である。だが、結局、あれこれ理由をつけて出かけるのを断った。それこそ正しい選択だ、と寂しい満足感にひたりながら、美夜が帰って来るのを待っていたのは、あれは十二月に入ってまもなくのことだったろうか。

　青爾の誕生日を二人きりで祝うのだ、と美夜から聞いたのは、一月になってからのことになる。プレゼントは何がいいだろうか、あれほどお金持ちで、趣味も広く、いろいろなものを持っている人だから、何を贈ればいいのか、見当もつかない、と幸福そうに悩んでいる様子の美夜に、何か手作りのものを贈ったら、とアドバイスしたのは私だ。

　美夜は目を輝かせ、そうね、その通りね、と言った。手作りのネクタイを贈ることに決めたのは、美夜も私も他のものを何も思いつかなかったからである。いくらなんでも、ワイシャツやジャケットのたぐいは美夜の手にあまったし、編みこみ模様のあるセーターなどは好みがあって難しい。第一、寸法を計らねばできないようなものを贈るほど、美夜と青爾の関係はまだ熟してはいなかった。

洋裁に関しては、まだまだ子供だましのような腕しか持っていなかったとはいえ、美夜にとって何かを手作りして青爾に贈る、というのは心躍る作業であったに違いない。あと一週間、あと五日……と青爾の誕生日までの時間を指折り数えつつ、失敗作を惜しげもなく捨て、日々、楽しげにネクタイを作り続ける美夜は、まるで、生まれてくる赤ん坊のために毛糸の靴下を編んでいる若い母親のようでもあった。

できあがったネクタイについては、よく覚えている。さすがに心をこめただけあって、ほぼ完璧《かんぺき》な出来ばえであった。光沢のある青いシルク地には、よく見ると斜めに細い線が入っていたが、遠目には無地に見える。シンプルだったので、どんなスーツにも似合ったはずだ。

だが、手作り、と聞けばなるほど、と誰もが納得するような、それはどこかしら素朴な趣をたたえていた。少なくともそこには、人の手で握られたおむすびと、機械が作ったおむすび程度の違いはあった。

ネクタイがすっぽり収まるような小箱がなかったので、美夜はボール紙を買って来て、鋏《はさみ》と糊《のり》を器用に使い、自分で箱も作り上げた。美しい包装紙で包み、真紅の太いりぼんを結んだ。そして、準備万端、という、誕生日の二日前になって、美夜はひどい風邪をひき、床についたのだった。

ネクタイ作りに根をつめすぎて、疲れていたうえに、街の雑踏で風邪のウィルスをうつされれば、そうなるのは当然だったろう。寒い日が続き、風邪が流行《はや》っていた時のことでもあった。体力が失われている時に、思いがけず重い風邪をひいて臥《ふ》せってしまうことは誰しもある。

だが、そうだったとしても、あの偶然は気味が悪い。微熱が出た程度だったら、美夜は出かけて行っただろう。無理をしてでも、出て行って、何日もかけて作ったプレゼントを自ら青爾に手渡していただろう。

だが、美夜は起き上がれなくなっていた。熱はぐんぐん上がり続けた。往診などいらない、と言い張るのを制して、結局、私は近所の医者に往診を頼んだ。医者は美夜を診察し、太い注射を一本打って、しばらく安静にしていなければいけない、と忠告した。

熱のせいで真っ赤になった顔を私に向け、美夜は懇願した。「お姉ちゃま。一生のお願いよ。明日、あのプレゼントを青爾さんに渡して来てくれない？」

私は動揺を隠しながら、「何言ってるの」と言った。「何もそんなに慌てて渡さなくたって。美夜が元気になってから、改めて会って渡せばいいじゃないの。それまで待てないんだったら、小包で送ればいいわ。なんなら私が郵便局に行って送って来てあげる」

いや、と美夜は力なく首を横に振った。「送るのはいやなの。だって、今から大急ぎで送ったって、明日のお誕生日の当日には間に合わないじゃない。その日に届かないんだったら、何のために作ったのか、わかんなくなっちゃう。電話をして、風邪をひいたから行けなくなった、って言うのもいやなの。びっくりさせてあげたいのよ。お誕生日のその日のうちにあれを渡して、驚かせてあげたいのよ」

だとしても、何故この私が……という強い拒絶の気持ちは確かにあった。馬鹿げていた。どれほど必死になって作った贈り物だったとはいえ、妹の婚約者のために、何故、わざわざ姉である私が出向いて行かねばならないのか。ただでさえ馬鹿げていることだった。誰が聞いても、よほどの暇人以外、そんなことはしないよ、と言って笑っただろう。

だが、私の中には、すでにその時、後ろ暗いような悦《よろこ》びが湧き上がりつつあった。そう。私は、美夜にも誰にも邪魔されず、青爾と二人きりで逢えるチャンスがめぐってくることを、心のどこかで待ち望んでいたのだ。そしてそれは偶然めぐってきた。自分の中にひっそりと棲《す》みついた悪魔の高笑いが、聞こえたような気がした。私は戦慄《せんりつ》した。

「明日、新宿の風月堂で、三時に待ち合わせてるの」と美夜は言った。文字通り、熱に浮かされたような声だった。「お願いよ、お姉ちゃま。私の代わりに行って、あれを渡してきて。青爾さんは私ではなくて、お姉ちゃまが現れたらびっくりするだろうけど、事情を話せばすぐにわかることでしょう?」

伸江に頼むこともできた。あるいは、何か理由を作って義母の百合子を呼び出し、一緒に買物などして、帰りに二人で風月堂に立ち寄ることもできた。

何か方法があるはずだった。少なくとも私が一人で出向かねばならない理由は、何ひとつなかった。

だが、私は美夜の頼みを受け入れた。美夜がこれほど頼んでいるのだから、と自分をごまかすのは簡単だった。私の中の悪魔がまたそこで、にたりと笑った。

私は美夜に向かって、ふくれっ面をしてみせた。「仕様のない子ね」

「行ってくれる?」

「わかった。行ってあげる。ついでに何かお買物でもしてくるわよ」

「でも、少しは青爾さんにつきあってあげてね。せっかく出て来てくれるんだから」

「私は青爾さんの婚約者じゃないのよ。そこまですることはないでしょう」

美夜は少し考えた顔をし、黙ってうなずいただけだった。

翌日、私は美夜の作ったネクタイの箱を手に新宿に出た。何も考えてはいけない、ただ、これを手渡して、世間話などして帰って来ればいい、と自分に言い聞かせた。

だが、胸の鼓動は高まるばかりだった。二人きりで逢うのは初めてだった。私は自分が、どれほど青爾に逢いたいと思っていたか、知って愕然《がくぜん》とした。

その胸の鼓動は、残酷な鼓動、禁忌の鼓動だった。自分の情熱が、意志や理性とは無関係に高まっていく時の、あの、手の施しようのない鼓動……。

日曜日だった。朝から曇っていて、ひどく寒く、今にも雪が舞い落ちてきそうな日だったが、新宿の街は人であふれ、賑《にぎ》わっていた。

午後三時少し過ぎに風月堂に入った。早めに行って、自分が青爾を待っていたほうがいい、と思ったのだが、途中で考え直した。店に入って来るなり、私を見つけて、青爾が作るであろう驚きの、悦びの表情を見た途端、自分の中にため込んでいたつもりの、あるかなきかの理性は跡形もなく消え去ってしまうに違いない、と思ったからだ。

簡素な設《しつら》えの店内に、幾つかのテーブルと椅子がゆったりと並べられており、ほとんどの席は埋まっていた。青爾は、窓際の、外が見渡せる奥の席にいた。けだるそうに身体を斜めに傾けたまま、彼はテーブルに片肘《かたひじ》をつき、本に目を落としていた。

私がすぐ傍に行くまで、彼は本から顔を上げなかった。私はつとめて明るく声をかけた。

「こんにちは」

青爾がつと本から目を上げ、私を見た。彼は顔色を変えなかった。それどころか、そこに表情と呼べるものは何も見つけることはできなかった。

私は一瞬、この人が自分に恋をしているというのは、本当にただの冗談に過ぎなかったのではないか、と思った。かすかな失望がわきあがってくるのを感じたが、私は慌ててそれを抑えつけ、軽く微笑みかけながら、青爾の正面の席を指さした。「美夜の代理で来たの。すぐに失礼するけど、ちょっとだけ、ここに座ってもいいかしら」

どうぞ、と青爾は言った。驚くほど落ちついた仕種《しぐさ》で読みさしの本を閉じ、隣の椅子の上に置いた。私は席につき、水を運んで来たウェイトレスにコーヒーを注文した。

「実はね、一昨日から、美夜ったら、ひどい風邪をひいて寝込んでしまったの。流行性感冒ですって。熱が全然下がりそうになくて、とても楽しみにしていたのに、どうしても今日は来られなくなってしまったのよ」

「なんだ。そうだったんですか」

ごめんなさい、と私はからかうように言ってみせた。「美夜じゃなくて私が現れたので、がっかりなさったでしょう。電話でお断りすればよかったんだけど、美夜がね、どうしても今日、青爾さんに渡したい贈り物があるから、って……私が託《ことづ》かってきたんです」

青爾は応《こた》えなかった。探るようなまなざしが私の顔のあたりを一巡したが、やがてそれは、急速に溶けて水になってしまう氷のように、跡形もなく消えていった。

「とりあえず小包にしてお送りしたら、って言ったのよ。でも、お誕生日の当日に届かないことがわかっていて、お送りするのはどうしてもいやだ、って言うもんですから」

私は陽気さを装いながら、はい、これ、と言ってネクタイの入った箱を差し出し、テーブルの上に置いた。赤いりぼんがかかった箱には、バースデーカードが入れられた四角い洋封筒もはさまっていた。「美夜からのプレゼントです。お誕生日、おめでとう」

青爾は細長い箱を一瞥《いちべつ》したが、それだけだった。彼は箱を手にもしなければ、それ以上、眺めもしなかった。私はすぐに、青爾の視線に搦《から》めとられたような形になった。

「これは偶然ですか」

「え？」

「杏子さんが美夜さんの代わりにここに来るというのは、あなたが仕組んでくださったこ

「仕組むだなんて、どうしてそんなことをしなくちゃいけないの。私はただ、妹に頼まれて来ただけよ。ちょうど新宿に用があったので、そのついでに……」

「仕組む？」私は聞き返し、呆《あき》れたように顔をしかめて笑ってみせた。

「頼まれても断ることはできたでしょう」

「おっしゃる通りね。でも、どうして断らなくちゃいけないの？　断るべきでした？」

「あなたは断りたいと思った。断るべきだとも思った。でも来てしまった。用があった、というのは多分嘘だ。あなたは僕に逢いたいと思っていた。二人きりで。……違いますか」

コーヒーが運ばれてきた。私はウェイトレスに向かって、ありがとう、と小声で言い、何も聞かなかったふりをして青爾に向き直った。「あんまり長居できないの。お役目を終えたのだし、コーヒーを飲んだら、すぐに失礼しますね」

「二人きりで逢えてよかった」青爾は私の言葉を遮るようにして言った。それはまるで、私が何を言おうが無関係に、彼の唇から迸《ほとばし》って来る、熱いため息のように聞こえた。

私は応えなかった。黙ったまま、コーヒーカップにミルクを入れ、砂糖を混ぜて、ゆっくり口に運んだ。味はわからなかった。ひどく緊張していて、その緊張は私自身を引き裂いてしまいそうだった。

「なんとかして二人きりで逢いたいと思っていました。あれこれ画策したこともあります。

でもなかなかうまくいかなかった。あなたは僕にとって、城砦《じょうさい》の奥にひっそりと生きている、幽閉された姫君のような人だ。逢いたくても逢えない。逢うことがかなっても、二人きりにはなれない。二人きりになれないとわかっていて、それでも僕はあなたに逢いたいと思ってしまう。どうして僕が美夜さんを誘うかわかりますか。彼女を見ていると、彼女と逢っていると、あなたを感じることができるからですよ。いや、誤解しないでほしい。美夜さんの中にあなたの面影を探しているわけじゃない。今、目の前にいるこの人と杳子さんとは血がつながっている……その事実だけが僕をかろうじて慰めてくれるんです。ひどく馬鹿げて聞こえるかもしれない。でも、本当にそうなんだ」

不思議な、怒りにも似た感情が私の中に生まれた。だが、それは怒りそのものではなかったかもしれない。自分を押しとどめようとする、最後に残された理性だったかもしれない。

私は冷ややかに言った。「そんなことのために妹を道具にしないでいただきたいわ」

「道具？」青爾は甲高い声で聞き返し、肩をゆすって、あまり可笑《おか》しくなさそうに笑った。「あなたには似つかわしくないセリフですね。僕はただ、嘘偽りのない、正直な気持ちを言っているだけですよ」

「いい？　青爾さん。ここらへんで、きちんとしておきたいの」

「何をです」

「あなたは美夜と結婚するつもりでおつきあいをしているはずよ。違う？」

「口調が久我の女性たちに似てきましたね。綾子おばさんや百合子おばさんにそっくりだ」

「話をそらさないで」

「僕が美夜さんと結婚することが、あなたの望みなんですか」

私は唇を舐《な》め、顎《あご》を上げて彼を睨《にら》みつけた。「何をおっしゃりたいの」

「聞いてるんです。杏子さんは、僕と美夜さんが結婚することを望んでいるんですか」

「美夜はあなたに夢中よ」

あなたは美夜など眼中にないのかもしれないけど、という言葉はかろうじて飲みこんだ。だが、いずれにしても、言ってはならぬことだった。それこそ美夜を冒瀆《ぼうとく》する言葉だった。

青爾はふてくされたように言った。「知ってますよ、そんなこと」

「あの子のような純情な娘を夢中にさせておいて、まさか今更、結婚するつもりはない、だなんて、おっしゃるんじゃないでしょうね」

「だから聞いてるんです。あなたはどうなんですか、って。答えてください。僕が美夜さんと結婚することを望んでいるのかどうか」

「望んでいないわけがないでしょう。私に限らず、みんながそう望んでるのが、あなたにはわからないの？」

青爾の視線がひたと私に吸いついた。「他の連中のことなんか、どうでもいい。僕はあなたの気持ちが知りたいだけだ」

私は目をそらし、窓の外を見た。外では小雪が舞い始めていて、街は仄白《ほのじろ》く沈んで見えた。

「美夜と結婚してほしいと思ってるわ」私はそう言い、静かに視線を彼に移した。「心からそう思っています」

「本当ですね」

私はうなずいた。「本当よ」

沈黙が流れた。視線の中にあった刺々《とげとげ》しさがゆるみ、溶け、外の風景をぼんやり眺めているだけのような、眠たげな光が青爾の瞳《ひとみ》を被《おお》った。

青爾は抑揚をつけずに、わかりました、と言った。「あなたがそうおっしゃるんだったら……僕は美夜さんと結婚します」

何故かしら、打ちのめされたような気持ちになった。すべてが馬鹿げていて、滑稽《こっけい》で、信じられないほどだったというのに、自分が今しがた口にしたことは間違っていたように思えた。

そんな話をするつもりで来たのではなかった。帰らなければならなかった。今すぐここから立ち去らなかったら、自分はこの男とどこまでもどこまでも逃げていき、二度と現実に戻れなくなってしまうかもしれない、と私は思った。

「だったらもう、お話しすることは何もないわね」私は自分が彼よりも年上であることを過剰に意識しながらそう言い、にこやかに微笑んでみせてから、テーブルの上の伝票を手に取ろうとした。

咄嗟《とっさ》に青爾の手が伸びてきて、私の手を強く摑《つか》んだ。握りしめる、というよりも、摑んだ、というほうが正しい。かすかな痛みがあった。私は顔をしかめた。

「もう帰るとでも？」青爾は私の手を摑んだまま、問うた。「せっかく逢えたというのに？　ふざけるのはやめてください」

「ふざけてなんかいないわ。美夜からの頼まれ物も渡したし、結婚の話も決まったし、これ以上、私がここにいる理由はないでしょう」

青爾の手は冷たかった。冷えている、というのではない、氷水に触れた後のように冷たく湿っていた。

青爾は私を睨みつけ、私は彼を睨みつけた。睨みつけながら、胸が熱くなってきて、その熱さは危うく私を焦がしてしまいそうだった。

「帰ります」と私は言った。「二十九歳、おめでとう。美夜のプレゼントは素敵よ。後でゆっくり開けてみて」

青爾の手から力が萎《な》えていったかと思うと、私は彼から自由になった。彼は改まったように伝票を手にした。「帰るんだったら、送ります。車で来てますから」

「ご心配にはおよびません」私は言った。「電車で帰ります」立ち上がり、ろくに知りもしない相手に黙礼するかのように、形ばかり頭を下げてから私は店を出た。

泣きたいほど、青爾が恋しかった。恋しくて恋しくて、今にも踵《きびす》を返し、店の中に戻ってしまいそうになった。

外は粉雪が烈《はげ》しくなっていた。頬にかかる雪のかけらが、ふいに私の中の火照りを冷まし、私は美夜を思ってその場にくずおれそうになった。


翌日の夜、九時過ぎに廊下の電話が鳴り出した。

電話に応対した伸江が、居間までやって来て私を呼んだ。「奥様にお電話です。佐々木様という方ですが」

「佐々木？」と私は問い返した。

「女の方ですけど」

佐々木という女性の心あたりはなかった。学生時代の友人で、私がＹＷＣＡで英語を学んでいた時に、少し親しくしていた佐々木和子という人物がいたが、久しく連絡を取り合っていない。

居間には勇作がいた。勇作はその晩、寒けがする、と言って珍しく早く帰宅し、薬代わりに居間で熱燗《あつかん》を飲み始めていたところだった。

「どちらの佐々木さんかしら」

「さあ、それは伺わなかったもので……。あの、聞いてまいりましょうか」

「いいえ、いいわ。話せばわかるでしょう」

廊下に出て、受話器を耳にあてがった。はい、久我ですが、と私が言うと、すかさず女の声が返ってきた。

気品はあるが、押し殺したような、それでいて女にしてはいかつい感じのする、野太い声だった。「久我様の奥様の、杏子様でいらっしゃいますね？」

「ええ、そうですけど」

「旦那《だんな》様のお申しつけがあって、代わりにお電話差し上げました。不審に思われませんように。わたくしは佐々木てる、と申す者でございます」

てる、と聞いて、即座に陣内邸の老練な家政婦を思い出した。心臓が高鳴った。ああ、あの、と言いかけると、てるは「少々、そのままお待ちくださいまし」と言って素早く私を遮った。

かすかな衣《きぬ》ずれのような音がした。ほどなくして男の声が聞こえてきた。すでに聞き慣れていた声。覚えてしまっていた声。忘れることのできなくなった声……。

「僕です。今夜は勇作さんはもう帰ってるんですか」

胸に熱い漣《さざなみ》が拡がった。私は軽く目を閉じ、唇を嚙《か》んだ。「ええ」

「帰っているんですね？」

「はい」

「残念だ。別に用はないんです。ただ、これだけを伝えたくて電話しました。あなたのことばかり考えて、気が狂いそうだ、と」

言うなり電話は切られた。

9

美夜と青爾の婚約が正式に調《ととの》えられたのは、その年の四月である。

折しも桜は満開であった。結納のため国分寺の陣内邸に向かう車の中から、不気味なほど爛漫《らんまん》に咲き誇る、一本の巨大な桜の古木を眺めていたのを覚えている。

青爾が美夜に求婚したのが二月初旬。銀座のレストランで、二人が遅い昼食をとっていた時だったと記憶している。青爾は美夜に、結婚していただけますか、と言い、美夜はその場で、喜んで、と即答した。彼の誕生日に、私と新宿で二人きりで逢ってから十日もたっていなかった。

美夜はもちろんのこと、松本の両親も久我家の人々も喜んで、周囲はすぐさま祝賀気分に包まれた。だが、私は知っていた。彼が美夜に求婚したのは、他でもない、この私が青爾と美夜の結婚を望んだからだ、ということを。青爾は美夜のことなど愛してもいないのだ、ということを。彼はただ、私に対するあてつけのようにして求婚してみせただけなのだ、ということを。

そんな結婚がうまくいくはずはなかった。青爾は美夜に無関心だった。たとえ、美夜が彼に迸《ほとばし》るような愛を注ぎ続けたとしても、それは青爾にとって、何の意味も持たない、ただ自分のまわりをぶんぶんと飛び交うだけの、小うるさい蝿の羽音のようなものでしかないはずだった。

だが、あの時、どうやれば私の力で、二人の結婚を阻止することができたというのか。久我家の面々はもちろんのこと、松本の西島の一族も美夜と青爾の結婚を心から祝福していた。よほど青爾の側に結婚に適さない問題でも生じない限り、両家が躊躇《ちゅうちょ》しなければならない理由は一つとしてなかったのだ。

私が美夜のためにできることがあったとしたら、一つしかなかった。

「青爾さんには他に愛している女性がいる。その相手というのは何を隠そう、この私なのだ」……周囲にはっきりと、そう打ち明けることだった。

そうできたら、どんなによかっただろう。美夜は悲しんだに違いない。勇作は詳しい事情を知るやいなや、私との諍《いさか》いの果てに離婚を口にしたに違いない。松本の両親は嘆き、怒り、久我家の人々は私のことを不潔なものでも見るように眺めまわして、誘惑したのは杏子のほうだ、と言い出したに違いない。あげくの果てに、私は久我家から追い出されていたかもしれない。

だが、今も時々、私は考える。大混乱を引き受ける覚悟で、何があっても美夜と青爾の縁談を破棄させるべきだったのではないか、と。そうすれば、少なくとも美夜は後になって、あれほど深く傷つかずに済んだのではないか、と。美夜を守るために、自分は何もかも失う犠牲を払ってしかるべきだったのではないか、と。

だが、私は何もしなかった。何か漠然とした希望があったわけではない。何もせずにいれば、そのうちよかれと思う方向に物事が進んでいく、と呑気《のんき》に構えていたわけでもない。まして、夫から追い出され、久我家から追放されて、晴れて自由になった身で青爾とかかわっていきたい、と願っていたはずもない。

認めたくはないが、正直に言わねばならないだろう。私はずる賢く立ち回っていただけなのだ。自分の結婚生活を守り、妹にはとりあえず形式的な幸福を与えて満足させ、人々の間で巧妙にふるまって、静かに熱く、ひたひたと押し寄せて来る青爾の情熱を最後の一滴まで余さず受け入れたいと、それだけを考えながら生きていたのだ。

そうすることが悲劇の幕開けになるであろうとわかっていても、私はやめることができずにいた。嘘をつくことにも慣れ始めていた。自分が青爾に向かってまっしぐらに突き進んでいきそうな気配を感じても、そのことをあまり恐ろしいとは思わなくなった。

結局のところ、あの頃すでに私は、青爾と美夜を天秤《てんびん》にかけ、迷わず前者を選んでいたことになる。


陣内邸で行われた結納の儀は、戦前、宮家や華族の間で行われていたものとは比べものにならないほど簡素なものだった。

列席者は久我家と西島家の面々、それに仲人《なこうど》である、青爾の大学時代の恩師夫妻、並びにその関係者だけだった。型通りの儀式の後、祝い酒と軽食がふるまわれたものの、立食形式だったせいか、居合わせた人々は小皿に料理を取り分けながら談笑し、銘々、寛《くつろ》いでいた。

その日、私はほとんど一言も青爾と私的な会話を交わさなかった。人の目につくところで、青爾と私語を交わすのは恐ろしかった。人の目が怖かったのではない。自分の気持ちが怒濤《どとう》のようにあふれ返り、人目も憚《はばか》らずに青爾に向かって突進していきそうになるのが怖かったのだ。

青爾と二人きりにならぬよう、青爾に声をかけられずに済むよう、私は勇作の後を追い、努めて勇作から離れぬようにしていた。綾子はそんな私をからかってきたものだ。まあ、杏子さんたら、今日はまた、なんだか新妻のように甲斐甲斐《かいがい》しく、勇作の傍から離れないのねえ、と。

綾子の無邪気なからかいは、笑い声と共に思いがけずあたりに大きく響きわたった。

その時、青爾は私から少し離れたところで美夜を隣に並べ、仲人夫妻と歓談していた。飲物のグラスを手にした青爾が、綾子の笑い声に烈《はげ》しく反応したかのように、つと、こちらを振り向いた。

人をなぶるような、ぞっとさせるような、冷たい視線が私を一瞥《いちべつ》していった。その目は、風のない晩の、静まり返った黒い沼を思わせた。それでいながら、沼の中には燃え立つ焔《ほのお》が見えるのだった。

私は目をそらし、青爾に背を向けた。背を向けながら、私はなお、見えない目で青爾を見ていた。青爾の声を聞き取ろうとし、青爾が歩き回る時の、彼の衣《きぬ》ずれの音を聞き分けようとしていた。

全神経が青爾を求め、青爾を追っていた。人々の笑いさざめく声が遠くに聞こえ、会話は上の空になった。貧血を起こしかけた時のような息苦しさが私を襲った。

私は夫に耳打ちし、頭痛がする、と訴えた。「一足先に失礼しようかと思ってるの。国分寺の駅まで送ってもらって、私だけ電車で帰ってもいいかしら」

頭痛がしていたのは本当だったが、こらえられないほどではなかった。何が何でも、帰路は一人でいたかっただけだ。美夜もまじえて、一台の車の中、和気あいあいと一年後の美夜の挙式や、新生活について家族で語り合うことを考えると、あまりのおぞましさに胸が悪くなった。

「風邪でもひいたのか」と勇作は少し不機嫌そうに言った。「大切な日に頭痛だなんて。きみらしくもない。我慢しなさい。せっかくのおめでたい席を中座するなんて、美夜ちゃんが可哀相じゃないか」

返す言葉に窮して、私は黙りこくった。夫の言う通りだった。かつて流産をし、青爾の父親である陣内定太郎の告別の儀に列席できなかった時とは事情が異なっていた。私は入院中でもなければ、高熱に喘《あえ》いでいたわけでもなかった。

ふいに烈しい嘔吐《おうと》感がこみ上げてきた。私は夫の傍から離れ、できるだけゆっくりと、取り乱さぬようにしながら化粧室に向かった。頰のあたりに、青爾の視線が突き刺さるのが感じられた。射止められた小鳥のようになって、その場に倒れずにいられるのが不思議なほどだった。

便器を前に嘔吐の姿勢をとってみたのだが、何も出てこなかった。しばらくしゃがんでいると、いくらか気分がよくなった。鏡を前に口をゆすぎ、化粧を直し、じっと自分の顔を見つめた。

顔色はひどく悪かったが、目の奥に艶《つや》やかな光が隠されているのがわかった。自分でもいやになるほど、それは秘密めいていて、猥褻《わいせつ》ですらあった。

私はその時、自分が妹の婚約者に、本気で溺《おぼ》れてしまったことを知った。その恋が、禁じられてはいても決してかなわぬものではなく、恋としてすでに、立派に成就してしまっているのだ、ということも。

青爾と正式に婚約を交わしてから、美夜は何度か一人で陣内邸に出入りするようになった。

青爾が誘ったのだったか、美夜が訪ねて行きたい、と申し出たのだったか。いずれでもなく、あるいは百合子や綾子が、それとなく美夜をそそのかして、遊びに行かせたのだったか。そのあたりのことはよく覚えていない。

国分寺まで訪ねて行くことが決まるたびに、下落合の家まで迎えに来てくれたのが佐高であった。黒塗りのロールス・ロイスが家の前に横づけにされ、慎ましげにクラクションが一回、鳴らされる。居間にいて、迎えを待ちわびていた美夜は弾《はじ》かれたように立ち上がり、玄関先の姿見で幾度も全身を点検してから、私を振り返って言う。「じゃあ、お姉ちゃま、行って来るわね」

行ってらっしゃい、と私は応《こた》え、美夜について外に出て、恭しく後ろのドアを開けて美夜を待ってくれている佐高に会釈をする。佐高も私に丁重な会釈を返す。美夜が車に乗りこみ、ドアが静かに閉じられる。美夜は窓越しに私に向かって手を振る。私も手を振り返す。

住宅地の、未舗装の、小石まじりの道を、誰もが振り返って見るような大型車が走り去って行く。リアウインドウ越しに、美夜はいつまでも私に向かって手を振っている。まるで、これから歯医者に行って、虫歯の治療をしてこなければならない少女のように、心細い顔をして。

何がそんなに心細かったのか。何がそんなに不安だったのか。

そして、わずか数時間で佐高に送られて戻って来る美夜は、決まったようにどこかしら塞《ふさ》いで見えた。出て行った時に、かろうじて保っていた元気を失っている。どうしたの、と聞いても首を横に振るだけで応えない。

青爾さん、元気だった？　と聞けば、とっても、と言う。今日は何をしたの、と聞けば、サロンで差し向かいになってチェスをした、レコードを聴いた、文学書や絵の話をしてもらった、などと答える。作ったような笑顔を私に向け、楽しかったわ、お勉強にもなったし、と取ってつけたように言う。

どこか他の場所で……例えば銀座や新宿まで出て、食事をしよう、映画を観に行こう、と美夜が誘われたことはなかった。ドライブに行くこともなく、美術館に絵を観に行くこともなかった。美夜が何かの音楽会のチケットを手に入れたからといって青爾を誘っても、彼はもっともらしい理由を作って行くことを拒んだ。

そのことで義母の百合子と綾子とが、ことあるごとに、ひそひそと眉間《みけん》に皺《しわ》を寄せて語り合っていたのを思い出す。

青爾が邸《やしき》でしか美夜と会おうとしないのは、何か別の理由があるのではないか、それは、あまり想像したくない種類の、品のない、挙式前の男女にふさわしくない理由なのではないか……滑稽《こっけい》なことに義母たちは、そんなふうに案じていた。

勇作はその話を一笑に付した。そうだとしても、何の問題がある、と彼は言った。だって二人はまもなく夫婦になるんだよ、と。

同意を求められ、私は仕方なくうなずいた。男女の間の道徳心、モラルというものが戦後になって、少しずつ変化し始めた頃のことだ。何につけ、勇作は、進歩的な考えを誇示してみせるのが好きだった。とはいえ、それはあくまでも男の側からの考え方にすぎない。仮に美夜のほうが性的な意味合いをこめて青爾の邸に通っていたのだとしたら、勇作は決してそうは言わなかっただろう。それどころか、慎みがなさすぎるとして、美夜を非難していたに違いない。

だが、私にはわかっていた。青爾がいっこうに外での逢瀬《おうせ》を重ねようとしないことの理由……それは彼が美夜と外で会い、恋人同士のようにふるまうことを避けたがっていたからなのだ。

邸で会えば、美夜を一人の客人として扱うことができる。丁重にもてなし、時間が来れば、佐高に命じて家まで送らせる。それだけですむ。

観たくもない映画を一緒に観に行く必要もなく、顔をつきあわせて食事をとる必要もない。率直な愛を表現し、来るべき結婚生活に向けた夢を、縷々《るる》、語ることもせずにいられる。

とはいえ、婚約したからといって、美夜はその種の会話をねだるような女ではなかった。おとなしく邸に出向き、お茶をふるまわれ、他人行儀な会話を交わして帰って来る。美夜の悦《よろこ》びはそれだけのことの中にしかなく、同時に、それだけのこととして扱われた。

六月も半ばの、蒸し暑い日の午後のことだった。灰色の梅雨空が重々しくのしかかってくるような日で、寝冷えでもしたのか、夏風邪をひいたから、という理由で、美夜は洋裁学校を休んでいた。

私は伸江にそうめんを茹《ゆ》でてくれるよう頼み、美夜と二人、遅い昼食の席についた。降り出したばかりの雨が、庭木立ちの繁みをたたいていた。

美夜は、あまり美味《おい》しくなさそうにそうめんをすっていたが、ふいにかたりと音をたて箸《はし》を置くなり、涙を浮かべた目で私を見た。

私は黙ったまま、美夜を見つめ返した。どんな言葉がその口から吐き出されるのか、聞く前にすでに想像がついていたのが悲しかった。

美夜は首をかすかに横に振り、途切れ途切れに吐息をついた。瞬《まばた》きをした途端、大粒の涙が硝子《ガラス》の上の水滴のようになって、美夜の頰を流れていった。

どうしたの、と私は小声で聞いた。

美夜は切なげなため息をついた。手の甲で涙を拭《ふ》くのだが、涙はあとからあとからあふれてきた。

「言ってごらんなさい。いったいどうしたの」

「青爾さん、私のこと、本当は好きじゃないのかもしれない」

雨足が強くなった。家は雨の音に包まれた。笑うのだ、と私は自分に言い聞かせた。間髪を入れずに、ここで笑い返さねばならない。一笑に付さねばならない、と。

危うく沈黙が訪れそうになるのをかろうじて押しとどめ、私は小さく笑い声をあげてみせた。自分自身の笑い声が、いささか不自然に、開け放した窓の向こうの、雨に煙る庭に吸い込まれていくのがわかった。

「馬鹿なこと言って」と私は笑いを喉《のど》に含ませながら言った。「何を言い出すかと思ったら」

「なんとなくわかる、っていうことがあるでしょう？　どうして、って聞かれても、うまく言えないんだけど。でもそうなのよ。青爾さん、私のことはあんまり好きじゃないの。わかるのよ」

「美夜のことが好きだからこそ、青爾さんはプロポーズしてくれたんじゃないの。好きで好きでもない人とどうして……」

先が続かなかった。自分は今、とんでもない過ちを犯しつつある、と私は思った。まだ間に合う。今なら間に合う。何とかして青爾と美夜の婚約を解消させれば、それで済む。少なくとも、美夜をこれ以上、苦しめずに済む……。

美夜は寂しそうに微笑んで、指先で涙を拭《ぬぐ》った。「嫌われてるとは思ってないのよ。でもね、青爾さんは私と会っていても、別のことを考えてるの。目は私のほうを向いていて、私の聞いたことにきちんと答えてくれて、冗談を言ってくれたりもするし、優しくしてもくれる。とても紳士だし、相変わらず魅力的よ。でもね、青爾さんの目はね、私を見ていないの。別のものを見てるの。わかるのよ」

私が黙っていると、美夜はやつれたような視線をぼんやりと私に投げた。「青爾さん、他に好きな人がいるんじゃないかしら」

内心の動揺を隠し、私は呆《あき》れたように舌打ちをしてみせた。そんな仕種《しぐさ》にすっかり慣れてしまっていることを知って、愕然《がくぜん》としたが、やめられなかった。

「仮によ、美夜の言う通り、好きな人がいるんだったら、その人にプロポーズしてたはずでしょう。違う？」

「でも、その好きな人は、青爾さんが結婚できない相手だった、っていうことも考えられるじゃない」

「どういう意味？」

「その人には別の婚約者がいたとか。ううん、それだけじゃない。その人は、もうとっくに他の人と結婚してたのかもしれない。諦《あきら》めきれない気持ちが、青爾さんの中にあって、だから私を前にしても、あんなふうにぼんやりしちゃうのかもしれない」

冷たい鉛のようなものが喉の奥を転がり落ちていったような気がした。美夜は知っているのだろうか、と私は慌ただしく考えた。だが、そんなはずはなかった。青爾と私が二人きりで逢ったのは一度だけ。それも美夜から頼まれて逢ったに過ぎず、婚約が成立してから、青爾が私あてに電話をかけてきたこともない。秘密めいた手紙が送られてきて、それを美夜に見られたわけでもない。

青爾が美夜にそのことを打ち明けたのか、とも思った。だが、それは馬鹿げた想像だった。どう考えても、青爾にその種の酷薄な趣味があるとは思えなかった。彼は悪魔的だったかもしれないが、決して低俗ではなかった。低俗は、青爾とはもっとも無縁で、もっとも青爾に似つかわしくなかった。

「想像をたくましくしないでよ」と私は言った。「青爾さんは二十九歳じゃない。もう立派な大人よ。これまでに女の人とつきあったことがない、なんてこと、絶対にあり得ないし、中には本気で好きになった人もいたのかもしれないわ。でも、たとえそうだったとしても、それは健康な男の人なら当たり前のことだし、そもそも美夜には何の関係もないことでしょう。青爾さんは最後に美夜を選んだのよ。そのことを忘れないで」

「でも、私を選んでくれたのは、仕方がなかったせいなのかもしれない。久我のおば様たちがあんまり熱心だったし……。はっきりと断る理由がみつからなくて、なんとなくずるずるとここまできてしまったのかもしれない。青爾さんの心の中には、最初から、別の女の人が棲《す》みついてたのかもしれない……」

「好きでもない人と結婚しなくちゃならない時代は、とっくの昔に終わったのよ」私はそう言い、食欲のあるところを見せようとして、硝子小鉢の中のそうめんを勢いよくすすった。「恋愛も結婚も自由になったの。家が決めた人と結婚する必要なんか、なくなったのよ。美夜のこと、好きじゃなかったら、どうして結婚までする必要があるの。久我のおば様たちが何を言おうが、美夜との縁談なんか、はなっから断って、独身でいればいいだけの話じゃない」

そうね、と美夜はつぶやいた。微笑みが美夜の顔をいっとき明るく見せたが、それは月夜の明るさにも似て、青白く寂しかった。「お姉ちゃまの言う通りかもしれない」

「お邸の庭園ができるのは九月でしょ？　もうじきよ。あれだけ大きな庭園なんだもの。莫大《ばくだい》なお金がかかったらしいから、青爾さんも大変よ。今は、庭園のことや、会社のことなんかがあって、頭がいっぱいなんだわ。おまけに結婚するわけだから、美夜を養っていかなくちゃいけなくなるわけでしょう。そのうち、赤ちゃんも生まれるだろうし、家族ができればなおさらよ。男として、責任重大な時期にさしかかってる、ってこと、考えてあげなくちゃ」

「ええ、よくわかるわ」

「ここだけの話、陣内紡績だって、決して経営状態が安定してるとは言えないんだし。勇作さんから、時々、そんな話を聞いてるわ。青爾さんだって、そのあたりのことは先刻承知だと思うのよ。考えなくちゃいけないことが山ほどあって、そんなこんなで今は気もそぞろなんでしょう」

「そうかもしれない」

「それに男の人はね、女が思うほど、結婚や恋愛に無我夢中にはなれないものなのよ。それは誰でも同じ」

美夜はふと目をあげて、初めて興味深げに私を見た。「お義兄ちゃまも？　そうだった？」

「今から思えばあっさりしたものだったわ」

私がお茶の水のＹＷＣＡに通って英語を学んでいた頃、公私にわたって私を指導してくれていた恩師が一人いた。桑木という名の温厚な老紳士で、桑木は学習院大学の教授も兼ねており、彼は久我勇作の指導教授でもあった。

戦争の影が色濃くなってきて、父に強く言われ、東京での生活を諦めて私が松本に戻ってまもなく、桑木もまた、家族を連れて信州に疎開してきた。松本の私のところを頻々と訪ねてくれたこともある。

その桑木が病死したのは、昭和二十一年。買いだしに向かう人で大混雑をきわめた列車に乗り、大変な思いをしながらも、私は上京して簡素な告別式に出席した。式には、かつて桑木が指導した学生が大勢参列していた。久我勇作もその中の一人であった。

桑木から私のことを聞いていたらしい。勇作のほうから話しかけてきて、私たちは互いに自己紹介し合った。占領下の、英文字があふれている東京の町を私は勇作と駅まで並んで歩きながら、互いに亡き桑木の思い出話を交わし合った。紳士的で明朗闊達《かったつ》な男だと思ったが、それ以上の強い印象は持たなかった。

松本まで勇作が私を訪ねて来るようになったのは、翌年になってからだ。初めは、何故、訪ねて来るのかもよくわからなかった。小説や映画の中にあるように、ドラマティックな展開をたどるのが恋なのだとしたら、私と勇作の間にその種の烈《はげ》しさはなかった。自分の中に淡い気持ちが芽生えかけていることに気づいた時は、すでに私たちの結婚は決まっていて、どのような言葉で求婚されたのかもはっきり覚えていない。

美夜は私の思い出話を聞くと、楽しげに肩を揺すって笑った。「そう言われてみればそうだったかもしれないわね。松本までお姉ちゃまに会いに来てた頃のお義兄《にい》ちゃまのことは、よく覚えてる。なんだかふてくされたような顔をしてて、無愛想な感じもしたわ」

「照れがあったんでしょうけどね。でも、どっちにしたって、小説みたいな情熱的なセリフは一度も吐いてくれなかったわよ。男の人はね、いつだって社会と関わっているっていう意識が強いものなの。だから、愛だの結婚だの、二の次に考えているような顔をしてしまうことが多いのね。女とは違うんだわ。仕方がないのよ。だからといって、情熱が少ないっていうことじゃないんだし。情熱の深さは同じなの。表現の仕方が女とは違うだけ」

「うん。そうね。よくわかる」

「わかるんだったら、これ以上、つまんないこと考えないで」私はそう言って微笑み、手を伸ばして美夜の腕を軽く叩《たた》いた。「来年の今頃は、もう西島美夜ではなくて、陣内美夜になってるんだから。しっかりしてよ。いい年して少女みたいなこと言って、いちいち不安がったり、旦那《だんな》様になる人の愛情を疑ったりしてちゃだめじゃない」

美夜は唇を大きく横に伸ばして微笑み、こくりと小さくうなずいた。


美夜とそんな会話を交わした数日後のことだった。梅雨の晴れ間が覗《のぞ》いていた、その日の午後、二時近くになってから廊下の電話のベルが鳴り出した。

勇作は会社に行っていたし、美夜は学校、伸江は夕食の買物に出たばかりで留守だった。受話器をとると、交換台の女の声が聞こえてきた。市外通話だった。

松本の両親からの電話だとは考えなかった。いずれまた、青爾から私あてに電話がかかってくる、と私は確信を抱いていた。いや、確信していたばかりではない。私はその電話を心のどこかで烈しく待ち続けてさえいた。

電話が切り替わる気配があった。胸の鼓動が大きくなった。丁寧だが、落ちつきはらった、いささかの緊張感も感じられない女の声が、「久我杳子様をお願いいたします」と言った。「佐々木と申す者でございますが」

「私が杳子ですけれど」

「失礼致しました。少々、お待ちを」

いつかのような、かすかな衣《きぬ》ずれの音がしたかと思うと、すぐに青爾の声が聞こえてきた。「僕です。こんにちは」

その瞬間、私の中に、野火のようなものが燃え拡がった。私は受話器を握りしめながら、それまで経験したことのない恍惚《こうこつ》を味わった。待っていた、待っていた、待っていた……そう言いたかった。全身が火照り始め、私は自分が今しがた、伸江を買物にやらせたばかりだったことを思い出した。美夜が帰って来るまでにあと一時間以上ある、ということも思い出した。長話ができる。誰にも遠慮することなく……。

「今、話せますか」

「ええ。私一人です」

「よかった。お元気でしたか」

「おかげさまで」

「いつ電話をかけるべきか、と迷いました。陣内紡績の仕事も多忙になって、不承不承、出向くことも多く、なかなか自由になれなかった。社から電話をかけるにしても、まわりに人の目があるのは落ちつきません。だからこうして……ああ、本当に久しぶりだな、あなたとこうやって話ができるのは。結納の日、あなたは一言も口をきかずに早々に帰ってしまった」

「ごめんなさい。ちょっと頭痛がしていたものだから」

「頭痛？」

「いえ……正直に言って、怖かったの。わかっていただけると思うけど」

「怖い？　何が」

「美夜の結納の日だったのよ。そんな日に、あなたと親しく口をきいたりしたら、自分を律することができなくなる……そう思ったんです」

「どうして律しようなんて、思うんです。僕とあなたは同じ気持ちでいる。去年の五月に初めて逢った時からずっと。律するのは、多分もう、不可能だ」

　胸の中に熱いものがこみあげてきて、私は受話器を握り直した。「ほとんど何も私はあなたのことを知らないままでいるのよ。あなたもそう。私たちはまだ、何もお互いのことを知らない。それなのにどうして……」

「知る、ということが何なのか、僕にはわからない。会って、膝《ひざ》つきあわせて、身上調書のような会話を交わせ、とでも？」

　私はくすりと笑った。「まさか。そういう意味で言ってるんじゃないわ」

「僕はもう、ずいぶんあなたのことを知った。毎日毎晩、あなたのことを考えていて、考えれば考えるほど知ることができるようになった。といっても、自分に都合よくあなたという人を美化して、勝手に粘土細工のようにこねまわしているわけじゃない。僕はね、僕の中に映し出されるあなたの映像を見ているだけなんです。それだけでいい。それだけであなたのことがわかってくる」

「かいかぶっているんです。現実の私を知れば、幻滅するわ、きっと」

「現実も仮想もないでしょう。あなたはあなただ。僕という人間を通して見つめられるあなたは、常に一人しかいない」

「ひとつ教えてほしいことがあるの」と私は言った。言ってから深呼吸をひとつした。

「何ですか」

「……罪悪感について。あなたはどう考えているの？ それとも罪悪感なんて、初めからあなたの中にはなかったことなの？」

「ザイアクカン？」青爾は青年らしい甲高い声で聞き返し、くすくす笑った。「それはもしかして、美夜さんに対する？」

「それ以外、何がある？」

「僕という人間を取り巻いている環境と、僕自身との間には千里の距離があるんだ。現実は常に膨大で、煩瑣《はんさ》で、死ぬまで消え去ることがない。そうでしょう？ いくら食べ尽くしても、消化し尽くしたつもりになっても、次の現実が待ち構えている。うんざりするほどたくさん。生きるということはそういうことだ。いやなら死んでしまうしかない。何故、そんなことにいちいち罪悪感を覚えなくてはならないんです。そういう意味で言ったら…

…」と、途中で軽く息をついて、彼はからかうような口調でつけ加えた。「美夜さんに対して罪悪感を持っているのは、僕ではない、あなたのほうだ」

咄嗟《とっさ》に、その通りだ、と思ったが、私は黙っていた。

「美夜のこと、大事にしてやって」私はそう言い、深刻な印象を与えるのを避けるために短く笑ってみせた。「優しくて、繊細で、頭のいい、情愛深い子なの。あなたの妻になるにふさわしい子よ」

「そうだと思います」と彼は言った。「そうでなければ婚約はしなかった。でも、だからといって、僕のあなたに対する気持ちは変わらない。変わりようがない」

「いくらそう言われても、私にはどうすることもできないわ」

「ただ指をくわえて眺めていろ、とおっしゃるんですか」

「じゃあ、聞きます。あなたはどうしたいと思っているの。そして私はどうすべきなの」

青爾はかすかに吐息をもらし、あなたは見かけによらず幼いんだな、と言った。「僕が死ぬほどあなたと逢いたいと思っているように、あなたも僕と逢いたいと思っているはずだ。それならば逢うしかない。僕たちがしたいと思うことをやるしかない。そうでしょう。違いますか」

あなたの王国の中で？　と聞き返そうとして、私はその言葉を飲みこんだ。彼は彼の王国の中に、私を引っ張りこもうとしているのだった。たった一人の、孤独な王国に私という人間を引きずりこんで、二人で孤独を分かち合おうとしているのだった。

分かち合いたい、と私は咄嗟に思った。彼の王国がどれほど寂しい王国であったとしても、そこに彼がいる限り、自分は進んで足を踏み入れるだろう、と思った。

「そうね」と私は言った。「いつか、そうしたいと思っています」

それは私が青爾に向けて放った、最初の恋の告白だった。

以来、てるに取次ぎをさせつつ、青爾は私のところに頻々と電話をかけてくるようになった。

電話のベルが鳴って伸江が出ると、てるは「佐々木」と名乗る。美夜が在宅中であろうが、夫がいようが、おかまいなしである。

かといって定期的にかけてくる、というわけでもない。一日おきにたて続けにかけてきたかと思うと、一週間、あるいは十日以上も、ばったり連絡が途絶えたりもした。

あまりに続くと、夫や美夜の手前、さすがに取りつくろうすべがわからなくなって動揺してしまうのだが、かかってこなくなればなったで、見捨てられたような気持ちに苛《さいな》まれた。

実際、あの頃、一週間以上、青爾から電話がかかってこなかった時の私の滑稽《こっけい》な狼狽《ろうばい》ぶりは、今もはっきり思い出すことができる。家の中では表情に出すことができないので、いつもと変わりなくふるまうのだが、耳は常に廊下の電話台のほうに向けられていた。何をしていても、どこか上の空だった。

食卓での夫や美夜との会話、あるいは電話をかけてきた義母や綾子たち、久我家の人々との会話の中に、陣内青爾の話題が出た時だけ、私の全神経は研ぎ澄まされた。青爾さんは今、とても忙しいようなのよ、なにしろほら、陣内紡績のほうが、ちょっと芳しくない状況になっているらしくってね、などという話をひそひそと義母が始めると、そうだったのか、それで連絡が途絶えているのか、と納得し、その先を聞かずとも、ひとまず安心できた。

夫から陣内紡績の経営状態について噂話を聞かされるたびに、私は青爾がそのことで奔走させられている様をありありと思い描いた。青爾が自分に電話をかけてこなくなったのは、そのせいだったのだ、恋心に微妙な変化が表れたせいではない、ただ単に忙しく、心休まる暇がないせいだったのだ、と考え、そう考えると再びあの、安らいだ情熱が戻ってくるのを感じるのだった。

私にも連絡をよこさずにいる間、青爾が美夜のことを気づかえるはずもなかった。最近、青爾さんから何の連絡もないの、と美夜は時に、不服げな顔をしてみせることはあったが、美夜は私よりも遥かに冷静だった。

青爾さんは今、大変な状態にあるみたいだから、と美夜は言った。「あんまりわがまま、言ってはいけないのよね。我慢しなくちゃ」と。

そうよ、その通りよ、とうなずいてみせながら、私は美夜のその言葉を自分自身に返した。あの頃、本当に胸塞《ふさ》がる思いで青爾からの電話を待ち焦がれていたのは美夜ではない、私のほうだったかもしれない。

眠る前には必ず、青爾の一日を、まるで見てきたかのようになぞるのが私の習慣になった。

今日の彼は、まだ外が白み始めたばかりの頃に起き出して、佐高の運転する美しいロールス・ロイスに乗り、会社に向かった。邸から会社のある虎ノ門までは、車で行くと一時間から二時間ほどの時間がかかる。それなのに、着いた途端、会議があった。その後、仕事の関係者と一緒に摂《と》らねばならない遅い昼食の会合があった。夕方までは、ずっと来客の相手をしていた。そうに違いない。それで、夜遅くなってやっと、佐高の運転する車で国分寺の邸《やしき》に戻ると、もう気持ちが荒れすさみ、ぐったりと疲れ果ててしまっていて、あの人はきっと、いつものように電蓄で音楽を聴きながら、自分の魂をあやしつつ、浴びるように酒を飲み、眠ってしまったのだろう、だから電話をかけることができなかったのだろう、そんな日が、ここのところ三日も四日も続いているのだろう……などというように。

もちろん、私から電話をかけることもできた。何かの用を作れば、たとえ電話口にでるではない、他の使用人の誰かが出てしまったとしても、別段怪しまれる心配はないはずだった。

私がそうしなかったのは明らかに、つまらない自尊心のせいだった。電話は彼のほうからかけてくるべきだ、と私は思っていた。自分が彼を追いかけているのではない、彼が追いかけて来ているのである。自分はあくまでも、追いかけられる立場にいなければならな

いのだった。かった。恋の呪縛《じゅばく》からかろうじて自由でいるためには、その立場を守り抜く他に方法がな

だが、いつしか私は、日夜、青爾からの電話を烈しく待ち焦がれるようになっていた。

廊下で電話が鳴り出す。仲江がスリッパの音をたてて走って行き、電話に出る気配がある。もしもし、久我でございますが、と応じる仲江の声が聞こえる。やがて、仲江が居間や寝室、あるいは庭までやって来て、「佐々木様とおっしゃる方から、奥様にお電話です」と言う。

そのたびに弾《はじ》かれたように身体がぴくりとはね上がる。美夜のことも夫のことも念頭から消え去る。私は悦《よろこ》びをおさえながら、無表情を取りつくろって、廊下の電話台まで走って行く。

もしもし、と言うと、すかさず、てるの声が「杳子様ですね」と聞き返してくる。はい、と答えると、「少々お待ちくださいまし」と言われ、ややあって青爾の声が聞こえてくる。

会話はいつも、さほど長いものではなかった。彼は一方的に喋《しゃべ》りかけてくる。元気ですか、今もあなたのことを考えていました、しばらく電話ができずにいて、すまなかった、僕からの電話を待ち望んでいてくれましたか？　いつ僕から連絡があるか、と待ち焦がれていてくれましたか？

私は、うなずかない。何も言わずに、黙っている。青爾は私の沈黙にはおかまいなしに、続けて言う。僕はずっと、あなたのことを考えていた、僕の中にはあなたが棲《す》んでいて、

僕はあなたと対話をしながら生きている、たとえ現実のあなたが傍にいなくても、あなたはもう、僕の中に棲みついてしまっている……。

そうだったの、などと私は相槌《あいづち》を打ち続け、合間に我知らず熱いため息をもらしてしまう。思わず、嬉《うれ》しい、と言ってしまいそうになり、慌ててその言葉を飲みこむ。

美夜が在宅中の場合は特に気をつかって、あたかも古い女友達と会話しているように装ったが、時に装うことすらも忘れてしまう。私も同じ気持ちでいるわ、というセリフが口をついて迸《ほとばし》ってくることもあって、言ってしまった途端、はっとし、思わず後ろを振り返る。廊下はしんと静まり返り、美夜の居室のあたりにも人の気配はない。

自分の吐いた言葉だけが、もやもやとした霧のようになってあたりを埋めつくし、私は胸焦がしながらも「それじゃまた」と言う。「また電話、くださいね。待っています」

青爾は「もちろんですよ」と答える。いつだって、日に何度だって、あなたと話したいと思っているんですから、と。

私は幸福な気持ちに充たされながら、静かに受話器を戻す。そんな時、私の中に、美夜も夫も存在していない。私は自分と青爾をつなぐ一本の電話線の中にしか生きておらず、そのざわざわとした、海の底を流れる砂のような音に囲まれたまま、電話を切った後も現実に戻ることができなくなって、茫然《ぼうぜん》と立ちすくむ……。

夫や妹に知られるのではないか、という不安は日を追うごとに強くなっていった。だが、一方で不安が強くなればなるほど、私はそれを自分の中にねじこんで、前にも増して平静を装うことができるようにもなっていった。

佐々木、の名がふいに朝食の席で勇作の口から出て、動揺するあまり、思わず手にしていた箸《はし》を落としてしまった時も同じだった。勇作は、読みさしの新聞を傍らに置き、デザートのグレープフルーツを不器用な手つきでスプーンですくって食べながら、「最近、佐々木って女性から、よく電話がかかってくるな」と言った。「友達？」

「そうよ」と言い、私は朝の欠伸《あくび》をかみころすような顔をしつつ、床に転がった箸をつまみ上げて、傍にいた伸江に別のものを持ってくるようにと頼んだ。「ＹＷＣＡ時代のね。前にもそう言ったじゃない。忘れたの？」

「女房の昔の女友達、ってのに亭主が興味をもつことがあったとしたら、理由は一つしかない。その女性がとびきりの美人だった場合だけさ」

「彼女はきれいな人よ。しばらく会ってないけど、少なくともあの頃までは、とってもチャーミングな人だったわ」

「会ってみなくちゃわからないよ。どのみち、会うつもりもないけどね。女が同性の友達を称して、きれいだ、と言うことくらい信用できないものはない」

私は苦笑してみせた。同席していた美夜もくすくす笑った。

「終戦のどさくさで、お互いに行方がわからなくなっちゃったんだけどね。彼女が松本の実家の連絡先を覚えていてくれたの。実家の誰かがここの電話番号を教えたらしいわ。

佐々木和子さんっていう人。昔から熱心なクリスチャンでね、今は、婦人会に入ってて、あちこちの教会でボランティアをやってるんですって。バザーや何かの企画をたてて、皆に声をかけたり。忙しそうよ」

「結婚は？」

「それがまだなの。お父さんがお医者様でお金持ちなのは確かなんだけど、跡を継ぐお兄さんも二人いて、和子さんは未《いま》だに、ご両親と一緒に暮らしながら、悠々自適のお嬢様暮らしをしてるんですって。お見合いを何度か繰り返したみたいなんだけど、気にいった相手とめぐり合えなくて、もう、あんまり結婚したいとは思わなくなっちゃった、って言ってたわ」

「きみと同い年なんだろう？」

「そう。今年で三十二歳」

「行かず後家、ってやつか」

「失礼よ、そんな言い方」

私が軽くたしなめると、勇作は可笑《おか》しそうに笑い、唇についたグレープフルーツの果汁を白いナプキンで優雅に拭《ふ》き取りながら、「まあ、いいさ」と言った。「杏子の暇つぶしの相手ができたんなら、それはそれで結構なことだ」

「婦人会の仕事を一緒にやらないか、って、熱心に誘われてるの」と私は言った。「教会のボランティアの仕事よ。楽しそうだから、近いうちにやってみようかと思ってるの」

考え抜いて口にした言葉ではない。それは咄嗟に口をついて出た言葉に過ぎなかった。だが、私はその思いつきがいつか必ず、自分と青爾の密会を助けてくれることになるだろう、と直感した。

「せいぜい楽しむことだな」勇作は関心なさそうに言った。「生活に余裕のある女が年を重ねると、決まってボランティア活動に走りたがるもんだ。美夜ちゃん、いいかい、よく聞きなさい。結婚して、家庭に入って、ボランティア活動がやりたくなったら、まず僕に相談するんだよ」

「あら、どうして?」美夜はくすくす笑いながら聞き返した。「どうして、そんなことをいちいち、お義兄《にい》ちゃまに相談しなくちゃいけないの?」

「美夜ちゃんから相談されたら、僕はこう答えることに決めてるんだ。ボランティアなんて、ばあさんになってからでも充分、間に合うぞ、って。綾子おばさんを見ればわかるだろう。ボランティアってのはね、あのくらいの年になってからやるもんだ。お上品な真珠のネックレスをかけた首に、ちりめん皺《じわ》が目立つような年齢になってからね」

「あら、それ、どういうこと?」と私はふざけて目を剝《む》いてみせた。「ボランティアは年寄りがやるものだ、なんて、決めつけないでください。若い人だってやってるのよ。偏見だわ」

「わかった、わかった」勇作は笑いながら言い、慌てたように日本茶をすすって席を立った。

そして玄関先で、仲江が着せかけてやる背広の袖《そで》に手を通し、私の手渡した靴べらを使って靴をはき、迎えの車に乗り込もうとする時はもう、勇作の頭の中から、佐々木和子という人物の名前も、年齢も、妻との関係のこともきれいに消え去っていたはずである。彼は久我倉庫社長の御曹司《おんぞうし》として、運転手が開けた車のドアの向こうに、意気揚々と吸い込まれていった。いつものようにそれを見送った私は、胸の中で、佐々木和子という実在はしたが、現在、生きているのかどうかもわからない人物に助けられつつ、自分が今後、頻々と青爾に会いに行くことになるだろう、と予感して、その罪深さに一瞬、気が遠くなった。

10

それにしても、青爾の巨大庭園の何と優雅で、何と冷たい美しさにあふれていたことか。冷たい、という形容が間違っているとは思わない。あれほど完璧《かんぺき》に美しく、完璧な計算と秩序のもとに造られていながら、同時に、あの庭には廃墟《はいきょ》のもつ死のイメージが漂っていた。破滅の匂いが嗅《か》ぎとれた。いつしか、この庭は簡単に荒れ果て、朽ち、腐臭を発して、土に返ってしまうだろう、と思わせた。

その理由ははっきりしている。青爾は自らを外部の世界から隔離しようと試みていた。外部の世界は、彼にとって常に、決して折り合いのつかない……折り合いなどつけようのない、ただの生き地獄でしかなかった。あの二万坪の小宇宙は、そんな彼を守るための閉ざされた楽園だったのだ。

そこには歴史も、現実の認識も何もなかった。外部の世界で当たり前のようにして流れている時間は、あの庭においてはねじれ、曲がり、逆流していた。そこにはただ、創造主の過剰な、狂気にも似た美意識が渦巻いているばかりだった。

それは巨大な王国でありながら、同時にちっぽけな箱庭でしかなかった。彼はそこで生き、そこで暮らし、そこで息絶えることを初めから夢見ていた。幼児が泥遊びでミニチュアの王国を造り、日がな一日、掘り跡に水を流して河にしてみたり、木の葉を使って森を模してみたりして無心に遊ぶように、青爾にとってもまた、あの庭園は玩具《がんぐ》だったのだ。玩具は玩具でしかない。それを弄《もてあそ》ぶ主が滅ぶと、玩具もまた急速に形を失う。

青爾の庭園は、命を吹き込まれることもなく、あたかも生きているかのように装われて生みだされた庭園だった。失われていくものが、初めから見えていた庭園だった。

その年の九月十日。陣内邸で、庭園完成披露パーティーが行われた。

当日の招待客たちには、あらかじめ青爾から注文がされてあった。アラベスク模様の施された門から高生け垣の小砂利道を通り抜け、車が本邸の車寄せに到着するまで、伏して目を閉じていていただきたい、庭園は邸の一階のバルコニーから一望できるようになっているので、僕が改めてご案内するまで待っていていただきたい、と。その一文は、印刷された招待状の中に、青爾本人の肉筆で恭しく添え書きされていた。

何かとてつもなく珍しいものを自慢しようとする時の、わくわくするような無邪気な気持ちがこめられてはいた。だが、それは三十に近い男が大の大人に向けて発信するものにしては、少々、子供じみていた。

勇作などは初めから小馬鹿にして笑っていたものだ。ごたいそうな、と彼は言った。「まるで陛下の謁見に先立っての案内状みたいじゃないか」と。

青爾のそうした無邪気な狂躁《きょうそう》が、周辺の人々の眉《まゆ》をしかめさせることになったのは、ひとえに陣内紡績が業績悪化の一途をたどっていたからである。青爾が経営に無関心なのをいいことに、妾腹《しょうふく》の子である陣内保二郎が本格的に蔭《かげ》で暗躍し始めている、という噂も流れていた。

実際、青爾は会社には不定期にしか出向いていなかった。出社するにしても、当時の国分寺から虎ノ門までの長い距離を車で行き来するためには、ちょっとした時間がかかる。そのせいで、実際に青爾が執務に携わることのできる時間は限られ、しかもそれは、驚くほど短い時間でしかなかった。

いくらなんでもそんな状態を続けるのは尋常ではないし、最終的に社を動かす責任を負っている人間のやることではない、ウィークデイはホテルか、都心に近いところに借りた家に滞在し、そこから通うようにしたらどうか、そして週末だけ邸に戻るようにしたらいいのではないのか、などと青爾に進言する役員たちも多かった。

だが、青爾はそれを突き放した。自分の帰る場所は国分寺の陣内邸でしかない、と言いきった。

青爾不在の形で行われることが多かった会議の席上、弁のたつ保二郎は易々と部下を手なずけていった。いつのまにか対外的な交渉にも積極的に乗り出すようになった。保二郎は事実上の、社長代行として動きまわっていたのである。

その種の噂話を私は勇作からばかりではなく、舅《しゅうと》からも聞かされていた。美夜のいないところでそれらの話はいまいましげな舌打ちと共に語られた。美夜の結婚が、必ずしも恵まれたものにはならないかもしれない、という不安も親族の間で蔓延《まんえん》しつつあった。

妾腹の子といっても、保二郎は戸籍の上では陣内定太郎の弟であり、青爾の叔父《おじ》にあたる。定太郎亡き後、芸術家さながら邸に引きこもり、会社経営には関心をもたない青爾の代理を保二郎が率先して務めたのだとしても、誰も文句は言えなかった。保二郎はその立場を最大限に活用していたのである。

そしてその陣内保二郎は、あろうことか青爾から直々の招待状を受け取って、あの日、国分寺の陣内邸に姿を現したのだった。

銘々、車で乗りつけて、青爾に言われた通り、本邸に着くまで目を閉じたり、顔を伏せたりしながら、正式に案内されるまで完成された庭園に目を向けないようにしていた人々が、本邸のホールに集まっていた。親族、青爾と美夜の仲人夫妻など、私のよく知っている顔の他に、陣内紡績の社員や関連企業の取締役、青爾の注文に応じて豪華本や稀覯《きこう》本を買いつけてくる古書店の店主、画廊の主、庭園の彫像のための贅沢《ぜいたく》な彫刻を一手に任されたという、有名彫刻家やその関係者らの姿も多数あった。

保二郎は邸の玄関に現れるなり、白っぽいパナマ帽を脱いで手に取り、誰にともなく宙に向かって、にやにやとした笑みを浮かべてみせた。初めて邸《やしき》ですれ違った時と似たような、季節はずれのクリーム色の麻のスーツに、空色のネクタイ姿だった。くだけすぎているというわけではなかったものの、タキシードやイブニングドレス、訪問着などの正式な装いに身を包んでいる人々が多かった中、保二郎の恰好《かっこう》とパナマ帽は、滑稽《こっけい》なほど浮き上がって見えた。

私の隣にいた綾子が、「んまあ」と聞こえよがしに舌打ちをした。「なんてことでしょう。よりによって、あんな人を招待するだなんて」

「青爾さんも、いったいどういうつもりなんでしょうね。馬鹿なことをするにも程がありますよ」と義母も調子を合わせた。その声があまりに大きすぎたので、周囲にいた人々が一斉に義母を振り返った。

義父が眉間《みけん》に皺《しわ》を寄せながら義母をいさめた。「やめなさい、こんなところで。みっともない」

背を丸め、猪首《いくび》をすくめるようにしながら、保二郎は笑みを浮かべたままホールを横切り、飲物を運んでいた民子を呼びとめて、何事か囁《ささや》いた。民子は、いかにも素っ気なく応じていたが、保二郎の笑みは消えなかった。

南向きのバルコニーに面したフランス窓には、一面、重厚なカーテンが降ろされており、中から外が見えないように工夫されていた。おかげで、邸の中は小暗く閉ざされ、残暑厳しい季節、室内は人いきれでむせ返るようだった。女たちが一様に扇子で顔を扇いでいたため、無数の鳥が羽ばたいているような乾いた音があたりを埋め尽くした。

青爾はその時、二階の居室で待機していた。まるでファンファーレと共に階段を降りて来て、人民の前に姿を現す、中世の王さながらだった。それから改まったように、バルコニーに面した窓のカーテンが引かれ、庭園ショーが開幕される、というわけである。その演出の過剰さ、幼さが人々の失笑を誘った。

まもなく、青爾が人々の目の前に現れた。艶《つや》やかな光沢を放つ、純白のタキシード姿だった。ひそやかな冷笑と型通りの称賛の拍手がないまぜになって、玄関ホールに谺《こだま》した。青爾は髪の毛を丁寧に後ろ向きに撫《な》でつけていた。白い絹のシャツに白い蝶《ちょう》ネクタイ。表情は硬く、憮然《ぶぜん》としているようにも見えたが、落ちついた風格のある足取りで、爪先立つようにゆっくりと階段を降りて来る青爾は、私の目にひどく美しく映った。

あの日の青爾のことは本当によく覚えている。邸で青爾と逢う時、いつも私は遠くから青爾を見ていた。近くにいる時の青爾の印象は少ない。青爾はいつも、私から離れたところに佇《たたず》んでいて、その立ち姿、立ち居ふるまい、指先のちょっとした仕種まで、スクリーンの中の俳優のように私の記憶に刻みこまれていたのだが、あの日の青爾はまた特別だった。

彼は遠い陽炎《かげろう》の向こうに立っている幻さながら、何か手の届かない人間のように感じられた。手を伸ばしても伸ばしても、決して届かず、その肌に指先を触れることすらかなわないような……。その声をじかに聞き、その手に触れられ、あなたを愛している、と囁かれることなど、金輪際、あり得ない、と思われるような……。

ゆるやかなカーブを描く優雅な階段から降り立った青爾は、客人に向かってようこそいらっしゃいました、と言った。その低く澄んだ声は玄関ホールに高らかに響き渡った。

「早速、我が庭園をお目にかけることにいたしましょう。バルコニーに出ていただいて、まず全景をご覧いただき、その後で、庭園に降りていただきます。庭園にはバルコニーから直接、降りられるようになっています。飲物や軽食はバルコニーと、それから下段庭園に設けた物見台に用意させてありますので、後ほど銘々、御手にとって、お好きな場所でお寛《くつろ》ぎください。なにぶん、広いので、先に僕があらましをご説明しながら、ひと通り、ご案内させていただきますが、後は終日、ご自由にお楽しみになって結構です。まだ日暮れまで充分、時間がありますから」

青爾が先に立って歩き、バルコニーに面した大食堂に入って行った。人々が、好奇心に満ちた表情を浮かべながら、がやがやと後に続いた。

大食堂には民子と、民子の父親である松崎為吉、母親である松崎きみが控えていた。民子はいつもの紺色のメイド服姿、きみは小豆《あずき》色の和服を着ていた。

青爾から目くばせを受けた民子ときみが、それぞれ右と左に分かれ、厳粛な表情でカーテンを引き始めた。カーテンレールが滑る軽やかな音が響き渡ると共に、仄暗《ほのぐら》かった室内に舞台照明のような光が弾《はじ》けた。そしてその向こうに、私たちはいきなり、壮大な夢の絵巻を見たのである。

紺色の背広姿の松崎為吉が電蓄のプレーヤーの前に佇《たたず》み、青爾の合図と共にレコードに針を落とした。青爾の愛するグスタフ・マーラーの、交響曲第九番ニ長調。第四楽章アダージョの切ないようなヴァイオリンの旋律が流れ始めた。

マーラー！　青爾はどれほどマーラーを愛していたことか。

後に私は、青爾が何故、あれほどマーラーを愛していたのか、知るようになる。マーラーの持っていた脆弱《ぜいじゃく》さと芸術家気質とが、どんなに青爾自身と似通っていたか、を。

ため息まじりのどよめきがあがった。バルコニーに急ぐ人々の衣《きぬ》ずれの音が室内を充たした。

見事に晴れわたった日の午後であった。風もなく、光はそちこちで撥《は》ね、私たちの目の前には主庭園の刈り込み模様花壇が、さながら動きを止めた映像のようにして拡がっているのだった。

中央に水を噴き上げている噴水があった。光の中に水飛沫《みずしぶき》が弾け、それがさらに光を呼んで、幾何学的に整然と刈りこまれた花壇の縁取りをいっそう色濃く見せていた。右を向いても左を向いても緑だった。緑の中にわずかに色のついた花が寄せ植えされている。主庭園の左側は芝の庭。右側は薔薇《ばら》園だった。その先に続く緑は、敷地がゆるやかに傾斜しているせいで判別できない。

静まり返った園内に小鳥の囀《さえず》りが響き渡り、背の高い鬱蒼《うっそう》とした木立のあたりでは、晩夏を告げる油蟬が、眠たげに鳴いていた。

私たちは青爾の案内でバルコニーから庭に降りた。主庭園と、その下の下段庭園をぐるりと囲むような形で、小砂利の敷かれた遊歩道ができているのが見渡せる。

主庭園の刈り込み花壇を抜けながら、あちこちで歓声があがった。迷路のように拡がっている緑の花壇の刈り込みは、定規で計ったかのような正確な秩序の中にあった。噴水の向こうには、大小の彫像が点在していた。神話の世界を象徴するレプリカだった。青爾はその一つ一つに説明を加え始めたが、庭園のあまりの優雅さ、異様なまでもの美しさに、誰もまともには聞いていなかった。

主庭園を抜けると、石造りの階段が伸びていて、階段の両脇にはカスケードと呼ばれる細い滝が流れている。その下は主庭園を二まわりほど縮小したような下段庭園になっていた。下段庭園の左端には、物見台と呼ばれる小さな建物があった。

邸と同様、白いコテ塗りの四阿《あずまや》のような建物で、ミニチュアの玩具《がんぐ》の神殿を連想させる。物見台の前では白い制服を着た臨時雇いの給仕人たちが、オードブルやサンドウィッチ、飲物などを給仕するべく控えていた。初秋の香りを含んだ甘やかな風が吹くたびに、純白のテーブルクロスの裾《すそ》がわずかにはためき、美しい波形を描いた。

喉《のど》がかわいている方もおられるでしょうが、休憩はもうしばらくお待ちを、と青爾が人々に声をかけ、さらに庭園の案内を続けた。下段庭園からさらに、もう一つの別の階段を降りて行くと、白い小砂利の敷きつめられた遊歩道が左右に伸び、正面に池泉と呼ばれる人工の池が見えてきた。

驚くべきことに、池の一角には板張りの細い橋ができており、その先に島ができていた。島と言っても、人が五人も立てばいっぱいになってしまうような小さなものだが、そこには大鹿をかたどった見事な彫像が設《しつら》えられており、天に向かって優美な長い角を伸ばしているのだった。

池泉の左隣には、グロッタと呼ばれる人工洞窟《どうくつ》があった。このグロッタは、青爾の庭園の中でも、最も奇怪なものであった。ぶつぶつとした褐色の岩肌は、ところどころ、ねじれ、歪《ゆが》み、垂れ下がっていて、鍾乳洞《しょうにゅうどう》のようにも見えた。入口付近には人馬一体となったケンタウロスの巨大な彫像がひとつ。奥は暗くて見えず、ひたひたと澄んだ水が池泉から流れこんでいて、あたりは甘く仄暗いような水の匂いで充たされていた。

「んまあ。んまあ。なんてこと！」

私のすぐ隣にいた綾子が、今にも卒倒しそうな声を張り上げた。「ここはいったいどこ？日本なの？本当なの？青爾さん、あなたはなんていう凄《すご》いものを造ってくれたの。これは何？洞窟の中で何をするの」

「別に何も」と青爾は冷笑を浮かべたような顔で答えた。「池から水を引いてあるんです。だから、やろうと思えば奥にボートを漕《こ》ぎ入れることもできるでしょう」

中はどれほど奥まっているのか、とか、水の深さはどのくらいなのか、といった質問が飛び交った。青爾は一つ一つの質問に丹念に応じ、グロッタの奥はせいぜい二十坪ほど、水深は大人の膝《ひざ》まで程度だ、と答えた。

すごいわ、と言う綾子の声は、ほとんど絶叫に近かった。綾子は、近くにいた美夜の腕を取った。「美夜ちゃん、いい？これは全部、あなたのお庭でもあるんですよ。もうすぐ、あなたのものになるんですよ。覚悟はできてる？」

美夜は、とっておきの白いモスリンのドレスを着て、鍔《つば》のない白の帽子をかぶり、白のレースの手袋をはめていた。手袋とよく似たレースの白いパラソルは、以前、私と一緒に銀座のデパートに行って買ったものだった。

軽く首を傾げ、パラソルをさしていないほうの手で、帽子に品よく挿《さ》した細い金色のピンを撫でまわしながら、美夜は綾子を見、次いで私のほうを見た。その目の奥には、喜びや期待ではない、小刻みに震える不安な光ばかりが読み取れた。

私は微笑み返した。笑みが凍りつかないよう注意しながら。

怖かったのだ。あの時、私は心底、恐怖を感じていた。それは畏《おそ》れにも似た恐怖だった。

これはいったい何？　と問いかけた綾子の気持ちがわかるような気がした。青爾の造った庭園は、その完璧《かんぺき》な美しさと、寸分違《たが》わぬ西洋の模倣において、徹底して病んでいるように感じられた。その様式美、その芸術感覚は、どこかしら押しつけがましかった。押しつけがましいのに言葉を失うほど美しく、偽物としか思えないにもかかわらず、そこには現実から切り取られた、愉楽の園が確かに拡がっているのだった。

グロッタとは反対方向、池泉の右隣には、竹林が拡がっていた。ルネッサンス・バロック様式の庭園の中、そこだけが和の趣を湛《たた》えていた。以前、この土地に数奇屋《すきや》造りの建物を建て、別荘に使っていた旧子爵が、和風庭園として造った一角をそのまま残したのだ、と青爾は説明した。

笹の葉はまだ青々として瑞々《みずみず》しかった。何年にもわたって枯れ落ちた葉が地面に堆積《たいせき》し、敷きつめられていた。わずかの風にもそよぐ笹の葉は、始終、かさこそという音をたてていて、その音はかえってあたりの静寂を深いものにしていた。

「この奥に古い井戸があります」青爾は誰にともなく、歌うように言った。「野井戸と呼ばれるもので、父がこの土地を手に入れた時からあったそうです。かなり昔に掘られたものらしく、以前の持ち主の方はここにそんなものがあることすら、ずっと気づかずにいたそうですよ」

「野井戸？」誰かが頓狂《とんきょう》な声を上げた。「今でも水が出るんですかね」

「このあたりにはそういうものが多い。業者の話では、涸《か》れ井戸だということですがね。一度だけ、覗《のぞ》いてみたことがありますが、濡《ぬ》れた竹の葉がずっしりと堆積していて、底のほうはよく見えませんでした」

「危なくないかしら」

そうつぶやいたのは美夜だった。美夜は竹林の木陰でパラソルをたたみ、誰にともなく相槌を求めた。「蓋《ふた》をきちんとしておかないと、落ちたりしたら大変……」

青爾はちらと美夜のほうを振り向き、ふふ、と短く、わずかに皮肉をこめて笑った。

「竹がびっしり生えていて、犬猫は別にしても、ふつうの人間は奥まで行けないようになっている。それに、蓋もついているから案じることはないよ」

落ちたりしたら大変……。

何故、美夜はあの時、あんなことを口走ったのだろう。自分と青爾との間に赤ん坊ができ、その子が成長して庭中を駆け回るようになった時、誤って野井戸に落ちはしないだろうか、とそんなことを心配していたのか。それとも、ただ単に、美夜らしい繊細な神経がそんな質問をさせただけなのか。

青爾の言う野井戸が、どのくらいの深さのものなのか、私は知らなかった。青爾とその後、幾度も寄り添い合いながら庭園を散策している時でさえ、野井戸の話はしなかった。万一そこに嵌《は》まってしまったら、果して上がって来られるのかどうか、ということも、本当に涸れ井戸なのかどうか、ということも聞かなかった。野井戸がある、という竹林の一角が、青爾の言う通り、あまりにびっしりと隙間なく竹で被《おお》われていて、鉈《なた》でも手にしていない限り、奥まではとても行けそうになかったせいかもしれない。

私は青爾と庭園を歩いている時、自分たち二人のことしか目に入っていなかった。グロッタの脇、豊かな水を湛えた池泉の隣の竹林の奥に、野井戸があろうがなかろうが、そんなことは私にとって何の興味も惹《ひ》かなかったのである。

とはいえ、興味を惹かれて、何か一つでも野井戸について質問していれば、その後、何かが変わったとも思えない。それは無邪気な質問と無邪気な答えで終わっていただろう。

たとえ、その野井戸の蓋が壊れかけていて、誤って中に落ちれば二度と自力ではい上がって来ることができないばかりか、堆《うずたか》く積もった竹笹の下、奥深くには底なし沼のようになっている泥の堆積があり、落ちた人間は亡骸《なきがら》すら引き上げてもらえなくなるかもしれない……そんな話を聞かされたところで、それが、皮肉な運命の矛先を変えることにはならなかったはずなのである。

私は「まあ、恐ろしい」というような、ありふれた感想をもらし、青爾は、うん、とうなずいて、それでその話は終わっただろう。それだけだったろう。

小砂利の敷きつめられた遊歩道を少し戻り、再びグロッタの前を通り過ぎて行くと、遊歩道の周囲は、ふいに深い木立で被われた。そこは、ボスコ、と呼ばれる、庭園内の森であった。ところどころに石造りのベンチが置かれ、休むことができるようになっていて、残暑の午後、そこだけがひんやりとした緑色の空気に包まれていた。

一方、竹林の脇は傾斜のきつい遊歩道になっていた。左側に「萩の園路」と青爾が命名した一角があり、秋が深まった時に藤色の小さな花弁を開こうとしている萩の群生が見られた。

遊歩道をはさんだ右側には薔薇《ばら》園と葡萄《ぶどう》棚があった。何本かある葡萄の木はかなりの老木だった。斜めになった屋根のような棚も、その下に並べられたベンチも、新しく設えられたもののようには見えず、何世紀も前からそこにあり、何年も何年も、繰り返し様々な人間の栄枯盛衰を見据えてきた重々しさが感じられるのが不思議だった。

そしてその先、西側の奥の一角が、「西苑」だった。青爾が幼い頃、目にしたリンダーホーフ宮苑の完璧な模倣で、かつて松本の両親を招いて催された昼食会の後、彼が私の父に説明していた通り、中央にはアモールとプシュケをかたどった、大きな白い彫像が、水盤の上に誇らしげに立っていた。

青爾の庭園、というと、私の中には今も、あの彫像が真っ先に思い浮かぶ。

アモールというのは、神話の中に出てくるクピドのことで、言わば愛の天使、性愛を司《つかさど》る神である。幼児の姿として描かれることも多いが、もともとは背中に翼を生やした美しい若者であった。そしてプシュケは、美しい王女。アモールはプシュケに烈《はげ》しい恋をして、数々の波瀾《はらん》の果てに二人は永遠に結ばれるのだ。

青爾はその、アモールとプシュケが描かれた数々の西洋絵画の中から、ジェラールというフランスの画家が描いたものを選び、彫像を造るにあたって、その絵を忠実になぞらせた。左側に王女プシュケが座っている。下腹部から下には薄衣《うすぎぬ》をまとっているが、全裸だ。張りのある艶やかな乳房が美しい。

その王女を翼を生やした若者、アモールが柔らかく抱き寄せようとしている。アモールはプシュケの額にそっとくちづけをしながら、目を閉じている。左手は彼女の胸のあたりに置かれ、今にも悩ましげに下へ下へと、乳房に向かって降りていきそうに見える。

ぞろぞろと観光客よろしく、青爾の後をついて回りながら説明を受けていた客人たちは、西苑にいたって、一様に目が覚めた、という顔つきをしていた。発する言葉数も少なくなっていて、そこには昂揚《こうよう》感の果てに訪れる、疲れに似たものまで窺《うかが》えた。

庭園はまさに、人工美の極致だった。実用性のない、或《あ》る意味では無用のものばかりで造り上げられている庭園だった。現実の時間の流れはそこにはなかった。庭は現実を超えていた。そこには、狂気を引き起こしてしまいそうなほどの、閉ざされた美があった。

青爾ではない別の誰かが、こんなものを造ることはこの先、決してないだろう。こんなものを造らねばならない理由は、誰の中にも存在しないだろう。そんなことを私は思った。

　そう思いながら同時に私は、青爾がこの庭園を造ることに命を賭《か》けていたことの理由を、ずいぶん前から知っていて、当然の結果を目の当たりにしているだけのようにも思った。幾多の禁忌があるにもかかわらず、青爾が私に向かってまっすぐに突き進んできたことと、彼が造った庭園との間には確かに、何か動かしがたい共通点があった。

　ひと通り、庭園内の案内が終わると、人々は三々五々、散っていき、バルコニーと物見台に設けられた、軽食や飲物のテーブルに向かい始めた。列席した人々に囲まれて、青爾が談笑しながら歩いていく姿があった。まもなく、彼の姿は私の視界から消え去った。

　ふと気づくと、遠景に散らばる着飾った人々の姿の中、美夜や勇作の顔も見えなくなっていた。あたりには誰もおらず、西苑に残っていたのは私一人だった。

　西苑の右脇には邸があり、大食堂や中サロンの観音開きの窓が幾つも並んでいるのが見えた。てるや民子ら、使用人のほとんどは厨房《ちゅうぼう》とバルコニーを往復していたようで、窓の奥に人の姿はなかった。装飾柱のついた南側バルコニーで歓談している人々の、上気したような声だけが、遠い蜂の羽音のように聞こえていたが、その姿は何ひとつ、視界には入らなかった。

　小砂利の遊歩道を、萩の園路のあたりまでゆっくりと歩いて行く人々の後ろ姿があったが、それもすでに遠くかすんでいた。主庭園の刈り込み花壇は、そこからは見えず、遊歩道をはさんだ正面の薔薇園にも人の姿はなかった。西苑はコの字型に設《しつら》えられた高生け垣で被われていて、そこは庭園から切り離され、隔絶された一つの大きな、緑の部屋のようになっていた。

刺繡《ししゆう》花壇には緑の輪郭を正確になぞるようにして、真紅のサルビアの花が連なっていた。セイヨウイチイの木で造られた高生け垣の外の、欅《けやき》の木々の木陰では数匹の油蟬がけだるそうに鳴いていた。

勇作を探し出し、居合わせた人々と談笑しているべきだ、と思ったが、できなかった。一人でいたかった。私は青爾のことしか考えていなかった。

庭園を案内して回っていた青爾の、白いタキシードに包まれた美しい背を思い出した。その背しか見ていなかった自分、その背に頰を寄せ、その腕に固く抱かれたいと願った自分を思い出した。

顔が赤らんだ。胸が詰まった。

茫然《ぼうぜん》とした思いで中央のアモールとプシュケの像を見上げ、彫像の下の星型をした水盤の中、うっすらと張られた水に映る空に目を落とした、その時だった。西苑の入口付近に青爾が立っているのに気づいた。

ふいに心臓が止まり、それでもそのまま生き続けているかのような、そんな奇妙な感覚が私の中を走り抜けていった。

タキシードのズボンのポケットに片手を入れ、もう一方の手にシャンペンの入ったグラスを持ち、彼はいったん、入口のあたりに立ち止まってまっすぐな視線を私に向けた。

微笑み返したのか、それとも無表情に彼を見つめ返しただけだったのか。自分たちが今、ここで、誰の目にも触れられずに、二人きりになっている、ということに気づくや否や、私ははしたないほどの悦《よろこ》びを覚えた。青爾に向かって走り出して行きたくなる気持ちをどうやってこらえればいいのか、わからなくなった。

彼はゆったりと、落ちついた足取りで私に向かって歩いて来た。そして私と一メートルも離れていないところまでやって来ると、立ち止まり、優雅な手つきでシャンペングラスを差し出した。

差し出されるまま、私は黙ってそれを受け取り、美しく細長いグラスの中の、かすかに泡が立ちのぼる琥珀《こはく》色の液体を覗《のぞ》き見た。自分の指先が、かすかに震えているのがわかった。

青爾の目が、ひたと私を見据えてきた。その鋭いような視線の奥に燃え立つような焔《ほのお》があるのを知った時、私はいたたまれなくなった。

「人の目があります」私は口早に言った。「早く向こうに行かないと……」

「大丈夫。誰もここには来ません。ほとんどの人はバルコニーか、物見台のあたりにいる」

「でも、お邸《やしき》の窓から誰が見ているかわからない」

「僕は今、僕が招待したご婦人と、僕の庭園で立ち話をしているだけです。誰の目にもそ

私がここにいることが、何故わかったの」

私は懸命になって肩の力を抜き、かろうじて微笑んでみせた。「私がここにいることが、何故わかったの」

「ずっとあなたを見ていた。あなたがどこにいるか、どこに向かおうとしているのか、何をしているか、どんな表情をしているか、ずっと。一瞬たりとも目を離さずにいた」

「でもさっき、あなたはどこかに歩いて行ったはずだわ。大勢の人に囲まれて……」

青爾はにやりと笑った。「あなたも僕のことを見ていてくださったんですね」

いえ、別に……と私は口ごもり、うつむき、再び顔を上げて、「ええ」ときっぱりうなずいた。「見ていました」

青爾の口もとに美しい笑みが浮かんだ。それは私に、性的なもの、熱くたぎるような何かを感じさせた。私も微笑み返した。胸が塞《ふさ》がり、私はその時、目の前にいる男に、自分が思っているより遥《はる》かに烈しい想いを抱いていることを知った。

「この彫像を気にいっていただけたようですね」青爾がアモールとプシュケの像を見上げながら言った。

「ええ、とても」

「僕も気にいってます。実に巧《うま》く彫り上げられている。杏子さんは、ジェラールの絵をご存じでしたか」

「残念ながら、見たことはないの。でも、この彫像から想像がつきます。さぞかしきれいな絵なんでしょうね」

「画集を持っているので今度、お見せします。僕はね、この一対の男女の物語が好きなんだ」

「物語？」

「神話ではなく、ローマ時代に或る作家が書いた小説の中に出てくるエピソードなんですけどね。アモールはプシュケに恋をして、二人は結ばれるんですが、結ばれたのは闇に包まれた谷間の宮殿だったんだ。宮殿は薄暗い闇に被《おお》われていて、アモールの姿がよく見えない。プシュケに嫉妬《しっと》する連中が、アモールの正体は実は恐ろしい怪物なんだ、と言ってきて、プシュケは好奇心に逆らえずに或る時、ランプの光の中で彼の本当の姿を見てしまう。怪物でも何でもない、彼は美しい神だった。背中に翼を生やした……ね。それでもそれを見てしまったプシュケは神々の怒りをかい、冥界《めいかい》に突き落とされる。アモール恋しさに幾つもの難関を切り抜けて、プシュケはやがて地上に戻るんです。アモールは彼女を迎え、神々の怒りを解いてやり、最後に二人は本当の意味で永遠に結ばれる」

私はじっと青爾を見つめながら、その話に耳を傾けていた。「いいお話ね」

青爾はうなずいた。「プシュケは魂の象徴なんだ。そしてアモールは愛の象徴。愛と魂は、こんなふうにして結びつくことになっているんです。そして、一度結びついたら、永遠に離れない」

熱いものが胸の中で渦を巻いた。言葉が出なかった。私は青爾から聞かされた美しい愛の挿話と、そして何よりもそれを語る青爾の表情に魅せられていた。

「来週、ここに来られますか」ふいに青爾が聞いた。「お逢《あ》いしたい。二人きりで。二人だけで、もう一度、僕の庭園を歩きたい」

それは突拍子もない、想像もしていなかった誘いの言葉だった。性急に事が運び過ぎている、と思った。そう思う傍ら、そのことが私を洪水のような悦びで充たした。

「来てくれますね」

青爾は繰り返した。ぬるく柔らかな風が吹いて来て、生け垣の外の、背の高い欅の梢《こずえ》をさわさわと揺すった。

いけない、いけない、と思いながら、私の中にわずかに残っていた理性は、吹き過ぎていく風の中に溶け、消えていった。

「来週の水曜日。午前十時に、佐高をお宅まで迎えにやります。いいですか」

一秒の何分の一かのわずかな時間、私はその時刻、美夜が学校に行っていて留守であること、勇作も出勤した後であることを確認し直した。その素早さは、自分でもいやになるほど悪魔的……いや、悪魔そのものだった。

私は青爾を見上げた。そしてうなずいた。うなずいている自分の首が、がくがくと震え出し、そのまま鎮まらないのではないか、と思われた。

青爾は言った。「待ちきれない。でも……待ちます」

ややあって、私は目をそらした。手にしていたシャンペングラスが傾き、中のものが零《こぼ》れかけていることにも気づかぬまま。

11

翌週の水曜日、八時少し前にいつものように勇作の迎えの車が到着し、勇作はふだんと変わりなく出かけて行った。美夜が自室から走り出て来て、「遅れちゃう。遅刻だわ」と言いながら玄関先で靴を履いたのが、八時半過ぎだったと思う。

あの朝、美夜は清楚《せいそ》な白い、飾り気のないブラウスに紺色のタイトスカートをはいていた。スカートは美夜が学校での実技教習の際、自分で制作し、その丁寧な縫い目、布の美しい裁ち方を教師から褒められたものだった。

出て行く際、美夜は私のほうを振り向かなかった。遅刻しそうになって、慌てていたからだが、そのことがかえって私の中の罪悪感を刺激した。

行ってらっしゃい、と私は美夜の背に声をかけた。そしてふだんは決して質問しないようなことを聞いた。「帰りは何時頃になる？」

玄関扉を開きながら、手にした教材用のバッグの中身が急に気になったらしく、美夜は返事もそこそこに、「あ、大変。忘れ物」と言った。「お姉ちゃま、悪いけど、大急ぎで私の部屋に行って取って来てくれる？　鏡台の上にね、裁ち鋏《ばさみ》を入れた箱があるから」

勇作の出勤の時と私の外出の時は、何があっても必ず仲江が見送りに出て来るのが習慣だったが、美夜の時には出て来ないことも多かった。仲江はまだ若かったが、自分の雇い主が誰であるのか、そのあたりのことを合理的に踏まえて行動するところがあった。その朝も、仲江は台所にいた。

わかった、と私は言い、美夜の部屋まで行って、言われた通り、裁ち鋏を入れた箱を手に玄関先まで戻った。長い廊下を全速力で走ったかのように、心臓の鼓動が烈《はげ》しくなっていた。

美夜は先程の私の質問を忘れている様子だった。私も同じ質問を繰り返さなかった。行って来ます、と明るい声を放ち、美夜は玄関の外に飛び出して行った。こんもり繁ったアオキの生け垣の向こうを、走り過ぎて行く美夜の足音だけが聞こえ、すぐにあたりは静かになった。

居間に戻り、呼吸を整えてから、私は何喰《く》わぬ顔を装って、台所まで行った。白い割烹《かっぽう》着《ぎ》をつけた仲江は、朝食に使った食器を洗っているところだった。

仲江は当時、二十四、五歳だったろうか。戦後まもなく福島の片田舎から上京し、下落合の家にやって来るまでに、上流家庭で二度の住み込み家政婦の経験をもっていた。色黒で垢抜《あかぬ》けない容姿をしてはいたが、気立てがよく、躾《しつけ》も行き届いていた。

毎週日曜日の休みの日も、女友達と映画を観たり、買物を楽しんだりするだけで、暗くなるまでに戻って来る。肩まで伸ばした漆黒の髪の毛を耳の両側できっちりと二つに結び、その毛束がウサギの耳のように見えるので、勇作は時々、ふざけて「黒ウサギちゃん」などと呼んでいた。

「今日はね、もう少ししたら、ちょっと外出するわ」

私がそう言うと、仲江はエプロンで手を拭《ふ》きながら腰を低くし、「はい」と言った。

「十時頃、お迎えの車が来るの。陣内さんのところの運転手の方が迎えに来てくださって、国分寺まで行くんだけど……ねえ、仲江さん。このことは誰にも言ってはだめよ。いい？」

はあ、と仲江は言った。怪訝《けげん》な表情が、水のようにその顔に拡がっていくのを私は見逃さなかった。

「実は美夜の縁談のことでね、美夜や主人に内緒のお話があって、急いで陣内さんとお目にかからなくちゃならなくなったのよ。綾子おば様やお義母《かあ》様も、後からいらっしゃるわ。ちょっと込み入ったお話だから、今の段階で美夜や主人に知られたら困るの。だから、このことは誰にも黙っていてちょうだい。絶対よ」

「わかりました」と仲江は神妙な顔をして、大きくうなずいた。「決してどなたにも申しません」

助かるわ、と私は言い、笑みを浮かべてみせた。「どんなに遅くなっても、お夕食の時間までには戻るから。万一、私よりも先に美夜が帰って来たら、適当に言っておいてちょうだい。買物にでも出かけた、とか何とか……」

「はい、かしこまりました。そのように致します」

仲江は生真面目な言い方でそう言い、軽く目礼してから再び洗いものの仕事に取りかかった。

何度も念を押したい衝動にかられた。何度も何度も。百万遍、念を押しても物足りないほどだった。

仲江はあくまでも使用人であり、使用人としての節度を守ることができる人間であるはずだった。私が勇作と結婚してすぐ、ほぼ同時期に下落合の家に住み込んで以来、一度たりとも出過ぎたまねをしたことがない。

だが私は、これだけ信用できるはずの人間からも、いつ裏切られるかわからない、裏切られても仕方がない、と思った。理由ははっきりしていた。自分がすでに、大切な人たちを裏切ってしまっているからだった。

台所を出て、二階に上がり、洋服箪笥《だんす》を開けて何を着ていこうか、迷った。その迷いは、幸福な迷いだった。

華やかだが、くだけすぎた印象の服装は避けたほうがいい、いや、だからといって、青爾と初めて邸《やしき》で二人きりで逢うという段になって、堅苦しいデザインの、地味なスーツというのはあまりにも淋《さび》しい……などと考えているうちに、罪の意識は次第に遠のいていった。

秋の日の午後、青爾と二人、庭園を散策するにふさわしいと思われる葡萄《ぶどう》色の、ウェストが女らしくくびれたワンピースを着ていくことに決めた。化粧を済ませてから、ワンピースに合う、小ぶりの帽子を髪の毛にピンで留めてみて、これではあまりに正装すぎる、と思い直し、帽子をかぶることはやめにした。

揃いの葡萄色のレースの手袋をはめ、全身をもう一度、姿見に映し出した。その段になるともう、私の胸は高鳴るばかりで、美夜のことも、夫のことも念頭になかった。

恐ろしいことだ、と思ったが、どうにも仕様がなかった。私は青爾に逢《あ》いに行くこと、青爾と二人きりになることとしか考えていなかった。

家の前に黒塗りのロールス・ロイスが静かに停まり、仲江が私を呼びに来たのは九時五十分だった。私は仲江に見送られて外に出た。前々日から降っていた雨があがり、雲ひとつない秋空が拡がっていた。その澄みきった、一点の曇りもない光の渦の中に立つと、自分がこれからしようとしていること、隠そうとしていることすべてが、誰彼かまわず見透かされているような気になって、思わず足がすくんだ。

制服姿の佐高が車の外で待っていて、私を見るなり、帽子を脱いで深々と礼をした。

佐高……あの、ほっそりとした、色の白い、端正なのだが、端正すぎて魅力に欠ける顔をした青年を目にした途端、私の中に新たな不吉な想像が怒濤《どとう》のごとくかけめぐった。

この人は、私が一人、陣内邸に行くことをどう思っているのか。美夜の姉が昼日中、お伴《とも》も連れずに、何やらこそこそと陣内邸に入りこみ、青爾と二人、庭園を散策することをどう考えるだろうか。そして、この人がそのことを他言せずにいられる、という保証はあるのだろうか。とりわけ、美夜本人に……。

そのことを青爾に確認しないまま、迎えの車を寄越《よこ》す、というのを受け入れてしまったことを私は強く後悔した。電車を使えばよかったのだ。電車で国分寺まで行き、駅から陣内邸まで歩いて行けばよかったのだ。

「おはようございます」と佐高は、よく通るひんやりとした事務的な声で言った。視線を合わせないまま、彼は後部座席のドアを大きく開け、私が乗り込むまでドアの脇に立っていた。

ドアが慎ましく閉じられ、佐高が運転席について、車は静かに動き出した。伸江が深々と礼をして見送っている姿が視界から遠ざかった。

邸に到着するまでの時間、佐高が口にしたのは一言だけ。「いいお天気でございますね」……それだけだった。

陣内邸の車寄せに車が静かに音もなく停まった時、迎えに出て来たのは松崎の娘、民子だった。

それが、てるであってくれれば、どんなによかったか、と私は思った。てるはすでに幾度も、私と青爾の電話を取り持ってくれていた。何故、青爾が婚約者の姉にこそこそと電話をしているのか、てるが知らずにいるはずはなかった。

てる自身に事の成り行きを知られている以上、てるの前で、私が自意識過剰になる必要はない。青爾がてるに厳しく口止めをしているに違いなかったし、特別に信頼されてそんな役をあてがわれたてるが、そう易々と主人を裏切ることはないだろう、とどこかで信じてもいたのである。

だが、民子は別だった。民子はまだ充分に若かった。私生活の奔放さを匂わせるものがその肉体、その仕種《しぐさ》の一つ一つから、あふれ出していた。ひとたびメイド服を脱げば、盛り場で男たちと遊びまわっている尻《しり》の軽い小娘と見分けがつかなくなるに違いなく、こういう娘こそ、つまらぬ通俗的な詮索《せんさく》をして、あることないことを吹聴《ふいちょう》して歩くのではないか、と私は案じた。民子のような娘は、人が思うほど鈍感ではなく、とりわけ他人の色ごとには警察犬のように鼻が利くのである。

結局、その不安は的中したことになる。後日、美夜に向かい、私が密《ひそ》かに青爾に逢いに来ていたことを告げ口したのは、佐高でもなく、むろん、てるや松崎の他の面々でもない、他ならぬ民子だった。

とはいえ、民子は正しかったのである。間違ったこと、事実なかったことを美夜に告げ口したのではない。本当にあったことを事実そのままに、美夜の耳に吹き込んだのだ。たとえそれが、青爾を心ひそかに狙っていた民子の私に向けた子供じみたあてつけであり、階級の違う人間に向けた潜在的な嫉妬心《しっとしん》のせいだったにせよ、民子が口にしたことに嘘はなかったのである。

民子はこう言ったのだ。久我の杏子様が、このお邸にお一人でおいでになったことは、これまでに何度もあったのでございますよ、と。旦那《だんな》様はそのたびに、杏子様とお二人で、お過ごしになっていらっしゃいました、ご存じなかったんでございますか、それはご無礼なことを申しました……からかうようにそう言い放って、新婚まもない美夜の表情が急速に曇っていくのを見、胸のすくような快感を味わっていたのだ。

「ようこそいらっしゃいました。旦那様が中でお待ちでございます」

民子はそう言って、私に頭を下げた。いつもの抑揚のない、人を小馬鹿にしたような単調な喋《しゃべ》り方の中に、かすかな冷笑が感じられたのは私の思い過ごしだったか。

民子はメイド用の紺色の制服姿に白いフリルのついた、丈の短いエプロンをつけていた。スカートが短めで、そこからすらりとした形のいい、白くつやつやと輝く足が伸びていた。白いソックスをはいてはいたが、ストッキングはつけておらず、それが素足であるのはひと目でわかった。

訪問客を案内する、というよりも、親しい人間の前に友達を連れていくような、使用人らしからぬ馴《な》れ馴《な》れしさで、民子は玄関ホールでつと私を振り返るなり、「よくお似合いでございますねえ」と言った。

「え？」

「今日のお召し物です。なんだか女優さんみたいに見えます」

「あらそう。それはどうもありがとう」

「杏子様はおきれいだ、って、評判ですから」

「評判、って誰の？」

民子はくすくす笑い、「いろいろな方のです」と言った。「旦那様が一番、そうお思いになっていらっしゃるのでしょうけれど」

咄嗟《とっさ》に私は返す言葉を失った。どういう意味か、と聞き返すこともできずにいた。

民子は何事もなかったかのように私に向かって軽く会釈をすると、リズムを取るような軽い足取りで大食堂の前まで行き、扉を軽くノックしてから中に入って行った。

「久我杳子様がお着きになりました」と言う、甲高い、装ったような民子の声が奥から聞こえた。

私は大食堂の入口に佇《たたず》んだ。大きな楕円《だえん》のダイニングテーブルの向こう側に青爾が立っていた。彼の目は私に注がれ、その口もとに意味ありげな笑みが浮かんだが、すぐにそれは消えていった。

「下がっていい」と青爾は民子に向かって言った。居丈高な物言いだったが、その言い方にはどこか、慣れ親しんだ相手にものを言う時の、一種の気安さが感じられた。「あとは、てるにやってもらうよう、頼んであるから」

「お飲物でも、後ほど、お庭のほうにお運びしましょうか」

「いや、いいんだ」

「でも、物見台のほうにご用意しておけば、いつでもお喉《のど》が渇いた時に……」

「下がりなさい」

民子は露骨にふてくされたような、すねたような顔をし、青爾をまっすぐに見上げた。それは使用人が取る態度とも思えない、まるで遠慮会釈のない見上げ方だった。

青爾は民子を無視し、私のほうに向かって歩いて来た。民子の視線が青爾の背を突き刺し、次いで、私に向けられた。その目は明らかに、恋敵を見る目だった。

たとえ民子が青爾に恋をしていても自分には何の関係もない、今はそれどころではない……そうわかっていながら、私はあろうことか、その一瞬、民子に強い嫉妬を覚えた。青爾と民子が、かつて一度ならず男と女の関係に陥ったことがあったのではないか、とまで邪推した。ほんの束の間のことではあったが、私の頭の中に、青爾と民子が睦《むつ》み合う姿さえ浮かんだ。

「よく来てくださいました」と青爾は言った。大きな声だった。民子を意識しているのだろう、と私は思った。民子と睦み合っている青爾の幻が、はっきりとした輪郭を作り、私は自分の病的な状態に烈《はげ》しく戸惑った。

民子が大食堂の奥の扉を開け、消えていくのが視界の片隅に入った。私の視線が落ちつかずにいることに、青爾はすぐに気づいたようだった。

「どうしました」

「いえ、別に」

「民子が何か？」

「ううん、なんでもないの」

「気になるんですか」

「何も気にしてなんかいません」

「民子に限らず、てるも、他の誰のことも、あなたは気づかう必要がない。あの者たちは全員、僕の使用人なんですから」

「でも……今日、私がここに来たことを、あの人たちは知ってしまったことになるんです」

「それがどうしたというのです」

青爾は小生意気な少年のように、両眉《まゆ》を上げ、晴れやかな笑みを浮かべた。「あなたともあろう人が、そんなに使用人風情を恐れているとは知らなかった」

「彼らだって人間よ。何かを感じる心を持ってるはずだわ」

「心？　僕は使用人たちの心の問題など、考えたこともない」

「美夜に告げ口されるかもしれない」

「そういうくだらないことをする奴がいたら、即刻、くびを切る」

「いくら解雇したって、美夜に知られてしまったという事実は変わらずに残るのよ」

青爾は私に近づき、そんな話題には何の興味もない、と言いたげに、つと私の腕を取った。「あなたは美夜さんの話をするためにここに来たのですか。それとも僕に逢《あ》いに？」

「答えるまでもないでしょう」

「何をそんなにぷりぷりなさっているんです」

私は軽く息を吸い、それ以上、愚かな態度を取らずに済むよう、精一杯、笑みを浮かべてみせた。「ぷりぷりなんかしてません。ごめんなさい。ちょっと気にかかったものだから……」

「つまらない心配事を抱えるのはやめてほしい。昼食をとりましょう。ごく軽いものですが、用意させてあるんです。食事をして、それから庭に出る」青爾はそう言った後で、私をじっと見つめた。あの、覚えのある強烈な、人を射すくめるような視線が私を貫いた。

「……逢いたかった。やっと逢えましたね」

私はその情愛深い言葉に全身の緊張をとき、「ええ。やっと……」と応《こた》えた。

「あと何日、あと何時間……そんなことばかり考えていた。あなたは？」

私はもう一度、微笑み返した。同じよ、と言いたかったが、言うのが怖かった。

「あんまり待ち焦がれすぎて、ごらんなさい、いざあなたを目の前にすると、心臓がこんなに……」

青爾の掌《て》がやおら私の手を強く摑《つか》んだ。その手は彼の左胸のあたりに持っていかれた。彼は白い絹の開襟シャツに茶色のジャケットを着ていて、私の手はその光沢のある美しいシャツを通し、彼の胸が熱く火照っているのを感じることになった。

「どきどきしているでしょう」青爾が囁《ささや》くように聞いた。

「そう？　よくわからないけど」

「わからない？　本当に？」

「ええ」

「じゃあ、こうすれば……」

青爾は私の頭を強く自分のほうに引き寄せた。抵抗する間もなかった。気がつくと私は、彼の胸に耳を強く押しつける恰好《かっこう》で立っていた。

彼の手が私の後頭部にあてがわれ、もう片方の手が私の腰のあたりを支えていると知った時、私の中の背徳の意識、おびえのようなものは頂点に達した。達しながらも、それはすぐに何か甘やかなものに変わっていった。

「聞こえる?」

うなずいたものの、自分の耳が聞いているのが、恥ずかしいほど烈しく打っている自分自身の心臓の鼓動なのか、彼の心臓の鼓動なのか、結局、聞き分けることはできずにいた。

「白粉《おしろい》でシャツが汚れるわ」

彼の胸と私の唇との距離は、数センチしかなかった。自分の声がくぐもって聞こえた。大きな瓶の中に入って、青爾に向かってだけ喋っているような感じがした。

「かまわない」

「口紅もついてしまったかもしれない」

「もしそうだったら、一生、このシャツを洗わずにとっておきます」

青爾の匂いがした。それは青爾が好んでつけている、フランス製のオー・ド・トワレの香りだった。それまで幾度となく、すれ違いざまに嗅《か》ぎあてていた甘やかな香りが、今、私の鼻孔を充たしているのだった。

私はうつむき加減に、両手でそっと彼の胸を押し、身体を離した。「いけない人ね。こんなところを誰かに見られでもしたら……」

「今日、何故、僕たちが逢うことにしたのか、忘れたのですか。僕たちは二人きりになるために逢ったんです。誰も見ていないところで、二人きりになるために」

私は彼を見上げた。本当にその通りだった。初めて逢ってから一年と四ヶ月。長い時間を経て、この男と自分とが初めて二人きりになれたと思うと、軽い眩暈《めまい》を覚えた。

だが、その眩暈は快い眩暈だった。魂が肉体から脱け出してふわふわと宙に舞い、脱け殻になった肉体を一瞥《いちべつ》して、そのまま窓の外に飛び出して行くのではないか、と思われた。

ほどなくして、青爾はてるを呼び、私たちはてるの給仕で昼食をとった。小さく盛りつけられたオムライスにサラダ、フルーツ、デザート、といった完全に洋食形式のものだった。あの時代、そんな洒落《しゃれ》たものを昼食に食べている家庭がいったいどれほどあったことか。そのこと自体がすでにもう、そこが青爾の楽園であること、俗世から隔絶された幻の王国であることを意味していた。

てるは、私を見ても普段のように軽く会釈をするだけで、余計なことは何も言わなかった。綾子や義母と共に邸《やしき》を訪ねた時と何ひとつ変わらない、あくまでも客人の一人でしかないようなあしらい方だった。幾度か電話の取次ぎをしてくれた人間の、共犯者めいた目配せも何もなかった。

「よいお天気に恵まれて」とてるは、デザートの紅茶と数枚のココアビスケットを私の前に並べながら言った。「ご散策にはもってこいのお日和になりましたですね」

おかげさまで、と言いそうになり、慌てて私はその言葉を飲み込んだ。「でも、雨が降ったら降ったで、それもよかったのかもしれないわ。このお庭は、どんなお天気でも素晴らしいのでしょうね、きっと」

「わたくしが申すのも何でございますが、雨の日もどうぞおいでくださいまし。雪の日なども、なおのことよろしいかと存じますよ」てるは丸顔の、弾力を失っている頰にかすかに笑みを浮かべ、私と青爾を等分に見ながらそう言うと、手慣れた仕種《しぐさ》で白い陶器のシュガーポットをテーブルの上に置いた。てるの口調には、皮肉もからかいも何もなかった。それは当たり前のこととして語られる、淡々とした日常会話を思わせた。

「ではお邪魔になるといけませんので、わたくしはこれで。旦那《だんな》様、何か他に御用は」

「いや、ない。庭には誰かいるのか」

「いいえ、誰もおりません。お申しつけ通り、松崎も帰しました。薔薇《ばら》の剪定《せんてい》がまだ終わっていないそうですが、今日はもうお庭のほうには戻らないよう、固く言い渡しておきましたので、ご安心なさいませ」

うん、と青爾は言い、右手を上げて軽くひらひらさせた。それを合図にてるは、深々と私と青爾に向かって礼をし、食堂から出て行った。

さあ、と青爾は私を正面から見つめたまま言った。「これで本当に、今から僕たちは二人きりになれる」
その芝居がかった口調が、かえって私を刺激した。私はめくるめくような幸福を覚え、その瞬間、一切を忘れた。

私たちは大食堂の前のバルコニーから庭に降り、白い小砂利の遊歩道をゆっくりと、向かって右側、萩の園路のほうに歩いて行った。ほんの数日前、青爾が招待した大勢の客が、スーラの描く風景画のようにあちこちに佇《たたず》んでいるのが見えたことが夢であったかのように、その日、庭園には人影はひとつもなく、私たちは二人きりだった。

九月も半ばを過ぎた午後の光は、猛々《たけだけ》しさを失って、丸みを帯び、煌《かがや》きの中にまどろむような物憂げな空気を含んでいた。数匹の蟬が死にかけたように力なく、けだるそうに鳴いているだけで、耳をすませても聞こえてくるのは主庭園の、勢いよく水を噴き上げている噴水の音ばかりだった。

無人の庭園。薔薇園のあでやかに咲きほこる秋薔薇。少しずつ小さな花弁を開き始めた萩の花々。たわわに実が熟しかけている葡萄の老木。そして、その先に見えてくる竹林。あるいは意味ありげに植えこまれたプラタナス、マロニエ、金グサリ……あらゆる木々が、正確に刈り込まれた模様花壇を囲むようにして、遠く連なっている。遊歩道はそれらに沿って、まっすぐに伸びていて、小砂利の白に跳ね返って散り乱れる光の束が、眩《まぶ》しく目を射る。

時間は淀《よど》み、やがて止まり、自分たち自身すら庭園の中の装飾物に過ぎないように思われてくる。そちこちに置かれている白い彫像と、自分たち自身の違いもわからなくなってくる。

「この庭のことで、まだ誰にも言っていないことがあります」ふいに青爾が前を向いたまま言った。「あなたにだけこっそり教える」

「このうえまだ、秘密を抱えろとおっしゃるの？」冗談めかして聞き返した自分の声は、いやになるほど艶《つや》めいていた。私はかまわずに続けた。「これ以上、抱えきれるかどうか、わからなくってよ」

青爾は束の間、口を閉ざしたが、やがてどこか、あらぬ彼方を眺めながら、きっぱりした口調で言った。「僕はね、この庭で一角獣を飼っているんです」

「イッカクジュウ？」

「そう」

「頭に角が一本だけ生えている、あれ？」

「ええ」

「身体が山羊や子馬に似ている、白い動物？　何て言ったかしら。ああ、思い出したわ。ユニコーンのことね？」

「さすがに杏子さんだ。ちゃんと知ってる」

「昔、父が持ってた外国の絵本か何かで見たことがあるの。漫画みたいな絵だったから、それが正しいものなのかどうかはわからないけれど。でも、青爾さん、あれは確か、伝説や神話が生んだ幻の動物でしょう？　現実にはいないはずよ」

「僕の庭にはいるんですよ。だって現に僕が飼っているんですから」

私は足を止め、笑いながら青爾を見上げた。「作り話がお上手ね」

青爾は柔らかな笑みと共に、しげしげと私を見つめた。「そうやって笑っているあなたは可愛い。少女みたいだ」

「そんなことより、一角獣がこのお庭にいる、だなんて。いかにも青爾さんらしい、素敵な作り話だわ」

「信じないんですね」

「信じてあげてもいいわよ。何ていう名前？」

「名前なんかつけてません。犬や猫じゃないんだから。ただ放し飼いにしてるだけです。僕以外の人間に懐かないので、決して人の目に触れない。もちろん、使用人たちの誰もこのことは知らずにいる」

私は青爾の作り話に調子を合わせた。「じゃあ、どうやって餌をやってるの？」

「餌はやる必要がないんです。人間が用意してやる餌は食べない。実際のところ、僕もやつが何を食べて生きているのか、よくわからなくてね」

私はさも驚いたように目を丸くしてみせた。「木の実なんかを食べるのかしら」

「肉食ではないはずだから、きっとそうなんでしょう」

「毎晩、どこで寝てるの？」

「庭のどこかですよ。これだけ広いから、やつがゆっくり眠れる場所は無数にある」

「グロッタの奥のほうでも眠れるわね」

「そう」

「竹林の隅っこで丸くなってるかもしれない」

「その通り」

「想像もつかないわ。猫みたいにすり寄ってくる？」

「たまにね」

「暴れたり噛《か》んだりしない？」

「おとなしい動物ですよ。静かで神々しい。しかも音をたてずに動きまわれる」

「雄？　それとも雌？」

「やつには雌雄の別はないんです」

「初めて聞いたわ。ねえ、今ここで呼んだら来るかしら」

「あなたにはまだ慣れていないから、絶対に来ないと思うな」

残念だわ、と私は言い、本当に残念そうな顔をしてみせた。「今度会ったら、私がよろしく言ってた、って伝えてね」

青爾はうなずき、くすくす笑った。私も笑った。

この庭のどこかで、幻の一角獣が生きていることを想像してみた。人々が寝静まった深夜、その伝説の白い動物がどこからともなく現れて、月の光に照らされた庭園のそこかしこを優雅な足取りで動きまわる。蹄《ひづめ》の音も何もしない。点在する彫像の周囲をぐるりとまわり、薔薇園の茂みの奥に細い鼻面を突っ込んでは、時折、夜空を仰いで瞬く星に目を細める。やがて一角獣は芝生の上にひらりと跳び乗るや、そこで静かに頭を上下させながら、ほっそりした四肢で芝を踏みつつ、世にも美しいダンスを踊るのだ。青白い月の光が、その白い動物を浮き上がらせる。一本の角だけが銀色に光っている……。

「まだきちんとした感想を伺っていなかったな」

青爾の声で私は我に返った。私は彼を振り仰いだ。

「僕があなたのために造った庭を、あなたはどう思ったのか。一度も聞いていなかった」

「こうやって歩いていると、言葉も出て来なくなるわ」と私は言った。「素晴らしいとか、素敵、とか、そんな言葉を使って感想が言えるようなお庭ではないんですもの。夢を見ているみたい。いえ、きっとこれは夢そのものなのでしょうね」

「気にいってくださいましたか」

ええ、とても、と私は小声で言い、うなずいた。「でも、私のために造ってくださった、ということが、私にはまだ信じられずにいるのだけど」

「僕が嘘をついたとでも？」

「いいえ、そうじゃなくて……わかってくださるでしょう？」

「わかる、って何を？」

「私は久我勇作の妻で、美夜の姉。信じろ、と言うほうが無理というものじゃないかしら」

「あなたが勇作さんの妻で、美夜さんのお姉さんであったら、僕があなたに捧《ささ》げる庭園を造ることに、何か問題が生じるんですか」

「あなたと話していると、頭がこんがらがってくる」私は短く笑った。「こんがらがって、ほどけない片結びみたいになって。しまいには、もう、何もかもがどうでもよくなって、ほどかなくてもいいような気持ちにさせられてしまう。ずっとそうだった」

「片結びになったのは、あなたのせいでもあるんですよ。初めて逢《あ》った時、僕が恋をしたのは他の誰でもない、あなたでしたが、それはあなたも同じだった。あなたも僕に恋をしてくださった。そのはずです。あの一瞬、もう僕たちはこうなるよう、定められていたのです。決して僕からの一方通行だったわけではない」

「もうその話はやめましょう」私は微笑を浮かべ、横にいる青爾を見上げた。「初めてお逢いした時のことを何度も繰り返し思い出していると、恥ずかしくなってくるから」

「では、あなたもそうであった、と認めてくださるんですね？」

　私は曖昧《あいまい》に彼を見つめ返したまま、応《こた》えなかった。光が青爾の顔に弾け、その煌く光の中で彼は目を瞬《しばた》いた。

「この庭園には僕とあなたの物語がある。こうやって今日、お逢いして、並んで庭を歩いていることも、すでに始まってしまった物語の中のひとこまなんです。僕たちは僕たちの物語を生きている。この庭園はそのためにこそある。そう思いませんか」

「始まった物語はいつかは終わるわ」私は歩みを止めずに、彼方の木々の梢《こずえ》に目を移しながら、なるべくあっさりと聞こえるよう言った。「どんな物語でも、終わらない物語はないのよ、青爾さん。人の一生と同じ。時には無理して終わらせなくてはいけなくなることだってある。そうしないと……」

「そうしないと?」

「そうしないと……物語は悲劇になるわ」

悲劇、という言葉が自分の口から出た途端、私は深い、沈みこむような罪の意識を覚えた。美夜を思い出し、自分のしていることの罪深さを呪った。だが、それだけだった。私は何もしなかった。帰るとも言いださなかったし、もう二度とこんなことをしてはいけない、二度と二人きりで逢うのはやめよう……そんな話を青爾相手に持ち出すこともしなかった。

私はただ、酔っていた。酔っている自分が呪わしく、恐ろしく、同時にいとおしかった。時の流れが止まっているのなら、永遠に青爾とこうやって、庭を歩き続けていたかった。私はもう、自分の欲望に抗《あらが》うことをやめてしまっていた。

だが、青爾は不満げに言った。「あなたは現実主義者なのか、それともただの悲観論者なのか、時々、わからなくなるな」

「そう? 私は当たり前のことを話しているだけなのよ」

「あなたはいつも現実を気に病んでいる。そのくせ、あなた自身の中には現実を省みなくなるような烈しいものも渦まいているんだ。その渦の中に取り込まれていくことをどこかで強く望んでいるにもかかわらず、ね」

「私はありふれた人間よ」

「ありふれている？　とんでもない。あなたは特別な人だ」

「そう思ってくださるのは嬉《うれ》しいけれど、それは誤解だわ。私はごく平凡な人間。あなたとは違う」

「だったら、あなたから見た僕は何に見えるのだろう。酔狂な馬鹿……ですか。それとも、ただの狂人？」

まさか、と言い、私は笑った。笑いながら、狂人、という言葉のもつ響きが、彼にもっともふさわしい、と思った。

徹底して現実感覚のない、高等遊民とは名ばかりの、歪《ゆが》んだ精神内部を耽《たん》美《び》的に表現することにしか興味を持っていない男だった。彼は、確かに美しい狂人だった。

だが、それでよかった。私は美しい狂人に恋をしていた。それの何が悪い、と思った。あまりに強くそう思ったので、猛々《たけだけ》しいような気持ちにかられた。

竹林の庭の手前を通り過ぎようとした時だった。青爾はつと立ち止まり、私に向かって右腕を差し出してきた。「腕を」

一瞬の躊躇《ため》いもなかった。そう言われることを待ち望んでいた自分を知っても、別段、恥ずかしいとは思わなかった。

私はうなずき、そっと彼の腕に手を回した。ジャケットを通して感じられる彼の腕は、うっすらと繊細な筋肉に被《おお》われ、固く、逞《たくま》しかった。

私の手を離すまいとするかのように、青爾の腕はいっそう固くなり、その固さは大海原の中の浮標《ブイ》のように私を安堵《あんど》させた。

青爾と一つになって歩いているような感覚があった。何か不思議な物語の流れの中に、静かに取り込まれていくようでもあった。

青爾の言う「物語」が、私にも理解できた。青爾と出会った時から、自分たちの物語は始まっていたのだ。そして私は多分、物語が前へ前へと進んでいって波乱を巻き起こすことを望んでさえいたのだ。

美夜や勇作、という他の登場人物の出現を猛烈な苦しみの中で実は歓迎していたのは、他ならぬ自分だった。そうでなければ、どうして今、青爾と二人、腕を組み合い、秘密の幸福に酔いながら、青爾の庭園を散策することがあっただろう。私は恐ろしくも壮烈な裏切りを実行しつつある自分を受け入れ、受け入れることによって、自分の罪深さを忘れようとしていた。

それにしても、悲劇というのは何故、凄絶《せいぜつ》なまでもの美しさの中でしか幕が上がらないのか。過剰な美と過剰な秩序。完璧《かんぺき》な舞台。完璧な道具立て。それらが整って初めて、悲劇の幕が上がる。まるでそう決められていたかのように。

人工池のほとり、細い板を組み合わせて出来ている浮橋を静かに渡って、私たちは大鹿の彫像のある小島に行った。池には水鳥の姿もなく、空を映して青々と、鏡のように静まり返った水面に、秋の光が煌《きらめ》いているばかりだった。

「この鹿の目、青爾さんに似ている」

大きな枝のように伸びている二本の太い角の下、寂しげな澄んだ目を遠くに彷徨《さまよ》わせている大鹿を見ながら私がそう言うと、青爾は黙ったまま、組んでいた腕をそっとはずした。目の前に、大鹿の目と寸分も変わらない目が近づいて来た。その両手が私の頰をはさみこんできた。そっと上を向かされた。顔の自由が利かなくなったが、その不自由さが私を大胆にさせた。

私は目を閉じた。どこかでキジバトが鳴いていた。次に起こることはわかりきっていた。わかりきっていたというのに、心臓は烈《はげ》しく波うち、そのくせちっとも苦しくはならず、甘いものをねだる子供のように、気がつくと私は固く結んでいた唇を自ら解き放っていた。

唇が青爾の唇で塞《ふさ》がれた。そのあまりの柔らかさに私はほとんど、気が遠くなりそうになった。蜜《みつ》のような接吻《せっぷん》だった。何もかもが柔らかく、瑞々《みずみず》しく潤っていて、潤いはさらに潤いを呼び、滴らんばかりになった。

目に見えないものが身体の奥深くで溶け始め、火照りを帯び、流れ出した。にもかかわらず、そこには淫《みだ》らさのかけらもないのだった。

私は薄く目を開け、かすかな吐息をついた。接吻はこれで終わり、と思った途端、青爾は再び私を抱き寄せてきた。

狂おしいような抱擁と、さらなる柔らかな、それでいて烈しい接吻がそれに続いた。頭の中が空白になり、物音が途絶え、私の中の五感はすべて、青爾のためだけのものになった。

彼の掌《て》が私の背を愛撫《あいぶ》し、腰に向かって滑っていった。禁忌の扉を開こうとするかのように躊躇いながら、その掌がさらに強く私を抱きしめてくるのが感じられた。

ああ、と私はいっとき、身をよじるようにして彼から離れ、声に出して言った。「だめよ、青爾さん。もう、これ以上は……」

青爾は何も言わなかった。近くの木の枝でヒヨドリがけたたましく鳴き、飛び去った。懸命になって抑えつけようとしている私の烈しい呼吸の音が、その羽ばたきの音に重なった。

あふれる日の光が私たちを包み、私たちはしばらくの間、狂気のような興奮と感動の余韻に浸ったまま互いを見つめ合っていた。

これで終わらせることはできない、と私は思った。多分、決してできないだろう、と。何があっても、もう一度、さらにもう一度、と自分はこの男に逢いに来てしまうだろう、と。

12

私が青爾に逢《あ》いに、国分寺の邸に出向くことができるようになったのは、ひとえにYWCA時代の友人、「佐々木和子」のおかげであった。

佐々木さんから熱心に誘われたので、ボランティア活動をやってみることにした、活動は教会所属の婦人会が行っているもので、佐々木さんは若くして婦人会の副会長を務めている、婦人会の仲間同士の夕食会などもあり、話を聞いているだけでも楽しそうで、参加できると思うと気持ちに張りが出てきた……そうした、まことしやかな作り話を私は、夕食の席で勇作と美夜を前にすらすらと口にした。

「ご苦労なことだな」と夫は、半ば呆《あき》れ顔で言った。「好きでやるのなら文句は言わないが、ボランティアなんかやって、いったい何が楽しいのか、僕にはさっぱりわからんよ」

「あら、でも、お姉ちゃまらしくていいと思うけど」と美夜は美夜らしく、優しい口調で夫をたしなめるように言った。「気の毒な人たちのために何かをする、って、悪いことじゃないでしょう？　昨日もね、私、駅で物乞《ものご》いをしてる人を見たの。四歳くらいの男の子を連れてる女の人だったけど、垢《あか》だらけになってて、痩《や》せて目ばかりぎょろぎょろしてたわ。一緒にいた友達と、駅前のパン屋さんで、あんパンを二つ買ってきてね、親子にあげたの。お金よりも食べ物のほうが先、っていう感じだったものだから。女の人、涙浮かべて頭を下げて……なんだか私まで胸が熱くなってきちゃった」

勇作は目を細め、型通りうなずいたが、そのことに対して何の感想も述べなかった。

「いくら戦争に負けたからといって、物乞いになるしかない人間もいれば、青爾みたいに、戦争のせの字も忘れた顔をして、馬鹿でかい庭を造るのに全財産をはたくやつもいる。まったく人間ってのはわからないもんだ」

いきなり青爾の名が出たので、凍りつきそうになったが、かろうじてごまかした。「ともかくね、今週中にも一度、佐々木さんと会って、いろいろ打ち合わせをすることになってるの。ボランティア、って一言で言っても、聞いてみれば、やらなくちゃいけない細かい仕事がたくさんあるみたいなのよ。これからはちょくちょく、そういうことで出かけることになると思うけど、でも、ご心配なく。家の中のことはこれまで通り、きちんとしますから」

「まあ、いいさ。自分で決めたことだ。好きにしなさい」

「なんだか、お姉ちゃま、ここんところ、とっても元気そうね」美夜が満面の笑みを浮かべながら言った。「それに、きれいになったし」

含みのある言葉とは思えなかったが、ぎくりとした。私は穏やかに「そう?」と聞き返した。

「そうよ。ねえ、お義兄《にい》ちゃまもそう思わない？」

勇作は忙しく箸《はし》を動かしながらちらちらと私を見、「ふうむ」と言ってわざとらしくうなずいた後、ふざけた口調で「どうかな」と言った。

何かを言いかけた美夜を笑いながら遮り、私は言った。「家の中だけにこもってると、いつのまにか老けこんじゃうかもしれないな、って、最近思ってるの。なんでもいいから外に仕事をもって定期的に出かけていれば、緊張感も出てくるし、若さを保てるかもしれないでしょう？　ボランティアだって、仕事の一つであることに変わりはないんだもの。人のため、って言うよりもね、これは自分のためなの。そう考えて始めることにしたのよ」

「そうよね。特にお姉ちゃまは家の中でじっとしてるよりも、外に出て活発に何かをやってる、っていうほうが似合う人だし」

「美夜ちゃんはどうなんだ」と勇作が聞いた。「青爾と結婚したら、やっぱり外で何かやり始めるのかな」

「私は何もしないと思う」美夜は目を伏せ、はにかんだように微笑んだが、その表情にはかすかに虚《うつ》ろな影があった。「あのお邸《やしき》にいて、一日中、家の中のことだけをしてると思うわ」

「青爾がそうしてほしい、って言ったから？　それともそれは、美夜ちゃんの性分？」

「性分ね、きっと。青爾さんはそういうこと、何も言わないの。ああしてほしい、こうしてほしい、って、あんまり言われたことがなくって」

「本当はいろいろあるのに、今はまだ、口に出せずにいるだけさ。男なんてみんな、そんなもんだよ」

「そうかしら」

「結婚してごらん。すぐにわかるさ。あれはいかん、ああしろ、こうしろ、って、女房に向かって口うるさく小言ばかり言うようになる。僕みたいにね」

私は笑ったが、美夜は笑わなかった。何か他のことを考えてでもいるかのような、放心した表情で、美夜が味噌汁《みそしる》の椀《わん》を手に取ったので、その話題はそこで終わった。

実在の人物であることは確かだが、生きているのか、死んでいるのかもわからない「佐々木和子」という友達の婦人会に入り、ボランティア活動をするということにしてから、私の外出……国分寺の陣内邸に出入りすることは自由になった。

だが、問題が一つあった。青爾の邸に出向く時は、決まって佐高が車で迎えに来ることになっていたのである。

後に私は佐高の迎えを断り、電車で国分寺まで行くようになるのだが、まだその頃は、青爾が迎えの車を私のために差し向けてくれている、ということ自体に単純な悦《よろこ》びを覚えていた。迎えを断ろうなどとは考えもしなかった。そのため、何故、婦人会の会合に出向くのに、陣内の運転手が高級乗用車で私を迎えに来るのか、仲江に対して言い訳をしておくことが必要になった。

考えたあげく、私は伸江に「婦人会には外郭団体として、偶然、陣内さんの会社が関係していたの」と嘘を言った。「だから、こうやって陣内さんが、ご親切に車と運転手を貸してくださるのだけど、このことは美夜や主人には絶対に内緒よ。美夜に知られて、そのことが主人の耳に届いたら、大変。そんなみっともないまねをするな、って叱られるわ。ボランティアをやるなら人を頼りにしないで、電車で行け、って言われるでしょう？」

ガイカクダンタイ、という聞き慣れない言葉が伸江の耳にどのように届いたのか、伸江がどう理解したのかはわからない。何故、一介の住み込み家政婦に過ぎない自分に、女主人がそんな話を事細かに打ち明けてくれるのか、わかりかねる、という顔をしながら、伸江は大まじめな顔をして「はい。かしこまりました」とうなずいた。

あの頃の私は、まるで自分の利益のために水面下で動きまわる汚らしい政治家さながらになっていた。徹底した口封じのため、伸江に何くれとなく物を呉れてやったのだ。

虫干しをしたから、と言って、干したばかりの古い着物や履かなくなった草履をこっそり与えたり、当時まだ高級品だったチョコレートを買って来ては伸江に手渡したりした。あまり高価なものを与えると、かえって伸江が恐縮し、逆効果になる可能性があったので、その点は気をつけねばならなかったが、口封じのことを考えると、自分でも歯止めがきかなくなっていくのがわかった。

久我家に嫁入りの際、遠い親戚《しんせき》からもらっただけで、使う機会もないままに宝石箱の中に押し込めておいた小さな真珠の粒のついたブローチを「あげる」と言って手渡した時は、さすがの伸江も目を丸くし、首を横に振って、そんな高価なものはいただけません、と言った。

私はわざと晴れやかに笑ってみせ、「いいのよ」と言った。「あなたにはいろいろ、私の小さな秘密を守ってもらっているんだし」

「もちろん奥様の秘密は守ります。でも、こんなことまでしていただくと、なんだか……」

一度、渡そうとしたものを引っ込めるのは抵抗があった。私は無理やりブローチを伸江の手に握らせ、受け取るよう促した。伸江は掌《てのひら》に載せられたブローチをしげしげと眺め、きれい、とつぶやき、結局、それをするりと、抜け目なさそうな顔をしてエプロンのポケットにすべりこませた。

勝った、と思った。そしてそう思うと同時に、私は自分が果てしなく堕《お》ちていくのを感じた。

青爾と美夜の挙式は、翌年の四月、と決まった。私と青爾は挙式までの約半年間、密《ひそ》かに逢瀬《おうせ》を重ね続けたことになる。美夜を欺き、夫を裏切り、逢瀬のたびに、すべてを捨て去る覚悟を決めながら、そんな日々を半年もの長い間、続けたことになる。

そんな大胆さがどこにあったのか。私という人間のどこに、そんなそら恐ろしいことをやってのける素地があったのか。自分で気づかずにいただけだったのか。

青爾との密会に際しての精緻《せいち》な企《たくら》みは、いつも滞りなく実行に移され、呆気《あっけ》ないほど、何の問題もなく運ばれた。

勇作も美夜も出かけてしばらくたった、午前十時か、遅くても十一時頃、佐高の運転する場違いなほど大きなロールス・ロイスが家の前に静かに横付けにされる。私は婦人会の会合に出かけるのにふさわしい、決して華美ではない、清楚《せいそ》な中にもきびきびとした動きを感じさせるような服装をして外に出て行く。伸江が見送りに出て来て、行ってらっしゃいませ、お気をつけて、といつものセリフを口にしながら頭を下げる。およそ一時間半ほどの道のりである。甲州街道を通り府中まで出て、そこから車は国分寺に向かう。

邸での短いが濃密なひとときを終え、再び佐高の車に送られて、三時までには家に戻る。まだ美夜は帰っていない。もちろん、夫も。

帰宅の遅い夫を待たずに、美夜と囲む夕食の席で、私は婦人会の話を少しする。実際の婦人会の実態や慈善事業としてのバザーのやり方などは、あらかじめ幾つかの婦人雑誌から仕入れている。単純な、ありそうな話ばかりを選んで話題にし、「佐々木和子」という架空の友人について、幾つかの簡単な作り話を加える。

美夜はにこにこと聞いている。罪の意識に気持ちが沈むが、それも思っていたほどではない。話題が途切れると、美夜は自分の学校での話を始める。時に青爾の話も混じる。

私とは、十日に一度は会っていたというのに、青爾は美夜を月に一度のデートに誘うのが関の山だった。正式に婚約を交わした男女は、そんなものだ、と自分で思うようにしていたのか、あるいはもっと別の考え方が美夜を支配するようになっていたのか。美夜はさしたる不満も口にしなかった。

食事がすむと、美夜は自室に引き取り、やがて夫が帰って来る。今日は婦人会があったので出かけてきました、と言うと、そうか、と応《こた》えるだけで彼は何も聞かない。聞きたくないから聞かないのではなく、まるで興味がないから聞かずにいる、というのはすぐにわかる。

夫が先に風呂《ふろ》に入り、寝床に行って本を読み始める。私はその間に風呂を使うのだが、出て来てから寝床でまだ起きている夫を見て、我知らず足がすくむ。

どういうわけか、青爾と密会して戻った晩、夫は決まって私を求めてきた。そこに何の法則が働いていたのかは未《いま》だにわからない。偶然だったのか。あるいは、彼が無意識のうちに、私の身体が発している何かを捉《とら》えていたとでもいうのか。

性愛そのものは普段と何ひとつ、変わらなかったが、私の肉体は自分のものでありながら、感覚が麻痺《まひ》した別のものになっていた。私は人形のように……あるいは、青爾の庭園に佇《たたず》む幾多の白い彫像のように、冷たく硬く、寝床の上に仰向《あおむ》けになっているだけだった。

幾度か、夫から「どうした」と小声で聞かれた。反応の鈍さに気づかれたことが怖くなり、私は慌てて「ううん、なんにも」と言った。そして自分から夫の身体に手を回し、求めていった。

夫に肌を愛撫《あいぶ》されながら、閉じた目の奥には青爾がいた。その日、逢って来たばかりの青爾はたちまち瑞々《みずみず》しく甦《よみがえ》って、夫の代わりに私の官能を支配した。

静かに近づいてくる悦楽の中、思わずその名を口にしてしまうのではないか、と恐れた。私は歯を食いしばり、自分の唇を嚙《か》む。嚙んで嚙んで、あまりに強く嚙みすぎて、血の味がしてくる。

だが、錆《さ》びたような血の味の中にはいつも、その日、青爾と逢い、青爾と交わした接吻《せっぷん》の残り香が潜んでいる。私は身体を弓なりに反らせながらも、青爾の唇の感触、その柔らかさ、湿り具合、熱っぽさだけを思い出し、反芻《はんすう》する。

うねり始めた波の果てに、再び青爾の名を叫びそうになる。慌ててごくりと唾《つば》を飲みこみ、現実に立ち返る。仄暗《ほのぐら》い部屋のざらざらとした闇の中に、青爾の姿を追い求め、求めながらもその名を口にすることをこらえ続け、そうしながら私は引き裂かれるような悦楽の底に沈んでいく……。

だが、あの頃、そんなふうにして密会を重ねている間、私と青爾の間に接吻と抱擁以上の接触はなかった。

接吻が烈《はげ》しいものになり、どちらからともなく、相手の身体に手を這《は》わせるようになった時でさえ、私たちは決して、それ以上の行為を始めようとはしなかった。一枚の、堅固な禁断の扉が私たちの間にあった。ひとたびそれを開いてしまったら最後、本当に地獄に叩《たた》きつけられてしまう、ということは二人とも知り抜いていた。

知り抜いていて、それを避けようとするために扉を開けずにいたのか。それとも、扉を開けずにいるという、或《あ》る種の禁欲状態を続けることによって生まれる、より強い、より烈しい欲望を共有しようとしていたのか。

いずれにしても、それでよかった。何の不満も、何の欠落感もなかった。接吻と抱擁以上の何を求めようという気も、少なくとも私の側にはなかった。

性的な接触が欲しくなる、という意味では確かに私も彼も、成熟した男と女だったが、不思議なことに性愛に向けた欲望は希薄であった。抑えつけていたせいもある。だが、抑えつけようとして、抑えきることができたのだから、やはりそこには何か、性的欲望を遥《はる》かに超えた魂のうねりがあったとしか言いようがない。

だからこそ、恋、だったのか。恋、とはそういうものなのか。

てるは、私が陣内の邸《やしき》を訪ねるたびに、車寄せのところにまで出て、佐高の運転する車が到着するのを待っていてくれた。顔を合わせても、表情ひとつ変えることはなかった。いつもの慇懃《いんぎん》な挨拶《あいさつ》をひとつふたつするだけで、てるは無言のうちに私を邸の中に招き入れた。

「旦那《だんな》様はあちらでお待ちでございます」とてるは言い、着物の袂《たもと》が崩れぬ程度に優雅にそっと右手を上げて、二階のほうを指し示す。そして私から目をそらし、一言、低い声で口早につけ加える。

「ご心配なさいますな。万事、心得ておりますので」

完璧《かんぺき》な手引きをしてくれる、臈《ろう》たけた共犯者に向かって、私はぎこちなく微笑み返す。だが、微笑みかけるだけで、ありがとう、という言葉は決して口にしない。ありがとう、というのは、その状況にはまるでふさわしくない、呪わしい言葉でしかない。

邸内は森閑としている。聞こえてくるのは、自分自身の靴音と、玄関ホールの壁に掛かった巨大な振り子時計が時を刻む音ばかりである。

曲線を描く広々とした贅沢《ぜいたく》な階段を上がり、私は青爾の居室に向かう。重厚な扉の前に立ち、軽くノックする。すぐに扉が開けられる。

青爾が目の前に立っている。青爾は微笑んではいない。じっとまっすぐに私を見ているだけなのだが、その目の奥には燃え盛る焰《ほのお》がありありと窺《うかが》える。

私が一歩前に踏み出すと同時に、彼は凄《すさ》まじい勢いで私に向かって来る。次の瞬間、もう私は彼の胸の中にいる。

室内の調度品は何も目に入らない。あらかじめ、てるが調えておいてくれた紅茶のポットや果物、ビスケットなどの菓子類がセンターテーブルの上に載っているのが常だったが、そうしたものも何ひとつ、私の目に入ってこない。絵を描くことが好きだった青爾の、描きかけの絵が載せられたイーゼルも。庭園に咲いた萩の花や秋薔薇《ばら》が美しく活《い》けられているクリスタルの花瓶も、レースのカーテン越しに見渡せる青爾の庭園も、何もかも。

私たちは抱擁を続け、感極まったような接吻をし合い、その合間に短い言葉を交わす。

「逢《あ》いたかった」

「私も」

「少し遅れたから心配で、何度も窓の外を見ていた」

「元気でいた？」

「あなたと逢えずにいる時の僕が、元気でいられるはずがないでしょう」

「それを言うなら、私も同じよ」

「時間が足りない。こうやっている間にも、砂のように時間がこぼれていく」

「でも、今は二人でいられるわ。こんなに近くに感じていられるわ」

「もっと近くなりたい」

「ええ」

「もっともっと、近くに」

言いながら、青爾の手が私の胸のあたりにあてがわれる。柔らかく触れる青爾の唇が、私の頤《おとがい》から首のほうに下がっていく。乳房に青爾の手の、熱く湿ったぬくもりを感じる。身体を反らし、吐息をついて、思わずそれを受け入れそうになり、慌てて私は身体をこわばらせる。

それを感じた青爾もまた、触れていた乳房から名残惜しげに手を離す。私たちは乱れた呼吸を整えながら、黙ったまま、ひたと互いを見つめ合う。

性的接触による興奮状態がひとたび落ちつくと、次に私たちを襲って来るのは沈みこむような悲しみである。何を話していても、明るい無邪気な笑い声をあげている時でさえ、悲しみは灰色の不吉な薄衣《うすぎぬ》のようになって、私たちを包み込んでくる。もがいてももがいても、私たちはそこから逃れることはできない。

逢瀬《おうせ》はたいてい二時間か二時間半、そんなものであった。一時間が過ぎる頃から、時計が気になり始める。あと一時間、あと三十分……と思いながら青爾とソファーに隣同士に座っていると、美夜のことばかりが頭をよぎる。青爾の居室の、うす青いような午後の空気の中、どこかに美夜の目が隠れていて、じっとこちらを窺っているような錯覚を覚える。そして不思議なことに、私自身が美夜の目になるのである。美夜の目になって、自分と、そして青爾を見ている。

手を握り合いながら、時に頬に接吻をし合いながら、互いの髪の毛に触れ合いながら、寄り添っている姉と婚約者。姉は沈鬱《ちんうつ》な表情をしているというのに、その顔は上気して薔薇色に輝いている。二人の間には抗《あらが》いがたい感情の絆《きずな》があって、どうしようもない事態に追い込まれていることですら、ひとつの悦楽と考えて楽しみ、味わっているようにも見える。

目を転じれば、居室の外のバルコニーの向こうに、青爾の巨大庭園が拡がっている。秋の日の、午後の光が充ちていて、それは安らいだ平和な、安全きわまりない楽園に見えるにもかかわらず、どこかしら不吉な感じも与える。完璧に整えられ、守られているというのに、庭園の美しさにはひたひたと押し寄せる不幸の兆しがある。

そういうものすべてを、私は美夜の目になって見ているのである。一部始終を観察しているのである。

そして私は逢うたびに美夜の話をする。一番話題にしたくないことを口にしてしまう。初めのうちは、邪気のない口調で美夜の日常、美夜と青爾の挙式に関する様々な周囲の動き、美夜に関する罪のない単純なエピソードを繰り返しているだけだったが、やがてそれは共犯者同士の後ろ暗い話に転じていく。

「この間、青爾さんからかかってきた電話で話していた時ね、実は美夜が近くにいたの。ううん、別に立ち聞きしていたわけじゃなくて、たまたまお風呂から上がった美夜が、電話台のある廊下の近くで、伸江さんと何か話していただけなんだけど……電話の相手が誰なのか、知っていて、そうしてるんじゃないか、って思っちゃって。あなたとの会話も上の空になったわ。気がついたかしら」

「ああ、あの晩のことだね。覚えてるよ」

「最近、美夜に連絡していないでしょう。青爾さんからちっとも電話がかかってこない、って、あの子、嘆いてるわ」

「いつだったか、絵葉書を書いた」

「一回だけね。とても恋文とは言えない、そっけない絵葉書」

「杏子さん、読んだんだね」

「誤解しないで。盗み読みしたんじゃないのよ。美夜が見せてくれたの。あんまり嬉《うれ》しそうじゃなかったけど」

「期待通りの文面じゃなかったからといって、不満だと言われても困る」

「あの子は文句は言わないわ。ただ悲しむだけよ」

「結婚する、と約束したんだ。そのための儀式も滞りなくやり終えた。僕は美夜さんを妻として迎える覚悟を決めている。それ以上のことを要求されるのは納得がいかないし、第一、どうすることもできない」

「嘘でもいいわ。何か美夜を喜ばせることをしてあげて。さもないと……」

「さもないと？」

「ああ、青爾さん。私がどんな気持ちでここに通って来るか、わかっているの？　毎日毎日、押しつぶされそうな秘密を抱えて生きているのが、どんなに大変なことか、知っている？」

「それでもあなたは僕に逢いに来てくれる。僕もあなたに逢いたい。この気持ちをどうすることもできない。そうでしょう？」

「こうやって逢っている時の幸せが永遠に続けばいい、って、いつも思うわ。でもいつかは終わらせなくちゃいけないのよ。わかってるでしょう、青爾さん。私はね、自分に言い聞かせてるの。これは永遠には続けられないことなんだ、って。いつか終わりにしなければならないことなんだ、って」

「そんなこと、わからないじゃないか」

「わからない？　何故？　どういう意味？」

「いつかは僕とあなたの望んだ通りになるかもしれない」

「……あなたはいったい、私に何を望んでいるの」

青爾の目が少年のそれのように悪戯《いたずら》っぽく輝く。彼は言う。「その答えを今ここで、僕に言わせるんですか」

「言えないの？ そんなに恐ろしいことなの？」

青爾は私を抱きしめてくる。私の頬、耳、髪の毛を愛撫《あいぶ》する時のかすかな喘《あえ》ぎ声が、すすり泣きの声のように聞こえる。私は彼の手を取り、その甲に接吻《せっぷん》する……。

堂々巡りのそうした会話の果てに、帰らねばならない時が必ずやってくる。私は立ち上がり、「行くわ」と言う。決然とした言い方で言う。

青爾は黙っている。私はコートの袖《そで》に手を通し、ハンドバッグを手にする。冷静さを装って微笑みかける。「じゃあまたね、青爾さん」

青爾は軽く肩をすくめ、皮肉めいた笑みを浮かべながら立ち上がる。訪ねて来ただけの客人を送り出す時のような、無感動な仕種《しぐさ》で彼は先に立ち、居室の扉の前まで行く。

扉の把手《とって》に手をかけようとして、彼は私を振り返る。私たちは立ったまま、互いを見据える。視線がもつれ、絡み合って、正体の見えなくなった感情が身体の奥底に渦をまく。

「まだ帰さない」と青爾が低い、くぐもった声で言う。「あと五分。五分だけ」

青爾の手が伸びてきて、私の腕からハンドバッグをそっと外す。彼は私の手を取ったかと思うと、私を引きずるようにして大股《おおまた》で居室を横切り、大きく窓を開け放つ。窓の向こうから、秋の、乾いた干し草のような匂いのする風が吹いてくる。

力強い手が、私をバルコニーに連れて行く。私は「あと五分」の意味を知る。青爾が私のために造ったという庭園。その庭園を見もしないで帰ろうとする私をなじることが、青爾の子供じみた悦《よろこ》びにつながるのである。

バルコニーの欄干に両手をつき、私は庭園を眺める。早くも傾きかけている午後の太陽が、庭園のそこかしこに柔らかな影を作り出している。主庭園の中央にある噴水の水が、風を受けて四方に美しい、虹《にじ》色の水飛沫《みずしぶき》を散らしている。

青爾が私の背後に立つ。彼の両手が後ろからふわりと、私を抱きすくめてくる。自分の髪の毛に、彼の火照ったようになった熱い頬を感じる。彼の腕に包みこまれながら、私は黙ったまま庭園を見ている。彼もまた、黙っている。

沈黙の中、彼の唇が私の耳朶《じだ》に触れ、しまいに私たちは頬と頬をすり寄せ合いながら、約束の「五分」がとっくに過ぎてしまったことも忘れて、秋の長く伸びた陽射しの中に佇《たたず》んでいる。

まるで一対の、重なり合った彫像のように……。

13

秋も深まり、青爾の庭園の木々が色づいて遊歩道に枯れ葉が散り敷かれる季節になると、私たちの逢瀬は定期的に繰り返されるようになった。

青爾が陣内紡績のほうに顔を出すことはすでにその頃から、極端に少なくなってはいたが、それでも彼は週に何度かは、限られた時間にせよ、社に出向いていた。会議のある月曜か火曜には必ず出社することが多かったと記憶している。

青爾は社の仕事に関わると、決まって精神の安定を欠いた。代表者である青爾の留守中、ちゃっかりと青爾の代理人として動きまわっていた保二郎とのやりとりは、彼の神経を烈《はげ》しく蝕《むしば》んだ。週の中頃、水曜日に私と逢《あ》いたがることが多かった青爾の気持ちの奥底には、私に対する熱情だけではない、現実逃避の思いが根強くあったものらしい。したがって私たちの逢瀬は毎週水曜日になることが多くなり、その形が二人の間で定着していくのに時間はかからなかったのである。

とはいえ、逢瀬の時を決めて習慣化させたことにより、私の気持ちもいくらか楽になった。私は夫や美夜に、婦人会の集まりが毎週水曜日になった、と報告した。水曜日の私の外出は、夫や美夜の毎日の出勤、登校と同じもの……家庭の中の日常と化していった。いちいち前もって青爾と連絡し合い、次はいつ逢うか、と確認し合う必要がなくなったことが、私を怯《おび》えから解放してくれた。罪の意識は日を追うごとに増していってしかるべきだったはずなのに、どういうわけか、神経は次第に鈍麻し、不安や恐怖心は薄らいでいった。あげく、自分たちのしていることはこの上なく純粋なこと、けがれを知らない、厳粛なことなのではないか、とまで思い始めるに至った。

刻々と終わりの時は近づいていた。翌年の春、青爾と美夜が結婚するまでの、それは短い、限られた、刹那《せつな》の恋でしかなかった。だからこそ、私はその純粋さを心の支えにしようとした。

挙式が終われば、自分たちの関係も終わる。鋏《はさみ》でぷつりと糸を切る時のように、一瞬にして終わらせねばならなくなるのである。その一切合切を納得し合った上での、限りある関係。それはどれほど純粋なものか、どれほどけがれのないものか、と私は考え、時にその考えに酔いしれた。

そうした考え方が、ご都合主義的なものだったとは思わない。恐ろしい罪をおかしているという意識が、人をきよらかな気持ちにさせる、ということはよくあることだ。実際私は、あまりにきよらかな気持ちになりすぎて、時々、目もくらむばかりの悲しい恍惚《こうこつ》を覚えるほどだった。

佐高の送り迎えを断り、私は毎週水曜日になると、電車を乗り継いで国分寺まで行った。

佐高と顔を合わせるのは、国分寺の駅と陣内邸を往復する時だけになり、そのこともまた、私の気持ちを楽にした。

佐高……。あの陣内家の運転手だった青年。今もよく覚えている。色の白い、痩《や》せた長身の男だった。時折見せる笑みは、薄い唇をねじ曲げただけのように見え、表情にはどこか陰鬱《いんうつ》な翳《かげ》りがあった。

若いに似合わず、常にそつのない態度で客人の送り迎えをし、慇懃《いんぎん》だけれど無礼ではなく、かといって愛想がいいわけでもない。寡黙で、余計なことは決して口にしない。お抱え運転手としては、まことに教育が行き届いているという印象で、そのせいか、実体は不明だった。

何を考えているのか、何を感じているのか、車の後部座席に座っている人間の想像力すら刺激しない。帽子をかぶり、清潔な白い手袋をはめ、終始、運転席にいてハンドルを握り続けていた男。それが私にとっての佐高であった。

その佐高が、当時、美夜に対して特別の感情を抱き始めていたことを私はまだ知らずにいた。

佐高の送り迎えで、美夜が邸《やしき》を訪れるたびに、車中、何がしかの会話が交わされ、そのうち佐高が美夜の、控えめな魅力に惹《ひ》かれていったのだとしても不思議ではない。だが、それだけではなかったはずである。

佐高は青爾に命じられ、私の送り迎えをするようになってからすぐに、私と青爾とのただならぬ関係に気づいたに違いない。人の目から逃れるようにこそこそと車に乗りこみ、邸《やしき》での数時間を終えて、上気した顔で外に出てくる私のことを彼がどう思っていたかは、想像するにあまりある。美夜を気の毒だと思い、私や陣内青爾に対して怒りを感じ、そうした感情の波が、あらかじめ燻《くすぶ》っていた美夜に対する好意に拍車をかけたのだ。

となれば、佐高の気持ちを美夜に傾斜させたのも私なら、いっとき、美夜が救いの手を求めるようにして佐高に向かっていき、どうにもできない事態に自分を追いこんでしまった、その責任の一端も私にある。そういうことになる。

佐高と美夜……。美夜が佐高の気持ちを正面から受け入れたとは思えない。美夜が受け入れたのは、佐高の自分に対する友情に似た深い愛であり、美夜が返したのは、そのことに対する感謝に過ぎなかった。

だが、二人は男と女だった。佐高が美夜を厩《うまや》に連れ込み、こらえようもなくなった想いを若者らしく力ずくで表現しようとしたことは責められない。それを受け入れてしまった美夜もまた、同じである。二人の間で、螺子《ねじ》が一つ、ほんの少しゆるみ出しただけなのである。二人がそのまま、男と女の深く暗い淵《ふち》に向かって堕《お》ちていっても、不思議ではなかったのである。

だが、その厩での出来事が引き金になって、美夜の脆《もろ》い神経は切り刻まれ、病み始めることになった。民子もまた、そこに絡んでくる。民子が美夜に私のことを……私が青爾に逢いに来ていた、と耳打ちしてしまったことから、美夜は恋もしていなかったはずの佐高求めるものを抱き始めたのである。青爾ではない、他の男に救いを求め、身を投げ出そうとさえして、いっそう神経をずたずたに切り裂かれていったのである。

すべては私が、青爾逢いたさに我を忘れた結果、引き起こされたことであった。あれだけ不安にかられ、いつ美夜や勇作に知られることになるか、と恐怖におののいていてさえ、結局は佐高や他の使用人たちは、私にとってあの頃、傍らで無言のまま動きまわっている、ただのロボットでしかなかったのだ。

あの年の十二月。二十日頃だったと思うが、美夜の通う洋裁学校が冬休みに入った。年始明けの三学期が始まるまで、美夜は松本の両親のもとに帰ることになっていた。しばらく東京を留守にし、青爾と会えなくなる、ということが、美夜を珍しく大胆にさせた。ひと足早いクリスマスを祝おうと、美夜は無邪気さを装って青爾を誘った。

青爾は逡巡《しゅんじゅん》しなかった。それどころか美夜の報告によると、浮き浮きした調子で誘いを受け、とっておきのクリスマスの晩餐《ばんさん》をとろう、と彼のほうから言いだした。そして二人は、日比谷の帝国ホテルで食事をすることになったのである。

誰にも邪魔されず、婚約者同士が過ごす聖夜のひとときとしては、これ以上贅沢《ぜいたく》なものはないと言ってもいい夜だったはずだ。美夜は晴着として大切にしていた黒いビロウドのワンピースにウールの赤いコートを着、私のお下がりの兎の毛のついたマフラーを首に巻いて、いそいそと出て行った。

だが、送られて帰宅した彼女の顔色は冴《さ》えなかった。少しお酒を飲みすぎて、帰りの車に酔ったみたい、と美夜は言い、私と夫が寛《くつろ》いでいた居間に入ろうともせず、すぐに部屋に引きこもってしまった。

どうしたの、と聞くのは憚《はばか》られた。あの頃、美夜が青爾に逢いに行くたびに何を感じ、何を考えて家に帰って来るか、私にはわかりすぎるほどわかっていた。

とはいえ、美夜のうなだれた顔を見るのは苦しかった。嘘でもいい、芝居でもいいから、明るい笑顔で帰って来て、青爾との心躍るひとときを浮き浮きした調子で報告してくれれば、とどれほど願ったことか。

青爾さんにキスされたの、抱きしめられたの、大好きだ、と言われたの……仮に美夜が頰《ほお》を紅潮させながらそんなことを私に報告していたら、私は嫉妬《しっと》しただろうか。そんなことを今も考える。あら、素敵、などと言いながら、返す微笑の内側で、恥ずかしげもなく嫉妬の焔《ほむら》を燃やすことになったのだろうか。

答えは、否、だ。青爾が美夜を抱きしめ、未来の妻として彼女にキスをし、大好きだ、と囁《ささや》いたとして、それは私を何ひとつ動揺させなかったに違いない。青爾と美夜とが婚姻関係を結び、いずれ肌を合わせる時がくる、その後で赤ん坊ができたという報告を受けることになる、ということすら、私の中では想像の外にあった。

私は妹と一人の男を争っているのではなかった。争いではなかった。結果はすでに出てしまっていた。青爾は初めから私しか見ておらず、この奇妙で不幸な三角関係は、本来の三角関係とはまるで意味の違う、言わば私と青爾との関係をいっとき持続させるために造り上げられた、人工的な三角関係に過ぎなかったのだ。

私は美夜のために日本茶をいれ、美夜の部屋に行った。美夜は脱ぎ捨てたコートとマフラーをハンガーに掛けようともせず、ワンピースの背中のファスナーを途中まで下ろしたままの姿勢で、畳の上にしどけなく座っていた。下ろしたファスナーの奥に、光沢のある白いスリップの飾りレースが覗《のぞ》き見えた。

「そんなにお酒を飲んだなんて、珍しいわね。はい、お茶。まだ気持ち悪い？　顔色が悪いのね。お布団、敷いてあげようか」

美夜はうっすらと笑い返し、曖昧《あいまい》に首を横に振った。「お誘いしたの、悪かったみたい」

「え？」

「青爾さんよ」

「青爾さんが、どうかしたの？」

「せっかくの夜だっていうのに、なんだかちっとも、楽しそうじゃなかったの。それでも一生懸命、私のことを気づかってくれていたのはわかるんだけど……」

「どうしたのかしら。変ね」

自分の吐く言葉の一つ一つが、錐《きり》のようになって私をぐさぐさと突き刺した。何が「変ね」だ。何が「どうしたのかしら」だ。大根役者が下手な芝居をしながらも、脂汗たらしながら必死になって口にしてみせるセリフのほうが、遥《はる》かにましというものだった。

「きっと、青爾さん、私とは会いたくなかったのね。他に会いたい人がいたのよ」

「他に、って、美夜、それ、どういうことよ」

「クリスマスに青爾さんが会いたいと思っていた人が、私ではなかった、っていうことよ。何を話していてもね、笑っている時でも、私に何か質問されている時でも、青爾さん、どこか上の空だった。目の前にいるのが、私だっていうことも、忘れてるみたいに」

「そう見えたからって、美夜のことを邪険にしたことにはならないでしょう」

「邪険にはしてないわ。でも、私には無関心だった」

「ちょっと待ってよ、美夜。今夜、食事をしましょう、って誘って、それを喜んで受けてくれたのは青爾さんじゃなかった？」

「受け入れなくちゃいけない、っていう義務感があったのよ、きっと」

そう言って、美夜は鋭い視線を私に投げた。私は一瞬、ひるんだ。意味のある視線だったとは思えない。その時点で美夜が、私と青爾の関係にはっきり気がついていたはずはないのだ。だが、私はひるんだ。ひるむあまり、危うく自制心を失いそうになるほどだった。

「義務感……だなんて、そんなこと。何を言ってるの。美夜ったら、考え過ぎよ」

「そうかしら。考え過ぎ？　お姉ちゃまはいつも、そう言うわ。私もずっとそうだと思ってきた。自分にそう言いきかせてきた。でもね、もう、考え過ぎなんかじゃないような気がするのよ。青爾さんは、いつもどこか上の空なの。気持ちがここにはない、っていう感じがするの。それだけは考え過ぎなんかじゃない、確かなのよ」

「婚約者や恋人に、童話に出てくる王子様みたいにふるまってほしいと思っても、必ずしもそうはいかないことだってあるでしょう？」

「青爾さんの中にはね、きっと、別の女の人が棲《す》みついているんだわ」

美夜は遠くを見るような目をして、私から視線をそらした。私はその言葉から受けた衝撃を隠そうとして、小さく笑ってみせた。「別の？　何の話をしてるのよ。別の女の人、って、いったい誰？」

「わからないわよ、そんなこと。私に聞かれたって答えようがないじゃないの」

珍しく美夜は声を荒らげた。目が急速にうるみ始め、ふっくらとした唇がわなわなと震えた。美夜は手の甲で唇をおさえ、目を閉じ、深く恥じるようにうなだれた。閉じた瞼《まぶた》から、涙がひとすじ、頬を伝って流れ落ちた。

「お願いだから……泣かないで。ね？」

美夜は顔を上げ、洟《はな》をすすり、作ったような笑みを浮かべた。「ごめんなさい。お姉ちゃまにあたっても、仕方のないことよね。わかってるんだけど、でも……」

「美夜」と私は妹の名を呼んだ。鼻の奥が熱くなった。「もうじき、花嫁さんになるっていうのに、そんな不幸な顔、しないで」

「そうね」

「青爾さんを信じなくちゃ」

「ええ、わかってる」

「そのうち、こんなことで涙を流したのが馬鹿みたいだった、って、思うようになるわよ。そういうものよ」

美夜はこくりとうなずいた。歪《ゆが》んだ笑みの中にまた涙があふれ出したが、私は気づかなかったふりをして部屋を出た。

すでにその時、年末の青爾と私の密会の日時は決まっていた。美夜は二十六日から正月明けの四日まで、松本の実家に戻る。夫の勇作は二十八日一泊で、久我倉庫と懇意にしている業者に招かれ、伊豆の温泉に行く。夫の帰りは翌日の夜になる。夫も美夜も留守にする二十八日の夕刻、私が陣内邸に行き、遅くまで共に過ごすことを青爾と約束をしたのは、十日ほど前に遡《さかのぼ》る。

こんなにまで妹を打ちのめしておきながら、それでも自分は青爾に逢いに行くのか、と私は思った。それは卑怯《ひきょう》な、許しがたい、おぞましい、鬼のような行為だった。泣いている妹を慰め、ありきたりの常套句《じょうとうく》で励ましておきながら、二十八日の夜、こそこそと家を出て、私は国分寺に急ぐのか。そして妹の婚約者の胸に抱かれ、束の間の夢を見るのか。何喰わぬ顔で家に帰り、翌日、温泉から戻って来た夫を笑顔で出迎え、一家の女主人として、忙しそうに正月の用意に明け暮れるのか。

だが、私はすでにその頃、自分をごまかす術《すべ》を心得ていた。あと少しだった。あと三ヶ月。三ヶ月たてば、何もかもが元通りになる。美夜と青爾は式を挙げ、私と青爾は密《ひそ》かに別れる。三ヶ月……自分たちは、残された九十日間の夢を見ようとしているだけなのだ、と。

美夜と青爾の挙式が済んだ後のことは考えなかった。きっぱりと別れる……それだけが自分に課せられた使命である、と私は信じた。来る時が来たら、自分は何ひとつひるまずにその使命を遂行し、見事に当初の予定通り、元の形に立ち返るであろう、と信じた。

そしてもう二度と、青爾のことは考えない。青爾との思い出に耽《ふけ》ることもない。青爾と出会う以前の自分に戻り、久我杳子としての日常生活を以前同様、恙《つつが》なく繰り返す。そこに何の不安もなかった。自分は必ずそうする、そうすることができる、という自信が私にはあった。

だが、今から思えば、それは子供じみた、根拠のない自信に過ぎなかった。解決に導くための方策を何ひとつ持たぬまま、自分自身を切り刻むことから逃れ続けていたとしても、複雑に絡み合い、もつれ合った感情が黙って元通りになってくれるわけもない。

私はただ、翌年四月の美夜と青爾の挙式を境に、ふくれあがるだけふくれあがってしまった恋しい思い出すら、一夜明ければ、塵芥《ちりあくた》のように無意味なものになってくれる、と信じていたわけである。その、度しがたい愚かさは、いったいどこからきていたのか。

それとも私は、あの頃すでに、美夜と青爾の挙式が済んだ後に始まるであろう、自分自身の新しい生活を無意識のうちに考えまい、としていたのか。死刑囚が、死刑執行後の自分のことを何ひとつ考えずにいられるように、美夜と青爾の挙式は、私にとって自分自身の死刑に等しいことだったのか。

二十六日、美夜は数日分の着替えを詰め込んだボストンバッグを両手に抱え、松本に帰って行った。松本の両親は美夜の帰郷を待ち侘《わ》びていて、前日も電話をかけてよこし、年末年始、郷里で親戚《しんせき》や友人たちが美夜の婚約を祝って様々な宴席を用意している、と伝えてきた。

両親の浮き立つ気持ちが伝わったらしい。美夜はかろうじて元気を取り戻し、笑顔を見せながら下落合の家を出て行った。

そして二十八日、勇作は遅めの朝食を家でとってから、十時過ぎに迎えに来た車で伊豆に向かった。私は伸江と共に門の外まで出て、夫を見送った。いつもと変わることのない、晴れやかな、悪魔のような笑顔を作って。

あの頃は今とは違い、年の瀬に一般家庭の主婦がしなければならないことは山のようにあった。それらの一つ一つを私は粗相のないよう、例年通り完璧《かんぺき》にこなさなければならない、と自分に命じた。

伸江には、三十一日から年明け三日までの暇を与えてあった。休みを利用して郷里に帰るという伸江に、私はその日、家中の窓の硝子《ガラス》を拭《ふ》くよう頼んだ。門松を立てに来る植木屋には、終わったら忘れずにお茶を出すように、とか、餅屋《もちや》に餅を注文しておくことや、年始客のために出す酒類に不備はないか確認しておくこと等、細々としたことも忘れずに指示した。

私は「佐々木和子」と共に年末最後の婦人会ボランティアのための会合に出席する、ということになっていた。夜は皆と簡単な忘年会を開くので、帰りはかなり遅くなると思う、とつけ加えた。

主人も美夜もいないことだし、夜は先にやすんでいなさい、起こさないで済むように自分で鍵《かぎ》を開けて入るから、帰宅時間は気にしないでもいい、と言うと、伸江は自室で聴きたいラジオ番組があったらしく、そうさせていただきます、と嬉《うれ》しそうだった。

朝のうちは晴れていたのだが、午後になると途端に空が曇ってきて、おまけにひどく寒い日だった。私はツィードのオーバーコートにレモン色の大判ショールを頭からかぶり、首のところでゆるく巻いてから家を出た。その巻き方は、当時、大流行していた映画『君の名は』の中で、主演の岸恵子が見せていた「真知子巻き」と呼ばれるものだった。その巻き方にしてうつむき加減で歩いていると、自分の顔が露出されていないようにも感じられ、ありがたかった。

近所の見知った顔と出会う確率の高い時季だった。私はこそこそと、泥棒猫のような足取りで駅に急ぎ、電車に乗って国分寺に向かった。誰とも出会わなかった。

だが、誰かがどこかで私を見ていたかもしれない。買物に行くたびに、店先で人なつこく話しかけてきた八百屋の女将《おかみ》や、豆腐を売りながら往来を行き来している豆腐屋の主人、隣近所に住む主婦たち……誰もが私を見かけて、ひそひそと噂のたねにしていたのかもしれない。年の瀬の、じきに大晦日《おおみそか》を迎えようという日の午後、着飾っているというほどではないにせよ、ヒールの高い靴をはき、真知子巻きにショールを巻いた私が、人目を避けるようにして駅に急いでいるのを見て、何か勘づく人間も現れたかもしれない。ほら、あれが久我の奥さんだよ、なんだか最近、運転手つきの大きな外国の車がちょくちょく家の前に停まってると思ってたら、奥さんの妹ってのがお金持ちと婚約したんだってさ、婚約したのは妹のほうなんだけど、その車に乗っかってすました顔して出かけて行くのは妹じゃなくて、奥さんのほうが多かったんだよね、車を見かけなくなったと思ったら、今度はああやって、なんだか隠れるようにして一人でおしゃれして出かけて行くんだよ、いったい全体、どこに行ってるんだろうね……。

そんな噂話に尾ひれがついて、どんな町にも一人はいそうな、妙に鼻の利く女が、私の不義の恋の匂いを嗅《か》ぎあて、まことしやかに拡め始めてさえいたのかもしれない。その噂話がいずれ仲江の耳に入り、仲江が買物帰りにふとした衝動にかられて、「久我の奥様」から堅く口止めされていた、幾つかの秘密を暴露しさえすれば、すべては面白いほどわかりきった顚末《てんまつ》を迎えることになる。美夜も夫も、町中を賑《にぎ》わせている噂話から永遠に逃れていられるはずもない。

そうなったとしても、そんなことはどうでもいい、と私は思った。あの頃、自分のやっていることはすべて、純潔さにつながった。こんなに逢いたいと思っている男に、万難を排して逢いに行くこと……それ自体が疑いようのない、純潔の鑑《かがみ》のようなものになっていたのだ。

あと一歩、前に進んだら取返しのつかないことになる……そうわかっていて、その一歩を踏み出さずにこらえている自分たちは、純潔ではなくて、何であろう、とも考えた。美夜を守り、美夜を救い、翌年の四月、晴れて青爾と挙式させる、ということだけが、私の目標であり、正義だった。正義を捨てずにいながら、青爾との恋に溺《おぼ》れ、さらに正義のためにこそ、その恋を断念しようとしている自分を私は心のどこかで、誇らしいとさえ思っていた。

国分寺に着く頃、空模様はさらに怪しくなっていて、駅に降り立つと白いものが目の前をかすめた。まだ少しも積もってはいないというのに、私はその時、はっきりと雪の匂いを嗅いだ。

駅前には、約束通り、佐高が迎えに来ていた。車に乗りこむなり、冷えるわね、雪よ、と私が言うと、さようでございますね、と佐高は言った。そして、運転席についた佐高はその直後、ハンドルに手を置いた途端、いつもは決してしない質問を私に向かって投げつけた。

「あのう、美夜様は、確か今、お郷《くに》のほうにお戻りと伺いましたが」

「美夜が？　ええ、そうよ。よく知っていたのね」

「はい。いつぞや、美夜様ご自身から伺ったものですから」

「そう。で？」

「何か美夜に伝言でも？」

「いえ、何も」と佐高は落ちついた口調で答えた。「余計なことを伺いました。失礼いたしました」

すうっ、と何か冷たいものが私の中を吹き抜けていった。それが何なのか、わかりかねた。

年の瀬だというのに、陣内の邸《やしき》に、その日、使用人の姿はなく、ただ一人、てるだけがいつものように私を言葉少なに迎えた。仏頂面と言ってもいい、いつものてるの無表情を見慣れていたせいか、てるが私を出迎えて、優しげな微笑を浮かべてくれたことが、いたずらに張りつめていた気持ちを急速に溶かした。

この、密会の手引きをしてくれる女がいなかったら、今頃、自分と青爾はどうなっていただろう、と思った。てるの手引きは無償の行為だった。そこに何らかの計算が働いていたる、と疑わしく思う必要があったのかもしれないが、不思議と私はそうは思わずにいられなかった。いつか、心からの感謝の気持ちを伝えたい……それぱかり考えているくせに、てると現実に顔を合わせると、何も言えずに終わってしまう。

何故か、泣きたくなるような気持ちにかられた。私は万感の思いをこめてうなずいて、てるの微笑に応《こた》えた。

玄関ホールに入っても、てるは私のコートやショールを預かろうとしなかった。「そのままでお入りなさいませ」と言われたことの意味がわからず、私が足を止めると、てるはちりめん皺《じわ》の目立つ肌に、幾分濃い目に載せた白粉《おしろい》が割れるほど唇を横に大きく伸ばして微笑み、「今日は寒うございます」と言った。「旦那《だんな》様は、明るいうちにお庭のほうをお歩きになりたいとおっしゃるでしょうから、お召し物はそのままで」

案内されたのは、二階の青爾の居室ではなく、一階の大食堂だった。食堂では青爾が私を待っていた。暖炉に薪《たきぎ》が赤々と威勢よく燃えていて、室内は温かかった。バルコニーに面した窓は室内のぬくもりで早くも曇り始めており、その向こうに、雪の舞う、暮れ始めた灰色の庭園が見えた。

てるが出て行くのを確認するとすぐに、私たちは互いを見つめ合い、烈《はげ》しい視線を絡ませ合っていることに耐えられなくなって、どちらからともなく手を伸ばし、抱き合った。外《はず》す間もなかったレモン色のショールが、青爾の抱擁を受けてすぐに、するりと床にすべり落ちた。

「帰る時間を気にしなくてもいい日が、やっと来た」と青爾は言った。

私は顔を上げ、彼を見つめた。「それでもやっぱり帰らなくちゃいけないのよ。遅くても九時過ぎにはここを出るわ。忘れないようにしなければ」

「来た早々、帰る話をする。ひどい人だ」

「ごめんなさい。自分に言い聞かせてるだけよ」

「泊まっていけばいい」

「それは無理よ」

「勇作さんの帰りは明日だって聞いたよ」

「でも、無理よ」

「てるに言って、部屋を用意させる。あなたは後で僕の寝室に来ればいいんだ。そして朝まで一緒にいる。明日、勇作さんが戻るまでにあなたが帰っていれば……」

「冗談を言っているつもりなの？」私はねじるようにして身体を離し、軽く青爾を睨《にら》みつけた。そして、他愛もない戯れを言うようにして問い返した。「気にしなければならない人間は主人だけじゃない、もう一人、いたでしょう」

「誰のこと？」

「ごまかさないで。美夜よ」

青爾はいっこうに動じなかった。木々の梢《こずえ》を駆け抜けていく風の音を聞いたような顔をして、彼はふっと笑った。「今この瞬間、東京にいない人間のことを気にかけても仕方がないでしょう」

「青爾さんの中には、魔物が棲《す》んでいるのね」

「何故？」

「美夜のことをそんなふうに言うのは人間じゃない、魔物よ」

「あなたがそう思いこんでいるだけだ」

私は目を伏せた。「青爾さんだけじゃない。私の中にも魔物がいるわ。こうやってここに来てしまったのは魔物のせい」

「ここに来てくれたのはあなただ。魔物が来たんじゃない」そう言って、青爾はもう一度、私をゆるく抱きしめた。「いい匂いがする。あなたの匂いだ。もう覚えた。決して忘れない。どこか遠くに連れ去ってしまいたくなるような、この匂い……」

耳朶《じだ》のあたりに青爾の吐息を感じた。全身が粟立《あわだ》つほど、その熱い吐息は私を虜《とりこ》にした。

「お願いよ。これ以上、遠くに連れ去って行ったりしないで。そんなことをしたら、私はもう、二度と戻れなくなってしまう」

切ないような気持ちにかられ、私は青爾の首に両手を巻きつけて、自ら接吻《せっぷん》を求めた。青爾は私の唇に唇を重ね、私が着ていたコートの前ボタンをはずした。唇を重ねたまま、前ボタンのはずされたコートの奥に両手を伸ばし、彼はセーターに包まれた私の背と腰を強くかき抱いた。あまりに強く抱きしめられたので、私の身体は大きく弓なりに反った。

繰り返される蜜《みつ》のような接吻の合間に、彼はわずかばかり唇を離した。そして、「雪の庭を二人で歩こう。歩きたい」と囁《ささや》き、再び狂おしく私の唇を塞《ふさ》いだ。

まだ五時にもなっていなかったはずなのに、庭園にはとばりが降り始めていた。薄暮とは名ばかりの、雪雲に被《おお》われた空に淡々しい光は何ひとつなく、早くも大地は白く染め上げられていて、暗くも明るくもない、あたりは不思議な銀灰色の世界だった。

雪は烈しさを増し、間断なく降り積もりつつあった。庭園は白く霞《かす》み、幾多の彫像は青白い点描画の中に佇《たたず》む人間のような、静かなシルエットを描いていた。葉を落とした木々の梢はすでに見分けがつかず、冬でも青々とした縁取りを残す刺繡《ししゅう》花壇の緑も、雪に埋もれかけている。青爾がさしかける傘の中に、雪の音がこもった。互いの口からもれてくる、わずかな息づかいが聞きとれるばかりで、外界の物音は一切しない。

私は青爾の腕に手を回した。回した手に力をこめた。時折、風が吹き、舞い上がった雪が頬に吹きつけては、冷たく乾いた粉のように肌の上を滑り落ちていくのがわかった。

青爾は厚手の黒いコートを着て、薄茶色をした山羊《やぎ》革の手袋をはめていた。何も喋《しゃべ》らず、腕に置かれた私の手を意識する様子も見せず、ただまっすぐに前を向いて歩いていた。時折、私はその横顔を盗み見た。横顔しか視界に入らなかったというのに、その一瞬、私は自分自身が彼から離れ、遠景に彼を眺めているような錯覚にかられた。雪の中、その姿は、今にも羽ばたこうとしている黒い水鳥のように優雅だった。

「雪の匂いがする」私は目を閉じ、つぶやいた。

嗅《か》ぎとれるのは雪の匂いだけだった。薄荷《はっか》のような、甘味を帯びた、透明な匂いだった。

青爾は応えなかった。私は彼の腕に腕をからませたまま、その黒いコートに包まれた大きな肩にそっと額を押しつけた。

ちょうど竹林の庭のあたりにさしかかっていた。左前方に、大鹿の彫像のある池が現れた。うす闇に包まれた池の水は凍っており、降りしきる雪の中、大鹿の彫像が、屍《しかばね》のように黒々とうずくまっているのが見えた。

その時、奇妙なことが起こった。青爾がふいに立ち止まったかと思うと、手にしていた傘を宙に向かって勢いよく放り投げたのだ。黒い蝙蝠傘《こうもりがさ》は雪の中、風車のようにくるくると回りながら池のほうに転がっていった。

私が驚いて傘の行方を目で追っていると、青爾の力強い手が私の顔を両側から挟みこんだ。挟まれたまま、私の顔は青爾を見上げる位置で押しとどめられた。双眸《そうぼう》から放たれる、ぎらぎらとした光が私を射た。

不思議だ。月も星もない夕暮れ時、まして、あたりに庭園灯もついておらず、マッチで誰かが火を灯《とも》していたわけでもない。それなのに、私はあの時、青爾の目が本当にぎらぎらと、強烈な光を受けて輝きを放ったのを確かに見たのだ。果して、あれは青爾の涙だったのか。

「ここから出ないでほしい」青爾は呻《うめ》くように言った。「この僕の庭園から、出て行かないでほしい。ずっとここにいてほしい」

私は黙って彼を見上げたままでいた。大きく見開いた目の中に、雪が飛びこんできた。それでも私は目を閉じなかった。

青爾は続けた。「ここは他人にとっては、つまらないただの庭にすぎないのかもしれない。外界から閉ざされた、酔狂な箱庭なのかもしれない。……でも、僕にとっては王国なんだ」

「わかってきたのよ、私にも」声は掠《かす》れていた。「あなたがどんな考えのもとに、この庭を造ったのか、少しずつ……」

「少しずつ？　それだけ？」

ううん、と私は首を横に振った。「とてもよくわかっている」

「僕は別に病人ではない。病気が高じて、こんな大それた庭を造ったわけではない。人がやらなかったことをやった。求めていながら、誰も形にしたことのないものを完成させた。それだけなんだ」

私はうなずいた。「誰もあなたのことを非難なんか、してないのよ。どうしてそんなことを言うの？」

「この王国がいずれ牢獄《ろうごく》になる……そんな気がするからだよ」

「牢獄？　何故？　どういう意味？」

「来年の春、僕が結婚したら、もうあなたとここでこうやって過ごすことは不可能になってしまう。そうなったら、ここは王国ではない。僕にとっての牢獄と化す」

私はため息をつき、目を閉じ、いやいやをするように首を横に振った。私の頬を挟んでいる青爾の手袋の、湿った革の匂いが鼻をついた。

「もう、どうしようもないのよ。そうでしょう？　あなたは美夜と結婚することになっている。約束したはずよ。今さらその約束を破らないで。もしも破ったりしたら……」

「破ったりしたら？」

「私はもう二度とあなたとは逢わないわ」

「そんなことはできない」

「いいえ、私はできる。してみせる」

「無理だよ。だってこんなに……」

青爾の目の奥に宿っていた焔《ほむら》が揺らめき、形を失い、うるみながら溶けていくのがわかった。青爾の顔が近づいてきた。

青爾の唇は冷たかった。氷のように冷たいのに、それが私の唇に重なり、私がこらえきれなくなって烈《はげ》しく受け入れようとした途端、熱を帯び、めらめらと燃えたった。

雪が額に、眉《まゆ》に、瞼《まぶた》に睫《まつげ》毛に降りかかった。顔を右に左に、喘《あえ》ぎながら忙《せわ》しく傾けて、私は青爾の唇をむさぼった。涙が滲《にじ》んだ。口の中が潤うだけ潤い、とろとろとした熱い水となってあふれ、身体のどこかを固く締めつけていた螺子《ねじ》がゆるみ、はずれ、飛び散っていくのが感じられた。

自分が、唇だけの生き物になったように思われた。全身に熱さがかけめぐり、そのあまりに場違いな悲しい悦楽に、私は我を失いかけた。立っていられるのが不思議なほどだった。

「ああ、やめて」私は青爾の唇を受けながら喘いだ。「青爾さん、約束して。美夜とちゃんと結婚するって、約束して。私たちの恋はそれまでの間のことなんだ、って、約束して」

ふいに青爾が動きを止めた。ひんやりとした沈黙が私たちの間に流れた。それは不吉な静けさだった。それまで聞こえていたあらゆる活《い》き活《い》きとした音が消え去り、世界がいきなり沈黙してしまったかのような。

「どうかした？」私は急に恐ろしくなって訊《たず》ねた。

「いや」

「どうして黙っているの」

「約束は守るよ」

怒ったようにそう言って、青爾はつと私から離れた。闇は濃くなっていて、少し離れただけで、彼の輪郭は白い雪の向こう、曖昧《あいまい》にぼやけた。「約束を破ると言ったわけじゃない」

「でも、あなたはさっき、破るかもしれないようなことを言ったわ」

「それが不可能だということを誰よりも知っているのは、あなた自身でしょう」

私は口を閉ざした。雪の中、青爾の着ている黒いコートが滲み、私はそこに、一羽の美しい、黒い鶴が羽をたたんでひっそりと立っている幻を見た。

「あなたにこの辛《つら》さが理解できるだろうか」黒い鶴が前を向いたまま言った。その低い声は、ただちに降りしきる雪の中に溶け、呑《の》みこまれ、消えていった。

私は唇を嚙《か》んだ。理解ですって？　と大声をあげた。下ろした両手のこぶしを握りしめ、声を張り上げた。「どうして理解できないわけがあるの？　私だって、私だって、同じなのよ。あなたと同じなのよ」

涙声になっていた。唇がかすかに震えた。泣きだしてしまいそうだった。何故、泣くのかわからないままに泣きじゃくり、その場で咆哮《ほうこう》してしまいそうだった。

だが、青爾は私を振り返らなかった。言葉もかけなかった。彼は奇妙なほど落ちついた足取りで歩き始め、転がったままで雪をかぶりつつあった黒い蝙蝠傘を拾い上げた。黒く光沢のある傘から、粉のような白い雪がさらさらとこぼれ落ちるのが見えた。

ゆっくりと戻って来た彼は、私の顔を一瞥《いちべつ》し、傘をさしかけながら、戻ろう、と言った。

「雪を見ながらの晩餐《ばんさん》だよ。先のことを考えても仕方がない。少なくとも、今夜は遅くまであなたといられる」

唐突な冷静さを取り戻した言い方に気圧《けお》されて、私は思わず、涙を浮かべたまま、こくりと子供のようにうなずいた。

14

仄暗《ほのぐら》い夢想に浸ったような落ちつかない気分のままに、年が明けた。

小さな異変が起こったのは、新年を迎えて間もない頃である。美夜が松本の実家から戻って来た日の晩のことだったが、私が急に熱を出したのだ。

食欲がなくて、その日も朝からほとんど食事に箸《はし》がつけられずにいたのだが、それでも熱があるということに気づかずにいた。前日あたりから始まった、このふわふわとした雲の上を歩いているような気分は、自分の青爾に向けた気持ちがいっそう、募っているせいだろう、そしてまた、松本から帰って来た美夜の顔を見て、行き場のない罪の意識にさいなまれたせいだろう……そんなふうに私は思いこんでいた。

夕食後、美夜にひどく顔色が悪いと言われ、体温計を小わきに挟むと、水銀がどんどん上がっていくのが見えた。三十九度を少し超えていた。

美夜はすぐさま私のために床を敷き、医者を呼ぼうとした。勇作は「ただの風邪だろう」と言ったが、美夜はその意見に耳を貸さなかった。お姉ちゃまは年末から働き詰めで、あげくにお年始のお客の相手をして、きっと風邪をひいていたのにも気づかずにいたものだから、すっかり悪くさせてしまったに違いない、ほうっておくと、こういうたちの悪い風邪は肺炎を引き起こす、と美夜は言い張った。

年末年始の暇を終えて、仲江も戻って来ていた。美夜があまりに不安がるものだから、夫も私の状態を案じ始めたようである。仲江に命じ、彼は久我の家の人間が昔から懇意にしていた医者に電話をさせた。

元は軍医で、義父の代からのつきあいがあり、その頃は息子と共に目白にある医院を開業していた老練な医師である。私が流産した時も、この医師を通じて、都内の大きな病院に入院する手続きを取ってもらった、という経緯があった。

見事に頭が禿《は》げあがった赤ら顔の、太った医者だった。物静かな看護婦を伴ってやって来たが、白衣は着ておらず、着ているチョッキの胸ポケットからは金時計の鎖が覗《のぞ》いていた。病人を前にして、深刻な表情を見せたことがなく、いつも豪快に笑っている。酒好きの医者、という印象があったが、あの時もそっくり同じだった。

おかしなことに、名前は覚えていない。松村だったか、松田だったか。

その翌年、私はもう一度、運命的にその医者の診察を受けることになるのだが、その後、一年ほどたってから、彼は自宅の風呂場《ふろば》で脳溢血《のういっけつ》を起こし、呆気《あっけ》なく亡くなった。久我の人間もやがて、その医師一家とは疎遠になり、いつしか連絡も途絶えてしまった。かれこれ四十年も昔のことだ。名前を忘れてしまうのも仕方のないことかもしれない。

医師は、美夜や夫の見ている前で丁寧に私を診察し、かなり手ごわい風邪だが肺炎には至っていないから安心するように、という、診断を下した。注射を打ち、幾つかのありふれた注意事項を口にすると、医師は私に「さぞかし根をつめてお正月の準備をされたのでしょう」とにこやかに言った。

「お宅の門松もひときわ、大きくて美しくて目を引きますな。先だって、久我さんのご夫妻のところに新年のご挨拶《あいさつ》に行って参ったばかりなのですがね。ご夫妻ともお慶《よろこ》びでしたぞ。こちらのお妹さんの縁談がまとまったとか。しかも、陣内様のご子息と。いや、めでたいめでたい」

医師が満面の笑みを浮かべつつ、ちらと美夜のほうを見た。美夜がその医師と会うのは初めてだった。床に臥《ふ》せったままでいた私の代わりに、勇作が医師に美夜を紹介した。白いセーターに紺色のスカートをはいた美夜が伏し目がちにうつむき、はにかんだ素振りを見せながらも、畳に両手をついて丁重にお辞儀をした。

「お姉様に似て、別嬪《べっぴん》さんだと伺っていたが、なるほど、聞きしにまさる、とはこのことだ。陣内様のご子息もまた、なかなかの美男だと評判ですし、これはさぞかし似合いのご夫婦になられることでしょうな。新年からいいお話を聞けて縁起がいいこと、この上ない、と思っていたところですよ。で、聞くところによると、華燭《かしょく》の典はこの春だとか」

「四月の上旬になります」と勇作が言った。「何が何でも、桜の季節に、っておふくろや伯母《おば》が言い張りましてね。先生もご存じでしょうが、おふくろや伯母は青爾のことになると、昔から大騒ぎする傾向がありましたから。その青爾が結婚を決めた、っていうんで、まあ、ここのところは当人同士よりもはしゃいでるありさまですよ。自分が結婚するわけでもないのに、まったく困った女どもだ」

医師はさも楽しげに豪快な笑い声をあげたが、私は夫が何気なく口にしたのであろう「当人同士よりも」という一言に、美夜がどんな反応をしたか、と案じた。だが、仰向《あおむ》けに寝ていた私のところからは、うつむいたままでいる美夜の表情は読み取れなかった。

美夜の心の奥底深く流れている、昏《くら》い川の流れを知り尽くしていたのは私だけだった。周囲の人々にどれだけ祝福されようとも、決して消えない黒々とした冷たい苔《こけ》のようなものが、美夜の中にはびこり始めているのを知っていたのは、まさに本当に、この私だけだった。

医師が夫と共に寝室を出て行き、階下の居間で歓談を始めた。茶菓をふるまうために、伸江も降りて行った。

美夜は私の枕辺で氷嚢《ひょうのう》の位置を整えながら、よかった、とつぶやいた。「肺炎になってたらどうしよう、と思ってたの」

「馬鹿ね。雨の中に立ってたわけじゃあるまいし。そんなに簡単に肺炎になんかなってたまるものですか」

「具合が悪いのに働いてたんでしょう？　いくらお正月だから、って、無理しなければよかったのに」

「そんなに大したことはしてないわ」

「嘘。仲江さんもお里に帰して、あとのこと、全部一人でやってたに決まってる。私もいなかったんだし。婦人会のボランティアのほうのお仕事もあったし。そうそう、暮れに婦人会の忘年会もあったんでしょう？　その晩は、すごく遅い時間にお帰りになったようだ、って仲江さんが言ってたわ」

仲江があの晩のことについて、他に何を美夜に喋《しゃべ》ったのか、気になったが、質問はしなかった。うしろぐらい秘密を抱えている人間にありがちな、特殊な警戒心が働いたせいだった。ありきたりの会話の中に潜んでいるかもしれない毒を探りあてようとするあまり、つまらぬ質問を発して、かえって藪蛇《やぶへび》になることを私は恐れた。

それに加えて、うしろめたさが私を打ちのめした。自分が主婦として、久我家の嫁として、年末年始、ろくな仕事をしてこなかったような気持ちにかられた。立派な門松を立てたのは植木屋だった。家中の硝子《ガラス》を磨いたのは仲江だった。おせち料理の材料を買いだしに行ったのは私だし、料理を作ったのも私、仲江に手伝わせて大掃除をし、障子を張り替えたのも私だが、いつものようにいつものことを完璧《かんぺき》にやってのけた、という充足感はなかった。

私の頭の中には、常に靄《もや》のように青爾の姿が映像となって漂っていた。慌ただしく過ぎた年の瀬も、夫と共に着物に身を包んで清澄な気分で迎えた新年も、そればかりか、夫と出かけた久我家での、親類筋を集めた新年の小宴会、自宅に代わる代わる訪れる年始客の相手をしている時でさえ、自分には現実感というものがまったく失われていたことに、今さらながら気づくのだった。

「この際だから、ゆっくり休んで、養生しなくちゃだめよ」と美夜が言った。母親のような口調だった。「いつもは元気なお姉ちゃまが、ぐったり横になってるのを見てるのは辛《つら》いもの。早く元気になって」

「別にぐったりなんか、してないわよ。大騒ぎして横にさせたのは美夜じゃない。このくらいの熱、私は別に起きていてもかまわなかったのに」

「何言ってるの、子供みたいに。さっきなんか、顔が土気色してたのよ。ふらふらしてたし。熱があるんだな、ってすぐわかったわ」

「私は熱には強いのよ。美夜も昔から知ってるでしょ。子供の頃、扁桃腺《へんとうせん》を腫《は》らして四十度の熱があっても、外でドッジボールして遊んでたんだから。お母さん、後で知って、慌ててたけど。結婚してからもそうだった。微熱程度だったら、ふつうに生活してたわ。今だって別に頭も痛くないし、気分も悪くないし、平気なのよ」

「微熱どころじゃないでしょう？　今の熱はちゃんとした熱なのよ。無理して起き上がったりして、こじらせでもしたら大変じゃないの。じっと寝てなくちゃ。ね？」

寝ていたくなどなかった。寝ている時間は私にはなかった。臥せっている間にも、時間は残酷に流れていくのだった。流れ流れて、美夜と青爾の、四月の挙式が近づいてくるのだった。

そして私は、青爾とその翌週の水曜日、逢う約束をしていた。寝込んだのが土曜日だった。

たから、三日以内で熱を下げてしまわねばならなかった。万一、行けなくなった時には、私から陣内邸に電話をして、その旨、伝える必要もあった。

「来週また、水曜日に婦人会のお仕事があるのよ」と私は相手が美夜であることを危うく忘れそうになりながら言った。「佐々木さんとね、会っていろいろ、冬のバザーの打ち合わせをしなくちゃいけなくて。それまでに治さなくちゃ」

「いくらなんでも、そんなに早く、治らないでしょう。こんな時に外出するなんて、無理よ。当たり前じゃない。今回はお休みをいただきなさいよ。それとも、その佐々木さんっていうお友達に、ここに来ていただく？　そうするんだったら、私が連絡してあげる」

世にも恥ずかしい嘘がばれた時のように、私はその時、烈《はげ》しく赤面した。熱の火照りで顔が赤くなっていなければ、美夜に不審に思われていたかもしれない。

私は首を横に振り、いいの、と言った。「わかったわ。美夜の言う通り、おとなしく寝てるから」

美夜は微笑し、母親のような手つきで私の頬にかかった髪の毛をそっとかき上げると、「少し眠って」と言った。その指先はひんやりと湿っていて、心地よかった。「注射が効いてくるから、眠くなるわよ、きっと。電気、消すわね。その前に欲しいものある？　お水、飲む？　それとも、おみかん、剝《む》こうか」

私は、いらない、と言った。美夜を前にして、子供のような言い方になっているのが自分でも恥ずかしく、厭《いと》わしかった。

「何かあったら、呼んでちょうだいね。遅くまで起きてるから」

　天井の明かりを消し、部屋を出て行く美夜のかすかな衣《きぬ》ずれの音が、いつまでも私の耳に残された。室内は薄墨を流したように、ざらざらとした闇に閉ざされた。階下から、かすかに夫と医師の笑い声が聞こえてきた。仲江が台所と居間を往復している足音、合間に、仲江に何かを指示している美夜の声が混じった。

　氷嚢の下、熱の火照りと氷の冷たさとで、熱いのか冷たいのかわからなくなった私の眉《み》間《けん》のあたりが、わずかに痙攣《けいれん》した。閉じた瞼《まぶた》から涙があふれ出した。それは湯のように熱かったというのに、枕はひんやりと冷たく濡《ぬ》れそぼった。


　注射と内服薬が効いたのか、熱は徐々に下がり始めたが、それでもなかなか、起き上がれる状態にはなれなかった。布団の上に座って、軽い食事をとるのが精一杯で、洗面のために階下に降りるのに階段を使っただけで、身体がふらついた。熱いお茶を口にすると、大量の汗をかき、その汗が引けば引いたで、全身に不快な悪寒が走った。

　美夜の通う学校は、まだ冬休みが終わっておらず、美夜は連日、私の傍に付き添っていた。仲江の作った食事を運び、汗で濡れた寝巻や氷嚢の氷を取り替え、湯たんぽの湯を入れ換え、こまめに動きまわっては、階下と二階を往復して、喉《のど》を潤す飴玉《あめだま》やみかんを持って来てくれた。部屋に置かれた火鉢を丹念にかきまわし、火が絶えないよう、炭の管理も怠らなかった。

かといって、何を話しかけるでもない、うとうとした私がふと目を覚ますと、寝床の脇にはいつも美夜が横座りに座っていて、本を読んだり、編物をしていたりした。火鉢に載せたやかんからは、ほのぼのと湯気が上がっていた。窓硝子を通して見える冬枯れた庭に、ちらちら小雪が舞い始めると、美夜は私ににっこりと笑いかけ、いっそう部屋が温まるように、と火鉢の中に、新しい炭をくべるのだった。

病に臥せった姉の看病をするのが、居候させてもらっている人間の務めだと思っていたのか。美夜の生来の優しさがそうさせていたのか。それとも、何か私に折入って話したいこと、相談したいことがあって、そうしていたのか、今もよくわからない。それは、甲斐《かい》甲斐《がい》しい看病ぶり、というのとは少し様子が違っていた。看病という形を借りて、美夜はまるで、何か形のはっきりしないものに寄り添い、自分をつなぎとめ、漠然とした不安から逃れようとしているようにも見えた。

そんな中、青爾と約束していた水曜日が近づくにつれ、私の中には焦りが生じ始めた。青爾に電話をかけ、風邪で臥せっていることを伝えねばならないのだが、四六時中、傍にいる美夜の目を盗むのは難しい。

たとえ、うまく一人で階下に降り、受話器を取って交換台を呼び出すことができたとしても、国分寺という地名を口にするのは恐ろしかった。自分が口にした言葉が、目に見えない拡声器を通して、家中に響きわたり、美夜の耳に届くのではないか、と思われた。

伸江に頼み、まことしやかな作り話を聞かせた上で、陣内邸に電話をかけさせ、奥様は風邪で臥せっています、と一言、てるに伝えてもらう、ということも考えた。だが、いったときも目を離すまいとするかのように、私につきっきりの美夜がいる限り、仲江にそんな頼みごとはできそうになかった。第一、そんなことをして、仲江の大きな声が家中に響き渡り、陣内様のお宅ですか、と問い返すのが美夜の耳に入ることを考えると、恐怖に背筋が粟立《あわだ》った。

頭の中は、青爾にどうやってこのことを伝えればいいか、ということで占められているというのに、熱と薬のせいで、始終、けだるく、沼地に引きずりこまれるような眠気が襲ってくる。うとうとしながら、私はそれでも必死になって覚醒《かくせい》しようと試みる。

水曜日、自分が邸《やしき》に行かなければ、何かがあった、と青爾が勘を働かせてくれるに違いなく、青爾のほうから下落合の私の家に電話がかかってくるだろう、と考える。そうすれば、美夜が電話口に出て、私の状態を青爾に伝えることになるはずである。だが、その情景は想像するだにおぞましかった。

美夜は、いとしい婚約者と姉が不義の関係にあることを知らぬまま、滑稽《こっけい》にも伝言役を引き受けることになるのである。美夜は、珍しく青爾のほうからかかってきた電話を、心はずむ思いで受けながら、雑談の合間に、姉がひどい風邪をひいて先週末から寝込んでいる、と青爾に教えるだろう。青爾は、知らぬふりを装って、それはお気の毒だ、お大事にと伝えてください、と言うだろう。言った後で、何やら上の空になったまま、会話もそこそこに、せわしなく電話を切ってしまうだろう。美夜は漠然とした不全感を抱いたまま、虚《むな》しく残された微笑のやり場に困って、静かに受話器を置くだろう。

耐えがたい悪夢を見ているような思いで、私は火曜日の晩を寝床の中で過ごし、水曜日を迎えた。午後遅くなっても、電話は鳴らなかった。夕暮れを迎え、夜になり、相変わらず食が進まないまま、伸江が作ってくれた卵がゆをすすって、横になっている時も、青爾からの連絡はなかった。

忘れていたはずはないのに、と私は案じた。私が勝手に約束を破ったと思いこみ、青爾は腹をたてているのかもしれない、とも考えた。あるいはまた、何か突拍子もない妄想を働かせ、一人、虚無の底を漂っているのではないか、とも想像した。

電報を打つことも、手紙を書いて送ることもできず、そのまま時間が流れた。重苦しい思いのさなかにあったものの、それでも身体のほうだけは、順調に恢復《かいふく》していった。熱も下がり、起き上がっていても、眩暈《めまい》を感じないでいられるようになった。

寝ついて一週間目、午後になって赤ら顔の医師がやって来た。医師は私を診察し、「もう大丈夫」と言った。「おうちの中で、あと二、三日、温かくしてのんびり過ごされていれば、来週にはもう、普通通りの生活ができるでしょう」と。

医師が帰って行ってから、ものの三十分もたたぬうちに、階下の電話が鳴り出した。伸江が美夜を呼びに来た。陣内様からお電話です、と言いかけた伸江の言葉を最後まで聞かぬうちに、美夜は弾けるようにして立ち上がり、階段を駆け降りて行った。

私は寝巻の上に薄手の丹前を羽織り、布団の上に座ったまま、美夜が戻って来るのを待った。畳の上には、美夜が今しがたまで編んでいた編物が残されていた。今年の青爾の誕生日のプレゼントにするのだ、と美夜が言っていた、藍《あい》色の毛糸のマフラーだった。窓の向こうには、穏やかに晴れわたった冬空が見えた。

ややあって美夜が戻って来て、後ろ手に部屋の襖《ふすま》を閉じるなり、「困ったわ」と言った。

「明日、いらっしゃるんですって」

「何の話？」

「青爾さんよ。ここにいらっしゃるんですって。お姉ちゃまのお見舞いに」

一瞬、返す言葉に詰まって、私は美夜を凝視した。美夜の顔色にさしたる変化はなく、唇にはやわらかな、いつもの微笑が浮かんでいた。

「そんな」と私は言った。声がうわずっていたが、かろうじてごまかした。「何を言ってるのかしら。お見舞いなんて……たかが風邪なのよ。もうすっかりよくなってるんだし、第一、困るわ。こんなに汚くしているところに来られたら、恥ずかしいじゃないの」

「ええ。それもそうだし、私、明日は学校でしょう？　せっかく来ていただいても、お相手することができない、って言って、やんわりとお断りしたんだけど、だめなのよ。青爾さん、すごく心配してるの、お姉ちゃまのこと」

どういうつもりなのだろう、と私はその時、青爾に対して、怒りすら覚えた。私の風邪を心配して、見舞いに行くなど、美夜に言うことではなかった。言ってはならぬことだった。

「お断りしてよ、美夜。美夜だけ外で青爾さんと会って来てよ。そうすればいいじゃない」

「でも、もう約束しちゃったのよ。明日の二時頃、いらっしゃるって。私が帰るのが四時くらいだ、って言ったら、それまで待っていたいけど、もしかすると待てないかもしれない、って。夕方から、会社のほうのお仕事があるみたい。忙しそうだったわ」

「そんなに忙しいのなら、なおさらじゃないの。わざわざお見舞いだなんて、お断りしてちょうだいよ。美夜がいてくれればいいけど、いない時に来られても、私、困るわ」

「断ってもだめだと思う。あの様子じゃ、何が何でも来る、っていう感じだったもの。なんだか、様子が変だったし」

「様子が変？」

「青爾さんたら、まるで婚約者が私じゃなくてお姉ちゃまで、そのお姉ちゃまが悪い風邪をひいて大変だ、って慌ててるみたいだった。そんな感じがしたわ」

　美夜は薄く笑った。感情のこもらない、冷たい微笑だった。

「明日はお姉ちゃま、きれいにしていないとね」美夜は口調を変えて明るくそう言い、私から目をそらすようにしながら、火鉢の脇に座って、やかんの上に手をかざした。「学校に行く前に、髪の毛、梳《と》かすの、手伝ってあげるわね。小さく結っておけば、見苦しくないでしょう？　そうそう、お庭に寒椿の花、咲きかけてるの。まだ蕾《つぼみ》だけど、二、三本、切って、居間のほうに活《い》けておきましょうか。何しろ、青爾さんがこの家にあがるのは初めてなんだもの。少しでもよく見せたいし」

「ねえ、学校、休めないの？」

「ええ。明日の午後は卒業発表のための、クラスのみんなとの打ち合わせがあるのよ。いくら青爾さんがここに来るからって、私だけ休むのはちょっとね。難しいわ」

美夜の留守に青爾がこの家に来て、私を見舞い、夫も伸江もいない部屋で、私と対面する……そう考えると、青爾に逢えるという悦《よろこ》びよりも、恐ろしさのほうがつのった。美夜が学校から戻る前に、おそらく青爾はそそくさと帰って行くだろう、と私は思った。美夜と顔を合わせずに済むように。私との短い逢瀬《おうせ》の残り香を堪能《たんのう》できるように。

私が黙っていると、つと火鉢に手をついて美夜が立ち上がった。「さてと、寒椿の花、見てこようかな。五分咲きくらいになっててくれればいいんだけど」

窓の外の、冬枯れた木の梢《こずえ》で、ヒヨドリが甲高く鳴いて飛び去った。その鳴き声は不吉なほど澄み渡りながら庭中に谺《こだま》し、後に残された静寂をひどく物悲しいものにした。

15

翌日は朝から怪しい雲行きだったが、昼を過ぎた頃に小雨が降り出した。今にも雪に変わりそうな、冷たい雨だった。

二時に青爾が来る、というので、私は床をあげ、寝巻から黄八丈の着物に着替えていた。まだ少し、ふらつく感覚は残っていたが、身体はほとんど癒《い》えていた。

鏡に向かい、久々に化粧をした。唇に紅を塗りながら、青爾の唇がそこに重ね合わされた時のことを思い出した。これから青爾がここに来る、この家に来て、二人きりで逢うことになる……そう思うと、引き裂かれるような思いがつのった。私は自分が、かくも烈《はげ》しく青爾に焦がれ、逢いたいと思い、同時に、自分が一歩一歩、地獄に近づいていることを知った。

その朝、美夜に結ってもらった髪の毛がほつれかけていた。洗髪できなかったせいで、私の髪の毛は脂じみており、美夜は学校に行く前に、柘植《つげ》の櫛《くし》で丹念に梳《す》き、首の後ろで軽く髷《まげ》を作ってくれたのだった。

首まわりに落ちた後れ毛を鏡に映し、ピンで留め直しながら、私は美夜を思った。美夜、美夜、美夜、とその名を繰り返した。愚かに熱狂し続ける姉をもった、妹の不幸を思った。あと少し、とまたしても私は考えた。終幕は近かった。幕が下りてしまえばいいのだった。一瞬にして幕を下ろし、暗転した舞台のほうを振り返りもせずに、何事もなかった顔をして現実に戻る。幕が下りることがわかっているからこそ、今、自分たちは、在る。

美夜の存在が、自分と青爾の関係を絶対不可能なものにしていた。絶対不可能であるからこそ、自分たちはこの感情に溺《おぼ》れ、苦しみ、同時にそこに、輝かしい悦びを見いだしている。私はそう考えた。

それが、ひどく青臭い観念に過ぎないことはわかっていた。だが、私は私だけの倫理……うしろぐらい、明晰《めいせき》さのかけらもない、自暴自棄の、自我が肥大化しただけの、低俗とも言える倫理の中に生きていて、その中に安住していた。少なくとも、安住しようとしていた。

青爾がやって来たのは、二時少し過ぎである。仲江が玄関まで応対に出て、私は居間で彼を迎えた。

仲江に案内されて居間に入って来た彼は、白い丸首のセーターに焦げ茶色のジャケットを着ていた。学生のように、彼は若々しく、それでいて優雅な憂鬱《ゆううつ》を感じさせた。

青爾は、仲江の見ている前で手にしていた四角い箱を私に差し出した。

「新年のご挨拶《あいさつ》に伺うつもりでいたのですが、失礼ばかりで申し訳ありません。これ、ほんの気持ちばかりのお見舞いの品です。お疲れになるといけないので、すぐにおいとましますが、ちょうど社に出る用向きもありましたので、立ち寄らせていただきました。いかがですか、お加減は」

「おかげさまで、もうすっかり。ただの風邪ですのに、わざわざお越しいただいて、そのうえ、お見舞いまでいただいて、恐縮です」

有名な果物店の包装紙にくるまれた箱には、贅沢《ぜいたく》なマスクメロンが一つ、入っている様子だった。私は箱を伸江に渡し、もう一度、青爾に向かって丁重に礼を言った。

伸江が伏し目がちに下がっていき、居間の扉が音もなく閉じられた。私たちは互いに立ったまま、見つめ合った。

雨の音がしていた。雨足は強くなっていて、雨樋《あまどい》を伝って流れる水音が、私たちの高鳴る心臓の鼓動の音、ひそかなため息をかき消した。

「お座りになって」

私が傍にあった長椅子を指さすと、青爾はうなずきもせず、私を見つめたまま、そこに腰をおろした。

「怖い顔をしてるのね」

「あなたこそ、怖い顔をしている」

「緊張してるのよ」

「緊張？　どうして緊張なんかするんだ」

「あなたがここに来るとは思わなかったからよ。しかも、美夜の留守中に」

「別に彼女の留守をねらって来たわけじゃない。ただ、あなたの身体の具合を聞いて、心配して、駆けつけただけだ」

「美夜のいる時に来るべきだったわ」

青爾は私のその言葉に無反応だった。彼は言った。「とにかく心配だったんだ。水曜日、待っても待っても現れなくて、どうしたんだろう、って心配するあまり、苛々《いらいら》していた。いくら臥《ふ》せっていたのだとしても、電話くらいできたでしょう」

「ごめんなさい。できなかったの。美夜がずっと、看病してくれてたのよ。家政婦にも頼める状況じゃなかったわ」

「本当はこんな形でここには来たくなかったんだ。あなたが暮らしている場所を知りたかったし、見てみたかったし、そう思い始めるといたたまれなくなることもあったけど、まさかこんな形で来ることになるとはね。皮肉なものだな」

「そうだとしても、お見舞いだなんて。そんな必要、なかったのに」

「そういう言い訳がなければ、今日、あなたとこうやって逢えなかったじゃないですか」

「ここで逢う必要があった?」

「こうしなければ、また一週間、逢えなくなる」

「我慢するわ」

「僕は我慢できない」

「ここで逢っても、何もできないじゃないの」

畳みかけるようにそう言ってから、私は自分が口にした言葉の卑猥《ひわい》さに気づいた。何故、そんなことを口走ったのかはわからない。青爾に触れたい、抱きしめられたい、と願っていたからか。それができずに面と向かっていることの辛《つら》さを訴えようとしていたのか。肉の悦びを、すでにあの頃から、私は青爾に求めていたのか。

青爾は黙っていた。黙ったままつと、長椅子から立ち上がると、傍に来て床に跪《ひざまず》き、私の手を取って、甲の部分に接吻《せっぷん》した。その一連の仕種《しぐさ》は、流れる水のように、いとも自然なふるまいに見えた。

「まだ少し、熱っぽい」

「だめよ。家政婦が来る」

だが、青爾はひるむ様子もなく、私の手を自分の頬にあてがい、うっとりと目を閉じて、掌《て》に唇を押しつけた。生あたたかな、柔らかい、少し湿った唇の感触が掌を通して全身をかけめぐった。私は手に力をこめ、離そうとし、逡巡《しゅんじゅん》しながらも、そのままの姿勢でいた。

「理性なんていうものは豚に喰《く》わせればいい。この数日、そんなことを考えてたよ」

「青爾さん、お願いよ。離れて。もうすぐ、家政婦がお茶を持ってここに来るわ」

「あなたは通俗の中に生きていて、俗悪な空気を吸ってばかりいる。吸わなければいけないと思いこんでいる。まだそんなことを言ってるんですか。何が怖いんです。いったい何を恐れてるんです。あなただって自分の理性を、とっくの昔に豚に喰わせてしまったはずじゃなかったんですか」

「今はそんな話、している場合じゃないでしょう」

「もう時間がないんだ」そう言って、青爾は跪いた姿勢のまま、もう一度、私の掌に唇を寄せた。「あと何ケ月、あと何日、あと何時間……そんなことばかり考えて、気が狂いそうになる。そのたびに、僕は理性をかなぐり捨てる決心をつける。そんなものはきれいさっぱり、捨ててしまって、蜉蝣《かげろう》のように儚《はかな》い人生を生きてみせようと覚悟を決める。でも……」

「でも、そんなことはできっこないのよ」

私は青爾の後を継いで静かに言った。耳は扉の外の、廊下を歩いてこちらに向かって来る、伸江のスリッパの音を聞き分けようと必死になっていたが、それでも驚くほど気持ちは落ちつきを取り戻していた。

「できっこないの。初めから結論は出ているのよ。今さら、変えたくても、何も変えることができない。そうでしょう」

「あなたのその、落ちつきが憎い」

「落ちついているわけじゃないわ。現実を受け入れようとしてるだけよ。呻《うめ》き声をあげたくても、泣きたくても、それも許されない。それでも私たちは、この現実を……」

台所を出て、こちらに向かって来るスリッパの音が聞こえた。私は青爾を促し、手をそっと払いのけ、帯のあたりに手をあてがって、姿勢を正した。青爾が長椅子に戻って腰をおろしたのと、扉にノックの音があったのはほぼ同時だった。

仲江が入って来て、四角い盆の上に載せた紅茶をテーブルに並べた。私は仲江に目配せし、ごくろうさま、と言ったが、青爾は何も言わなかった。青爾はじっと、私を見ていた。冷ややかな、凍えたような視線だった。

玄関のあたりに気配があった。仲江が盆を小わきにはさんで、「あら」とつぶやいた。

「お客様でしょうか」

「どうかしら。見てきてちょうだい」

仲江が居間の扉に手をかけようとした時、扉が慎ましくノックされた。お姉ちゃま、と小さく呼びかける声が、扉越しに聞こえた。

心臓が、とくり、と音をたてて鳴った。軽い眩暈《めまい》がした。

「早かったのね」と私は言った。言いながら、すでに椅子から立ち上がっていた。

そんなに早く、帰って来るとは思っていなかった。帰って来てもらいたい、帰って来るべきだ、自分たちをこの家で二人きりにすべきではない、という気持ちがあった一方で、二人きりでいたい、十分、いや五分でいい、二人きりにさせてほしい、という気持ちもあった。

居間の扉が細く開き、美夜の顔が覗《のぞ》いた。薄暗い廊下の向こう、その顔は白い小さな蓮《はす》の花のように浮かんで見えた。

「いいかしら、入っても」

「何言ってるの。お入りなさいな。青爾さん、いらしてくだすってるのよ」

紺色のコート姿のままの美夜が、中に入って来た。玄関に入り、青爾のものとおぼしき靴がそろえて置かれているのを見た美夜が、矢も楯《たて》もたまらなくなって、コートも脱がずに中に飛び込んできたのだ、と思うと哀れであった。

顔が赤く上気していた。片手に学校用の革の鞄《かばん》を抱えていた。走って来た様子だった。内巻きにした髪の毛は、雨の雫《しずく》を受けたのか、少し乱れていた。

私と青爾に笑顔を向けたままコートを脱ぎ、伸江に手渡すと、美夜は青爾に向かって頭を下げた。

「御無沙汰《ごぶさた》しています。いらしてる間には帰れないと思っていたんですけど、うまく都合をつけられたので、急いで戻って来ました。佐高さんの運転するお車が、外に停まっていたのが見えたので、ああ、よかった、まだいらっしゃる、と思って……」

「そう」と青爾は言った。にこやかではあったが、そこにさしたる表情はなく、後の言葉もなかった。

「よかったじゃない、早く帰れて」と私は明るい調子で青爾の無表情を補った。「こんなに早く帰れた、ってことは、卒業発表の打ち合わせがなくなった、っていうこと？」

「そう。運良く延期になったの」美夜は言いながら、私の隣に来て腰をおろした。あまりに私の近くに座ったので、美夜のはいている灰色のプリーツスカートの裾《すそ》が、私の和服とかすかに擦《こす》れ合った。

「一緒にやるはずだった仲間がね、二人も風邪で寝込んじゃってたの。人数がそろわないと、何も始まらないでしょう？　それで、皆が集まれる時に、改めて、っていうことになったのだけど……。風邪が大流行してるみたいね。青爾さんも、お気をつけて」

何か別のことを考えてでもいたのか、青爾は、ふいに美夜に話しかけられて、瞬《まばた》きを繰り返した。「大丈夫ですよ。僕はあまり風邪をひかないのでね」

「健康なのね。日頃の栄養が行き届いていらっしゃるんだわ」

「いや、そういうわけでもない。病というのは、風邪に限らず、気持ちの問題ですから」

「気持ちの？　どんな？」

「病は気から、と言うでしょう。だらけた気分でいると、魔の手がしのび寄って来やすくなるし、常日頃、気を張っていれば、病もはね返せる。単に肉体だけの問題ではないところがあるんです」

「あら、じゃあ、お姉ちゃまはきっと、だらけていたのね」美夜はあまり可笑《おか》しくなさそうに、くすくすと作り笑いを繰り返した。「お正月だったし、気が抜けて、ぼーっとしちゃってたのね。だから風邪をひいたんだわ」

「青爾さんがおっしゃってるのは、そういうこととは違うわよ」

私は冗談めかして応戦し、笑ってみせたが、美夜も青爾もそれに合わせるように微笑んだだけで、後の会話が続かなかった。

居間の、背の低い屛風《びょうぶ》に囲まれた座卓の上に、美夜が活《い》けた寒椿の花があった。五分咲きにもなっていない、まだ固い蕾《つぼみ》のままの寒椿だった。何色の椿なのかもわからない。花弁を開こうともせずにいる、その蕾の固さが、美夜自身の悲しみを物語っているように見えた。

「これから社に行かなければならなくて」と青爾は紅茶を半分ほど飲み終えてから、思いついたように腕時計を覗いた。「溜《た》まった仕事を片づけておく必要があるんです。延期にばかりしていた取締役会議にも出なくてはなりません。本当は今日の午後早く、開かれる予定だったのですが、僕が命じて、四時半からにさせたんです。こちらにお邪魔するつもりでいましたからね。ああ、もうこんな時間だ。そろそろ、おいとませねば」

私はその時、咄嗟《とっさ》に美夜に向かって聞いた。「美夜は、青爾さんの会社、行ったことがあるの？」

行ったことなど、あるはずもない。行ったのなら、美夜から報告を受けていたはずだし、第一、青爾が美夜を陣内紡績に連れて行こうなどと、考えるわけもなかった。

だが私は、怪訝《けげん》な顔をしている美夜に向かって、矢継ぎ早に言った。「ねえ、ご一緒に連れて行っていただいたら？　いい機会だわ。青爾さんの会社がどんな所なのか、知っておくのも美夜の務めよ。こういう機会でもなければ、陣内紡績にお邪魔することなんか、ないでしょう？」

ええ、でも、と美夜は明らかに動転していた。「そんなこと……私なんかがついて行ったら、お邪魔よ。青爾さん、お仕事もおありなんだし」

「あら、いいじゃないの。ねえ、青爾さん」と私は無邪気さを装いながら、青爾に向き直った。「美夜を一緒に連れて行っていただけます？　いいえ、案内していただくには及びません。会社のビルの前ででも、車から降ろしてやってくだされぱいいんです。今後、わざわざ見学させていただくための時間を青爾さんに作ってもらうのは申し訳ないですし、そう考えると、今日は絶好の機会だわ。長い結婚生活の間には、夫の代理で妻が会社に出向かなくちゃならなくなることだって、ないわけじゃないでしょう？　美夜に陣内紡績という青爾さんの会社を見せてやっていただきたい、って、かねがね思っていたところなんです」

青爾の顔色に、格別の変化はなかった。彼はほんのわずか、形のいい美しい眉《まゆ》を上げただけで、ほとんど無表情に「わかりました」と言った。「では、一緒に行きますか、美夜さん」

「よろしいの？」

「ええ。但《ただ》し、残念ながら、僕は今日、あなたのお相手をしている余裕がない。でも、ロビーで寛《くつろ》いでいていただければ、誰かに言って、お茶など用意させます。あとはご自由に、好きなだけ、中を見学されればいい。帰りは佐高に送らせますから」

美夜は私と青爾の顔を等分に見ながら、「嬉《うれ》しい」と慎ましくも華やいだ声をあげた。

「じゃあ、遠慮なく、そうさせていただこうかしら」

私は笑顔でうなずいた。青爾は私のほうを見ずに椅子から立ち上がって、軽く礼をした。

「早く、お身体が恢復《かいふく》するよう、祈っています」

ありがとうございます、と私は微笑みを絶やさずに言ったが、椅子からは立たずにいた。美夜と青爾とが連れ立って、居間を出て行った。玄関先で、伸江が青爾にコートを手渡している気配が伝わってきた。

雨はますます、強く降り続いていた。玄関扉が閉まる音も、ロールス・ロイスのエンジン音も、濡《ぬ》れた路面に轍《わだち》を作って走り去るタイヤの音も、すべて雨の音にかき消された。私は四方を囲む雨の音に包まれたまま、身じろぎもせずに長い間、座ったままでいた。

その晩、美夜はなかなか帰って来なかった。

会議などの仕事がある、と言っていた青爾が、わざわざ美夜を夕食に誘うとは考えにくかった。たとえ、仕事が早く終わったのだとしても、青爾がそのような気遣いをしてくれる可能性は薄かった。

夫の帰りも遅かったので、私は一人、居間の片隅に置いた大きな炬燵《こたつ》で、茜《あかね》色のショールで肩をくるんだまま、美夜を待った。夜になってから、雨は霙《みぞれ》に変わり、空気はいくらか湿ってはいたが、寒さは増していた。家の前で停まる車の音を聞き逃すまいとして、ラジオもつけていなかったため、軒先を叩《たた》く、雨とも雪ともつかぬ、雨まじりの霙の、湿ったざらついたような音だけが私を支配していた。

本を開き、読み進めようとしても、いっこうに頭の中に入ってこない。おまけに、すっかり下がっていたはずの熱が、夕食後、また少し上がり始めており、微熱のせいで全身がけだるかった。それでも横になる気はしなかった。肉体を裏切って、私の中にある神経のすべてが、冷たく冴《さ》えわたっていた。少し身体を動かして空気のそよぎを感じただけで、それらは細い氷の枝のように、パキパキと音をたて、次から次へと折れていきそうだった。

ショールのぬくもりの中にいて、足元に伝わってくる炬燵の炭火の温かさに、時折、気が遠くなるような不快な眠気を覚えつつ、何かが起こる、と私は感じた。何かの異変が起こる、起こりつつある、と。何なのかはわからなかった。だが、それはたいそう恐ろしいことに違いない、と思われた。

そんな霊感めいた、まるで脈絡のない感覚に浸ってしまうのも、微熱のせいかもしれないと考えたが、その動物的な直感は結局、あたったことになる。

十時半をまわって、佐高の車に送られ、帰宅した美夜は、コートを脱ぎもせずに居間に入って来て、「お義兄《にい》ちゃまは？」と聞いた。その声は少し掠《かす》れていた。

まだ帰っていない、と私が答えると、何かに怒ってでもいるかのような形相をしながら、美夜は炬燵の傍までやって来た。

「どうしたの。ずいぶん、遅かったじゃない。お食事、御馳走《ごちそう》になったの？」

美夜は立ったまま、私を見下ろしてゆっくりと首を横に振った。ひどく顔色が悪かった。頬は青くなっていて、目の縁だけが異様に赤かった。髪の毛が乱れ、唇にも色はなかった。

身体の芯《しん》を何か冷たい、不吉な感覚が流れていった。コート姿のまま、美夜はどかりとその場に座りこんだ。その様は、人形が急に支えを失って、腰から砕けるように床にくずれ落ちていくのに似ていた。

「夕御飯、食べてないの？」私は重ねて聞いた。

美夜は再び首を横に振った。質問に答えるためにそうしたのではなく、何もかもがいやになった、とでも言いたげな、そんな烈《はげ》しい、苛立《いらだ》たしいような振り方だった。

「運転手の佐高さんに誘われたの」と美夜は言った。棒読みのような口調だった。「青爾さん、お仕事で忙しかったでしょう？　陣内紡績のロビーでお茶をいただいてから、私はすぐに帰ろうとしたんだけど……車の中で、佐高さんに誘われたの」

私は美夜を見つめた。「どういうこと？」

「お茶をご一緒してくださいませんか、って。お話したいことがあるから、って」

微熱で靄《もや》がかかったようになっていた頭の中で、突然、警報が鳴り出したような感じがした。落ちつくよう、自分に言い聞かせた。佐高、という運転手の顔が思い出された。冷ややかな白い、能面のような顔。端整なのだが、実体の感じられない、その奥に渦まいているものが見えてこない、あの白い顔……。年の瀬に国分寺まで行った時、車の中で、ふいに美夜の名を出し、美夜が帰郷したのかどうか、確かめてきた時の、あのわずかな、目に見えない、私に対するささやかな威嚇……。

「お話って何でしょう、って聞いたわ。そうしたら、どこかのお店に入りましょう、って。そこでお話します、って。丁寧な言い方だったけど、怖いくらいに熱心で、とてもお断りすることなんかできなくなった。それで私、一緒に銀座の喫茶店に入ったの」

どうして一緒にお茶なんか飲む気になれたのか、わからない、と美夜は続けた。あの人は青爾さんの運転手なのに、どうしてそんな人と……と。

私は黙って聞いていた。美夜は洟《はな》をすすり、小さく唇を震わせた。

「いい人だと思ってたわ、ずっと。国分寺の行き帰り、車の中でお話をしてたの。お天気の話とか、私の学校の話とか、松本での小さい頃の思い出話とか……大した話じゃなかったけど、あの人と話してると、あっという間に国分寺に着いてしまって、車に乗っている時間が短く感じられたくらいだった。聞き上手な方で、お話しているだけで、気持ちがなんだか、ゆったりするのね。だから一緒にお茶を飲んでもいい、って思ったのかもしれない。青爾さんには後で、そのことを報告すればいい、って、そう思ったの。こういうことをあんまり、大げさに考えるのはかえっておかしい、って、そんなことも考えたわ」

「それで？」と私はやんわりと先を促した。「一緒にお茶を飲んで、どんな話をしたの」

美夜は私を正面から見つめた。大きな、縁だけ赤くなった目が、尖《とが》った錐《きり》のようになって、私の中に刺し込まれていくような感じがした。

「好きです、って言われたわ」美夜は言った。表情とは裏腹に、それは静かな単調な言い方だった。「誰よりもあなたを愛している、って。愛しすぎて、苦しくて、どうすることもできなくなってしまった、って」

「それは恋の告白？　そういうこと？」

「それ以外、何がある？　ものすごく緊張していて、コーヒーカップを持つ手が震えていて……でも、佐高さんは私を真っ正面から見つめて、一言一言、力をこめて、そう言ったの。自分のような立場の人間がこんなことを打ち明けるなんて、薄気味が悪いと思われても仕方ないし、今ここで気分を害されても仕方がないけど、それでも自分の気持ちだけは伝えておきたかった、って」

私は瞬きを繰り返し、目を見開き、「おやおや」と言い、なんでもないことのように笑ってみせた。「何の話かと思ったら。美夜ったら、もてるのね。すごいじゃない。青爾さんの運転手さんにまで恋ごころを告白されるなんて。あっぱれじゃないの」

「笑い事じゃないわ」美夜はじっと私を見つめ、ひんやりとした口調で言った。次の言葉を待ったが、美夜はそれきり口を閉ざした。

唇にためた笑みが、急速に行き場を失った。曖昧《あいまい》にうなずき返しながら、佐高は他に何を言ったのか、と私は慌ただしく想像した。喉《のど》がしめつけられるような不安を覚えた。何も言わなかったはずはない。あなたのお姉さんは、毎週水曜日、国分寺の陣内邸に通っている、そして旦那《だんな》様と密会を続けている、知らないのはあなただけだ、そんなあなたが不《ふ》憫《びん》なのだ……そういうことを仄《ほの》めかさなかった、という保証はない。

小さな咳払《せきばら》いをするふりをして、私はショールで口もとを被《おお》った。「で、美夜は何て答えたの」

「困ります、って言ったわ。当たり前でしょう。私は青爾さんと婚約しているのだし、佐高さんがどういうつもりでそんな話を私に打ち明けたのか、想像もつかない。打ち明けられたからといって、何がどうなる、ってこともないのだし。どうしてそんな話をするのか、私にはわかりません、って言った。本当にわからないんだもの。そう答えても失礼にはあたらないでしょう?」

「でも好きだ、っていうわけね? その気持ちだけ、受け取ってほしい、っていうのね?」

「そうね。多分、そういうことだったんだと思う」

私は美夜の様子の変化を探った。何か隠していることがありはしないか、佐高に何か私に関することを仄《ほの》めかされて、その最も聞きたいこと、確認したいことを隠そうとするあまり、気が狂いそうになっているのではないか、と。

だが、見る限り、美夜は、佐高からの恋の告白にうろたえている様子しか見せていなかった。その裏に隠されているのかもしれない何かを探るためには、それらしい質問を発しなければならなかったのだが、その種の質問をするのは何よりも恐ろしかった。私は美夜に何も聞かぬまま、炬燵から出て、火鉢の上のやかんから熱い湯を急須に注いだ。

「寒かったでしょ。霙が雪になるかもしれないわね。朝になったら、銀世界よ、きっと」

「お姉ちゃま、何故、聞かないの?」

急須から湯呑《ゆの》みにお茶を注ぎながら、私はつと、美夜を見た。

美夜は繰り返した。「何故、聞いてくれないの? 私が、どうして、こんなに遅く帰ったのか、知りたくないの? 佐高さんとお茶を飲んだだけだったら、七時か七時半、遅くても八時には戻ってたはずでしょう？」

「そう言われてみればそうね」私は柔らかく言った。「どこかに行っていたの？　佐高さんと」

美夜はこくりとうなずいた。赤子のように澄んだ大きな瞳《ひとみ》に、みるみるうちに涙がたまり、あふれ、頬を伝って流れ落ちていった。

「どうして泣いたりするのよ」

「別に」

「いったい何があったの？」

「何もないわ。でも、でも、私、ずっとこの人と一緒に話していたい、っていう気持ちにかられてしまって……それで……」

「食事をしてきたのね？」

「ええ」

「そんなことで、どうして泣かなくちゃいけないの」

「青爾さんは接待があって、深夜までかかるし、待っていなければならないけど、それまで自分は時間がある、って佐高さんが言うの。食欲はなかったんだけど、佐高さんが時々行く、っていう京橋の小さなお蕎麦《そば》屋さんに入って、そこでまたしばらくの間……」

「お話してきたんでしょう？　それが何なの？　罪の意識を感じたの？　青爾さんに対して。そういうこと？」

わからない、と美夜は言い、わからない、ともう一度、消え入るような声で繰り返した。

「自分が何を考えているのか、もう、わからない……」

美夜の前に置いた湯呑みから、湯気がたっていた。脱がずにいたコートの襟元から、美夜の首が覗《のぞ》いていた。きめの細かい、薄い乳色の肌をした美しい、細い首だったが、そこに、年齢にふさわしくない青い筋が幾本か、ヒステリックに浮き上がっているのを私は見た。

「大げさに考えることなんか、ないわ」と私は言った。「美夜は生真面目だから、無理もないけど、美夜が青爾さんと結婚してしまえば、佐高さんの気持ちも落ちつくに決まってるわよ。美夜に憧《あこが》れてくれている、理解のある運転手さんが傍にいてくれると思って、あんまり深く考えないことね。あちらだって、そのつもりでいるのでしょうし。青爾さんと決闘して、美夜を奪い取ろうとしているのなら、話は別だけど、そんなことはあり得ないでしょう？」

明るい調子で言いながら、私は烈しい不安に苛《さいな》まれていた。美夜と青爾の挙式が終わってからも、佐高が陣内邸で運転手を務めることに変わりはない。美夜に対する思いの丈を打ち明けた佐高が、今後、いっそう思いを募らせ、美夜を振り向かせるために、青爾と私の密会の事実を耳に入れないとも限らないのである。青爾に愛されていない、と勘づいている美夜を救おうとして美夜に近づくことは、人の道をはずれた恋ごころの正当化につながっていくのである。

美夜と佐高を引き離さねばならない、と思うのだが、どうやればいいのかわからなかった。青爾にこの事実を打ち明ける必要があったが、打ち明けたところで、青爾にも当面の方策はないはずであった。青爾が佐高の首を切り、美夜から遠ざけようとすればするほど、佐高はかえっていきりたって、美夜の耳に私と青爾のことを吹き込もうとする可能性があったのだ。

だが、それをおぞましい、人間的に未熟な、醜い行為である、と考えるのは簡単だった。私はすでに、その頃、人間はいかなることでもやってのけてしまう動物である、ということを知っていた。私自身、妹を裏切り、夫にそむいて、恐ろしい秘密を抱えていたのである。自分がしていることを棚にあげて、佐高の行為……今後、自分を悩ませてくるかもしれない行為の数々を糾弾することなど、私にはできなかった。

その私自身の、或《あ》る意味では明晰《めいせき》さをきわめようとする姿勢が、かえって私自身を傷つけていたのかもしれない、と今は思う。私はもっと、子供じみて愚かに、傷口を開かれることを予感しつつ、無邪気に悩み、周囲を巻き込みながら苦しんでいたほうがよかったのかもしれない。そうしていたほうがかえって、まわりの人間たちをあそこまで深い地獄の底に叩《たた》き落とさずに済んでいたのかもしれない。

愚かさは時に、自分を、人を、救うのだ。そういうことも私はずっと後になってから知った。

私は愚直なまでにまっすぐに青爾に向かって疾走していくことになったわけだが、その愚直さを見破られまいとするあまり、表向き、過剰に冷静であり過ぎた。秘密の完璧《かんぺき》さにこだわり、こだわりすぎて、かえって自分自身を見失い、美夜を傷つけることになったのだ。

あの時、私の中の綻《ほころ》びを少しでも見せていたら、と今も思う。美夜は事態の深刻さに気づいて烈《はげ》しく動揺し、絶望したかもしれないが、結局はそのほうがよかったのだ。私のためにも美夜のためにも。

一過性の絶望は、必ず時を経て癒《いや》される。へたをすれば私は妹を失い、妹は姉を失うことになったかもしれないが、それでも美夜は青爾と結婚するまでに至らず、傷は今よりも浅くて済んだのかもしれない。

美夜が活《い》けてくれた寒椿の固い蕾《つぼみ》が、その時、どうした加減か、ほとり、と音をたてて零《こぼ》れた。美夜はその、かすかな気配に気づいて寒椿のほうを見たが、何も言わなかった。霙《みぞれ》が軒先にあたる音だけが聞こえていた。

16

戦前の宮家や華族においては、正式な縁談が成立した場合、挙式前に当人同士が頻繁に顔を合わせることは少なかった。それは、長く培《つちか》われてきた一つの慣習でもあった。

現代ふうに男と女が逢瀬《おうせ》を重ねて互いを知り、知った上で納得して婚姻に至る、という形を取る必要が、雅《みや》びな人々の間にはなかったせいだと思われる。伝統的な家柄を誇る人間たちにとっては、双方の確かな家柄がわかってさえいれば、縁組には何の支障もきたさなかったのだ。

その点で言えば、旧侯爵家である久我家の娘を母にもっていた、というだけのことで、地方地主の末裔《まつえい》に過ぎない陣内青爾が、松本の味噌《みそ》屋の娘との縁組に旧弊な慣習を持ち出すのは、滑稽《こっけい》きわまりないことであった。

あろうことか、青爾は「挙式前に、婚約者同士が頻繁に会うのははしたないことだ」などと言いだしたのである。

もしもそれが身内ではない、外部の人間の耳に入っていたら、笑いものにされていたことだろう。いや、それだけではない。いよいよ頭がおかしくなった、と囁《ささや》かれていたかもしれない。

　だが、青爾は母方の伯母《おば》である綾子に向かって、高らかにそう宣言してみせたのだった。

「そのような慣習はやはり、どこかで我々の本来あるべき形を物語っているのではないかと思います。したがって、僕もその慣習に従い、以後、頻繁に美夜さんと会うことを避け、心静かに挙式を待ちたい。そう考えていますので、それについてはどうかご寛恕《かんじょ》いただきたい」と。

　あれはいつのことだったか。冬の日の昼下がり、下落合のわが家に、綾子と義母の百合子が連れ立って現れたことがあった。

　日曜日だった。勇作は家におり、むろん、美夜もいたが、美夜が伸江を手伝って台所に下がって行ったわずかの隙をねらい、綾子はぷりぷりと怒りながら、そんなことを教えてくれたのだった。

「まったく、あの子は何を考えているのやら。何様のつもりでいるの、と思わず聞いてしまいましたよ。そりゃあね、あの子は由緒正しい久我家の大事な甥《おい》っ子には違いありませんよ。でも、戦争が終わって、もう八年あまりになろうかという時なんですからね。久我家も何もありゃあしません。何を勘違いしているんだか、今さらそんな古くさい慣習を口にしなくたって、いいようなもんでしょう。美夜ちゃんだって可哀相ですよ。いきなりそんなことを言われたら、今の人たちはとまどうばかりだわ。婚約が調った者同士、気楽にお食事したり、映画を観に行ったり、すればいいのに、いったい今頃になって、何を言いだすかと思ったら」

義母が廊下を気にしつつ、口に人さし指をあてがって「お義姉様《ねえ》、お声を小さくね」と言った。「美夜ちゃんにはまだ、青爾さんがそんなことを言っていた、なんてこと、とても言えませんから」

「だいたいね、それも男らしくない、と言っているんですよ。挙式まで心静かに待っていて、会うのを控えようとしているんだったら、まず未来の花嫁である美夜ちゃん本人に真っ先にそう言うべきです。私はね、これでも戦後の新しい息吹の中で、ぎくしゃくしながらも素直に生きてきたつもりなんですよ。私ですら、この年になって、一生懸命、時代に追いつこうと努力しているのに、あの子はあの若さで、ごたいそうに古い慣習を持ち出す有り様ですよ。何か他にわけでもあるのか、と思って、ちょっと問い詰めてみたんですけどね。だってそうでしょう。何か私たちに言いにくいような理由があるに違いないと思ったのよ。でも、いくら聞いても、何も理由なんかない、って、その一点張り。頑固で、とりつく島もありゃあしない」

綾子の険しい目が一同居合わせた人間の顔を次々と見据え、最後に私の顔を捉《とら》えたので、仕方なく私はおずおずとうなずき返した。

何故、青爾がそんなことを言いだしたのか、想像すると怖気《おぞけ》が走った。挙式までの残された日々、青爾は美夜と一切逢わずに、私とだけ逢うつもりでいるのだ、と思うと、そのあまりの大胆さに身がすくんだ。何という子供じみたことを口にしたのだろう、と腹も立った。綾子や百合子ら、この縁組を何よりも楽しんでいる久我家の面々に、最後の最後になって余計な刺激を与えるなど、断じて、してはならないことだった。

勇作は綾子たちの、縁談にまつわる騒々しい会話にうんざりしている様子で、あくびまじりに、「気にすることはないですよ、おばさん」と言った。「青爾はああいう奴ですからね。慶《よろこ》び事とはいえ、挙式を前にして、あれこれ雑多な用事が増えるのが、内心、煩わしいと思ってるんですよ。だから、自分のペースを崩さずにやっていきたくなって、そんなことを言いだしたんでしょう。まあ、もともと型破りなことを言ってみせるのが好きなだけの、ほんの子供なんです。何も本気で言ってるわけじゃない。気まぐれで口にしてるだけですよ」

「型破り、ったって、それはあなた、意味が違うでしょう。だいたいね、美夜ちゃんの気持ちも無視して、勝手にそんなことを決めるなんて、許しがたいことですよ。お式はあと二ケ月後に迫っているのよ。美夜ちゃんにだって、いろいろと青爾さんと逢って、話しておきたいことがあるだろうし、そもそも、婚約者同士、会いたいと思うのが普通だろうし、それを今頃になって……」

「しーっ。お義姉様ったら、声を小さく」

廊下に足音が響き、伸江と美夜が連れ立って盆を手に現れたので、話はそこで途切れた。

声高に喋《しゃべ》っていた綾子の話の内容が、台所にいた美夜の耳に届いていたとは考えにくい。

美夜はいつも通り、にこにこと物静かな笑顔を作って綾子と百合子に紅茶を差し出し、百合子がとってつけたように、「まあ、まあ、美夜ちゃん、相変わらずチャーミングだこと」と愛想を言うのを、目を伏せて恥じらいながら、何も変わった様子もなく、私の隣に腰をおろした。

そろそろ、本格的に挙式の準備に入りかけていた時期だった。話題はまもなく、事務的な打ち合わせに変わっていった。

花嫁衣装の仮縫いの期日や、媒酌人を依頼していた青爾の大学時代の恩師夫妻宅への挨《あい》拶《さつ》など、早急に取り決めをしておかねばならないことが多数あった。美夜は手帳を片手にこまめにメモをし続けた。その表情は、早くも儀式めいていて、厳かですらあった。

綾子たちは、泡を吹く勢いで、楽しげに話し続けた。披露宴の準備、招待客のリスト、招待状の文面等、しなければならないことは確かに山のようにあった。

その一つ一つを順を追って説明し続ける二人の女は、結婚披露宴を百回も二百回も繰り返し執り行ってきた結婚式場従業員のように、妙に事務的な感じを漂わせ、その分だけ小うるさくて権高だった。勇作はうんざりした顔で立ち上がり、まあ、後のことはおばさんたちに任せますから、と言って、二階に上がってしまった。

一通り、話したいことを話し尽くし、出された菓子を平らげてしまうと、綾子たちは賑《にぎ》やかに帰って行った。家鴨《あひる》の群れが去った後のような静寂が、ただちに家中を包んだ。

美夜から改まった様子で「話したいことがあるの」と言われたのは、その時である。

内心、どきりとしたが、かろうじて顔には出さずに済んだ。私は「何？」と聞いた。

今しがたの綾子の話が、万一美夜の耳に入っていたのだとしたら、どう応対すべきか、慌ただしく考えた。考えはまとまらなかった。

「昨夜も、ずっとお義兄《にい》ちゃまがいたから言えなかったんだけど」と美夜は言い、ちらと私を上目遣いに見上げた。「昨日、手紙が来たの」

「手紙？」

「佐高さんからよ。差し出し人のところに、知らない女の人の名前があったんで、誰だろう、って思って少し気味が悪かったんだけど……開けてみたらあの人からの手紙だったの」

そう、と私は言った。胸の奥をうそ寒い風が吹き抜けていった。

毎日、郵便受けから手紙類を運んで来るのは伸江の仕事である。伸江はそれらの郵便物をひとまとめにし、居間の、私たち家族が目にとめやすい場所に、専用の小さな盆に載せて置いておく。それらを仕分けるのはたいてい私だったが、美夜がやることも多々あり、したがって、私はその種の手紙が美夜あてに来ていたことには気づいていなかった。

「で、何ていう内容だったの？」

「短い手紙だったわ。この間話したことはお忘れください、って。自分としたことが、とんでもないことを口にしてしまった、と深く後悔しています、って。許してほしい、って。美夜さんの幸福を誰よりも望んでいます、って」

「それだけ？」

私にはその時点ですでに、漠然とわかっていたことが一つだけあった。佐高が美夜を諦《あきら》めきることは不可能だろう、と。どれほど悲壮な決意に満ちた諦めの手紙を書き送ったとしても、佐高は美夜を想い続けることになるだろう、と。

恋とはそういうものだ。恋は制度やモラルのみならず、時には自らの意志すら裏切る。

「青爾さんの耳に入ることを恐れたのね、きっと。でも、結局はそれでよかったじゃないの」と私はなんでもない風を装って言った。「淡い恋ごころがあっただけのことだったんでしょう。余計なことは青爾さんの耳に入れないようにして、知らんぷりしてればいいわ」

「ええ。そのつもりよ」

「騒ぎの元は今のうちに絶っておかなくちゃ。こんなことが綾子おば様やお義母《かあ》様の耳に入ったら、とんでもないことになる」

「でも、私、佐高さんにお返事、書きたいの」

私は美夜をまじまじと見つめた。

美夜は薄く笑い、うなずいた。年端のいかぬ少女が、意味もなく傲慢《ごうまん》そうにうなずくのに似ていた。「書きたいのよ、お返事を。いけない？」

「ええ。それだけ」

いけなくはないけど、と私は言った。うろたえる気持ちを抑えるのに苦労した。「本当に書きたいの？」

「ええ」

「今はあんまり、あの人を刺激しないほうがいいと思うけど」

「少なくとも佐高さんは、青爾さんよりも私に熱心だわ」

抑揚をつけずにそう言って、美夜はじっと私を見た。潤みもせず、乾きもせず、その目の奥にこれといった表情はなかった。美夜はただ、まじまじと私を見ていただけだった。

「大切にされていると感じるの。そんなふうに感じるのはいけないことかもしれないけど、本当に感じるのよ。青爾さんはちっとも私のことを見てくれていないけど、佐高さんはいつも、蔭《かげ》のほうから私のことを見て、支えてくれている。関心を持っていてくれる。私の幸福を願ってくれている。そういう人に、感謝の気持ちを伝えたくなったとしたって、それは悪いことなのかしら」

私は少し考えた後で、ゆっくり首を横に振った。「悪くはないわ。でも、こういう時になって青爾さんと佐高さんを比較するのは、間違ってない？」

「比較するとかしないとか、そういう問題じゃないと思うの。私は青爾さんと結婚して、青爾さんの妻になることが決まっているけど、それとは別に佐高さんの気持ちに感謝を伝えたくなったとしたって、それはそれで別に悪いことではないでしょう？　人に咎《とが》められることなんかじゃないでしょう？　だって」と美夜は、いくらか語気荒く言い放った。

「私は佐高さんに愛されているな、って思ってるのよ。この間、お姉ちゃまには黙っていたけど、打ち明けられる前から、そのことにうすうす気づいていたの」

興奮のあまり、泣きだすかと思ったが、美夜は泣かなかった。目を潤ませもしなかった。わずかに私に向かって微笑みかけ、美夜は「このことは黙っていてね」と言った。「私とお姉ちゃまだけの秘密にしておいて」

私がうなずくと、美夜はそのまま、人を寄せつけないような、美夜らしくもない王妃のようなしっかりとした足取りで、まっすぐ居間から出て行った。

二月が過ぎ、三月に入ると、私と青爾の逢瀬《おうせ》は、次第に限られたものになっていった。綾子や百合子、あるいはその周辺の人々が青爾と頻繁に連絡を取り合い、国分寺の邸《やしき》を訪れたり、都内で青爾と会ったりすることが多くなったからである。

無理もない。挙式が近づくにつれ、必要とされる細かな打ち合わせは日を追うごとに増えていった。合間に、青爾自身の衣装の仮縫いや美夜を伴っての媒酌人夫妻への挨拶など、どうしても断りきれない所用ばかりが押し寄せた。

気がつけば周囲の嵐に巻き込まれているといった按配《あんばい》だったので、適当な理由を作って、青爾がそれらを断ることなど、できるはずもなかった。仮にひとつの用事を後回しにできたとしても、いつかはこなさなければならなくなり、しわ寄せは青爾自身に回ってくる。そのため、さしもの青爾も、私と秘密のひとときをもつことを断念せざるを得なくなってしまったのだった。

だが、不思議なことに、私はあの時期、自分たちの恋の幕切れの瞬間をどこかで冷静に俯瞰《ふかん》しようとしていた。胸が詰まるほど恋焦がれながらも、刻々と近づきつつある終幕は、何よりも自分が待ち望んでいた一瞬であるような錯覚すら覚えた。

自分たちの物語が終わる。照明が消される。舞台は暗転し、物音ひとつしなくなり、静かに幕が下ろされる。そうした状態を自分はつぶさに受け入れることができるに違いない、と思っていた。

そして、そんなふうに思うたびに、私は切ない幸福感に充たされた。恋の終わりを静かに受け入れている自分を想像すると、神々しいような気分にさえなった。

おそらくそこにはもう、嘆きも苦しみも悲しみもないはずであった。受け入れる、ということだけが重要なのであって、突然襲いかかってくる無念の別離や死別の苦しみを思えば、それは何倍も気楽なものに違いなかった。

決められていた毎週水曜日の逢瀬が何らかの事情で延期になるたびに、私はかえって力づけられたかのようになった。あと三回、あと二回……いや、もしかすると、あと一回しか逢えないかもしれない、などと想像しつつ、最後のひとときをどう演出すべきか、という計画に夢中になり、時間を忘れた。

三月中旬に、美夜の通っていた洋裁学校の卒業式が行われた。紺色の袴《はかま》姿で式典に出席し、戻って来るなり美夜は、いっそさばさばしたような顔になって、花嫁になるための準備に慌ただしく動き回り始めた。

姉として手伝えることはすべて手伝い、久我家に任せられることは任せ、落ち度のないように目配りもしてやった。合間に、松本の両親との打ち合わせもこなし、挙式当日、両親が宿泊するためのホテルの部屋の予約も済ませ、美夜と共に式場の下見もした。そうこうしながら、美夜や夫の目を盗んで私は陣内邸に電話をかけた。

もう、こういう電話をかけるのも最後だろう、と私は思った。最後、最後、最後……何もかもが最後だった。それでいいのだった。自分はシナリオ通りに動いてきて、今まさに、シナリオ通りの終幕を演じようとしているだけなのだった。

だからその電話で、私は幾度も「最後」という言葉を使った。これで最後なのだから、と。せめて最後に私たちはたっぷりとした時間をとって、別れを惜しむことにしましょう、と。

青爾はひどく不機嫌になった。それは、青爾はもう私のことなど愛さなくなったのかもしれない、と思えるほどの不機嫌さだった。ここで自分が、たった一言、何か乾いた言葉を投げつけただけで、二人の関係には罅《ひび》が入り、これまで丹念に積み上げてきたものが一挙に崩れ落ちてしまうのかもしれない、と私は思った。

「青爾さん、様子が変ね。どうしたの」と私はかろうじて笑みを含ませながら聞いた。姉が、弟の不機嫌をなだめるような口調になっていたのが自分でもわかった。「機嫌が悪いわ。怖いくらい」

「僕をからかわないでほしい」

毅然《きぜん》としていなければ、と私は自分を奮い立たせた。毅然として最後を迎える、というのが、あの時期、私が自分に課していた掟《おきて》であった。

「どうして私があなたをからかわなくちゃいけないの。最後に逢える日はいつ？　って、聞いているだけなのよ。あなたは毎日、何やかやと忙しいわけだし、最後に逢う日をいつにするか、私が決めるわけにはいかないでしょう。私たちが最後に逢える時を作るためには、そういうことをあなたに決めてもらうしかない。私はそれに従うだけです」

「最後、最後、最後」青爾は低い声で吐き捨てるように言った。「そればっかりだ。よくも冷静にそんな言葉が使える。冷静で落ちつき払っていて、そのくせ、言葉の端々に刺《とげ》がある。辛辣《しんらつ》で、皮肉屋で、人を傷つけてばかりいて……あなたという人は……」

「青爾さん」と私は彼の言葉を柔らかく遮った。そして、切なさのあまり震え出すこともなく、あふれる感情を表に出すこともなく、はっきりとした、明るい口調で問いかけた。

「もう一度聞くわ。……最後に逢えるのはいつ？」

沈黙があった。思いがけず長い沈黙だった。このまま、青爾が受話器を下ろしてしまうのではないか、と案じられるほどだった。

もしもし、と問いかけようとしたその時、青爾は言った。「四月三日」

それは挙式のわずか一週間前だった。彼は続けて言った。「三日の午後、ここに来てほしい」

「わかった。行きます」

「その時、僕があなたを連れてどこかに逃げ出そう、と言いだしたらどうする」

ため息まじりに私は笑ってみせた。「逃げる？　花嫁を置き去りにして？　いったい、どこに？」

「どこでもいい。どこか遠い、絶対に人の目が届かないところに。僕とあなただけが生きていられる楽園に」

「そんなところがあればいいけど」と私はつぶやき、「でも、青爾さん」と言った。「楽園は今もあなたの目の前にあるじゃないの。あなたが造った、あなたの楽園……」

青爾は無言のままでいた。思いがけず、その沈黙が私の胸を詰まらせた。

「逢いたいのよ。逢いたくてたまらない。逢って、あなたの楽園で過ごしたい。私が今望んでいるのは、それだけ。他に何も考えていない。本当よ」

「庭園はそろそろ花の季節だよ」と青爾は言った。疲れきった老人のような声だった。

「その日は庭に誰も入れずにおく。二人きりになれるように」

ありがとう、と私は言い、それ以上、多くを語らずに受話器を置いた。

あの、「最後の逢瀬」を思い出すたびに、今もうっすらとした苦しみが甦《よみがえ》る。まるで、つい今しがたまでその苦しみの中にいて、漫然とそれを引きずって生きてきたかのように。

よく晴れた、美しい春の日だった。澄み渡った青空に、遠く近く、雲雀《ひばり》の囀《さえず》る声が響いていた。ものみなすべてが息づき、育《はぐく》まれ、大地そのものが動いているようにも感じられた。

青爾の庭園に春の訪れは、何と早かったことだろう。その日、私はあたりを眺め回してわが目を疑った。それはまるで、色を塗られた巨大な箱庭だった。あるいは、絵本を開くと飛び出してくる、昔ながらの子供だましの立体の絵だった。写真のように細密に描かれた、紙芝居の中の絵の世界そのものだった。

主庭園の刈り込み花壇では、可憐《かれん》なシジミ蝶《ちょう》が何匹も、小さな弧を描いて舞っていた。中央の噴水は高々と水を噴き上げており、光の中に砕け散る水飛沫《みずしぶき》には、小さな虹《にじ》が幾つもできていた。

どこもかしこも、光、光、光、であった。光と緑の洪水。瑞々《みずみず》しく育った芝生は、何ひとつほつれ目のない、完璧《かんぺき》に織られた青い絨毯《じゅうたん》のようだった。冬の間、枯れ木のようにひっそりとしていた遊歩道の脇のツツジの群れも、芽を伸ばし、今にも葉を繁らせようとしていた。薔薇《ばら》園では、無数の薔薇の木が早くも蕾《つぼみ》をふくらませていた。刺繡《ししゅう》花壇に群れ咲く鮮やかなパンジーや菫《すみれ》は、巨大パレットの中に絞り出した色とりどりの絵の具を思わせた。

主庭園から下段庭園に続くカスケードの脇に立つと、ボスコと呼ばれる人工の森が見えた。そこには桜の木が数本あった。桜はちょうど五分咲きで、開きかけた薄桃色の花はひっそりと森の若葉と溶け合っていた。

すべてが、絵であった。あるいは、精巧に造られた映画のセット。あるいは舞台の書き割り。自然が育み、自然が偶然に生んだものではない。それは造られたもの、定規で計ったようにして正確に線引きされたものにすぎなかったというのに、すべてが限りなく本物に近くて、だからこそ、その模造品としての美しさは比類がなかった。悲しいまでに完璧だった。

私と青爾は、下段庭園の端にある物見台のところまで行き、ひんやりと乾いた大理石の椅子に腰をおろした。庭園が完成し、客人たちを招いて披露パーティーを催した折、たくさんの贅沢《ぜいたく》な軽食や飲物が並べられていた物見台である。だがその日、青爾は、てるにすら暇を与えていたので、そこには飲物も何も用意されていなかった。

庭園にはもちろんのこと、邸《やしき》にも人は誰もいなかった。私を駅まで送り届ける役目を負わされていた佐高も、主の厳命で、時間が来るまでは邸に戻らぬよう、言い渡されていた。

佐高が美夜に恋の告白をしたことを、私は青爾に何ひとつ打ち明けずにいた。打ち明けるつもりもなかった。そんなことはもう、いいのだった。これで最後になる、と思えば、自分が国分寺の駅に着いて、佐高が扉を恭しく開けてくれた時ですら、私はむしろ、平然としていられた。

たとえ佐高が、後に私と青爾との関係を美夜の耳に入れるようなことになるのだとしても、自業自得だ、と私は思っていた。愛《いと》しい男に逢いに出かけるたびに、佐高の運転する車に乗り、ドアを開け閉めしてもらっていたわけである。今さらその佐高の口封じに躍起になったところで、知られてしまった事実は消えてくれるはずもない。てるも知っている、民子も気づいている……と私は考えた。民子は両親にもこのことをすでに喋《しゃべ》っているかもしれなかった。松崎一家はとっくの昔に、青爾が婚約者の姉と不義密通を犯している、と知っていながら、知らぬ素振りを通していただけなのかもしれない。てるがどれほど協力してくれようとも、週の半ば頃になると、庭仕事一切不要、出入り不可、というお達しが出るのを、蔭《かげ》でせせら笑いながら受け止めていたのかもしれない。

使用人風情が、と青爾は言う。だが、使用人とて人間であり、いつ彼らがこのことを周囲に他言してまわるかわからなかった。

それでもいい、と心のどこかで私は思い続けてきたはずだった。堕ちるところまで堕ちて、危険さえ省みないでいたはずだった。この事実が美夜の耳に入り、美夜が発狂するかもしれない、と想像してさえ、私は青爾に逢いに来ることをやめられずにいた。

今さら、取返しはつかず、自分がしてしまったことは消えてくれない。消えないのなら、その事実を現実のものとして受け止めねばならない。あったものを、まるでなかったことのように考えて、自分をごまかすのはやめなければならない。

運を天に任せる、という生き方は得意ではなかったが、私にはもう、任せるべき天も残っていなかった。自らの意志でその日を限りに、青爾への思慕の念を断ち切り、青爾との記憶を封印すること。それができないのなら、いっそ、青爾と手に手を取って、この世の果てまで逃げ続けるしか方法はない。

今ある現実を、自分自身を知り抜いている、という誇りが私を支えていた。それは次第に、自負心に近いものにまで高まっていた。あの日、私は感情的になってはいなかった。

明晰《めいせき》だった。理性的ですらあった。

「これで本当に最後なのね」と私は、物見台の椅子に座ったまま、前を向いて言った。じっと座っているだけで、汗ばんでしまうような光の渦が、私たちを包んでいた。「信じられないことだけど、来るべき日が来てしまった。今さら、改まった言い方をするのはおかしいかもしれないけれど、青爾さんにはね、私、心から感謝しているのよ。あなたと出会ってから、私にとっては、夢のような時間だった。苦しかったこともあるし、切なすぎて、気が狂いそうになったこともあるけど、でも、そのすべてが、今から思えば夢のようでした。……ありがとう、一生忘れない」

最後の一言は、間延びした一本調子になり、かえってそれが私自身の感情を露《あら》わにしてしまったような気がした。自分で口にした言葉に、気持ちを乱されぬよう注意して、私は精一杯の微笑を浮かべ、横にいる青爾を見た。

青爾は腕組みをし、私ではない、遥《はる》か遠くの空を見ていた。陶器のようななめらかな肌は青みがかった乳色をしており、触れると冷たいのではないかと思われた。

「これで二度と逢えなくなるんだとしたら、どんなにいいかしら」と私は言った。「一週間後、私はいやでもあなたと逢わなくちゃいけなくなる。モーニングを着た、花婿姿のあなたと。ううん、そればかりじゃなくて、これからも死ぬまで、何度も逢うことになるのよね。あなたは私の義理の弟になって、私はあなたの義理の姉になる。いずれ、赤ちゃんが生まれて、その子が小学校に上がって……そのたびに、私は義姉としてあなたに逢って、おめでとうを言うんだわ。そうやって、おばあさんになって、死んでいくんだわ」

　それでも青爾が何も言わなかったので、私はふと口を閉ざし、「残酷ね」とだけ言った。

「残酷？　何が」

「二度とあなたに逢わずにいれば、いつかは私だって気持ちが癒《いや》されていくはずよ。忘れることはなくても、記憶の小箱の奥に納めてしまっておくことができる。今のままのあなたをね。それなのに、私は義理の姉になって、あなたと逢い続けていかなくちゃいけない。笑顔でおめでとうを言ったり、どうでもいい世間話をしたり、あなたたち夫婦の夫婦喧嘩《げんか》の話を聞いたり、生まれた子供におばさん、って呼ばれたりして、そうやっていつも、あなたを前に、生傷をさらしていかなくちゃいけない」

「そんなものは残酷でも何でもないよ」

　呻《うめ》き声をあげるようにして青爾がそう言ったので、私はまじまじと彼を見た。青爾は膝《ひざ》の上で両手をこぶしに握り、皮膚が青くなるほど強く握りしめながら、険しい目で宙の一点を睨《にら》んでいた。

「あなたは現実の中にしか生きていないから、そう感じるんだろうね。平和で賑《にぎ》やかに慌ただしく過ぎ去っていく現実は、すべてあなたのものなんだ。たとえそこに、いろいろなことが起こって、腹をたてたり、苦しんだり、時には切なくなったりしても、あなたが今、見ているものや感じたりしたことは、いつかは確実に過ぎ去っていって、後には懐かしい思い出だけが残される。あなたにとって、年をとっていくということは、きっとそういうことなんだろう。あなたが漕《こ》ぎ続けている一艘《そう》の舟はね、いつも美しい大海原にある。舟は温かい光と風に包まれている。あたりには活《い》き活《い》きとした潮の香りがしている。時に荒波もくるだろう。嵐に見舞われることだってあるかもしれない。その代わり、美しい凪《な》ぎが何日も何日も続く。そしてどんな時だって、あなたは水平線の彼方に向かって、いつも力強く、オールを漕ぎ続けるんだ」彼はそこまで言うと、つと私を見た。「あなたはそういう人だ」

私は瞬《まばた》きをし、目を細めて彼の目を見つめ返した。「あなたの舟は？　私の舟が大海原にあるんだとしたら、あなたの舟はどこにあるの」

「僕の舟は、いつも湖の上に浮かんでいる。僕は舟を漕がない。日がな一日、ただぼんやり、浮かんでいるだけなんだ。気味が悪いほど、静かな湖面なんだよ。漣《さざなみ》ひとつたっていない。湖面は黒くてひっそりしている。あたりにはいつも、濃い霧がたちこめている。それは初めから死んでいる湖なんだ。そして、湖の向こうの、霧にかすんだあたりには黒々とした洞窟《どうくつ》が見える。中がどうなっているのかはわからない。奥は闇に包まれているのに、洞窟の口は大きくぽっかりと空いている。僕の乗った小舟はね、気がつくと、その洞窟に舳先《へさき》を向けているんだ」

「なんだか少し、寂しい話ね」

「それが僕だよ」

私は再び目をそらし、前を向いた。何を言えばいいのか、わからなくなった。

「僕がマーラーを好んで聴いているのは知っているよね」

「ええ」

「マーラーは、交響曲の第九番を作るのをとてもいやがっていた。何故だと思う？」

「わからない」

「ベートーヴェンやブルックナーは、皆、第九を作った後か、作っている途中で死んでしまったんだ。ただの偶然だったんだろうけどね。でもマーラーは、そのことにこだわった。自分もまた、第九を作ったら死んでしまう、それが最後の作曲になってしまう、と信じてたんだ。だから彼は、彼の人生で九番目に作曲した交響曲を第九と呼ばずに、『大地の歌』と名付けた。去年、僕のこの庭園が完成した時、邸で流していた曲を覚えている？」

「覚えてるわ。あれもマーラーだったわね」

「うん。あれは実際には『大地の歌』の後に作られたもので、十番目の交響曲にあたるんだけど、完成させた直後にマーラーは死んだ。今ではあの曲がマーラーの第九になっている。第九番ニ長調。彼の予感は、すごく馬鹿げていたかもしれないけどね、結局はあたってたんだよ。第九を作って、それが最後になったんだ」

「でも、あれはとてもきれいな曲だったわ。死を予感してるとは思えないくらい」

「あの日、邸で流していたのは第四楽章のアダージョだよ。第一楽章から第三楽章までは、マーラー自身が死から逃れようとして、反抗的だし粗野だし、ちょっとグロテスクでさえあるんだけどね。同じ烈《はげ》しさでも、なんだか死を呪っているみたいな、そういう印象がある。でも、第四楽章は違うんだ。あくまでも澄み渡っている。透明で、清潔で……死を受け入れようとする悦《よろこ》びも感じられる。僕はね、何度も何度もあの曲を聴いた。あなたを想って何度も……」

芯《しん》の部分にかすかに冷たさの残る風が吹いてきて、近くの木々の、若葉が伸びかけている梢《こずえ》を揺すった。小鳥がピッコロのような音をたてて囀《さえず》っていた。

「何故、死の話ばかりするの」私は訊《たず》ねた。

「言ったろう?」と青爾は私を見て、わずかに唇の端を歪《ゆが》めた。「僕の小舟は、死んだ湖に浮かんでるんだよ。生まれた時からずっと」

この貴公子のような男が、と私は思った。この美しい、優雅な、硝子《ガラス》細工のような神経を持ち合わせた異端児が……何不自由なく育てられ、兵役にも取られず、幼い頃から美しいものばかり見て育ち、父亡き後、莫大《ばくだい》な遺産を相続して、人工楽園の中に隠れ潜んでいれば事足りるこの男が……死の話をしている。死んだ湖に浮かべた小舟の話をしている。一週間後、誰もに祝福される挙式を控え、その人工楽園の中で若い妻を迎えようとしながらも、同じ場所で今まさに、隠れた恋人との最後の別れを惜しんでいる、この男が……。

笑ってやればよかったのかもしれない。その幼さ、青臭さ、過剰な貴族趣味を笑って笑って、涙を流すほど笑って、その上で軽蔑《けいべつ》し、おかげであなたとの別れを苦しまずに済んだ、と皮肉をこめて礼を言い、さっさと帰って来ればよかったのかもしれない。それが私の取るべき態度だったのかもしれない。

だが、できなかった。

幸か不幸か、私には彼の言っている言葉の意味が理解できた。理屈や観念で理解したのではない。私の中にある、彼に向けた燃えたぎる想いがそうさせたのだった。こんなに好きな男私は思わず、烈しい感情に揺り動かされて青爾の手を握りしめた。こんなに好きな男とと別れるのは、他のどの地獄を見るよりも辛《つら》い、と思った。思いながらも、私は言った。

「ずっと遠くから見守っているわ。こんなことを言うと、やっぱり杳子は現実的な人間だって思われるかもしれないけれど、でも、そうするわ。ずっとずっと、見守っている。それから、もう一度、言わせてちょうだい。最後に逢えてよかった。こうやって、二人きりであなたの庭で過ごせてよかった。あなたと出会ったことも含めて、私にはもう、悔いはありません」

言葉のすべてが嘘だった。嘘に決まっていた。だが、嘘をつかねばならなかった。つき通さねばならなかった。

「接吻《せっぷん》して」と私は言った。

やわらかな風が吹いてきて、睫毛《まつげ》の間を吹き抜けていった。私は目を細め、青爾を見つめた。

青爾の小鼻がわずかに開くのが見えた。風に乗って、噴水の噴き上がる音が聞こえてきた。きらめく光に包まれたまま、青爾は幽霊のように青い顔をしたまま、私の肩を引き寄せ、接吻した。

乾いた、何の情感もない、憎しみすらない、そこには、静かに倒れてきた彫像の唇に触れたも同然の冷たさしかなかった。

唇を離し、青爾は私の顔をまじまじと見つめ、そして立ち上がった。雲が流れてきて、一瞬、巨大な緞帳《どんちょう》が空から下りてきたようにあたりに影を作った。が、それも束の間のことだった。

白いシャツに濃紺のズボン姿だった青爾の美しい立ち姿は、再び現れた春の燦然《さんぜん》とした光に包まれて、私の目の前にあった。

泣くまい、としたのだが、鼻の奥が熱くなった。私は唇を強く噛《か》み、彼を見上げた。

「美夜を幸せにしてやってちょうだい」

青爾は黙っていた。抱かれたい、と私は唐突に思った。この男に抱かれたい、と。今すぐ、ここで。日が落ちて、光がラベンダー色の雲の向こうに消えていき、あたりが闇に包まれてもなお、この男とここにいて、裸のまま抱き合っていたい、と。そしてそのまま、どこにも行かず、朽ち果ててしまいたい、と。

知らずあふれてきた涙が頰を伝った。あたりは花の香りに満ちていた。無数の蜂が、庭のそこかしこで羽ばたいていた。木々の若葉の緑と、空の青さは目を染めるようだった。

なのに私は、自分たちが、その一切の現実の風景とは無縁であることを知っていた。

私は物見台の大理石の椅子から立ち、先に立って歩き出した。しばらく歩いて振り返ると、青爾がじっとこちらを見ていた。

行くわ、と私は言った。青爾はうなずいた。

私たちは離れ離れになりながら邸《やしき》まで歩き、バルコニーから邸の中に入った。私は化粧室に入って化粧を直し、ひんやりとした玄関ホールに戻って、もう一度、青爾を見つめた。青爾も私を見つめ返したが、何も言葉は発しなかった。私たちは触れ合うこともなく、まして最後の接吻をもう一度交わし合うこともないままに、別れた。

それがあの年の、美夜と青爾の挙式一週間前の午後であった。

17

青爾と美夜の結婚式の日のことは、不思議なことに、ぼんやりとした記憶の中にしかない。

何故、あれだけの格式ばった出来事の詳細をかくも簡単に忘れ去ってしまえるのか、自分でも納得がいかないが、いくら思い出そうとしても、すべての風景がおぼろに霞《かす》んで、とらえどころがないのである。それはちょうど、花曇りの日、春霞に煙ってはっきり見えなくなった山々の稜線《りょうせん》を目で追っている時のようなものだ。じっと見つめ、見極めようとすればするほど、頭がぼんやりと重たくなり、睡魔にすら襲われて、それ以上、見ていることができなくなる……例えて言えば、そんな感覚に似ている。

後に、私たち夫婦と懇意になった年若い知人の一人に、父親がアメリカ人だった人がいた。米軍基地の近くで酒場を営んでいた母親と、黒人米兵との間に生まれた女性である。父親はまもなく兵役を終えて姿を消し、彼女は女手ひとつで育てられた。

その浅黒い肌や、どこにいても目立つ日本人離れした面差しを同級生にからかわれ、いじめられながら、その人は、聞きたくないこと、見たくないことを遮断する技術をおのずと身につけていった。耳にしたくないことを聞かずにいれば、聞かなかったも同様になる。見たくないことを見ずにいれば、見なかったことと同じになる。

慣れるまではぎくしゃくするが、いったん慣れてさえしまえば、朝起きて歯を磨くように、習慣のひとつになってくれる。難なくこなすことができるようになる。

以後、その方法は思っていた以上に役に立ち、人生がまことに生きやすくなった、人間は考え方ひとつで、なんとでもなる生き物なのですね、と彼女は穏やかに笑っていたものだ。私の場合も、それに似ていたのかもしれない。

聞きたくないこと、見たくないことは遮断する……心静かに生きようとする気持ち、自分を守ろうとする気持ちが、本能的に目の前にある現実を遮断してしまうのである。記憶は途切れ、その部分だけが空洞になる。一過性の記憶喪失を自ら生み出してしまったかのようになって、いくら記憶の糸をたぐり寄せてみても、そこにあるのは輪郭のない、ぼんやりとした無意味な風景だけ。封印してしまった感情は、二度とわきあがってはこないのである。

あの日の記憶の底に散らばっているのは、本当に断片的なものばかりだ。

白無垢《しろむく》打ち掛け姿の美夜の、終始、うつむき加減になった白い横顔。蜂の羽音のように長く低く続いていた、宮司の祝詞《のりと》。念入りに化粧した女たちのたてる、衣《きぬ》ずれの音の優美さ。その白粉《おしろい》の香り。和服の留袖《とめそで》や白銀色の帯から漂ってくる、絹の匂い。人々の微笑み。そして、青爾のひんやりとした無表情……。

青爾と私は、あの日、一度も目を合わせなかった。ただの一度も。

式を終え、披露宴会場に移ってからも、青爾の目はひたと前方を睨《にら》んでいるだけだった。その無感動な、表情を失った、陶器の人形のような顔は、かえって居合わせた人々の微笑を誘った。さすがの青爾さんも緊張しているのね、と人々は口にし合い、微笑ましげにうなずき合った。ねえ、杏子さんもそうお思いにならない？　と聞かれた。私は大きくうなずいた。

青爾は私とは遠い、別次元に生きる人間としてそこに居た。私と青爾との間に通い合うものは何ひとつなかった。

食欲のないのを見破られまいとしながら招待客に酌をして回り、丁重な挨拶《あいさつ》を受けて丁重に返し、夫のもとに戻っては、夫の愚にもつかない冗談を笑って受け、何か気のきいた冗談を返す。祝いの席にいることを心の底から喜んでいるふりを装う。美夜を気遣い、美夜の視線が少しでも揺らぐと不安で喉《のど》が詰まりそうになる。それでも笑みを絶やさずにいなければならない。

それは残酷なひとときだった。残酷であるが故に、いっそう私は、青爾と自分はもう二度と寄り添うことがなくなったこと、二度とあの、火照ったような抱擁を交わし合い、愛の言葉を囁《ささや》き合うことがなくなったことを認めざるを得なくなった。

おかしな話だ。そうやっているうちに私は、自分が青爾と烈しい恋におちたという事実すら、現実にあったことなのかどうか、疑わしくなった。あれほどの熱に浮かされた相手が、自分の妹の新郎として雛壇《ひなだん》に座っている、という光景は、或《あ》る意味では理解の外にあった。

　頭の芯《しん》が終始、ぼんやりしていた。私は機械的に動き続けた。微笑みは面に張りついたもののようになった。無理に細めて、穏やかさを装った目には、自分でもわかるほどの虚《うつ》ろがあった。

　感慨深げに話しかけてくる両親や、久我家の義父母の相手をし、相槌《あいづち》を打ち続けた。長々と続けられる祝宴の、幾つもの退屈な祝辞も熱心に聞いた。
そうしながら、私の気持ちの奥底には、流れをせき止められた水が溜《た》まっていくのがわかった。それは冷凍されたもののようになって、急速に表情を失っていった。
新婚旅行はなかった。それは初めから決められていたことだった。

　青爾はその理由として、陣内紡績における仕事の多忙さをあげていた。人並みにハネムーンに出かけようと思えば、むろんできないことではないが、残念ながら、気持ちの中にゆとりがなくなっている、そんな時に旅行に出ても自分自身も美夜も、心から楽しめずに終わるだろう、と彼は言った。

　ひとまず、邸で新婚生活を始め、公私ともに落ちついたら海外旅行でもしようかと考えている、という内容の説明があり、そのことに関しては美夜も周囲も快く納得していた。会社のことが気掛かりだとなれば、いくらなんでも青爾に無理強いはできまい、というわけである。

考えてみれば、あの頃から陣内紡績はかなりの経営困難に陥っていたことになるのだが祝い事を前にして、そのことを正面きって口にしてくるような人間はさすがにいなかった。勇作ですら、美夜の耳に入ることを恐れて、しばらくの間、私にすらその事実を明かさずにいた。

披露宴には陣内保二郎も招かれていて、新郎の親族側の席につき、終始、不遜《ふそん》とも言える笑みを浮かべながら、供される料理に舌鼓を打っていた。陣内紡績の取締役たちや関係者も夫婦同伴で、多数出席していた。事情を知る人間たちは、誰もが胸中、穏やかではなかったはずなのだが、そんなことは何ひとつ、私にはわからずにいた。私が具体的な事実を耳に入れるのは、ずっと先のことになるのである。

あの日のことで、かろうじて鮮やかに覚えているのは、披露宴を終え、新郎新婦が佐高の運転する車で国分寺の邸に向かおうとするのをホテルの正面玄関から全員で見送った時のことだけだ。

温かくのどかな、春の夕暮れ時だった。青爾は明るい鼠色のスーツ姿で、美夜は桜色をした長袖《ながそで》のワンピースに、同色の小ぶりの帽子をかぶっていた。白いレースの手袋をした手にはブーケを持ち、美夜は泣きじゃくった後の少女のような、放心した顔をしていた。二人は見送りの人に囲まれながら、言葉少なにロールス・ロイスの後部座席に吸い込まれていった。

大通りの向こうの日比谷公園では、桜が満開だった。夕暮れの迫ったその時刻、傾いた太陽の柔らかな光を受け、木々の枝先には幾つもの光のプリズムができていた。拍手と歓声の中、誰もが振り返って見るような黒い大型ロールス・ロイスは、夕陽の中をゆっくりと遠ざかっていった。私はふと、佐高を思った。今の佐高の気持ちと、自分の気持ちとの共通点を探した。恐ろしく酷似した状態にありながら、そこにはひとつだけ、大きな違いがあった。

それは喪失感の違いだった。佐高は美夜を失ってはいなかった。形としては諦《あきら》め、失わざるを得ない状況になっていたとはいえ、佐高はまだ美夜を「失う」ほどには至っていなかったのだ。そもそも初めから、佐高にとっての美夜は、佐高の夢想の中でしか生きておらず、現実に触れることもなければ愛の言葉を囁き合ったわけでもなかったのである。その代わり、佐高の夢想が続く限り、美夜は、その夢想の中で生き長らえるのである。

一方、私は現実の青爾を失っていた。形の上でも気持ちの上でも。あれほど私の傍にいて、あれほど強く私を見つめ、烈《はげ》しい抱擁の中で交わされるため息の一つ一つ、着ているものの匂い、吐息のぬくもりに至るまで、肌で知っていたはずの男は、もはや私の記憶の中にしか存在しなくなっていた。

青爾はもう、知り合う以前よりも遠い存在になっていた。顔も知らない、名前も知らない、自分の傍らを通り過ぎていく街角の通行人以上に、私にとって青爾は他人であった。

見送りを済ませ、大勢の人々と和やかに挨拶を交わし合った後、私たち夫婦は松本の両親と四人でホテル内のラウンジに入った。久我の義父母や綾子は、客人を久我の自宅に招くことになっているとかで、早々に車で引き上げていった。

母は、若い娘のようにはしゃいでいた。とりとめもなく式のことや披露宴のことを喋《しゃべ》り続け、あそこにいらしていたあの方はどなただったのか、あの人は杏子と勇作さんの披露宴の時もいらしていたのか、などといった、無邪気な質問ばかり発し続けた。それに応じるのはいささか疲れた。

勇作はゆったりと煙草をふかし、着ていた礼服のネクタイをゆるめて寛《くつろ》いでいた。ご苦労だったね、と彼は私に言った。「今日のきみは、なかなかどうして、きびきびと動きまわってたな。さすがに可愛い妹の結婚式だけのことはあるよ。見直したよ」

「本当に」と母も目を細めた。「杏子もね、やっと奥様らしくなってきた、って、お父さんと話していたのよ。ね？　お父さん」

「ああ、そうだな」と父はうわずった声を出した。「奥様らしくなった」

末娘を良家に嫁がせた安堵感《あんどかん》と、人には言えない喪失感とが父をどこか、ぼんやりさせていた。

今夜、一緒に過ごしたいと思える人間がいたとしたら、それは父かもしれない、と私はふと思った。父の喪失感こそ、私の感じているそれに近いものかもしれなかった。父は末娘を失い、私は恋人を失ったのだ。いずれこういう形で失うことがわかっていて……いや、わかりきっていてこそ、父は末娘を愛し、私は恋人を愛してきたのだ。

私は笑ってみせた。「いやね、みんなしてからかったりして。言っておきますけど、私はずいぶん前から奥様なのよ」

「そりゃあそうだけど、なんだかこのごろ、どっしり構えてて、頼もしくなったわ。頼りがいのある奥様っていう雰囲気よ」

「いっそのこと、僕も杏子に頼ってしまうとするかな」

勇作がふざけて言ったので、父も母も肩を揺すって笑った。

柔らかな椅子の背にもたれると、疲れが波のように襲ってきた。履いていた草履の鼻緒がきつく感じられた。

広々としたラウンジでは、見知らぬ人々が平和に笑いさざめいていた。硝子窓《ガラス》の向こうには、静かに暮れなずむ春の空が見えた。

私はふと、目の前にいて幸福そうに笑っている両親や夫が、自分と青爾の関係を知ったらどうなるか、と想像した。以前はそうした想像をするたびに震え上がったものだったが、もはやそんな気持ちにはならなかった。罪の意識は遠のいていた。罪の意識に取って代わったのは、ひたひたと音もなく押し寄せてくる空虚感だけだった。

その時、ラウンジの外、ロビーのあたりを急ぎ足で歩いてくる人影が見えた。ラウンジとロビーは離れていた。ラウンジからはロビーを見渡せるが、ロビーにいる人間が、ラウンジの客を見つけるためには、いったん立ち止まって眺めまわさないと難しい。

だが、その和服姿の初老の女は、はたと気づいたように立ち止まり、姿勢を正すと、私に向かって丁寧に深々と頭を下げた。右手に紫色の風呂敷《ふろしき》包みを抱え、左手には大きな紙袋を提げていた。紙袋が大きすぎて、お辞儀をした途端、袋が床に届くのがはっきり見えた。

私も会釈を返した。

「誰?」と勇作が私の視線を追いながら訊《たず》ねた。すでにその時、女は後ろ向きになり、遠ざかっていた。

「家政婦さんよ」と私は言った。そして、どうしたわけか、名前ではなく苗字《みょうじ》を口にした。「佐々木さん。青爾さんのお邸《やしき》の家政婦さん」

勇作は思い出したように「ああ」とうなずき、「来てたんだよな、今日」と言った。「てるさんだろ? 古株だからな、あの人も」

何故、「てる」と言わずに、「佐々木」という名を口にしてしまったのかわからなかった。「佐々木」という架空の私の友人は、すでに必要のない存在だった。もう私は、「佐々木」という名でかかってくる電話に出ることもなくなったのだった。

婦人会のボランティアの仕事を急にやめることになった理由を、いずれは夫に説明する必要があった。だが、その時の私は何も考えられずにいた。

「佐々木っていうから、僕はまた」と勇作はコーヒーカップを口に運びながら言った。「例のきみの友達かと思った」

心臓がかすかに大きく鼓動したが、それ以上の反応は生まれなかった。私は聞き流すようにしてわずかにうなずき、硝子の向こうの外を眺めつつ、「来週あたり、桜も終わりね」

とつぶやいた。

18

狂躁《きょうそう》の時は確かに過ぎ去った。

過ぎ去ってみれば懐かしささえ覚えるのではないか、と期待していたが、そうはならなかった。一切が済めば、かえって清々《すがすが》しいような気持ちになるはずだったというのに、苦しみばかりが生々しく立ち表れるようになった。

眠れない夜が続いた。青爾に惹《ひ》かれ、どうしようもなく青爾に溺《おぼ》れていきそうになっていた時も、不眠が続いたことがあったが、その時の不眠はそうした幸福な、無邪気な不眠ではなかった。

すべては終わってしまった、と考えながら、私は虚《むな》しさの淵《ふち》に沈んでいった。何も見えない、何も聞こえない暗闇の中で、じっと背中を丸めて膝《ひざ》を抱えているような気分だった。

眠れぬ夜は恐ろしく、同時に、光に満ちた昼の時間も恐ろしかった。記憶の数々は、研ぎすまされた錐《きり》のようになって私を刺し続けた。そこにはみじんも、甘さはなかった。切なさすらなく、ただ、ざらざらとした苦しみと痛みだけがあった。

苦しいあまりに、明日こそ、青爾から手紙が来て、そこには狂おしい愛の言葉が連ねられているかもしれない、などと、私は愚かな夢を紡いだ。

手紙には「逢いたい、逢いたい、逢いたい。あなたが恋しい」と書かれてある。気取った美文調の恋文などではない。もっと乱雑な、乱暴な、聞き分けのない小学生が書いたような、幼い、直截《ちよくせつ》的な文章である。その、斜めに書きなぐられたようになった青爾の文字までが目に浮かぶ。

いてもたってもいられなくなって、すぐにも返事を書いている自分を想像してみる。返事にはこう書こう、ああ書こう、と考える。その文章の一つ一つを練ってみる。そればかりか、実際に紙に書きつけてみたりもする。

そうでなければ、別の想像が頭をよぎる。或《あ》る日、てるから、予期せぬ電話がかかってくるのである。挨拶《あいさつ》も前置きも何もないまま、てるは「旦那《だんな》様がお目にかかりたいとおっしゃっています」と言ってくる。

その時、てるは例えば、電話口でこんなふうに言うのである。「ついては明日、夕方五時に日比谷公園に来ていただけないか、ということですが、ご都合のほどはいかがでございますか」と。

私は慌てふためきながら、それでも冷静さを装う。「でも、それはいったいどういうことなの？　青爾さんが私と逢いたいというのは、何か特別のわけがあってのことなの？」

てるはいつもの、抑揚のない、それでいて妙にこちらを安心させる落ちつき払った言い方で「それは奥様のほうがよくご存じのはずでございます」と言う。

軽蔑《けいべつ》のこもった笑みも皮肉も、何も感じられない。てるは私と青爾が、美夜を欺いて密《ひそ》かに公園で会うことを奨励しているかのように、「旦那様も楽しみにしておいでです」と言う。「その旨、お伝えするように託《ことづ》かりました。申し添えますが、旦那様は明後日から地方にご出張で、明晩は都内のホテルにお泊まりのご予定になっております。ついては杏子様に……」

その種のあからさまな想像は、いたずらにふくらませればふくらませるほど、かえって深く私を絶望させた。そんなことを想像してみても、何の慰めにもならなかった。結局、すべては終わったのだ、と自分に言い聞かせるしかなかった。潔く諦《あきら》めねばならなかった。実際、私はそうすることを自分に課したのだった。そして、形としては、一応、成功をみたのだった。

それなのに私の気持ちは、いっこうに鎮まらなかった。諦めと絶望が虚無感を引きおこし、自虐的な気分になって虚無の底の底を覗《のぞ》いていると、そこにまた、青爾の顔が現れる。ふりきり、目を閉じ、見ないようにしていても、なお私は、見えない目で青爾の顔を追い続けている。青爾が恋しいという思いは、日ましに膨れ上がるばかりになった。

少しでも心慰められるものを見つけなければ、と思い、庭に出ては、鮮やかに咲き始めた花壇の花を愛《め》でた。小さなシャベルを手に、土いじりをした。風の匂いを嗅《か》ぎ、春の光を浴び、雨の音に耳をすませた。家の中の片づけものに精を出し、伸江に声をかけて、苺《いちご》ジャムを作ったりもしてみた。新聞を隅から隅まで読み、本を読み、レコードを聴いた。

簞笥《たんす》の中のものを整理した。

だが、何をしていても気持ちが晴れることはなかった。すべてが虚しかった。空も風も木々の緑も、雨の音も朝の光も、ラジオから流れてくる心躍るような軽音楽も。

宇宙は底知れぬ空洞になっていた。自分だけが茫然《ぼうぜん》と目を見開いたまま、そこを浮遊していた。すがるものは何もなく、すがるための力も残されておらず、虚しさに狂いだしそうになる時すらあるというのに、狂うこともできない。

青爾との出会いから、初めて電話がかかってきた晩のこと、陣内の邸で、まだ未完成だった庭を眺めながら、この庭はあなたのために造っているのだ、と言われた時のこと……そのうなじの匂い、胸に強く抱き寄せられた時の幸福な圧迫感、そのため息、深い沼のような、冷たい色をした双眸《そうぼう》、その射るようなまなざし……それらを丹念に一つ一つ思い返す。そして、そうするたびに、自分が体験したことは、長い長い夢の中の出来事に過ぎなかったように思えてくる。

叫びだしたいような気分にかられることもあった。誰彼かまわず、事実起こったことを話してまわりたいような気持ちにもなった。そのくせ、時間は無慈悲にもだらだらと無目的に流れていって、いつも私だけが取り残された。

美夜からはよく電話がかかってきた。私からかけることは少なかった。電話口に出てくる陣内邸の使用人と話を交わすのがいやだったせいもあるが、それだけではない。何かの拍子に間違って、青爾自身が受話器を取らないとも限らない、と思ったのだ。

それは何よりも残酷なことだった。青爾の声を耳にして、冷静さを装うことはできそうになかった。それどころか、自分は電話口に出てきた青爾に向かって、言ってはならない狂おしい愛の言葉を投げつけてしまうかもしれない、と思った。

美夜は電話で、あたりさわりのない話ばかりしていた。元気を装っていたことはすぐに見抜けたが、案じるような言葉を投げかけてやるほどではなく、私もまた、あたりさわりなく接していた。

新婚の年若い妻らしく、美夜は毎日が忙しく過ぎていくのだ、と言った。

「荷物の片づけがまだ終わらないの。こまごまとしたものまで持って来てしまったでしょう？ 古いお洋服とか文房具類とか、気にいってた端切れとか色鉛筆とか……。安っぽいものばっかりだから、青爾さんのところにあるものと、似合わないのよ。思いきって全部処分しようと思ったんだけど、それもなんだかもったいないし。だから、まとめて箱に入れて、押入れにしまっておこうとしてるんだけど、それも結構、大変で」

私は熱心に聞いてやる。浮き浮きした調子を崩さぬように喋《しゃべ》り続ける美夜に合わせて、私もまた、浮き浮きした合いの手を入れてやる。

「お客様も多いんじゃない？ そのお相手をするのも大変でしょうね。美夜はまだ、青爾さんの交友関係をあんまりよく知らないだろうから」

「ええ、そうなの。先週なんか、毎晩、お客様と一緒の夕食だったのよ。青爾さんの会社の関係の方とか、画廊の方とか、骨董《こっとう》店のご主人とか……。もう大変。少しでも慣れなくちゃいけないと思って、私、お台所に立って、てるさんや民子さんを手伝って、お料理も作ったのよ」

「あら、偉いじゃないの。で、うまくいったの？」

「どうかしら。後で青爾さんに何も言われなかったから、まあまあだったんじゃないかな」

　まるで子供が母親にその日あったことを報告するようにして、美夜は私に結婚生活の一部始終を教えた。庭園を隅々まで歩いて、どこに何があるか、一生懸命、把握しようとしていること。置かれてある彫像が、どんな意味をもっているのか、客人に聞かれた際にすぐに答えられるよう、勉強するつもりでいるということ。青爾が外出する際に着ていくワイシャツやネクタイ、カフスボタンなど、彼の好みを覚えている途中である、ということ。使用人たちの使い方や、彼らへの物の頼み方、接客中の会話の運び方……等々。

　他に失敗談も数多くあった。猫脚つきのバスタブに慣れずにいて、どのようにして入浴すればいいのか、わからず、初めて風呂《ふろ》を使った時に、外で身体を洗ってしまったということ。掃除をしている時、サロンにあった陶器の小さな人形を床に落とし、割ってしまったこと。散歩がてら、国分寺の商店街まで歩いて行き、途中で、財布を落としてしまったこと。その落とした財布には、洋裁学校時代に使っていた古い定期券が入っていたものだから、拾った地元の小学生が学校のほうに連絡をし、美夜が陣内家に嫁いだことは学校もよく知っていたので、校長から陣内の邸《やしき》に電話がかかってきて大騒ぎになったこと……。

それらは、幸福な新婚生活の微笑ましいエピソードとして聞くこともできた。生活習慣の異なる家に嫁いだ若い女が、必死になって新しい生活に慣れようと努力している様子は、確かに強く伝わってきた。

だが、美夜が私に話すことに欠けているものが一つだけあった。

それは、夫となった男との間に交わされる、新婚らしい甘やかな会話であり、他人にはのろけ話としてしか通じない、取るに足りない微笑ましい出来事……つまりは、青爾と美夜との間に流れる、誰もが入りこむことのできない、優しい時間そのものについてであった。

時は流れ、何ひとつ気持ちが晴れることのないままに、梅雨に入った。

美夜から電話がかかってきたのは、そぼふる雨の日のことだった。いつもと何ら変わりのない様子で、天候の話などをしていた美夜は、あくびまじりに「退屈で退屈で」と言った。「ここのところ、青爾さんは毎日、朝早くから会社に行って、夜は遅くなるまで帰らないし、雨だとお庭にも出られないし。やることがなんにもないのよ。こんな日は、ぼんやりしてると眠たくなっちゃって……だから、お姉ちゃまに電話したの」

のびのびと育てられた女子高校生が、雨の日曜日、退屈のあまり誰彼かまわず電話をかけている、といった感じではあった。だが、そこには不自然な無邪気さが感じ取れた。

「やることがなんにもない？　贅沢《ぜいたく》だこと」私はからかい口調で言った。「旦那様が外で必死に働いてる時に、結婚したばかりの若妻が退屈であくびしてるだなんて、青爾さんが聞いたら、がっくりするわね、きっと」

「ねえ、お姉ちゃま。お姉ちゃまったら全然、こっちに来てくれないのね。一度も来てくれたこと、ないじゃない」

美夜にしては珍しい、甘えるような口調だった。

挙式以後、すでにふた月近く経っていたが、私は一度も陣内邸を訪ねていなかった。綾子や百合子が一度、様子を見に行ってきたという話は聞いていたし、その際には青爾も同席して、軽い昼食を共にしたということも知っていた。たまには美夜ちゃんを冷やかしに行ってきたらどうか、と勇作からも言われていた。だが、私はあれこれ理由をつけて行かずにいた。

あの邸に行ったら最後、自分の気持ちは必ず乱されて、収拾のつかないことになる、と私は知っていたのだ。

「今日のおひるはもう食べた？」美夜が聞いた。

「さっき終わったとこよ。どうして？」

「この後、何か予定がある？」

「ううん、別にないけど」

「これからこっちに来ない？」

話の流れが読めたので、ひどく困惑したが、声には出さずに済んだ。「これからそっちに？　それはまた、急な話ね」

「昨日ね、おいしいビスケット焼いたの。てるさんから教わったのよ。ココアを入れたビスケット。青爾さんのお祖父《じい》様の代から伝わってきたビスケットなんですって。とってもうまくできたのよ。お姉ちゃまにも食べてもらいたいわ。一緒におやつ代わりにどう？」

時計を見ると、まだ午後一時を少しまわった時刻だった。電車を使って国分寺まで行き、美夜と一、二時間過ごしてから、青爾が帰宅する前に帰って来る余裕は充分にある。青爾がひょっこり戻って来さえしなければ。

私は覚悟を決めた。「青爾さん、今日は早いお帰りじゃないの？」

「どうかしら。いつもはたいてい、早くても八時過ぎにならないと戻らないし、遅い時は十一時十二時になっちゃうの。それとも、お姉ちゃまが来てくれるんだったら、一緒にお夕食、食べる？　青爾さんに連絡したら、急いで戻って来てくれると思うけど」

「そんなにのんびりはできないわよ。勇作さん、今夜は早めに帰って来るようなことを言ってたし」

私が嘘を言うと、美夜は弾んだ声をあげた。「じゃあ、来てくれるのね？」

「雨降りの日は出かけるのは何だか億劫《おっくう》だけど……。仕方ない。急いで支度して、美夜のビスケット、御馳走《ごちそう》になりに行くことにしましょうか」

陣内家伝来の、ココアのビスケットを食べるのは初めてではなかった。青爾との密会の際、幾度も供され、私はそれを口にしていた。てるが作ったものだった。それと同じものを食べ、さも初めて食べた表情をつくろい、その美味《おい》しさを褒めちぎっている自分を想像すると怖気《おぞけ》が走った。

だが、行かねばならない、と私は自分を奮い立たせた。この先、永遠に青爾の邸に出向かずにいられるわけもなかった。いつかは行かねばならないのだった。

「佐高さんに迎えに行ってもらえばいいんだけど、あいにく、ここのところ毎日、青爾さんの送り迎えで会社のほうに行ってるのよ。だから、雨の中、駅から歩いて来てもらうしかないの。それでもいい？　そうだ。私が駅まで迎えに行くわ。ね、そうする」

「何言ってんの。いいわよ、そんなことしなくたって」

「だって、駅から一人で歩いて来るのは心細いでしょう？」

「何が心細いもんですか。真っ暗闇じゃあるまいし。お宅に辿《たど》り着くまでに山賊でも出るって言うの？」

佐高には会いたくなかった。佐高だけではない。邸の使用人の誰とも。「ねえ、何か持って行くものある？　欲しいものあるんだったら、新宿にちょっと寄って、買ってってあげるわよ」

「なんにも」と美夜は言い、ふいに生真面目な口調でつけ加えた。「ほんとのこと言うとね、お姉ちゃまに会いたいだけなの」

忘れかけていた罪の意識が舞い戻った。何故、と私は心の中で問いかけた。何故、あなたは私のような姉を慕うのか。何故、そんなに無垢《むく》のままでいられるのか。何か知っているに決まっている。気づきかけているに決まっている。具体的に何が起こっていたかは知らないまでも、少なくとも夫となった男が姉に対して、特別の感情を抱いていたことに気づかずにいたはずはないのだ。

喉《のど》を塞《ふさ》がれたような気持ちになりながら、私は、じゃあ、あとでね、と短く言い、受話器を置いた。


国分寺の駅に着き、雨の中、未舗装のぬかるんだ道に靴を取られないよう注意しながら歩いた。一時間だけ、と自分に言い聞かせた。一時間たったら、帰ろう、と。何があっても、青爾と顔を合わせてはならない、と。

だが、一方で、美夜のことが気掛かりだった。一緒にいてやりたかった。美夜が望むだけ一緒にいてやり、女同士の気楽な会話を交わしつつ、寂しい美夜の気持ちがぬくもっていくのを見届けてやりたかった。

邸の門の前に立った時、呼び鈴を押す前に、どこからともなく現れて恭しく門扉を開けてくれたのは、庭師の松崎金次郎だった。

「よく降りますな」と松崎は言った。「入梅したんだから仕方のないようなもんですが、こう毎日降られちゃあ、洗濯物も乾きゃしないって、女房に愚痴られてばかりですよ。私のせいじゃない、って叱ってやるんですがね。さあ、どうぞどうぞ。それにしても、久我の若奥様を駅からここまで歩かせるなんて、なんたること。佐高のやつ、いったい何を…

…」

いえ、いいのよ、と私は笑顔を作った。「佐高さんは青爾さんの会社のほうに行ってるって、さっき美夜から聞きました。まさかここまで呼び出すわけにもいかないのだし、駅からもほんの少し歩けばいいだけなんだから」

この老人も何か勘づいているに違いない、と私は思った。青爾の庭に特別の来客があった際、幾度も幾度も、この老人は庭から締め出された。中に入るな、一歩たりとも入るなと。

そんな時、老人が門扉の脇にある自宅の窓から、注意深く窺《うかが》ってさえいれば、やがて佐高の運転する車が門を出て行くのが見えたはずである。そして、車の後部座席に女が一人、座っていたのがわかったはずである。それが、青爾の婚約者ではなく、婚約者の姉である、ということに気づかなかったはずはないのである。

「玄関までの道がね、少しぬかるんでる所がございますからね。くれぐれも、おみ足を取られませんよう、お気をつけて」

ありがとう、と私は言った。松崎は黒い蝙蝠傘《こうもりがさ》をさしたまま、ぺこりと私に向かって頭を下げた。蝙蝠傘の骨は一本、折れ曲がっていて、そこからしとどに雨の雫《しずく》が垂れ落ちるのが見えた。

緑の壁のようにびっしりと生えそろった高生け垣の向こう、ちょうどスフィンクスの像が置かれているあたりから先は、雨に煙っていた。雨をたっぷりと吸いこんで、瑞々《みずみず》しく潤っている木々の緑の匂いがしていた。土の匂いもした。

傘を叩《たた》く雨の音に、私自身が小砂利を踏みしめる音が重なった。幾度この道を通って、あの邸《やしき》に入ったことだろう、と私は思った。

この白っぽい小砂利道の先に、邸があって、広大な庭園があって、そこで青爾が私を待ってくれている……そうした思いはいつも、私を幸福にさせたものだった。青爾の庭園はそこに佇《たたず》んでみれば巨大だが、宇宙から見ればほんの小さな点に過ぎない。その小さな点……限られたささやかな一画に、私の幸福のすべてが詰め込まれていた時期があった。そして私は今、そのすべてを失ったのだった。

玄関に迎え出てくれたのは、てるだった。私はてるを見つめ、何か言わねばならないと思って、急いで言葉を探したが、何も見つからなかった。

考えてみれば、てるに向かって言うべき言葉など、なかったのだ。いろいろとありがとう、と言うのも、感謝している、と言うのも、ためらわれた。何のために、青爾や私の秘密の逢瀬《おうせ》を支えていてくれたのか、そして、秘密を守り抜いていてくれたのか、その多くを知りたいという気持ちはあったが、それを聞く機会はおそらく永遠にめぐってこないだろう、と私にはわかっていた。

てるはいつもと変わらぬ表情で、私が脱いだベルト付きのレインコートを恭しく受け取った。「だいぶ雨にあたられたご様子でございますね。お風邪を召しませんよう、どうぞ先にこれをお使いになって」

白い手ぬぐいが差し出された。私は礼を言って、ストッキングの上から濡《ぬ》れたくるぶしを軽く拭《ふ》いた。その間、てるは私ではない、どこかあらぬ彼方を見ていた。

右奥のサロンの扉が勢いよく開き、美夜が走り出て来た。満面の笑みをたたえていた。会いたかった、会いたかった、会いたかった、と全身が訴えていた。私は思わず、その追いすがってくる子犬のような表情に深くうたれた。

「ようこそ、お姉ちゃま。久しぶりねえ。嬉《うれ》しいわ。さっきから、まだかまだか、って、首を長くして待ってたのよ」

美夜は胸元に細かいフリルのついた白いブラウスに、膝《ひざ》下まである紺色のスカートをはいていた。首の詰まったデザインのブラウスの中央には、カメオのブローチをさし、装いは大人びてはいたものの、髪の毛は独身時代同様、肩まで伸ばして軽く内巻きにカールしたままだった。髪形が変わっていないせいか、服装に似つかわしくない幼さが感じられた。

私の腕に腕をからませ、美夜は甘えた仕種《しぐさ》で小首を傾けるなり、もう一度、「嬉しい」と言った。てるは間もなく、どこかに退がって行った。

私たちは西側の、リンダーホーフ宮苑をそっくりそのまま模倣したという西苑を見渡せるサロンに入った。室内は少し蒸し暑く、電蓄の傍のラジオからは、株式市況を伝える抑揚のない男の声が念仏のように流れていた。美夜は小走りに走って行って、ラジオのスイッチを切った。

「さっきまで、音楽をやってたのにな。今日はシャンソンだったのよ。いつもこの時間、ラジオを聴くのが習慣になってるの」

　私たちは、さしたる意味もなく微笑みを交わし合い、向き合って椅子に座った。誰よりも近しい肉親、という意識があるにもかかわらず、私の目の前の美夜は、どこか遠い、手を伸ばしても届かない世界に行ってしまった人間のような気がした。

　私が下落合の家から急いで箱に詰めて持って来た胡麻《ごま》せんべいを美夜に差し出すと、美夜は「わあ」と歓声をあげた。

「いただきものなのよ。勇作さんの知り合いが青森に住んでて、一昨日だったか、その方がたくさん送ってくださったの。食べきれないから、少しおすそ分けに持ってきた」

「前にも一度、食べたことあるわ、これ。四角い缶に山ほど詰めて送ってくださる方でしょ？」

「あら、そうね。そうだった。美夜も知ってる人だったわよね。いつだったかしら。お茶をいれて、一緒にばりばり音をたてて食べたわね」

「お姉ちゃまが、あんまり大きな音をたてて食べるんで、品がないわねえ、って私が言ったら、お姉ちゃま、『じゃあ、おせんべいをどうやったら音をたてずに食べられるの？お茶に浸して、やわらかくすればいいの？』って大まじめに聞き返してきて……大笑い」

　私は笑みを浮かべてうなずいた。美夜は箱の中から胡麻せんべいを一枚取り出し、両手で支えるようにしながら、それを慎《つつ》ましく口に運んだ。美夜の前歯から、ぱりっ、という乾いた音が響いた。

かすかに雨の音がしていた。美夜はそのまま、もぐもぐと口を動かし、小さく喉を鳴らしながら中のものを飲みこんだ。

ふいに顔の表情がかすかにこわばった。視線が床の一点に注がれ、美夜は身じろぎもしなくなった。

「どうかした？」

美夜はぎこちなく目を上げ、私を見た。その唇がわななくように震えた。涙ぐんでいるのがわかったが、それでも美夜は懸命に笑顔を作り続けた。

「何を飲む？　紅茶にする？　それとも、おせんべいだったら、やっぱり日本茶かしら。さっき、民子さんには紅茶を頼んでおいたんだけど、日本茶にかえてもらうわね。ココアのビスケットに日本茶、っていうのも変じゃないし」

美夜が落ちつかない様子で早口でそう言いながら立ち上がりかけた時、サロンの扉にノックの音があった。盆を手にした民子が入って来た。

見慣れたいつものメイド服を着、ショートカットにした髪形も変わっていない。痩《や》せても太ってもいなかったというのに、身体つきのどこかがいっそう女らしさを増していて、今にも雄を誘惑しようとしている、発情期の雌猫を思わせた。

どこかしら自信たっぷりに……あたかも舞台に立った女優が観衆を意識しているかのように、左右に尻《しり》を振りながら歩いて来た民子は、作ったような笑顔を私に向けて、「ようこそ、いらっしゃいました」と言った。私はうなずき返した。

センターテーブルの上に紅茶のポットとカップ、それに菓子器に盛られたビスケットが並べられた。美夜が民子に、日本茶もいれてきてくださる？ と頼んだ。民子は腰をかがめたまま、美夜のほうを一瞥《いちべつ》し、かしこまりました、と言った。尊大さが感じられる物言いだった。

民子がサロンを出て行き、茶托《ちゃたく》のついた湯呑《ゆの》み茶碗を盆に載せて再び戻るまで、私と美夜は雨の降り続く庭を眺めながら、美夜が胸にさしているカメオのブローチについて話していた。青爾からの贈り物ではなく、それは綾子のお下がりだ、という話だった。邸を訪ねて来た綾子が、こんなものでよければ美夜ちゃんに使ってもらいたいと思って、と言い、小箱に入れてりぼんをかけたものをくれたのだ、と美夜は言い、ブローチを指先で撫《な》でながら、どこかしら落ちつきを失っている様子で私に笑いかけた。

民子がサロンから出て行くのを待って、美夜は湯呑みを手に、じっと湯気を眺めつつ、一言、「それにしても、本当にしようのない人」と言った。

喉《のど》の奥に笑いをにじませたような言い方だった。私は「誰のこと？」と気楽な調子で聞き返した。

「民子さんよ」

「民子さんがどうかしたの？」

美夜はうなずき、湯呑みに口をつけた。

その様子があまりに自然で、楽しげですらあったので、滑稽《こっけい》なことに私は、美夜が話そうとしているのは、何か民子に関する呆《あき》れるような失敗談だとばかり思いこんだ。

「ひどいこと、言うのよ、あの人」と美夜は言い、湯呑みをテーブルの上に戻した。「お姉ちゃまとね、青爾さんがこのお邸で二人きりで逢ってた、って言うの。私と青爾さんが婚約を交わした後にね、お姉ちゃまがここに通って来ていた、って。私が、え、って聞き返したらね、あの人、しらじらしい顔をして、あら、ご存じなかったんですか、それは大変失礼いたしました、なんて言うのよ」

髪の毛が逆立つとか、背筋が凍るとか、そういった感覚に囚《とら》われずにいられたのが不思議だった。ついにこの時がきた、と思っただけだった。これでも、いたずらに案じたり不安がったりせずに済む、という奇妙な安堵《あんど》感すらあった。だがそれは、人が最後通牒《つうちょう》を投げつけられた時の、意味もなく笑い出したくなるような狂気じみた安堵感にも似ていた。

美夜は私に相槌《あいづち》を求めてきた。「変でしょう？　そんなことを言ってくるなんて」

答えに詰まったが、私は咄嗟《とっさ》に「美夜にやきもちをやいているのね、きっと」と言った。ただの思いつきのような言葉だったが、それはあの場合、最良にして最適の言葉だったと思う。どう考えても、それ以外、言いようがなかったと思う。

私は続けた。「あの人、確か美夜と年齢が近かったわね。それでやきもちをやいてるのよ。多分そう」

言いながら、慌ただしく考えた。美夜は民子から不愉快な話を聞かされ、一度ならず私と青爾の関係を疑ったに違いなかった。そのことで悩み苦しんだのかもしれなかった。それなのに何故、こうやって雨の日の午後、会いたい、会いたい、会いに来てほしい、と泣きすがる子犬のような声を出したのか。

何か企《たくら》みがあってのことなのか、とも考えたが、どうしてもそうは思えなかった。美夜は物事を企む人間ではなかった。美夜という人間の中を流れている澄み渡った水の中に、企みごとは生涯、不要だった。

「きっと民子さん、青爾さんのことが好きだったのね。憧《あこが》れてたのね。結婚したかったのかもしれない。だから私につらく当たるんでしょう、きっと」

美夜はそう言って、寂しい笑顔を作った。

自分たちが婚約する前に、青爾は民子に手をつけていたのかもしれない、民子は、青爾の妻の座を狙っていたのかもしれない、などという、ごくありきたりの下世話な想像をしても不思議ではなかったというのに、美夜はそのことには触れなかった。そればかりか、私が青爾に密《ひそ》かに逢いに来ていた、という件に関して、真偽のほどを確かめようとする様子も見せなかった。

「私が青爾さんとこっそり逢ってた、だなんて、そんなこと……」私は言った。そしてひと思いに続けた。「ひどい作り話だわ。あんまりよ。馬鹿げてて、お話にならない。何が目的か知らないけど、美夜に対するやきもちが、そういう形で出たんだとしたら、これは大問題ね。人を陥れようとしているとしか思えないじゃないの」

「いいのよ、もう」私の剣幕が予想外だったのか、美夜は慌てたように言った。「こんなつまらないことで大げさに騒ぎたてたりしたら、かえって私がお邸《やしき》の中に居づらくなってしまうから。青爾さんはこういう話、大嫌いなの。使用人たちとの煩わしいことが全部、嫌いなのよ。民子さんだって、それほど悪気があって言ったんじゃないのかもしれないんだし。だから、お姉ちゃま、聞き流しておいて」

「聞き流す？　そんなことできないわね。それにね、悪気がなかったとは思えないわよ。雇い主に対して、そんなありもしない作り話を……」

先が続かなかった。作り話などではなかった。それは本当のことだった。民子は事実を美夜の耳に吹き込んだだけなのだ。美夜をどれだけ傷つけたか、そして、いかに大人にあるまじき行為をしたかは別にして、少なくとも民子は、ありもしない事実を捏造《ねつぞう》したわけではないのだ。

いいの、と美夜はもう一度静かに繰り返した。「私はちっとも気にしてないんだから。ほんとよ。民子さんのところの一家は、代々、陣内家に仕えているおうちなんだし、民子さんも小さい時から青爾さんを近くで見てきて、私なんかよりもずっと青爾さんのことをよく知ってるはずでしょ？　そんな中に、田舎出の私がお嫁に来たんだもの。民子さんが青爾さんにずっと憧《あこが》れてたんだとしたら、私という人間に対して、ちょっと意地悪なことを言ってみたくなったって、仕方がないのかもしれないんだし」

美夜、と私は言った。こめかみが熱くなり、目尻《めじり》が細かく痙攣《けいれん》した。「聞き分けがよすぎる子供みたいだわ。どうしてそんなに優しいの」

美夜は答えなかった。沈黙が拡がった。窓の外では雨足が強くなっていて、間断なく庭を打つ、もの悲しい雨の音がかすかに聞き取れた。

「私が優しいとしたら、それは民子さんに対してじゃなくて」と美夜は言った。その顔に、凪《な》いだ海のような穏やかな笑みが拡がっていくのが見えた。美夜ははにかんだように目を伏せた。「お姉ちゃまに対してなのよ。だって私、お姉ちゃまが大好きだから」

目の前に、音もなく白いヴェールが下りてきたような感覚があった。ヴェールは私をふわりと包みこんだが、そこには不吉な靄《もや》のような翳《かげ》りがあった。

私は美夜が口にした言葉の意味を探した。探そうとすればするほど、核心が見えなくなった。冷たい風が私の中を吹き抜けていった。

どうすればいい、と自問した。この子を救い出してやるために何をすればいい。取返しがつかなくなっている事態を少しでも好転させてやるために、自分はどうすればいい。

答えはなかった。そこには永遠の謎《なぞ》と、そして、執拗《しつよう》に木の幹に絡みついて離れようとしない蔦《つた》のような、私の青爾に対する思いだけが取り残された。

美夜は姿勢を正し、軽く息を吸い、私に向かって晴れ晴れと笑いかけた。「ねえ、ココアのビスケットよ。湿気《しけ》ってしまわないうちに食べてみて」

言われるままに、菓子器に盛られたビスケットに手を伸ばした。食べ慣れた味だった。青爾と差し向かいで、何度も紅茶を飲みながら齧《かじ》ったビスケットの味……。その後の、別れ際の抱擁と接吻《せっぷん》。唇を重ね合わせながら、幾度も互いの口腔《こうこう》の奥から感じとることのできた、甘いココアの香り……。

「どう？」

「うん。とってもおいしい」

泣き出したり、叫び出したりせずにいられたのが不思議なほどだった。私は残忍なまでに自分自身を抑えつけて、久しぶりに会った姉妹にふさわしい会話を探した。松本の母の話、父の話をした。勇作の話をした。婦人雑誌で見かけたばかりの、流行のドレスの話をした。下落合の家の、庭先に咲き乱れている見事な紫陽花《あじさい》の話をした。

そうやって時間が流れ過ぎた。青爾が突然、何かの予感に突き動かされでもしたかのように、邸に戻って来て、今にもこのサロンの扉を開け、入ってくるのではないか、と想像した。想像の中の青爾は、青い顔をしている。そこに私は、私に対する恋しい思いを抑えつけて生きている男の、病み疲れた表情を見つける。そしてもう、美夜の前であることもかまわず、心乱されて我を忘れる……。

私は腕時計を覗《のぞ》き、時を忘れて楽しんでいたふりをしながら、あら、もうこんな時間、と言った。美夜は残念そうな顔をしつつも、私に合わせて椅子から立ち上がった。

五時になろうとしていた。雨はまだ降り続いており、邸そのものが巨大な洞窟《どうくつ》の中にあって、不思議な水音に包まれているようであった。

玄関ホールに、てるが出て来て私にレインコートを着せかけてくれた。私は美夜に聞こえるよう、てるに言った。「門のところまで、送ってくださる？　松崎さんがいないと、門の開け方がわからないので」

何かを勘づいたのか、てるは、美夜が「私が送るわ」と言いだすのを遮るようにして、早口で言った。「よろしゅうございますとも」

てるはその日、薄鼠《うすねず》色をしたスカートに、着古したようになった、前ボタンつきの白いブラウスを着ていた。着慣れていないのか、洋装がてるには似合わず、そんな恰好《かっこう》をしていると、てるは老いさらばえた女教師のように見えた。

美夜が「また来てね」と明るい口調で言うのに手を振って応《こた》え、私はてると共に外に出た。てるは私の後ろに従うようにして歩いていた。傘を叩《たた》く雨の音と、小砂利を踏みつける音しか聞こえなかった。

「民子さんが美夜に余計なことを吹き込んだようだわ」私は前を向いたまま言った。「てるさん、あなた、知っていた？」

てるがふと、歩みをゆるめる気配があった。「と申しますと？」

「美夜は知ってしまったのよ。私が何度もここに来て、青爾さんと逢っていたことを」

「それはまた、本当でございますか」

「ほんとよ。美夜がそう言ったの。今のところはまだ、美夜も真相を知りたいとは言いだしていないのだけど、気持ちの中では猜疑《さいぎ》心《しん》がとぐろを巻いてるはずよ。どうすればいいのかしら」

てるは黙っていた。その沈黙は耐えがたく感じられた。私はてるを振り返った。

「わたくしに出来ることは何でもいたしましょう」とてるは、私の視線を浴びる寸前に口を開いた。歩みを止めず、その口調は決然としていて、清潔感すら漂わせた。「そうでございますね。民子が旦那《だんな》様に長い間、横恋慕していて、そんなつまらない嘘を言いだしたのだということにしたらいかがでしょうか。その一点張りにして、他の理由は一切ないのだ、ということで徹底させるのでございますよ。わたくしがさりげなく、そのことを美夜奥様に言って聞かせてさしあげることにいたします。美夜奥様から何を質問されましても、頑として、民子の横恋慕以外に理由がない、としかお答えしないのです。但《ただ》し、旦那様と民子との間には何ひとつ、これまで疚《やま》しいことはなかった、と申し添えておかねばなりませんが。とりあえずのところは、それがいっとう、よろしいかと存じます」

「実は私もさっき、同じことを言ったのよ。でも、どうかしら。それで美夜が納得したとは思えないの。青爾さんに相談したほうがいいのかしら」

「お任せくださいまし」とてるはおごそかに言った。「この場合、旦那様を巻き込むのは利口なやり方とは思えません。民子に関しましては、わたくしが内々に処理しておきますので、ご心配なさらずに」

「くれぐれも事を荒立てないように、お願いよ」門のあたりに松崎の姿を認めながら、私は言った。「てるさん、私にはあなたしか頼れる人はいないの。私の気持ちは、とっくの昔に決まっているのですからね。だから、あとは美夜の幸せだけを考えて……」

「気持ちが決まっておられる？」てるは無感動な声で聞き返した。「不躾《ぶしつけ》な質問をしてもよろしゅうございますか、奥様。それはまた、どのような意味でございましょう」

「もう終わった、という意味よ。私と青爾さんはもう、終わったのよ」

「そうお決めになったので？」

「そうよ」

「お二人で、ですか」

「当たり前でしょう。青爾さんと美夜は結婚したのよ。私たちの許されない関係は終わらせなければならなかったんだし、こうなることは最初からわかっていたことなんだから」

ほほ、とてるは口をすぼめて笑った。「それはまた、旦那様も奥様も、大層なご決断をなすったのでございますね」

私は歩みを止め、振り返っててるを見た。「それはどういう意味かしら」

「余計なことかもしれませんが、わたくしなら、こう申し上げます。男と女は、いくら別れようという悲壮なご決断をなすっても、続いてしまう場合が往々にしてございますのですよ。そういったご決断をね、不自然な形でなされればなさるほど、かえって別れられなくなるのでございます。それはもう不思議なほど、そうなってしまうのでございますよ」

「私たちがそうだと言いたいの？」

「さあ、わたくしのような立場の人間が口を出すことではございませんが、奥様と旦那様とは、わたくしが拝見する限り、今もなお、お別れして済むような間柄には至っていないようにお見受けいたします。まだまだ、お二方の間には強く引き寄せ合うものがおありのご様子で……」

「それでも、もう、私たちは終わったのよ。私は青爾さんと二度と個人的にお目にかかるつもりはないの。青爾さんも承知のはずよ。もう二度と、てるさん、あなたから贋《にせ》の電話をかけてもらわなくてもいいように、私たちは……」

もっと話を続けていたかった。てるが何を考え、私と青爾のことをどう見ているのか、気の済むまで聞いてみたかった。だが、私が先を促そうとした時、蝙蝠傘《こうもりがさ》をさした松崎が私たちに向かって近づいて来て、にこにこと笑いかけた。「お帰りでございますか、奥様」

私が仕方なくうなずくと、松崎は先に立って門扉を開け放った。ぎい、という重たい蝶番《ちょうつがい》の音があたりに響きわたった。てるは何事もなかったかのように松崎と並び、私に向かって深々と礼をした。

19

それからの約一と月は無風状態だった。何も起こらなかった。

とはいえ、青爾は変わらず私の中に生きていた。朝目を覚ましてから、夜眠りにつくその時まで、彼のことを考えずにいる瞬間はなかった。だが、それ自体が日常になり始めると、とりたてて心かき乱されることもなくなるのが不思議だった。

或《あ》る奇妙な静けさが私の中に生まれつつあった。時間はゆっくりと、不吉なほど音をたてずに流れていった。まるでその穏やかな流れの奥底に、見てはならない小さな鬼が一匹、潜んでいるかのようだった。

その間にも、美夜からは二、三度、電話がかかってきた。電話で話すことも普段通りだった。最もよく覚えているのは、洋裁学校時代の級友グループと新宿で会い、昼食を共にして楽しかった、という話だ。私もたまに名前を耳にしていた級友たちだった。彼女たちの近況をさも弾んだ口調で語って聞かせ、今度、遊びに来たいと言っているので、昼食に招待するつもりだ、と美夜はあくまでも屈託がなかった。

民子の話はしなかった。佐高のことにも触れなかった。青爾の話題もほとんど出なかった。美夜は不自然に陽気だったし、その陽気さの中には、私にこまごまとした質問をすることをためらわせる何かがあった。

七月も半ばにさしかかった頃、或る朝、電話が鳴った。伸江が応対し、「佐々木様からお電話です」と言ってきた。

あの架空の女友達、「佐々木和子」が私に電話をかけてこなくなって久しかった。想像の中では幾度となく、てるが私に突然電話をかけてきて、青爾の用件を取り次ぐという夢まぼろしを見ていたというのに、いざ現実にそうなってみると、訝《いぶか》しさが先に立った。美夜に何かあったのか、と私は思った。あるいは青爾に。あるいはその二人に。いや違う。やはり青爾がてるに、私に電話をかけるよう、命じたのだ。今まさに、電話の傍に青爾が立っていて、私が電話口に出るのを待ちかまえているのだ……。

そうに違いない、と思った時、私の胸の奥底で、抑えつけていた小さな赤い焔《ほのお》がめらめらと立ちのぼった。

「今日は、わたくしの一存でお電話させていただきました」とてるは挨拶《あいさつ》も何もなく、冷ややかさすら感じさせる抑揚のない言い方でそう切り出した。「実は、美夜奥様がこの四、五日、寝込んでおられます」

胸の中の焔が、すうっと音もなく消えていった。代わりに全身に粟《あわ》が立って、小さな石のようなものが喉《のど》を塞《ふさ》いだ。

「食欲もおありにならないようで、スープなどの流動食しかお召し上がりになりません。

お熱もなく、お咳《せき》をされているご様子もなくて、奥様ご本人も、お医者を呼ぶ必要はないとおっしゃっておいでです。心配をかけるので、どなたにも言わないでほしい、と固く申しつけられているのですが……杏子様にだけはご報告せねばと思い、勝手ながらこうしてご連絡させていただきました」

「病気？」私は声をひそめた。「熱もなくて咳も出てなくて、つまり、風邪でもないのなら、何かたちの悪い病気なのじゃ……」

「いいえ、わたくしが拝見する限り、今のところ、そういうものではないようでございます」

「じゃあ、何なの」

聞いた瞬間、私の中に唐突にわきあがってくるものがあった。美夜が身ごもったのではないか、と思ったのだ。

おかしな話だ。美夜が青爾の子を産み、私がその子の伯母《おば》として陣内邸に出入りしている光景は容易に想像することができたというのに、美夜が青爾の子を孕《はら》んでいる、その姿を想像してみたことはなかった。正式に結婚した以上、青爾が美夜と交わり、美夜が青爾の子を孕むのは結果として自然なことと知りつつ、青爾と美夜との交合を具体的に想像の中に甦《よみがえ》らせてみたことは、それまでただの一度もなかった。

あの時、自分の中に密《ひそ》かに渦を巻いた感情を認めるのは憚《はばか》られる。私が美夜の姉であることを考えれば、あまりにおぞましく、恥ずかしい感情だったからだ。

だがそれは、まごうことなき嫉妬《しっと》、であった。

「わたくしにもわかりかねるのです」と、私の内心の動揺をよそに、てるは落ちついた口調で言った。「何か悪いものにあたった、というのではないことも確かでございますし、女性特有の、その、何と申しますか、失礼ながら月の障りでもございません。まして、これだけはこの場ではっきり申し上げられるのですが、ご懐妊されたという兆候もなく、原因が何ともはっきりわからないのでございます。旦那《だんな》様は、あと二、三日、様子を見て、それでも具合がよくならないようだったら、大きな病院で診てもらおう、とおっしゃって、今朝も早くから会社のほうにお出かけになられたのですが、ここは旦那様に黙ってでも、杏子様においで願えればと、さしでがましいようですけれど、わたくしが……」

「知らせてくれてありがとう」と私は言った。「これからすぐにそちらに行きます。美夜にもそう言っておいてちょうだい」

「佐高はあいにく、旦那様の会社のほうに行っておりますが、お車の手配はすぐできます。駅の前にお車を……」

「いいえ、いいの。歩いて行きます」

居丈高な口調で言い、私は受話器をおろした。

あの時、たとえ佐高が邸《やしき》にいたとしても、彼は決して私を迎えになど来なかっただろう。迎えに行くことができない、という正当な理由を何か考え出しただろう。たとえそれが、どれほど理不尽な理由だったにせよ、佐高が私と顔を合わせることは、あの時点では決してなかっただろう。

だが、どうしてあの日、佐高がいてくれなかったのか、と私は後で悔やむことになる。私はもっと、佐高を知る必要があった。佐高の美夜に向けた純粋な気持ちを認め、腹を割って佐高と話をし、佐高にこそ、美夜の支えになってもらわねばならなかったのだ。美夜のために。美夜の将来のためにこそ。

邸に着いたのは昼近くになってからだった。前回同様、てるが迎えに出て来て、いつもと変わりのない無表情で「ようこそ、いらっしゃいました」と言った。

民子のその後について、あるいはつい数時間前に電話で話した美夜の容態について、何ひとつ、てるは口にしなかった。それは私に、或る種の野生動物を思い出させた。何があろうと、いかなる不測の事態が起ころうと、それを単純な事実としてしか受け止めない野生動物の、不遜《ふそん》なまでの落ちつきと強靭《きょうじん》さが、てるにはあった。喰《く》うか喰われるか、があくまでも自然の営みでしかないことを知り抜いている者の持つ、それは、見事な落ちつきだった。

梅雨の晴間が拡がる日だった。湿度も気温も高かったが、玄関ホールのひんやりとした空気の中、たちまち汗は引いていった。私は藤色のパラソルをたたんで、てるに手渡し、「あなたにはお世話になるわ」と言った。「感謝しています」

「いいえ、そんな」とてるはさして照れている様子も見せず、ちらと二階に視線を投げた。

「美夜奥様はお二階の、専用の寝室でおやすみになっておられます。ご案内いたしましょう」

専用の寝室、という意味がわからなかった。二階には三間続きになっている青爾の居室の他に、使われているのを見たためしのないゲストルームが三つあった。私はてっきり、美夜は、夫婦の寝室でやすんでいるとばかり思いこんでいたのだ。

結婚してからも夫婦が別室で寝起きする、という習慣は、戦前の上流社会の人間にとっては、ありふれたものではあったが、青爾と美夜の場合はどう考えても不自然だった。たとえそれが、夜の褥《しとね》を共にした後の独り寝であったのだとしても。

てるに案内されて、私は階段を上がり、二階の青爾の居室の脇にある、かつてゲストルームとして閉ざされたままになっていた部屋の前に立った。この二階の、このホールにも何度も来た、この階段を幾度も登り降りした、あの青爾の居室の扉の蔭《かげ》に立ち、幾度も抱き合い、切ない接吻《せっぷん》を交わし合った……そう考えると、息苦しさが増した。

私はてるに、しばらくの間、二人きりにしておいてほしい、お茶も何もいらないから、と言いおいて、部屋の扉をノックした。奥から、どうぞ、と言う声が聞こえた。

初めて入った部屋だった。青爾の居室よりもひとまわり狭い。右側に、装飾用のマントルピース。扉のすぐ横には専用バスルームがあり、部屋とバスルームとは、唐草模様が施された硝子《ガラス》ドアで仕切られている。家具らしい家具はなく、ベッドと一人掛け用の肘掛《ひじか》け椅子、小テーブル、そして小さな書き物机が一つあるばかりである。

ベッドは左の奥、窓の傍に置かれてあり、黄色い花柄模様の薄手のガウンを羽織った美夜が、上半身だけ起こしてそこに座っていた。いつも内巻きにしていた髪の毛を首の後ろで一つにまとめ、黒いりぼんで結んでいる。顔色は悪く、ひどくやつれていて、私はそこに、美夜というよりも、一人の衰弱しきった病人を見たような思いにかられ、ぎょっとした。

「てるさんから聞いたわ。びっくりして飛んで来たのよ」

「大したことないの。てるさんたら、困った人ね。すぐによくなるんだから、お姉ちゃまにも黙ってて、って言ったのに」

「痩《や》せたわ、美夜。この間会った時よりもひとまわり小さくなった」

「ここしばらく、あまりものが食べられなかったせいよ」

「ひょっとして、ホームシック？」

「まさか」

私は形ばかり笑ってみせた。「素敵なお部屋ね」

「ええ」

「結婚してからずっとここが美夜の部屋だったの？」

「そうよ。初めから私の部屋として使いなさい、って、青爾さんから言われていたから」

「贅沢《ぜいたく》だこと。私なんか、結婚してから自分だけの部屋を持ったことがないわ」

ふっ、と美夜は柔らかく微笑んだが、それだけで疲れきってしまったように口を閉ざした。

「で、どうなの？　本当のところはどんな具合なの？」

「大したことないのよ、ほんとに。起きようとすると、少し眩暈《めまい》がしてね。ふらふらするものだから、こうやって横になってるだけ。ごめんね、お姉ちゃま。わざわざ来てもらったりして」

「そんなことといいのよ」

私はベッドの傍に行き、美夜の額に手をあてた。熱はなかった。それどころか、額は冷たい汗でひんやりと湿っていた。美夜は潤んだ目で私を力なく見上げた。

「何があったの」私は静かに聞いた。

「なんにもないわ」

「嘘。何かがあったんでしょう。青爾さんとのこと？　それとも民子さんがまた何か……」

「ううん、なんでもないのよ」

「私には正直に言えるわね？　ね？　そうよね？」

美夜は黙っていた。黙ったまま、私から目をそむけ、掛け布団の一点をじっと睨《にら》みつけた。両手で白い布団カバーを強く握りしめた。そして軽く吐息をつき、首を横に振った。

「なんでもないの。ほんとよ」

私はしばらくの間、沈黙が流れるままにしていた。半分開け放されていた窓からは、時折、湿った夏の風が吹きこんだ。そのたびに薄いレースのカーテンが波形に揺れ、同時に外の、庭園の木々の枝がさわさわと鳴る気配が伝わってきた。

美夜が何か話そうとする素振りを見せずにいたので、私はその場から離れ、窓辺に立った。窓には人が一人やっと立つことのできる小さなバルコニーがついていて、その向こうに西苑が見渡せた。アモールとプシュケの美しい彫像に光が弾《はじ》け、それは白いハレーションを起こしたようになって、庭の緑を被《おお》っていた。時折、まだ若い、生まれたばかりとおぼしき幼い蟬の声が聞こえた。

「佐高さんと間違いを犯してしまったの」

ふいに背後で美夜が言った。私は振り返りたくなるのをこらえながら、そのままバルコニーの外を見ていた。風が吹いた。レースのカーテンが、私の足元をくすぐった。

「聞くわ。話してちょうだい」

「このお邸《やしき》には、古くなって使わなくなった厩《うまや》があるでしょう。門を入ってすぐの、高生け垣の右奥に……。昔、まだ馬車を使ってた頃、青爾さんのお祖父《じい》様やお父様が使ってらした厩よ。一週間前の雨の夜だったわ。青爾さんはその時、家にいたんだけど、自分の部屋にこもりきりで、出て来なかった。よくそんなことがあるの。ひと晩中、青爾さん、部屋にとじこもってしまうのよ。私とは話もしないで、ずっとそのまま、朝まで出て来ないの。佐高さんはちょうどそんな夜に、私を厩に呼び出したんだわ。そこで何が起こるか、だいたいわかっていたというのに、私、行ったの。行きたかったのよ。佐高さんに会いたかったの。会って、優しくされたかった……」

私は話の流れを遮らないよう注意しながら、ゆっくりと問い返した。「間違い、って、どういうこと？」

「キスをしたの」と美夜は言った。羞《は》じらいも何もない、それはただの棒読みのような口調だった。「そして抱きしめられたの」

「それだけ？」

「ええ、それだけよ」

私はため息をつき、そっと後ろを振り返った。美夜は涙をためた目で私を見ていた。

「お姉ちゃまにはずっと言えなかった。この間、お姉ちゃまが来てくれた時も、言えなかった。本当のことを言うとね、私、結婚してからも時々、佐高さんと会っていたの。ああ、でも誤解しないで。変な意味で言ってるんじゃなくて、お庭を散歩してる時なんかに佐高さんとばったり会って、ベンチに座ってお喋《しゃべ》りしたり、ちょっと車に乗せてもらって買物に行ったり、喫茶店に入ってお茶を飲んだり……そういうことよ。会うたびに、佐高さんは優しくて、こみいった話なんか何もしなかったのに、気持ちが洗われるみたいな感じがして、それで……」

「佐高さんのこと、好きになったのね？」

「ああ、それはわからないわ」

「どうして？　好きじゃなかったら、そんなふうに一緒にいたいとは思わない。そうでしよ？」

「男の人として好きになったんじゃないと思う。これは恋なんかじゃないの。もっと別の、もっと深い気持ち。私はね、佐高さんにずっと感謝してたのよ」

「感謝？」

「そう。私、これまでいろんな人に感謝して生きてきたけど、こんなに感謝した人はいない。佐高さんがいてくれるから、こうやってここで暮らしてこられたの。佐高さんはあったかくて、優しくて、いつも遠くから私を包みこんでくれてた。私は何も打ち明けたことなんかないし、佐高さんも何ひとつ、私の結婚生活について質問してこなかったけど、でも私たちの気持ちは通じ合ってたわ。だからね、私、厩に行ったの。お姉ちゃまには正直に言うわ。どうしても行きたかったのよ。寂しくて寂しくて、佐高さんが恋しくてたまらなかった。優しくされたかった。青爾さんに黙ってでも、青爾さんを裏切ってでも、私は佐高さんに会いに行きたかった」

こみあげてくるものをこらえつつ、私はうなずいた。美夜はその先のことは詳しく語ろうとせず、そこで口を閉ざした。

雨の晩、夜更けて暗い厩に行き、朽ち果てて転がっている飼い葉桶《おけ》や、地面にこびりついたままになっている藁《わら》、かすかに残された馬糞《ばふん》の湿った匂いに包まれて、美夜は佐高に抱き寄せられ、接吻を受けた。雨の音だけがしていて、他の物音は一切せず、邸から洩《も》れてくる明かり以外、何も見えず、美夜は、自分がしてしまったことを悔やみつつも、もうこれしかない、これしか生きていく方法がない、と思ったのだ。そして多分、繰り返し佐高の唇を受け、受けながらも罪の重さにたじろぎ、どうすればいいのか、何もかもがわからなくなってしまったのだ。

そして美夜は病んだ。病んで、食べ物を受けつけなくなって、こうやって今、痩せ衰えた姿で私の目の前にいる……。

私はベッドの傍まで行き、膝《ひざ》を折って中腰になった。布団の上に投げ出されたままになっていた美夜の手を握り、何か言おう、言わねばならない、と思いながら、何も言えずにいた。

「青爾さんが本当に好きだったのは」と美夜はその時、ぼんやりとした、夢を見ているような口調で言った。「お姉ちゃまだったのね」

「何を言うの」

「私、ほんとにそう思うのよ。青爾さんは私のことを好きだったんじゃない。初めから青爾さんは、お姉ちゃまが好きだったんだな、って」

「やめなさい」と私は力なく言った。言った後の言葉は続かなかった。

私は握っていた美夜の手を離し、美夜を見つめた。目をそらしてはならない、と思った。目をそらしたら最後、すべてを告白しているのも同然になってしまう。

「でもいいの」と美夜は言った。歌うような言い方だった。「私とお姉ちゃまじゃ、比較にならないもの。私が青爾さんだったとしても、お姉ちゃまのことを好きになると思う」

「それは民子さんの影響なの？」

「民子さん？」

「民子さんが美夜におかしな話をしたっていう、あのことに影響されてそんな馬鹿げた妄想を抱くようになったのね」

「ううん、全然。民子さんのあの話は気にしてない。ほんとだったとしても、嘘だったとしても。だって、もし本当のことだったのだとしても、なんとなくわかるような気もするから。私が青爾さんだったら、やっぱりお姉ちゃまを誘ってたかもしれない。私ではなく、お姉ちゃまを。そしてきっと、お姉ちゃまのこと、もっともっと好きになる」

「美夜。馬鹿なこと言ってないで聞きなさい。私が青爾さんと結婚したんじゃなくて、結婚したのはあなたなのよ。それをどうして……」

美夜はだるそうにため息をつき、首すじに流れた後れ毛を指先で静かに撫《な》でつけた。

「どっちみち、私はもう、結婚生活を続けていけなくなっちゃった。佐高さんと間違いを犯してしまったんだもの。汚れてしまったのよ。もう、ここにはいられない」

「汚れてしまった？　何を馬鹿なことを言ってるの。たかが……」

「たかがキスしたくらいで？　お姉ちゃまだったら、そう言うわね、きっと。でも、私はそうは思えない。もう元に戻れないのよ。青爾さんが恋しくて、今もとっても恋しいんだけど、でも私が一緒にいて本当に安心できるのは佐高さんなの。佐高さんと一緒にいたい……そんなことばかり考えながら、時々、佐高さんと会って、抱きしめられて、そうやりながら青爾さんを裏切って、そんな結婚生活を続けていけるとは思えないのよ」

窓の外に、その時、雲がかかり、あたりが束の間、昏《くら》く沈んだ。蒸し暑さが増していた。

私はそっと立ち上がり、美夜の頬に手をかけた。

「考え直しなさい、美夜。まだ何も始まってはいないのよ。佐高さんのことも、あなた次第でどうとでもなる」

松本に、と美夜はつぶやくように言った。「帰りたい」

細められた目から涙があふれた。だが、美夜は嗚咽《おえつ》をこらえ、唇を嚙《か》み、私に向かって弱々しく笑いかけた。「ごめんね、お姉ちゃま。こんなになっちゃって、ごめんね」

何故、あの時、抱きしめてやれなかったのだろう。何故、美夜を強く抱き、共に泣いてやれなかったのだろう。それだけではない。何故、美夜を連れ、あの邸を出て、もういい、もう嘘はたくさんだ、あなたが好きな人と一緒にいなさい、心ゆくまで一緒にいなさい、と言ってやれなかったのだろう。あるいはまた、すぐにでも佐高を呼びつけ、この子を頼む、この子を支えてやってほしい、と言えなかったのだろう。おそらくは、そうしてやることがすべての打開につながったかもしれないというのに。

もしも美夜が、私を罵《ののし》り、私の欺きを軽蔑《けいべつ》し、私を憎々しげに突き放していたら、また事態は変わっていたかもしれない。姉妹で一人の男を争う、ということの醜さは、私たちを現実に引き戻し、否《いや》が応にも素早い結論を出してくれていたかもしれない。

事の本質には常に、私自身の、青爾に向けた狂おしいばかりの気持ちが横たわっていた。

それを解決してしまわない限り、美夜の問題も佐高の問題も、ひるがえっては私と勇作の夫婦の問題も、何ひとつ結論を出すことができないままに終わっていたのだ。

すべては私の責任だった。いかなる事態に陥っても、私の青爾に向けた想いは変わることがなかった。その想いの強さは恐ろしいほどの、悪魔のような律義さで、私自身を縛り続けた。

あの日、帰りがけ、てるが玄関ホールで私にパラソルを手渡してくれた際、私は彼女に聞いた。

「民子さんのことだけど、その後、どうなったかしら」

「ああ、あれでございますね。わたくしが、それはそれはきつく言って聞かせました。以後一切、無駄口をきかぬようにと。ご心配ありません。もう二度とつまらないことは口にしないはずですので」

そう、と私はうなずいた。一切が片づいたとはとても思えなかったのだが、それ以上、質問を繰り返すのは憚《はばか》られた。私はてるに、軽く微笑みかけるにとどめた。「あとは、美夜をよろしくお願いするわ」

「万事、承知いたしております。ご安心なさいませ」

何か他に言いかけたという様子もなく、てるはそのまま、他人行儀に深々と礼をし、私を玄関先で見送った。

私はその時、てるの冷静さをほんの一瞬、憎み、同時に妬《ねた》んだ。

20

松本の両親や綾子、私の義父母たちの耳に、美夜の異変が伝わったのはそれからまもなくである。

むろん、私は美夜が身体の具合を悪くして寝込んでいる、ということについて、勇作以外には誰にも打ち明けていなかった。勇作がわざわざそのことを義父母に伝えたとも思えない。電話で、美夜自身が松本の両親に具合の悪さを訴えたことが、たちまち久我家にも伝わったというわけだ。両親のみならず、綾子と百合子が天変地異が起こったごとくに騒ぎ出したのは、言うまでもない。

「私はね、初めに話を聞いた時は、てっきり美夜ちゃんのおめでたかと思ったのよ」と綾子は言った。綾子はいつものように百合子を従えて、七月も末の、梅雨が明けたばかりの暑い日の午後、息せききって下落合の家を訪ねて来たのだった。

「だって、お式が済んで、まだ三ヶ月っていう時なのよ。新婚の、一番楽しい時に具合が悪くなるとしたら、それはあなた、おめでたしか考えられないでしょう？　だいたい美夜ちゃんはそんなに身体が弱い人ではなかったんだし。それが、お邸《やしき》にお見舞いに行ってみたら、どう？　美夜ちゃん、おめでたどころかすっかり痩《や》せて、人相まで変わってて……。ねえ、あれは尋常な痩せ方じゃないわ。杏子さん、何か知ってるんじゃない？　いったい何があったの」

「いえ、私も何もわからないんです。本人に問い詰めてみたんですが、何も教えてくれなくて」

あたりさわりなく答えながら、美夜が寝ついたことで、民子のこと、佐高のこと、なかんずく私と青爾のことが、近い将来、この女たちの知るところのものになるのかもしれない、と私は妙に冷静な気持ちで考えていた。

そうなったらそうなったで、面倒ごとを一身に引き受け、処理し、自分の身の振り方を考える義務が私にはあった。それは義務以外の何ものでもなかった。青爾に向けた私の烈《はげ》しい気持ちの代償である以上、受け入れるしかないのだった。

百合子は几帳面《きちようめん》に四角く畳んだ白いハンカチで、小鼻の脇の汗をおさえつつ、「青爾さんと何かあったのね」と言った。「うまくいっていないんだわ、きっと。何かが変だ、って、うすうすはね、私も気づいていたんですよ。落ちついたら新婚旅行に行く、って言ってたのに、ちっともその様子はないし、美夜ちゃんはどこかいつも寂しそうだったし……。うちに遊びにいらっしゃい、って何度も言ったのに、あの二人、一度も来なかったんでしたわよね、お義姉《ねえ》様」

「そうですよ。堅苦しい挨拶《あいさつ》は抜きにして、ふらりと気軽に立ち寄ってくれたって、よさそうなものだったというのにね。だいたいそれが普通でしょう。押し付けがましく言うわけじゃないけれど、私たちがあの子たちの結婚に、一役も二役もかったのは確かなんですから」

「私はね、美夜ちゃんが新しい生活に慣れるのに時間がかかってるんじゃないかしら、って思ってたんですけどね。いくら慣れないからといって、あれほど衰弱するものかしら。どう考えたって変ですよ」

「神経を病んでいるのでなければいいのですけどね」と綾子は言い、何か汚らわしい言葉でも口にしてしまった時のように、かすかに口をへの字に曲げて、扇子を広げてせわしなく顔を扇《あお》いだ。「もっとも、実際に神経を病むほどの出来事があったのなら、話は別ですよ。そうだとしたら、早いうちに手を打たねばなりませんからね」

「手を打つ？」と私は思わず問い返した。「それはどういう意味ですか」

綾子はぱちりと音をたてて扇子を閉じ、着ていた絽《ろ》の着物の腰を左右に振るようにして、ソファーの上で前かがみになった。「いいですか。よくお聞きなさい、杏子さんも。こんなことはあまり考えたくないことですけどもね。青爾さんに誰か他に女がいたんだとしたら、どう？　美夜ちゃんが結婚してそのことを初めて知ったとしたら？」

「お義姉様。いくらなんでも、青爾さんに限ってそんなことは……」

「わかりませんよ、青爾さんだって男だもの。美夜ちゃんの前に、好いて好かれて、ねんごろな関係になった女がいたとして、別におかしくもなんともありませんよ。どうしても切れずに続いて、結婚後も別れられずにいるという女です。なにしろね、あの子の祖父も同じだったのですからね。そういう血が流れていると考えてみるのは、むしろ自然なことです」

「でも」と百合子は言った。「青爾さんのお祖父《じい》様の孝次郎さんのお相手は、お妾《めかけ》だったのですよ。お妾として認めた人だったんですよ。お妾だったからこそ、子供まで認知したのだし。でも青爾さんがまさか、お妾をもっていたなんて……」

「私は何も、あの子が隠れてお妾をもってるかもしれない、だなんて、そんな話をしてるんじゃありませんよ。結婚しても、切れずに続いてしまう玄人女の話をしているのです。こう言っては何ですけどね、だいたい玄人女っていうのは、お妾とは違う人種なんですよ。人生のいっとき、甘い汁を吸おうとしているだけでね。一生を日陰の身で甘んじようとするお妾には、気概というものがあるんです。ええ、そりゃあもう、見ていてあっぱれなほど、胆《きも》のすわった女を私も何人か知ってますよ。でも、ただの玄人女にはそれがないの」

「そういうものでしょうか」

「そうよ。でも、だからといってね、たとえ青爾さんがそういう女を相手にしていたのだとしても、とんと心配は無用よ。相手はどこかで客をとってるような玄人女に決まってるんですからね。だとしたら、手切れ金の額次第では、なんとでもなるはずです」

「そうだとしても、青爾さんが玄人の女の人とそういう深い関係になるものかしら。私、あの子のことは、ふみさんが亡くなってから、ずっと傍で見てきましたけども、そういう性格ではないような……」

「何度も言いますけどね、青爾さんだって男ですよ、百合子さん。玄人女の一人や二人、結婚前に深く関わったとして、勲章にこそなれ、どうということはないでしょう。問題はその後のこと。坊っちゃん気質が過ぎて、どこかが脆《もろ》くて、変わりものと呼ばれてるあの子は、そういう女と手を切る方法を知らずにきてしまったんですよ、きっと。それだったら、私たちが後押ししてやらねばなりますまい」

「お義姉様の言う通りだったとしたら、確かにそうですわね。私、早速、主人にも相談してみるわ。こういうことは、男の人のほうが詳しいでしょうから」

「道夫だって、若い頃はうまく遊んできたからよくわかるはずですよ。あら、別にだからといって、百合子さんをないがしろにしてた、って言ってるわけじゃないのよ。殿方はね、家庭を大事にして、うまく遊べればそれでいいんです」

「よくわかっていますよ、お義姉様ったら。今さら私が、主人のそういうことで焼きもちをやいたりするとお思い?」

「今は道夫もすっかりおとなしくなったけれど、昔はあれで、けっこうな男っぷりを見せて、あなたを泣かせたこともあったじゃありませんか」

「昔の話ですよ、昔の。今ではもう、伝書鳩みたいにきちんきちんと帰って来ますわ」

　女二人は、互いに楽しそうに含み笑いをし合いつつ、延々と話しこんだ。その会話の弾み方は、かつて美夜と青爾の縁談の話をしていた時と寸分も変わらなかった。

その意味では、松本の両親の反応も似たりよったりであった。母親は、煩わしいほど何度も私のところに電話をかけてきたし、父は頻々と手紙を書いてよこして、美夜に直接、訊《たず》ねるわけにはいかない病の理由を遠回しに聞いてきた。事態が事態だけに、手紙の内容にはいくらかの深刻さは窺《うかが》えたが、それもまた、娘の縁談が決まりかけていた時の騒ぎ方と似ていなくもなかった。

綾子と百合子は、久我道夫に、青爾と会って諭してはくれまいか、と頼みこんだ。もしも手を切れずにいる玄人女がいるのであれば、その方法も伝授してやってほしい、というわけだ。

道夫は、言われるままに、都内の行きつけの料亭に青爾を呼びつけた。贅沢《ぜいたく》な料理や酒が膳《ぜん》の上に並べられた頃合いを見計らって、実は、とその話を切り出したところ、青爾は憮然《ぶぜん》として座布団の上に立ち上がった。そして、わずかに冷笑を浮かべつつ、失敬、と言うなり部屋から出て行ってしまった。そんな話を私は後になって、義母から聞かされた。

勇作にその件を伝えると、彼は豪快な笑い声をあげた。

綾子おばもヤキが回ったもんだ、と勇作は言った。「何を騒いでいるかと思ったら、青爾に玄人女がいるのいないの、そんなことで大騒ぎしてたとはね。青爾もよほど怒り心頭に発したんだろうよ。くだらない茶番もいい加減にしないと、かえって人を傷つけることになる。おやじもおやじさ。綾子おばやおふくろの言いなりになって、ごたいそうに青爾を呼び出してまでそんな話をしなくたって、よさそうなもんだ。もっともおやじの場合は、そういうごたごたに首をつっこむのなら、自分以外、適任はいないと張り切ってたんだろうがね。昔とった杵柄《きねづか》ってやつだよ」

そして勇作は、しばらくの間、父である久我道夫の、かつての微笑ましい好色ぶりを披露した。妻である私を前にして、絶好のチャンスとばかりに男の正しい遊び方を語ってみせ、自分もまた同じなのだから、何があっても動じるな、と暗に教えるつもりだったらしいが、私はほとんど聞いていなかった。

ただ、ただ、青爾のことが気がかりでならなかった。

滑稽《こっけい》にも玄人女の話を持ち出され、手を切るための方法まで伝授されかかった青爾が、その周囲の甚だしい勘違いぶりに何を思い、何を感じたのか、知りたかった。美夜との結婚生活をどう考えているのか、知りたかった。何よりも彼が私のことをどのように処理したのか、それがどんな形で彼自身に影響を及ぼしているのか、知りたかった。

国分寺の邸《やしき》に電話をかけて、てるを呼び出してみようか、とも考えた。そして、てるに青爾あての伝言を頼むのだ。少しの時間でいいから、どこかで逢いたい、ついては至急、連絡をしてほしい、と。

電話をかけるのなら、青爾の会社に電話をかけ、青爾本人を呼び出してもらうことも可能だった。それならば、邸の人間の噂にのぼることもなく、心おきなく話ができる。どこかで待ち合わせて逢おう、という約束も交わすことができる。

そのほうがいい、邸に電話をするよりも、会社に電話をかけたほうがよっぽどいい、と思いつつ、傍ら、直接、青爾と話をするよりも手紙を書いたほうがいいのではないか、とも考えた。

美夜に見られてもいいよう、偽名を使えばできないことではなかった。よもや美夜に見られ、筆跡が姉のものと似ていると思われたとしても、似ている文字を書く人間はいくらでもいる。

それでも美夜の反応が心配なら、手紙は邸に出さずに会社に出せば問題はないのだった。そうだ、それがいい、かまうことはない、書いてしまおう、とまで考えて、便箋《びんせん》に数行の文を綴《つづ》ったあげく、はたと思い直してペンを置いたこともあった。

結局、私は何もしなかった。電話をかけることもしなければ、手紙も書かなかった。何故なのかわからない。してはならないこと、と思っていたからなのか。今ここで、自分が青爾と連絡を取ったが最後、抑えつけていたものが雪崩のように崩れてきて、あとさきも考えずに自分は青爾のもとに走って行くに違いない、と思っていたからか。

周囲の人々から、青爾に関する埒《らち》もない想像を聞かされるたびに、心底、いやになった。そういうことは何ひとつ、聞きたくなかった。青爾という人間が、人々の下卑た憶測の中で語られ、ありふれた想像の中でねじ曲げられていく過程を見ているのは、まるで私自身の虚像が造り上げられていくのを黙って見ている時のように不快であった。

すべてを知っていたのは私だけだった。私だけが青爾を知っている、という意識は、思いがけず私を頑《かたく》なにさせた。

いつかは自分たちのことが知られることになるのだ、と私は思っていた。誰かが誰かに何かをもらす。民子か、松崎の一家の誰かか、佐高か、あるいはてるが……。噂はたちまちにして拡まり、久我の人間たちの耳に届く。私は軽蔑《けいべつ》され、呆《あき》れられたあげく、久我家から追放される。

そうなりたい、と私は思った。誰彼かまわず傷つけて、人を人とも思わず、肉親にさえ牙《きば》をむき、血を流す……そういう人間になり下がってもかまわなかった。狂気の沙汰《さた》と呼ばれてもかまわなかった。世界でもっとも愚かな女だ、と後ろ指さされてもかまわなかった。青爾を想い続けている自分、青爾のもとに走りたいと願っている自分だけは、ごまかしたくなかった。

青爾が恋しかった。逢いたいのは青爾だけだった。陣内青爾、という男が、果たして実在の人物だったのかどうか、わからなくなってしまうほど、私は彼に逢いたかった。

それにしても、最後まであの頃の私を踏みとどまらせていたものは、いったい何だったのか。そんなことを今になって私は思う。

美夜に対する贖罪《しょくざい》の念か。わずかながら残されていた理性か。自己防御の本能か。いや、実はそのどれでもなかったのかもしれない。

青爾との出会いには、初めから破滅の匂いがこびりついていた。破滅を恐れずにいられるようになったことが、逆に私を現実の中に踏みとどまらせていたのである。

いつかは壊れ去る、何もかもが壊れ去って、塵芥《ちりあくた》のように風に舞い、宙《そら》の彼方に吸い込まれ、何も残らないのだ……そう考えることが、私を静謐《せいひつ》な沼の奥底に引きずりこんでいった。私はそこにじっとうずくまり、やがて来る破滅の瞬間を受け入れようと、待ち構えるようになっていった。

だからこそ、私は青爾と逢わず、連絡も取らず、何も行動を起こさずにじっとしていられたのかもしれない。この先何かが起こるのだとしたら、それは必ず、自分たちの破滅を意味することだとわかっていたからこそ、そうできたのかもしれない。

おかしな話だ。滅びの予感、終焉《しゅうえん》の予感が、私を支えていた。青爾との別離を決意し、妹夫婦の結婚を祝い、二人を見送った後に私に襲いかかってきたあの空虚感は、すでに薄れていた。冷たい北風の中で身を引き締めている時のように、私は自分の中に、孤独な力がみなぎってくるのを感じていた。


その年の九月、美夜は松本の実家に帰った。

正式に離婚が決まっていたわけではない。それどころか、離婚話が進められようとしていたわけでもない。静養のために、という口実で実家に戻ったに過ぎないのだが、それはあくまでも表向きのことであり、美夜と青爾の結婚生活の破綻《はたん》は誰の目にも明らかだった。

新宿駅まで見送りに行ったのは、私と佐高だった。佐高はロールス・ロイスに美夜を乗せ、駅まで送って来たのだが、そのまま別れがたかったのか、私と顔を合わせることを承知でホームまでやって来た。

佐高と会うのは久しぶりだった。私は笑みを浮かべて挨拶《あいさつ》をし、何事もなかったようにふるまった。佐高は仰々《ぎようぎよう》しい仕種《しぐさ》でそれに応《こた》えてきたが、終始、無言だった。

日曜の朝の新宿駅中央線のプラットホームは、澄んだ秋の光に充ちていた。列車がすべりこんでくると、細かい埃《ほこり》が光の中に一斉に浮き上がった。

子供連れの行楽客でホームは賑《にぎ》わっていた。響きわたる弁当売りの男の声が、旅立ちの緊張感を伝えてくる中、私と美夜は列車の乗降口の前に立ち、互いを見つめ合った。

身の回りのものはほとんどチッキで松本に送る手配を済ませてあったので、美夜は小さなボストンバッグ一つしか手にしていなかった。病み衰えた姿は相変わらずだったが、その顔には諦《あきら》めとも安堵《あんど》ともつかない、平和な表情が漂っていた。

汽車の中で食べるように、と私がチョコレートの包みを手渡すと、美夜は「ありがとう」と言って、さも大切そうに胸に抱えてみせた。それはいつもの美夜だった。昔ながらの美夜だった。

「ゆっくり休んできてね。もうあっちは涼しくて、朝晩は寒いくらいかもしれないわ。風邪、ひかないように。お母さんの作る田舎料理をたくさん食べて、太って帰ってらっしゃい」

もう二度と東京に戻るつもりはない、と言いたかったのか、美夜はそれには応《こた》えずに、遠くを見つめる仕種をした。ホームの柱の蔭《かげ》に佐高が立っていて、美夜はそちらのほうを窺っていたのだった。

「佐高さん、呼んでくる?」

「ううん、いいの。さっき車の中でちゃんとお別れの挨拶、してきたから」

そう、と私はうなずいた。

佐高への感謝の気持ちはそのままに、美夜は東京での暮らしに見切りをつけて実家に戻る決心を固めたのだった。

私が美夜の視線を追って後ろを振り返ると、佐高はつと、目を伏せた。彼がかけていた眼鏡の蔓《つる》に、その時、朝の光があたって砕け散った。彼の顔は、一瞬、白く弾《はじ》ける光の中に埋もれて見えなくなった。

「青爾さんにも?」

「え?」

「青爾さんにも挨拶をしてきたの?」

「もちろんよ。今朝、青爾さんは早起きしてお庭に出ていたから、お庭で挨拶を済ませたわ。葡萄《ぶどう》棚の下で。葡萄がね、それはそれは見事に実っているのよ。お姉ちゃまにも見せたいくらい。青爾さん、その場で一房手で千切って、私にくれたわ。バッグの中に入れてあるの。後でお父さんやお母さんたちと一緒に食べようと思って」

鼻の奥が熱くなりかかったが、かろうじて抑え、私は微笑み返した。「松本のみんなによろしくね」

「わかった。伝える」

「いつでも電話、ちょうだいね。手紙も」

「ええ」

場内アナウンスがあり、まもなく発車を告げるベルがけたたましく鳴り響いた。

私は美夜の腕に軽く触れ、「じゃ」と言った。「気をつけて」

布にくるまれた、細い枝に触れたような感触があった。美夜は潤み始めた目を細めて私を見つめ、黙ったまま生真面目な顔をしてうなずいた。

列車の中に吸い込まれていった美夜をホームで見送り、手を振った。唇が小刻みに震え出した。小鼻がひくひくと動いた。泣くまいとしてこらえた。私が泣いたりなどしたら、あまりに美夜が哀れだった。

無理をして笑みを浮かべ、手を振り続けた。死んでしまいたくなるほどの罪の意識が私を打ちのめしたことがあったとしたら、おそらくあの時だったかもしれない。大きな車輪の音をたてて動き出した列車の窓に、いつまでも美夜の小さな、痩《や》せた顔が覗《のぞ》いていた。

その愛くるしい、清楚《せいそ》な顔に向かって手を振っていた自分の中には、飼い馴《な》らし、手なずけてしまった悪魔が棲《す》んでいた、悪魔はそんな時ですら、私の耳元で執拗《しつよう》に青爾の名を囁《ささや》き続けていた。

青爾、青爾、青爾……。いつあの人と逢えるのか、いつあの人の胸の中に飛びこんでいけるのか、と。

列車の最後尾が見えなくなるまでホームに佇《たたず》んでいて、私はふと、佐高を振り返って見た。佐高は観念したかのように柱の蔭から出てきて、帽子をかぶり直しながら私に向かって黙礼した。

どちらからともなく、私たちは相前後しながら歩き出した。列車が出てしまったことで行楽客の数が少し減り、雑踏の賑わいは薄れかけて、線路上を飛び交っている雀の声が聞き分けられた。

「佐高さん」と私は後ろにいる佐高に声をかけた。

佐高は「は」と畏《かしこ》まって返した。

「あなたとは一度、きちんとお話しなければと思っていたの。でも、きっと、もう済んだことなのね。そうなのでしょう？」

応えはなかった。佐高は私の背後を歩きながら、歩みを止める様子もみせずに「実は」と言った。「昨日、旦那《だんな》様に辞表を出しました」

私は立ち止まって振り返った。佐高はそれに合わせるようにして動きを止め、私に向かって帽子を取るなり、深々と礼をした。

「奥様にはいろいろとお世話になりました。ありがとうございました」

「世話だなんて」と私は言った。声が掠《かす》れているのが自分でもわかった。「あなたが辞めること、美夜は知っているの？」

「はい。数日前にお話してあります。旦那様も快く受けてくださいました」

「理由は？」

「は？」

「何故、辞めるの」

それは、と佐高はわずかの間、言い淀《よど》み、うつむいたまま手にした帽子を握りしめた。

「理由をどうしても奥様に言わねばなりませんか」

少し考えた後、私は「いいえ」と言った。「言いたくないのなら、言わなくてもいいわ。ごめんなさい。余計なことを聞いて」

とんでもない、と佐高は小声で言い、もう一度、深く礼をした。「最後になりますが、もし、下落合のご自宅にお帰りでしたら、そちらまで送らせていただきたいのですが、よろしいでしょうか」

お願いするわ、と私は言った。

車に乗っている間中、私語は交わさなかった。車は日曜の朝の、光あふれる街を走り抜けていった。

よく磨かれた美しいロールス・ロイスが自宅の前に静かに横付けされた時、私は佐高の背に向かい、万感の思いをこめて言った。

「ありがとう」

送ってもらったことに対してではない、様々な意味をこめて言ったつもりだった。だが佐高は「とんでもございません」と短く応じただけで、畏まった仕種で外に降り立つと、私のためにドアを開けてくれた。

「お元気でね」

「奥様も」

最後まで佐高は私の目を見なかった。私だけが佐高を見ていた。

匂いのない、色彩のない、無色透明で、秩序の中にしか生きていないように見えていたこの男の中にも、一つの恋に狂う烈《はげ》しさがあったのだ。そしてまた、恋に狂っている他者を冷静に見つめようとする目があったのだ。そう思った。

私が歩きだすと、背後でロールス・ロイスの扉が閉じられる音がした。道祖神の像の脇に立ち、私はそっと振り返った。わが家の小さな庭にも秋の光がさんざめくように煌《きらめ》いていて、その光の中を、黒塗りの車がじりじりと小石を踏みつけながら、静かに走り去っていくのが見えた。

21

それから十日もたたないうちに、青爾から手紙がきた。

あの封書は今もありありと思い出せる。白い長方形をした洋封筒だった。裏に差し出し人の住所はなく、陣内青爾、とだけ細いペン字で横書きに書かれていた。

ちょうど私が、午後になってから郵便局まで行き、松本の美夜あてに、美夜が下落合の家に残していった古い裁縫道具を小包にして出して戻った直後のことだった。居間に入ると、いつものように郵便物が居間の盆の上にまとめて載せられていた。その白い洋封筒は、二、三の請求書や夫あての郵便物に混じって、ごく当たり前のようにそこにあった。

すぐにでも封を切って中を読みたかったのだが、こらえた。いつ伸江が入って来るかわからない居間にいるのは耐えがたかった。私は封書を手に二階に上がって、誰もいない座敷の窓辺に横座りに座った。心臓が高鳴った。

窓の外には、まだ少し夏の獰猛《どうもう》さを残す午後の陽射しが照りつけていたが、風にはすっかり秋の気配があった。弱々しく鳴き続ける蟬の声がし、庭の椎《しい》の木の梢《こずえ》越しに、澄んだ青々と拡がる初秋の空が見渡せた。

私は自分が、どれほど青爾からの手紙を待ちわびていたか、初めて知った。現実の生臭さは煙のごとく、かき消えていった。美夜のことも、周囲のことも、夫のことも、私の前から消え失せた。

階下の台所から、伸江が水を使っている音がかすかに聞こえてきた。聞こえてくるものといったら、水の音と秋蟬の声、そして庭の叢《くさむら》の奥で、昼日中から静かに鳴き続けている蟋蟀《こおろぎ》の声だけだった。

大きく深呼吸をし、指先で封を千切った。中にはエアメイル用の水色の薄い便箋《びんせん》が三枚、四角く折り畳まれて入っていた。

便箋は軽く、中に連ねられてある青インクの文字はすべて斜めに傾いていた。文章には前置きも何もなかった。散文的ではあったが、ロマンティシズムや感傷に溺《おぼ》れているというのでもなかった。ただただ、目茶苦茶に、まっすぐに、手紙の中の青爾は私に向かってきた。それは言わば、いきなり無遠慮に襲いかかってくる、暴力的なまでに烈しい言葉の羅列であった。

杏子、杏子、杏子。ずっとあなたのことを考えている。昨日も今日も一昨日もその前も。ずっとだ。

何が起こったのか、わからない。何がどうなって、今に至ったのか、いくら思い返してみても、そこに脈絡らしい脈絡は何も見えず、考えはいっこうにまとまってくれない。

僕の頭の中では今、どろどろの、得体の知れない溶岩のようなものが渦をまき、悲鳴をあげ、行き場を失って気味の悪い黒い塊を作っている。明晰《めいせき》さのかけらもない。秩序もなければ、乱された感覚を整頓《せいとん》し、並べ変えるための小箱もない。

ものを考える、ということができなくなった。かろうじて考えられるのはあなたのことだけだ。僕は僕の庭に降り、歩き、立ち止まり、木々の匂いを嗅《か》ぐ。そこにあなたを探す。木の幹の向こう、彫像の隣、花壇の、カスケードの、グロッタの、かつて僕があなたを立たせてみたことのある場所すべてに、あなたの姿を探す。あなたのまぼろしを追う。

あなたを失うことで、代わりに得るものなど何もないことは初めからわかりきっていた。とはいえ、誤解しないでほしい。美夜さんのことは、心底、心苦しく思っている。本当だ。彼女には何の責任もない。

彼女は無垢《むく》だった。美しい無垢のかたまりだった。そのことが余計に僕を苦しめた。あなたとの記憶を消し去り、盲目的に、何も考えずにこの人を愛することができれば、どんなにいいか、とも考えた。

しかし、できなかった。何度、彼女を愛そうと試みたかわからない。抱きしめて、キスをし、かつて僕がこの邸《やしき》で、あるいはこの庭で、あなたを抱きしめた時のように、その耳元で愛の言葉を囁《ささや》いてやりたいと思ったかわからない。

聞いてくれ。僕は彼女に触れなかった。指一本、触れることができずにいた。僕たちは同じ邸に暮らしながら、街角ですれ違う通行人さながらに、赤の他人のままでいた。そうなることはわかっていた。あのくだらない、反吐《へど》が出るような馬鹿げた結婚式をあげる前から、僕にはわかっていたんだ。

逢いたい。ただひたすら、あなたに逢いたい。

美夜さんがいなくなってすぐに、こんなことを書いた手紙を送りつける僕をあなたは軽蔑《けいべつ》するだろうか。だが、美夜さんが松本に帰ったことは、僕に一条の光を与えた。残酷だが、本当なんだ。だってそうだろう。彼女がいなくなれば、僕はまた、この僕の庭園にあなたを招き、あなたと寛《くつろ》ぎ、あなたを抱きしめ、あなたにキスをすることができる。僕の庭は再び、僕のものになる。僕とあなたのものになる。

いつでもいい。あなたが僕に逢いたいと思ってくれているのなら、手紙を書いてほしい。そして、いつ再び、僕の庭に来ることができるのか、教えてほしい。

その日がきたら、僕はあらゆる仕事を放擲《ほうてき》し、あらゆる雑務、あらゆるくだらない約束の数々にも背を向け、僕の庭であなたを待つことにする。

陣内青爾

久我杳子様

一日おいて、私は返事を書いた。

和紙の便箋一枚に、ほんの一行。

「十月に入って最初の水曜日、逢いに行きます」と。

愛の言葉は書かなかった。美夜に対する罪の意識、連絡を取れずにいた間の出来事につ
いても何ひとつ書かなかった。自分自身の狂おしい気持ちの片鱗《へんりん》にすら、触れなかった。

22

あの日、夫に何をどう、言い訳したのだったか。

十月最初の水曜日、何故、午後から出かけて行って、夜遅くなるまで戻れなくなるのか、いかにもありそうな作り話をしたのは間違いないのだが、それが何だったのか、おぼろな記憶しか残されていない。

またしても「佐々木和子」を使ったのだったか。あるいは、夫も知っている、私の女友達の名を借りて、YWCA時代の仲間が集まってお茶会を開くことになった、などと嘘をついたのだったか。

夫はその頃、接待が多く、平日はどんなに早くても十時を過ぎなければ帰らなかった。酒が入っているせいで、帰宅してもすぐに寝てしまうことが多かったから、私の外出先での出来事に興味をもって、寝しなにあれこれ質問の矢を飛ばしてくるとは思えなかった。まして、誰とどこで何をしていたか、克明に知りたがるはずもなかった。

朝食の席で、「今日は少し遅くなるかもしれないわ」と言ったのを覚えている。その時も夫は、何か別のことを考えてでもいるかのように、上の空で「うん」と言っただけだった。

迎えの車に夫が乗り込み、私と仲江はいつものように、車が路地を抜けて表通りに走り去るのを見送った。よく晴れた、秋の朝だった。金木犀《きんもくせい》の香りが甘ったるくあたりを包み、その切ないような香りを嗅ぎながら私は、もうこれでこの家に戻ることはないのかもしれない、夫の出勤を見送るのもこれが最後になるのかもしれない、などと考えた。

少女趣味的な感傷、と言えばそれまでだ。だが、私は本気でそう思った。別段、恐ろしくはなかった。そうなるのなら、それでもう仕方がない、と思った。

午後になるのを待ちきれず、昼食もそこそこに、私は支度をして家を出た。半年ぶりに逢う青爾の目に、自分はどのように映し出されるのか、と考えれば、支度も念入りにならざるを得ないはずだったのだが、着るものにも化粧にも、私はあまり頓着しなかった。

私が選んだのは、その頃、ちょっとした外出に好んで着ていた枯れ葉色の、オーソドックスなデザインのツーピースだった。帽子はかぶらず、手袋もはめなかった。ブローチもネックレスもつけなかった。ごくありふれた、誰もがはいていたようなストッキングをガーターベルトで吊《つ》るし、靴もヒールのさほど高くないものを履いた。

考えぬいて選んだ装いではなかった。それは単に、外出する際、自然に手がのびるものを身につけただけのことで、新宿のデパートに仲江を連れて気軽に買物に行くだけだったとしても、私は同じ恰好《かっこう》をしていたに違いない。

私が着ているものなど、青爾の目には入らないだろう、という確信が私にはあった。青爾と再会を果たした時、自分もまた、彼の着ているものなどに注意を払わないに違いなかった。彼の存在、そこに彼がいる、ということだけしか意識しないに決まっていた。たとえ彼が、醜いぼろをまとって現れたとしても、私の目はぼろに包まれた彼自身……透明で、脆弱《ぜいじゃく》だがロマネスクな、この世のものとも思えないほど美しい、孤独な魂しか見ないでいられるだろう、と。

電車に乗っている間中、私はずっと考えていた。あと一時間、あと三十分、あと十五分……私と青爾とを阻んでいたものは消え失せ、間に横たわっていたはずの無慈悲な時間すら、分刻みに私たちを近づけようとしてくれていた。

とはいえ、浮足立つとか、どぎまぎするとか、胸が高鳴るとか、そういった感覚は不思議なほどなかった。美夜のことも、考えなかった。これまで起こったこと、これから起こるであろうこと、何もかも考えずにいられた。私は自分でも驚くほど静かな気持ちで、電車が国分寺の駅に向かって走り続けるのに身を任せていた。

美しい秋の日の午後だった。世界は光に包まれていた。車窓の外の風景は、次第に牧歌的なものに変わっていき、家々の屋根瓦《がわら》や庭先の柿の木に、光はきらきらと弾《はじ》け、輝き、それは車両の窓を通して優しく私の目を射た。

国分寺の駅で降り、改札を抜け、邸に向かって歩いた。わずかな距離だった。このわずかな距離をわざわざロールス・ロイスに乗り、車が邸の車寄せに横付けされるまで、後ろの席で身を硬くしていたことがあったのを思い出した。たった数ヶ月前の出来事だったというのに、十年前、二十年前のことのように思えた。自分の青爾に向けた気持ちだけが、今も変わらずに続いていて、その他のことはすべて、遠い昔の出来事として、私の意識の外にあった。

邸《やしき》の門の前に立ち、呼び鈴を押すと、松崎金次郎ではなく、その息子の為吉が出て来た。金次郎の長男で、民子の父親にあたる男だ。金次郎とは違って、卑屈な印象が強く、いつも腰を低くしているせいか、かなりの猫背である。邸の中で顔を合わせてはいても、ほとんど言葉を交わしたことがなかった。私は念のために名を名乗り、陣内青爾と約束をしているのだ、と言った。

これはこれは、と為吉は愛想よく言い、「ご遠方をようこそおいでくださいました」と深く頭を下げた。「旦那《だんな》様は先程からボスコのほうで、お待ちでおられます。久我の若奥様には、まっすぐボスコのほうにおいでいただきたい、とのことでございます」

為吉が「ボスコ」と言う時、それは何か、自分でも意味のまったくわからない外国語を喋《しゃべ》っているように聞こえた。彼は正確な言い回しがわからぬままに、その言葉を口にしていたのかもしれない。

為吉が背を丸めながら、門扉を大きく開け放った。

白い小砂利に光が乱反射していた。高生け垣の緑はびっしりと生えそろっていて美しかった。生け垣の先端は、定規を引いて計ったかのように正確にまっすぐに、刈りこまれていた。空の青と生け垣の緑、小砂利の白が、遠近法を使って描かれた絵画のように眼前に拡がった。

私は為吉に礼を言い、背筋を伸ばしながら歩き出した。

スフィンクスの像を左に曲がり、芝が敷きつめられた一角を横切って少し行くと、ボスコが始まる。その人工森の奥に向かって、一本の小径《こみち》がうねうねと伸びている。小径を辿《たど》って行けば、やがてそれは庭園の南側に位置するグロッタや、大鹿の彫像のある池泉に通じるようになっている。

あたりに人影はなかった。時折、空を旋回する鳶《とび》の甲高い鳴き声が響き渡るだけで、主庭園の噴水が水を噴き上げている音が風に乗って流れてくるばかりであった。

森にさしかかると光の洪水が途切れ、代わりに木洩《こも》れ日が私を包んだ。レースの網目を通して洩れてくるような、繊細な、脆《もろ》い光だった。

青爾がどこにいるのか、私にはだいたいの見当がついていた。ボスコの中央付近、少し高台になったあたりには石造りのベンチとテーブルが置かれてある。山から切り出してきた石をそのまま使ったように見える、荒削りの灰色の石のベンチである。青爾はそこに座り、私を待っている。そうに違いない、と思った。

息がはずんだ。緑の匂い、土の匂いが肺を充たした。もういい、もう充分。このまま引き返して、帰ってしまってもかまわない、と思えるほど、私は幸福だった。

光の中を歩いて来たせいで、少し汗ばんでいた。出がけにほんの少し、耳朶《じだ》につけてきた香水が、甘く香るのがわかった。

小径が大きく右に曲がっているあたりにさしかかった。ベンチが見えてきた。青爾はそこに座ってはおらず、丸いテーブルの縁に寄りかかるようにして立ちながら、腕を組み、じっと私を見ていた。

白いシャツの上に、薄手の茶色のカーディガンを着ていたはずだ。カーディガンの色が茶色だったことだけはよく覚えている。彼に抱きとめられ、その胸に顔を埋めた時、うっすらと開けた私の視界に飛び込んできたのは、キャラメルを思わせる茶色、それ一色だった。私の目の中は、キャラメルの色に染まったのだ。

私が近づいて行くと、青爾は組んでいた腕をそっと外し、石のテーブルから離れた。秋の木洩れ日が、ちろちろと音もなく、私たちをまだらに包んだ。

痩《や》せた、と思った。頰が少しこけ、眼窩《がんか》がくぼんで見えた。そのせいか、いっそうひょろひょろと、背が高くなったようにも感じられた。目のまわりは黒ずんでいた。ひどく疲れているようにも見えた。

だが、彼は変わらずに美しかった。その翳《かげ》り、その孤独、その脆さ。それは確かに異端の美しさ、初めから死の匂いをはらんだ美しさだったかもしれないが、青爾の庭園にあって、彼はまさに、広大な領地を支配する美しい王、そのものであった。

微笑みを浮かべようとしたのだが、できなかった。時が止まり、呼吸が止まったような感じになった。そして私たちは、どちらからともなく歩み寄り、互いの身体をかき抱いた。

逢いたかった、と青爾が私の耳元で囁《ささや》いた。私も同じ言葉を繰り返した。逢いたかった、

逢いたかった、逢いたかった……まるでその言葉しか知らないかのように、私たちは幾度も幾度もそう口にした。

自分とは異なる肉体がそこに在る、ということすらわからなくなるほど、私たちは重なり合い、もつれ合うようにして抱き合った。青爾が両手で私の顔をはさみ、接吻《せっぷん》してきた。半年ぶりに触れ合う唇の柔らかさが、すぐさま、私にかつての感覚のすべてを甦《よみがえ》らせた。私は自ら腕を彼の首に巻きつけ、彼の頭を支えながら、さらに深い接吻を求めた。

接吻の音と、あられもない喘《あえ》ぎ声が鼓膜を充たした。何かが急激に私の身体の奥にあふれ出した。それは感動であり、刹那《せつな》の幸福感であり、行き場を見失うほど形を失った熱情であり、そして何よりも、青爾に向けた、おぞましいほど烈《はげ》しい欲望であった。

泣きたいのか、笑いたいのか、叫び出したいのか、わからなくなった。今ここで、何もせずにこのままでいることなど、できっこない、と私は思った。そんなことをしたら、自分は自分に戻ることができず、生きながらにして引き裂かれてしまうだろう、とも思った。

私は手にさげていたハンドバッグを放り出した。羊歯《しだ》の葉や苔《こけ》に被《おお》われた地面に、バッグは音もなく転がり落ちた。

言葉が見つからなかった。何か言おうとすると、青爾の唇が私の唇を塞《ふさ》いだ。歯と歯がぶつかり合った。乳房のあたりに、腰に、背に、這《は》いまわる青爾の手を感じた。

喉《のど》に青爾の唇を受けながら、私は天を仰ぎ見る姿勢を取った。レース編みのように見える木々の梢《こずえ》の向こうから、柔らかな光が洩れてきて、それは風にそよぎ、右に左に揺れ、万華鏡の中の模様のごとく変化し続けた。

　腰から下がくずれ落ちていくような感覚があった。着ていたツーピースの上着を脱ぎ、靴を脱ぎ捨てたのは私だったか。青爾が脱がせてくれたのだったか。

　気がつくと私たちは、ボスコの中の、石のベンチの上で重なり合い、そうするのが自然であるかのように交合を始めていた。それは或《あ》る意味で、恥ずかしいほど動物的な交合だった。再会して「逢いたかった」という言葉を交わしてから、私の中に青爾の種がばらまかれ、拡がり、溶けていくまで、私たちは他に何ひとつ、言葉を交わさなかった。

　欲望だけが私たちを支配していた。にもかかわらず、それは健康的な欲望ではなかった。私たちは互いに、これ以上、どうやって一つになればいいのかわからず、絶望していたのだった。

　一切が済み、身体の奥に燃え拡がっていた焔《ほのお》が少しずつ鎮まっていくにつれ、周囲の気配が戻ってきた。小鳥が鳴いていた。木々の梢を渡ってくる風の音がしていた。ひんやりと湿った苔の匂い、青臭いような羊歯の葉の匂いがした。光は満ち、木洩れ日はさらに踊るように美しく大地に模様を描き、どこかでけたたましく百舌《もず》が鳴いた。

　青爾は汗ばんだ頰を私の頰にあてがったまま、荒い呼吸の中で「夢だ」と囁いた。「これは夢だ」

　いいえ、と私は石のベンチの上で首を横に振った。「これが夢なのだとしたら、この庭園そのものが、夢だったのよ」

青爾はしばらくの間、じっとしていたが、やがて思い直したように私を抱きしめ、欲望が充たされた後の、優しい接吻を一つ残すと、そっと、名残惜しげに私から離れた。

23

青爾の奇行ぶりが、人々の口にのぼり始めたのは、その直後のことになる。

噂の出どころは、佐高の後に雇い入れたという新しい運転手の男だった。確か鈴木、という名だったと思う。私は一度しか顔を合わせたことがない。出自は悪くなさそうだったが、洗練されているとは言いがたく、佐高と異なって饒舌《じょうぜつ》すぎるきらいがあった。

青爾に雇われる前は、大手のハイヤー会社に勤務していたという話だ。四十も半ばを過ぎていたが、結婚経験はなく、佐高がいなくなった後の陣内邸の運転手用の小さな家に、一人で住みこむようになっていた。

深夜早朝問わず、時に青爾から突然、呼び出しがかかる。庭園を散策するお伴を仰せつかるのだが、雨の日でも寒い朝でもおかまいなしなので、たまったものではない……そんなことを鈴木が、たまたま自分の車に乗せた青爾の仕事関係者に言いふらしている、と私は夫から聞かされた。

「懐中電灯を手に、青爾の後ろから明かりを照らしてやるんだそうだよ。黙ったまま、考え事をしながらゆっくり歩いている時もあれば、急に走り出して、闇にのまれて見えなくなる時もあったりするらしくてね。その鈴木って奴はやっとの思いで追いついて、息も絶え絶えになるんだそうだ。かと思えば、芝生の上に大の字に寝ころがって、いつまでも星空を眺めていたりね。この季節だし、あのあたりは夜になると、もうかなり冷えこんでるはずだよ。寒いから風邪をひく、早くお戻りになられては、って、話しかけても答えないし、仕方なく、ずっと傍に付き添ってるらしいんだ。どこの何様でもあるまいし、そんなのにつきあわされるのは気の毒としか言いようがないが、まあ、べらべらと雇い主のことをあたりかまわず喋《しゃべ》りまくるのもどうかと思うね。だいたい、そんな運転手を雇い入れたこと自体、青爾はおかしくなってるんじゃないのか」

その話はすぐに、陣内紡績の社員の間にも拡がった。噂を聞きつけたのをいいことに、社内における奇行ぶりを表沙汰《おもてざた》にしようとする者が出てきて、それはまた新たな噂の火種になった。

会議中に何本も何本もマッチをすって火をつけ、燃え尽きるのをじっと見ている、とか、何か業務上の重要な決定を迫られている時でも、社長室に鍵《かぎ》をかけてひきこもり、中に持ち込んだ電蓄で、マーラーのレコードをかけっ放しにしている、とか、一日中、何を話しかけても答えない時もあれば、取締役連中を部屋に呼びつけ、午後の間中、ドイツ浪漫派に関する話を説教じみて続ける時もある……等々。

それは確かに奇行としか言いようのないことばかりであった。中には青爾の頭が変になった、とまことしやかに外部に喧伝《けんでん》して歩く社員もいて、青爾は社長とは名ばかりの存在になりつつあった。

　代わりに保二郎が、正々堂々と実権を握り始めたのは言うまでもない。決定権を放棄した形になった青爾を表向き庇《かば》うふりをしつつ、保二郎は蔭《かげ》の代表者となって、好きなように動きまわっていた。それは私の目には、長い間チャンスを待ち望んでいた禿鷹《はげたか》が、密林の王者の狂態ぶりと死の兆しに、快哉《かいさい》の叫びを上げているも同然にしか見えなかった。

　久我家でもその噂が問題になり、例によって真っ先に綾子と百合子が騒ぎ出した。もともと神経が細い子なんだから、美夜ちゃんとの結婚があああいう形になって一時的に気持が塞いでいるんでしょう、と百合子が庇えば、綾子はむきになって、久我の血が流れている男に、そんな情けない人間はかつて一人もいなかった。何と恥ずかしいこと、と嘆いた。また別の時になって、百合子が青爾を悪しざまに言えば、綾子がやんわりとたしなめる、といった具合だったが、義父も含めて久我家においては、きわめて近い縁戚《えんせき》関係者に困った人物が出現した、とみなし、ひどく困惑させられている様子だった。

　松本にいる美夜に、青爾の近況を伝えようとする人間はいなかった。美夜の耳に入るといけない、というので、両親にも黙っているように、と私は周囲からきつく言われていた。

　だが、私が青爾に関するよからぬ噂を好んで他言するはずもなかったのだ。誰よりも青爾を知っていたのは私であった。奇行、ということで言ったら、深夜、私の家に電話をかけてきて、あなたに恋をしている、と唐突に告白してきた青爾のふるまいも奇行と言えた。そもそもあの、完璧《かんぺき》な西洋の模倣である庭園を造ってみせたこと自体、奇行であった。そう知っていて、私は青爾に惹《ひ》かれ、溺《おぼ》れたのだ。

彼方の楽園を夢見つづけて、夢見るだけでは足りずに、現実のものとし、王国とみなして安住するのは、狂気の沙汰とばかりも言えない、一種の力かもしれなかった。弱々しい、脆《もろ》く崩れやすい……けれどもそれは確かに、力としか言えない悪魔的な強さをはらんでいて、私は多分、そこにこそ魅了されたのだ。

半年ぶりに青爾と逢い、絶望的なまでに烈《はげ》しく肌を交わし合った後、私は文字通り、鬼になった。恋に溺れながらも現実をうまくさばき、何事においても器用に立ち回ろうとする鬼ではない。現実など無視し、宿命の流れの中に身を任せて、それでいったい何が悪い、と開き直ってみせる鬼……罪深さをまとえばまとうほど、それを快く思う鬼、であった。

使用人の誰に見られようが、あるいは、新しく入った運転手に妙な噂を流されようが、かまわない、と私は思った。邸の中で、庭の中で、青爾と烈しい接吻《せっぷん》を交わしているのを誰に見られようが、何がかまうものか、と思うようになった。

頻繁に青爾あてに手紙を書き、青爾からも返事がきた。愛の言葉しか綴《つづ》られていない手紙だった。私はそれを、誰もいない居間の、黒檀《こくたん》の座卓の上で繰り返し読んだ。夫の帰りが遅い夜は、それこそ夜通し、座卓に向かって返事を書いた。

手紙を書いている時だけが、確かな時間だった。その黒檀の座卓の上だけが、私の宇宙と化した。

手紙を綴りながら、私は青爾の庭園を夢想していた。森の奥の、ひんやりとした石のべンチの上で交わった時、自分たちを包みこんでいた夥《おびただ》しい光、木々の馥郁《ふくいく》たる香り、吹き過ぎていった風の感触……それらを思い起こしていると、幸福感に包まれた。

もう、夫にも伸江にも、外出先の言い訳はするまい、と自分に誓った。さすがに夫の前ではできなかったが、仲江に聞かれるかもしれないと思っていても、私は平然と陣内邸に電話をかけ、てるを通して青爾を呼び出してもらった。青爾も同様で、一度など、深夜、夫が床についてまもなく……しかも、夫がまだ眠りについていない時に電話をかけてきたことすらあった。

そう。確か、写真屋のことを言われたのはその時の電話だった。

「今度逢う時は、写真屋を呼んでおくつもりだ」と青爾は言った。「あなたと僕の写真を撮らせるために。だから、その時は素敵な恰好《かっこう》をしておいで。あなたにふさわしい、あなたが一番美しく見えるドレスを着ておいで」と。

わかったわ、と私は幸福な気持ちで答えた。次の水曜日に、と私たちは約束し合った。

電話の青爾の声は、周囲の噂で聞くような、いかにも精神の均衡を崩しかけている、奇行で知られる人間の声などではなかった。それはいつもと変わらず、まっすぐに踏み込んでくる青爾であり、力強く、烈しい、声を聞いているだけで吸い込まれていきそうになる青爾であった。

「一刻も早く逢いたい」と青爾は言った。「もう待ちきれない。逢って、死ぬほどあなたを抱きしめたい」

「私も」と私は答えた。

その瞬間、床がぐらりと揺れたような、淫《みだ》らな感じのする眩暈《めまい》を覚えた。受話器を下ろし、二階に上がって寝室に戻った。夫は布団に腹這《はらば》いになって、スタンドの明かりを一つ灯《とも》し、寝たばこを吸っていた。

誰からの電話だった、と聞かれ、佐々木和子の名を口にした。

「ずいぶん遅い時間にかけてくるんだな」

心なし、咎《とが》めるような口調だった。私は落ちつき払ったまま、「今度の水曜日の件なのよ」と言った。「いろいろと婦人会のほうで、人間関係がごたごたしていて、それでちょっとね」

「また婦人会とやらに出入りしてるのか？」

「あら、知らなかった？　言ったはずですけど」

うん、そうだったな、と夫は言い、煙草を灰皿でもみ消すと、明かりを消し、仰向《あおむ》けに姿勢を変えて布団にもぐりこんだ。

外では雨の音がしていた。私は夫が眠りについていないのを知っていた。

身を固くしてじっとしていると、夫が私の掛け布団の中に手をすべりこませてきた。夫婦の性愛は、あの当時、平均して週に二度、少なくとも週に一度はあったのだが、どういうわけか、私が青爾と肌を合わせてからは、夫が忙しかったこともあって、ぴたりと止まっていた。

夫にしてみれば、妻である私の肉体は汚れた肉体であった。知らないとはいえ、そんな肉体を愛撫《あいぶ》する夫は哀れであった。

疲れているから、と小声で言って、背を向けた。夫はしばらくの間、添い寝するような姿勢を取ったまま、寝巻の上から私の胸をまさぐっていたが、やがて諦《あきら》めたように寝床に戻った。

触れられるのがいやだった。青爾以外の誰からも、身体に触れられるのはいやだった。それは私が、青爾との密会で密《ひそ》かな逢瀬《おうせ》を繰り返し、戻って来た時とはまるで異なる感覚だった。あの頃はまだ、夫に触れられても平気だった。それどころか、それまでと変わりなく夫を受け入れ、私自身もそれなりに快楽の海を漂うことができた。

だが、もうだめだ、と私は思った。どうしようもなかった。たとえこの先、永遠に青爾と逢えなくなったとしても、私はもう夫を受け入れることができないのではないか、とすら思った。

遠い遠い昔、幾百幾千という女たちが自らの罪深さと業の深さを悔い、世を捨てて寺に入った、その時の気持ちがわかるような気がした。彼女たちは、もしかすると今の自分のように、この世におけるあらゆる欲望を充たしきったあげく、憑《つ》き物が落ちたような気持ちにすらなっていたのではないか。そして、人間でありながら人間の形をしているだけの、仏に近い存在になって、救われていったのではないか。

だから自分もまた、青爾と永遠に逢えなくなったとしたら、もはや守ろうとするべきもの、ごまかそうとするものなど何もなくなり、夫を捨て、家族を捨て、この世への未練も、自分の半生すらも捨て去って、髪の毛を剃《そ》り落とすのはわけもないことなのではないか、と。

そして次の水曜日、私は再び陣内邸へ行ったのだ。

十一月初旬であった。ボスコの中のベンチの上で抱き合ってから、一と月ほどたってい た。

おかしなことに、その日、邸《やしき》には使用人がすべて揃っていた。まるで私と青爾の密会を我が目で確認しよう、として待ち構えてでもいたかのように。

私は初めて新しい運転手の鈴木とも顔を合わせた。迎えに来てもらったわけではない。駅から歩いて邸まで行った際、鈴木がたまたま車寄せの前に車をつけ、フロントガラスを磨いていたので挨拶《あいさつ》をしなければならなくなったのだ。

名乗りはしなかったし、何のために青爾を訪問したのかも言う必要がなかったので口にしなかった。だがこの男は、今日の訪問客が、主の義姉であったことをいずれ何らかの形で噂の種にするに違いない、と私は思った。だが、案じはしなかった。そうなるのなら、なってもかまわない、それが自然だろう、と思っただけだった。

玄関に迎えに出て来たのは民子だった。珍しく、民子の母親も一緒に邸内にいて、顔を合わせた。二人とも、私を迎えてあたりさわりなく応対したが、民子が抜け目なさそうに私のドレスの品定めをしているのはよくわかった。

　民子が私を案内して、サロンの扉を開けた。何かを面白がってでもいるかのような表情が不快だった。だが、私は民子に向かって、ありがとう、と言い、背筋を伸ばしたまま中に入った。

　サロンで私を待っていてくれた青爾は、黒のタキシード姿だった。いつもは柔らかく無造作に額に垂らしている前髪は、オールバックに撫《な》でつけられ、濡《ぬ》れ羽色に輝いていた。まるでこれから、国賓を招いた正式な午餐《ごさん》の会に出向こうとしているような感じだった。

　写真を撮るというだけで、昼間からそれほど大仰ないでたちをしていることはいささか私を面食らわせた。一と月前に逢った時よりも、さらに少し痩《や》せたような感じがした。その分だけ、全身に脆《もろ》いような美しい青白さが加わり、眼光も鋭くなっていて、私は思わず、彼が自分に向ける強烈な求愛の視線にたじろいだ。

　青爾の横には、てると、青爾が呼びつけたという写真屋がいた。写真屋の初老の男が賑《にぎ》やかな人間だったので、あたりにはまるで、何かの宴《うたげ》が始まろうとする時のような陽気さが漂っていた。

「これはこれは、お美しいご婦人でいらっしゃる」と写真屋は痰《たん》のからまった声で言った。「外は見事な秋晴れですし、さぞや素晴らしい写真が撮れることでしょう。保証いたします」

　世辞とわからないほど、心底、人をうつような喋《しゃべ》り方と笑顔を向けてくる男で、初対面であるにもかかわらず、親しみを持てた。焦げ茶色のベレー帽をかぶり、同色のジャケットを着て、口ひげを生やしていた。男は機材をひょいと抱え、では早速、お庭のほうに参りましょうか、と屈託のない笑顔で言った。

青爾は、てるや写真屋の前で臆《おく》する様子もなく、私をじっと見つめて「きれいだ」と言った。「とてもよく似合っている」

私はその日、小花模様のついたドレスを着て、首に長い真珠のネックレスを二連にしてつけていた。ペチコートがついていたので、ドレスの裾《すそ》はちょうどいい具合にふくらんでいた。寒くなるかと思って、ショールも持参したのだが、まことに暖かな、春のようにうららかな日だったので、ショールは必要なかった。

脱いだ白い帽子を手に、私は青爾に向かって微笑みかけた。胸の奥が熱くなった。それは肉欲とはまるで無縁の、にもかかわらず限りなく相手の中に溶け入ってしまいたいと願う、不思議な熱さだった。

青爾はごく自然に私の腕を取り、バルコニーに向かって歩き出した。写真屋とてるが後に続いた。

私が青爾とどんな関係にあるのか、彼は写真屋に何の説明も加えていない様子だった。写真屋のほうでも事情をわきまえていたらしく、何ひとつ、その種の質問はしてこなかった。てるは終始、言葉少なに私と青爾を感情のこもらない、あたかも、檻《おり》の中にいる二匹の動物を外側から眺めてでもいるような目で見ていた。

主庭園の脇にある、芝が敷きつめられた一角には、すでに椅子が一脚、用意されてあった。ロココ調の、猫脚のついた美しい肘掛《ひじか》け椅子だった。

写真屋は私にそこに座るよう促した。言われるままに、私は腰をおろし、帽子をかぶった。てるが傍に来て、「失礼いたします」と言いながら私の帽子を直し、スカートの裾《すそ》を整えた。

その季節、芝の青さは勢いをなくしかけていたが、獰猛《どうもう》とも言うべき瑞々《みずみず》しさが失われている分だけ、何か優しい、そこにあるものすべてを包みこむような優しさが感じられた。少し風は冷たかったが、陽射しは暖かく、光の弾《はじ》け具合も穏やかだった。

青爾が私の真後ろに立つ気配があった。日だまりの中、彼の手が私の左肩にかけられた。その繊細な長い指から伝わってくる、少し湿ったぬくもりは、着ていたドレスの布地を通して私の身体のすみずみにまで拡がった。私は軽く目を閉じ、深く呼吸をした。そうでもしなければ、写真屋やてるが見ている前で、首を傾け、青爾の手を取るなり、飽きずに接吻《せっぷん》を繰り返してしまいそうだった。

撮った写真をどうするつもりなのか、何のためにこんなことをしているのか、私は一切、青爾に聞かなかった。青爾の考えていることはわかっていた。この一瞬を留《とど》めておきたい、と願うその気持ち。引き留め、深く楔《くさび》を打ち込み、二度と永遠に消えないものにしておきたい、と思う、その子供じみた願望。

それは私にしても同じであった。たとえ写真の中の、薄っぺらい一枚の風景にすぎなくとも、自分たちのことを、自分たちのこの一瞬を、確かに生きた証《あかし》として残しておきたいとする彼の気持ちは、初めから私に通じていた。

写真屋が大きな写真機を私たちに向け、さあ、撮りますよ、と言った。私はその写真機の中央にある、巨大な目玉のように見える丸い穴を見つめた。肩にかけられた青爾の手に軽く力がこめられた。温かい漣《さざなみ》のようなものが全身にあふれた。

どこか近くで……おそらくはボスコの手前あたりで、集まっていた烏《からす》がウミネコのような声をあげながら飛び去って行く気配があった。重たい羽ばたきの音が一斉に響きわたる中、私と青爾は一枚の、冷たい乾板の中に収まった。

その日、撮影を終え、写真屋を帰した青爾は、私の見ている前で、てるに向かい、奇妙な命令を下した。

「僕が命じた、と全員に告げなさい。今からただちに、この敷地から出て、日が暮れるまで戻るな、と。日の高いうちに戻って来てしまうようなことがあったら、誰であろうが、減給の対象にするし、場合によっては解雇する」

「松崎や鈴木も、でございますか」とてるは、さして驚いた様子もなく聞き返した。「松崎と鈴木の家は、敷地の中にございますのですが。それに松崎は、今日はお庭の萩の木の手入れをすることになっております」

「家だろうが、萩の木だろうが、どうでもいいんだ。一切、答える必要もないことだよ、てる。わかるね？」

かしこまりました、とてるは無表情に言った。「では、仰せの通りにいたします」

「今すぐに、だぞ。ぐずぐずしていてはいけない」

「承知いたしました」

小走りに邸に向かって去って行くてるの背を見ながら、青爾は私の肩を抱き、「さあ」と言った。「今しばらくたったら、全員、いなくなる。それまで少し、庭を散歩しよう。どこに行きたい？　あなたの行きたいところに行く」

私は少し考えてから「西苑へ」と言った。「あそこの彫像を見たいわ」

「アモールとプシュケの？」

「ええ」

わかった、と青爾はにこりともせずに言い、私を抱き寄せたまま歩き出した。邸のバルコニーの前の舗道を歩き、私たちは西苑に入った。中央の水盤には水がなみなみと充たされて、午後の柔らかな光を受けながら輝いていた。

背中に翼を携えた若者アモールと、彼が恋をしたという王女プシュケが、寄り添いながら並ぶ白い彫像を眺め、私はかつて、この庭園が完成した時に、青爾から聞いた寓話《ぐうわ》を改めて思い起こした。アモールは愛、プシュケは魂の象徴だった。愛と魂とが結びついて、永遠の絆《きずな》を生んだ、という、あの美しい寓話……。

「覚えている？」と青爾が聞いた。「前にあなたに話して聞かせた話」

「もちろんよ。今もそのことを思い出していたところ」

「一度、聞きたいと思ってた。もしもだよ、あの寓話と同じように、あなたが僕と闇の王国で出会って、闇の中で見る僕のことしか知らずにいたとしたらどうだろう。そんな時、心ない意地悪な連中に、陣内青爾は実は怪物の姿をしているのだよ、って囁《ささや》かれたらどうしていた？」

「私もやっぱり、プシュケみたいに、こっそりランプの光の中で青爾さんの姿を見てみると思うわ」

「確かめたくて仕方がなくなる？」

「本当の姿を知りたいと思うのは自然でしょう？」

「プシュケが光の中で見たのは翼を生やした天使だった。でも、あなたはそこに、世にも醜くて恐ろしい怪物を見つけるかもしれない」

私は首を横に振った。「そんなこと、平気よ」

「皆の言う通り、僕が怪物だったとわかっても？」

私は青爾を見上げた。「愛した人が怪物だったからって、それが何？」

「確かにランプの明かりを消してさえしまえば、二度と見ずにすむ。でも、あなたがそのまま、怪物を愛していける人だとは思えない」

「私は初めから、あなたが怪物だとわかっていて、あなたを愛したのよ」

青爾の顔に、いっとき、少年のような心もとない笑みが拡がり、やがてそれは伏し目がちな表情の中に消えていった。

「誤解しないでね。世にも醜くて恐ろしい怪物だなんて、言ってるわけじゃないんだから」私は言った。「あなたはふつうの人にはわからない、わかりようもない世界を生きてるのよね。それは或《あ》る意味では、世間の人にとっては怪物以上のものかもしれない。でも、私にとってあなたは、いつだって背中に天使の翼を折り畳んで持っている人なの。他の人には絶対に見えないあなたの翼が、私には見えるの」

青爾は目を上げて私を見つめ、何か言いたそうに唇を開きかけたが、何も言わなかった。それ以上、どうやって自分の気持ちを伝えればいいのか、わからなくなり、私も黙りこくった。吹き過ぎる風の音が聞こえた。

「最近、僕の気が変になりかかってる、って皆が噂してるらしいよ」

「知ってるわ」

「美夜さんが松本に帰ったからだろう、と言う者もいる。くだらない憶測だね」

「人の憶測は、たいていくだらないものよ」

「どこにも行きたくないんだ。何もしたくない。まして社の仕事など、もってのほかだ。ただそれだけだよ。この庭で目覚め、この庭で眠り、それだけで毎日が過ぎていって、穏やかに死んでいければどんなにいいか、と思っている」

「そのあなたの毎日の中に、私がいなくてもかまわないの？」

「馬鹿を言うな。あなたはいつも僕の傍にいる。片時も離れたことはない」

「ああ、青爾さん。私のほうこそ、気が変になっているのかもしれないわ」

「何故」

「毎日あなたを思っているの。毎日、この庭のことを考えている。それだけで時間が過ぎていくの。もう、私の中に、現実感がなくなってるのよ」

杏子、と言い、青爾は私の腰にあてがった手に恐ろしいほどの力をこめた。「あなたが欲しいよ。あなたと寝たい。でもそれだけでは物足りないんだ。どうすればいいのか、わからない。わからないのに、どんどん時間ばかりが過ぎていく」

私たちは、彫像を横にして向き合った。青爾の手が私の顔を包んだ。

接吻をするのにかぶっていた帽子が邪魔になった。私がひと思いに帽子を脱ぐと、一陣の風が吹きつけて、帽子は私の手から離れ、西苑の大地を転がっていった。

帽子の行方を見届けもせずに、私たちは唇を重ね合った。欲望がひたひたと押し寄せてきて、それは泣きたくなるほどの悲しみを伴ったまま、私の中にとどまった。

長い接吻だった。唇を離し、名残惜しげに身体を離し、気がつくと、帽子が見えなくなっていた。

探して来よう、と青爾は言ったが、私がそれを引き止めた。帽子など、どうでもよかった。むしろ、自分が身につけていたものが、青爾の庭園の木立の奥深くに残り、永遠にひと目に触れることなく、そこで朽ちていってくれることを願った。

私は黙って青爾の手を取り、歩き出した。再び風が吹き、連鎖するかのように木々の梢《こずえ》を揺すっては消えていった。
その音は、秋の海の、遠ざかっていく波音に似ていた。

久しぶりに入った青爾の居室は、秋の野の花で充たされていた。桔梗《ききょう》、女郎花《おみなえし》、コスモス、リンドウ、ワレモコウ、白小菊……。

硝子《ガラス》の花器に無造作に活《い》けられた野の花は、活《い》き活《い》きと息づいていたはずなのに、青爾の居室にあって、何故かそれらは生きているものの鮮やかさ、艶《つや》やかさを失っていた。美しいのだが、死んだように花は静かで、まるでそのすべてが人工花のようにも感じられた。

私たちは一言も言葉を交わさずに、青爾の寝室に入った。天蓋《てんがい》つきの巨大な、見たこともないほど大きなベッドが中央にあり、そこには白い光沢のある、重たげなベッドカバーが掛けられていた。それは、柩《ひつぎ》を包む白い布の光沢を思わせた。

青爾はベッドカバーをはぎ取ろうともせず、私をそこに仰向《あおむ》けに寝かせると、タキシードの上着を脱ぎ捨てた。首をしめつけていた蝶《ちょう》ネクタイをもぎとるようにし、シャツの前ボタンを胸の半ばまで外して、私の上に被《おお》いかぶさる姿勢をとるなり、彼はドレスの上から私の身体を愛撫《あいぶ》し始めた。腰から胸へ、乳房から首へ、そしてまた、腰のあたりから大腿部《だいたいぶ》へ。足の爪先までいって、再び悩ましげに脇腹のあたりに戻される。それは静かな静かな、触れるか触れないかの愛撫だった。

私は目を大きく見開き、じっと青爾を見上げていた。青爾も私を見ていた。怒ってでもいるかのような視線が交わり続けた。

温かな漣《さざなみ》のようなものが押し寄せ、波が泡立ち、また引いていった。再び小さなうねりが起こり、さらに少しずつそれが大きくなって私を包みこんでいくのがわかった。

私は青爾の首に両腕をまわした。ボスコの中の石のベンチで交合した時のような烈《はげ》しさはなかった。ない代わりに、そこには静かな、青白い海の底に引きずりこまれていく時のような、死にも似た悦楽があった。

私たちは互いをじっと見つめ合い、小鼻をひくひくと動かしながら、声をたてずに喘《あえ》ぎ続けた。着ていたものを脱ぎ、下着を脱ぎ、全裸になったことすら意識せぬまま、私たちはただちに一つになった。

波は高まり、呑《の》みこまれ、遠くに連れ去られ、海の底の底にまで沈んでいって、一切が見えなくなった。そこがどこなのか、昼なのか、夜なのか、どれくらいの時間が過ぎたのか、自分が何なのか、果たして生きているのか、死んでいるのか、わからなくなった。

事が終わってからしばらくの間、私たちは折り重なったまま、じっとしていた。

まもなく、青爾は荒い息の中で言った。「これからあなたの絵を描こう」

「何ですって？」

「裸のままのあなたを描く」

「写真を撮ったばかりよ。私たちのことをそんなに幾つも幾つも残しておく必要はないわ」

「残しておきたい」と青爾は言った。「いいね？　今のあなたを描く。描きたい。僕によって満ち足りたあなたを」

彼は私の唇の端に軽い接吻《せっぷん》を残すと、私から離れ、もう肌を合わせたことなど忘れ去ってしまったかのように素っ裸のまま、きびきびと動き回った。そして書斎からイーゼルと白い画布を巻きつけたカンバスを持って来て、私に椅子に座るように命じた。

私は化粧をし直したいし、髪の毛も直したい、と言った。その必要はない、と彼は言った。そのままでいい。そのままがきれいなんだ。それは叱るような口調だった。

仕方なく私はベッドから降り、裸のまま椅子に腰をおろした。黒々とした自分自身の叢《くさむら》が見えてしまうのがいやだ、と言うと、青爾はさっきまで着ていた自分の白いシャツを私に投げてよこした。

私はそれを下半身に掛け、外さずにいた二連の真珠のネックレスを一連にして首から長く垂らした。冷たい真珠の粒が乳房に触れ、かすかに鳥肌が立ったので、ネックレスの下のほうを軽く結んだ。

素敵だ、と青爾は言った。

デッサンが始まった。私はじっとしていた。じっとしていても、つい先程引きずりこまれ、波にもまれ、沈んでいった海の底の快楽は消えずに残った。

乳首がそそり立ち、そのあたりが桜色に染めあげられているのが自分でもわかった。肌という肌が、おさまることなく火照り続けていた。

なかなか鎮まらない呼吸の中、私は青爾を見ていた。素っ裸の青爾を。贅肉《ぜいにく》のない、薄い筋肉がついているだけの、その美しい身体を。その、男にしては淡々しい、薄墨色の叢《くさむら》を。彼自身を。

幾度も幾度も、果てることなく繰り返し、この男と交わり続けていたい、と思った。交われば交わるほど寂しくなるのなら、いっそ、離れることなく交わり続けているしかないではないか、と思った。

だが、青爾と私が、互いの肌を味わい、或る意味では皮肉なほど健康的な悦楽の海に沈むことができたのは、それが最後になる。

24

それからしばらく、青爾には逢わなかった。私の意識は高みには昇らず、坂を転がり落ちるように落下していった。しかもその坂は尋常な傾斜の坂ではない、絶壁に近いほどの急坂だった。

面白いもので、落ちていくという感覚に慣れ親しんでしまうと、果たして自分が落下しているのか、上昇しているのか、わからなくなった。地獄の底に落ちても、そこが天上の楽園であると信じる人間がいても不思議ではない、と私は思った。

それまでの私をようやくの思いで支えていた、あるかなきかの理性は見事に消え去って、私は空疎なまでに自由だった。悲しみも苦痛も罪の意識も失われ、わずかの希望すら残っておらず、かといって絶望しきっているのでもないのが奇妙だった。私はただ、落ちていく感覚に身を任せ、何事にも逆らわずにいた。それはちょうど、時折、悪夢で見る、高い建物のてっぺんから突き落とされて、悲鳴をあげるまもなく、ふわふわと宙を漂っている時の感覚に似ていた。

光弾《はじ》ける秋芝の上で青爾と写真撮影をした日から、青爾は頻繁に手紙を送ってくるようになった。自宅の郵便受けに、あるいは居間の、郵便物をまとめて載せておく盆の中に、四角い洋封筒を見つけるたびに、私は生まれて初めて恋文を送られた少女のような気持ちになりながら、それを胸にかき抱いた。

現実に逢っている時よりも、あるいは、電話で直接、彼の声を聞いている時よりも、頻々と送られてくる封書は私をより一層、青爾に近づけることになった。

伸江の見ていないところで、そっと封を切り、いつものエアメイル用の薄い、青みがかった便箋《びんせん》を開く。その時の、かさかさという乾いた、頼りないような音。指先に感じる柔らかな、紙とは名ばかりの、四角く切られたシフォンのような軽い感触。そして、そこに綴《つづ》られている、斜め右上がりの読みにくい文字……。

それらの手紙の中で、青爾はしきりと不眠を訴えるようになっていた。毎晩、浴びるように酒を飲み、あげくに睡眠薬を飲んでベッドに横になっても、朝までまんじりともできずにいることがある、という。

深夜、どうせ眠れないのだからと、彼は上着を着、闇に包まれた庭園に降りて行く。秋の夜露に濡《ぬ》れそぼった草が、月明かりを受けて輝いているのを眺め、木立を揺すって吹き過ぎる風の音を聞く。あれほど庭に満ちていた花の香りはすでにない。近づきつつある冬の冷たさをはらんで、森も竹林も刺繡《ししゅう》花壇も、何もかもがおし黙って静かにそこにあるばかりである。

そんな中を彼はもくもくと歩く。立ち止まって天を仰ぎ、降るように瞬いている星々を視界に焼きつける。冷たい地面に仰向《あおむ》けになり、じっとしている。

僕は今、水晶の球の中にいる、と彼は思う。彼の庭園は、天空と共に小さな球体の中に押しこまれている。地平は円《まる》く、大地も円い。この小さな小さな水晶球の中にあって、もはや自分には行き場はないのだ。そして水晶球そのものも、いずれそこに罅《ひび》が入り、曇り、割れ、粉々に砕け散って、跡形もなく風にさらわれていくのだろう……。

手紙の内容は、おおよそ、そういったものばかりだった。読んでいるだけで、冷たくちかちかと輝く星や、木立の闇の深さ、吹き過ぎていく風のさやぎが聞こえてくるようだった。

私もまた、青爾の孤独を自分のものとして味わった。水晶の球の中から見る世界を私もはっきり、目にすることができた。そして返事を書いた。今まさに自分が彼の庭に佇《たたず》んでいて、完璧《かんぺき》に整えられた美しい刈り込み花壇や、ごつごつとした岩肌がグロテスクなグロッタ、大鹿の彫像のある池泉を眺めまわしているかのような気分で、言葉を綴った。

目を閉じていても、歩いていけるような庭だった。梢《こずえ》を鳴らして吹き過ぎていく風の音が聞こえた。森の奥で梟《ふくろう》が鳴いていた。夜の闇の中に噴き上げる、噴水の水飛沫《みずしぶき》の音が聞こえた。小雪の舞う庭、花の季節の庭、光あふれる庭、闇に包まれた庭、雨の日の、風の日の、霧がたちこめた日の、それぞれの庭を私はすでに知り尽くしていた。

自分が綴る手紙が彼の手元に届き、彼がそれを読みふけり、私のことを想ってくれることを想像すると、胸が高鳴った。逢いたい、という気持ちは影をひそめ、むしろ、私は手紙を通して、彼と固く結びついていることを嬉《うれ》しく思うようになった。

それは全く、不思議な感覚だった。誓って言える。つまらない理性が彼との逢瀬《おうせ》を押しとどめていたのではない。現実の様々な認識が私を抑えこみ、だから、手紙という手段で満足しようとしていたのではない。そんなこととは全く別の、新たな深い関わりが、確かに私と青爾の間に生まれつつあったのだ。

そして私はそれに酔った。彼との逢瀬、彼との触れ合いに酔う以上に、深く酔った。

そうやって、昭和二十九年は暮れていき、新たな年が始まった。


ひどく身体の具合の悪い日が続いていると感じたのは、年が明け、一月も半ばになってからのことになる。

正月中は、年始にやって来る客が大勢いた。彼らから、美夜の結婚の破綻《はたん》について遠回しな質問を受けることもあったが、努めて余計なことを言わぬよう心がけた。

恒例行事として、夫と共に久我家に新年の挨拶《あいさつ》にも行った。義父母や綾子たち、他の年始客もまじえた久我家での宴席は窮屈だった。終始、気が張りつめていたが、そうした日々の移ろいのさなかにも、青爾からは手紙が届けられていたので、夫の目に触れないように、と気をつかった。

美夜からはその間に、二度ほど立て続けに電話がかかってきた。それまでも連絡を取り合ってはいたのだが、いつも途中で母が電話口に出てきたりなどして、ゆっくり喋《しゃべ》ったこの美夜は明らかに元精神状態がかなり安定し、身体の恢復《かいふく》も順調のようで、美夜は明らかに元の美夜に戻りつつあった。

私はあえて青爾の話題は出さずにおいたが、美夜もまた何も言わなかった。むろん、佐高の話も出なかった。松本の共通の知人の噂話をしたり、天候の話をしたり、聞かれるままに私の近況について答えたり、会話は他愛のない、無邪気なものに終始していたのだが、電話を終えるたびに私は凄《すさ》まじい心労に襲われた。美夜と話した日の晩は、眠れなくなった。

松の内が明け、夫が出社するようになって、日常生活が戻って来た頃、自分でも訝《いぶか》しく思うほど全身がだるくなった。年末年始の疲れが出たのか、と思っていたが、体調はなかなか元に戻らなかった。

だるいだけではない、食欲もなくなった。胃のあたりが常に重く、食べたものが消化しきれずに残されて気分が悪かった。

どれほど睡眠をとっても、一日中、けだるさが取れなかった。何かというと横になりたくなり、掃除を始めるなどして少し身体を動かしただけで、熱のある時のような眩暈《めまい》を覚えた。夫を送迎してくれる運転手付きの車に便乗し、ちょっとした買物に行くのに新宿まで出た時は、乗物酔いをして青くなった。

道端のドブの脇にしゃがみこみ、つきあげてくるものをこらえていた私の背をさすりながら、夫は「医者に診てもらったほうがいいな」と言った。「なんだか最近、変じゃないか？　たちの悪い風邪をひいたのかもしれないぞ」と。

風邪ではないことはわかっていた。喉《のど》が痛むわけでもなく、熱も出ていなかった。いやな予感が私を充たした。

一月も終わろうとしている或《あ》る寒い日の朝、寝床から離れ、身支度をしている時に、急激な嘔吐《おうと》感に襲われた。慌てて階段を駆け降りたが、トイレのドアを開けるのも間に合わなかった。私は洗面台の中に黄色い胃液を吐いた。

もどしたものはわずかだった。慌てて水道の水で洗い流し、口をゆすいだ。そしておそるおそる、洗面台の鏡を覗《のぞ》きこんだ。色を失った顔がそこにあった。

以前、妊娠した時の感覚が甦《よみがえ》った。よく似ていた。似ているどころか、そっくりそのまま、同じであった。あの時もまた、寝起きに気分が悪くなり、立ち上がった瞬間、こみあげてくるものをこらえきれなくなって、口にあてがった掌《てのひら》の中に少量の胃液を吐いたのだった。

二月に入ってから、夫には何も言わず、久我家が懇意にしていた赤ら顔の医師の診察を仰いだ。医師は簡単な問診をした後で、奇妙な、間延びしたような笑みを浮かべると、ひょっとしてこれは私の専門ではないかもしれませんな、と言った。

言っている意味はすぐにわかった。まさか、と口にしそうになり、慌ててその言葉をのみこんだ。

最後に青爾と肌を合わせた後、その月のしるしを見ていた。そして、そのしるしを見てから二週間ほどたった或る晩、私は夫を受け入れたのだ。

夫はその日、酔っていた。泥酔してはいなかったが、かなり深酒をしたらしく、家に戻るなり、小腹が減った、と言い出した。仲江はもう部屋に引き取っていたので、私が茶漬けを作った。

海苔《のり》と梅干しの茶漬けを茶碗に軽く一膳《いちぜん》、さらさらと食べ終えると、夫は風呂《ふろ》にも入らず、そのまま二階に上がって行った。着替えを手伝ってほしい、と言われ、私も後に従った。

寝室に入り、着ていたシャツとズボンを脱ぎ捨てた途端、夫は私を抱きしめてきた。畳の上に散らばった衣類を手にしようと、前かがみになっていた私は、後ろから夫に羽交い締めされたような恰好《かっこう》になった。

夫の唇が耳朶《じだ》に触れ、夫の手は私の乳房をまさぐり続けた。初めて女を抱く時のように、そのまさぐり方は不器用で、荒々しかった。

いやよ、お酒臭い、と私は言い、眉《まゆ》をしかめ、顔を左右に振りながら、強く抵抗した。思わず真顔で言ってしまったその言い方が、夫の機嫌を損ねたようだった。

「仕事で飲んでくるんだ。好きで飲んでくるわけじゃない。女房ならそのくらい、わかるだろう」

「わかるわ。もちろん、わかるわよ。でもやめてください。ね？　今夜は早く寝て」

「別に眠くなんかないよ。子供扱いするのはよせ」

「お願い。離してちょうだい。痛いわ」

夫は手の力をゆるめなかった。それほど乱暴な抱き方ではなかったのだが、私が烈《はげ》しく抵抗したせいか、あるいは彼が酔っていたせいか、抱擁も接吻《せっぷん》も愛撫《あいぶ》も何もかもが、あまりにも唐突な、犯罪めいたものに感じられた。

強い力に抗しきれなくなり、私はすぐに、寝床の上に仰向《あおむ》けにされた。夫は私の着ていたものを脱がせもせずに、セーターの裾《すそ》をたくし上げて、シュミーズの上から乳房を撫《な》でまわした。スカートがめくられ、下着がひと思いにおろされた。

夫は喘《あえ》ぎながら、久しぶりじゃないか、なあ、杏子、久しぶりじゃないか、いったいどうしたんだろうね、僕は今夜、きみが欲しくて欲しくて、たまらないんだよ、と囁《ささや》き続けた。私は目を閉じ、観念した。嵐が吹き過ぎるのを待っていればいい、と思った。

「電気を消して」と私はやっとの思いで言った。「こんなに明るいのはいや」

わかった、と夫は言い、もつれる足で立ち上がるなり、電灯の紐《ひも》を引いた。

闇にのまれた部屋の中、湯たんぽのぬくもりを背中に感じながら、私は掛け布団の上で夫に抱かれた。夫の射精は長く続いた。湯のように熱いものが私の中に充たされていくのがわかった。

目尻《めじり》から涙が伝い落ちた。青爾のことしか考えていないというのに、その時、私は確かに、肉体の悦楽を覚えていた。そのことが悲しかった。

その後、月のしるしは見なかった。気にかけていなかったわけではないが、年末年始の忙しさに取り紛れて忘れていた。いや……忘れていたのではなく、不安が形を成してくるのが恐ろしくて、忘れたふりをし続けていただけなのかもしれない。

久我家の主治医の紹介で、産婦人科専門の医者の診察を受けた。赤ら顔の医師と似たような年齢の、白髪に白っぽい髭《ひげ》をたくわえた、ほっそりと気品のある医師だった。山羊《やぎ》に似ていた。戦前は、宮家やその縁戚《えんせき》関係者の専属医師として働いていたこともある、という話だった。

おめでとうございます、とその医師は、顔に似合わぬ、しっかりとした野太い声で言った。「ご懐妊でございます」

和洋折衷建築の、古い小ぢんまりとした医院だった。広々とした板張りの診察室の窓の外では、その日、小雪が舞っていた。だるまストーブの上にはやかんが載せられ、温かそうな湯気が立ちのぼっていた。

よく糊《のり》の利いた制帽をかぶった中年の看護婦が、晴れやかな笑顔を作り、私にうなずいてみせた。私は医師と看護婦の顔を交互に見つめ、目を伏せた。顔が耳まで赤くなったが、それは妊娠を告げられた女の一種の照れ、と受け取られたらしい。だが、事実は違っていた。

私は恥じたのだ。自分自身を恥じたのだ。あれほど狂おしく想っていた男ではない、別の男との間に赤ん坊を身ごもってしまったことを深く恥じたのだ。

別の男……それは夫であろうが他の誰であろうが、私にとって同じ意味しか持たなかった。青爾以外、地球上のすべての男は、私にとって「別の男」でしかなかった。

それにしても私はいったい、何を期待していたのだろう。あの日、産婦人科医院の門をくぐるその瞬間まで、遅れに遅れていた月のものがいつかは始まるものと信じていたのか。それとも、腹の中の子が、夫との間の子ではない、青爾との間にできた子だ、と医師が証明してくれるとでも思っていたのか。

予定日は九月半ばになります、と医師はにこやかに言った。無駄口をたたかぬことが習い性になっているような男だったが、思わず洩《も》らした「さあて、いよいよ、お世継ぎのご誕生でございますね」という古めかしくも耳慣れない一言が、さらに私を打ちのめした。

世継ぎ……五年前だったら、私はその一言に酔いしれ、幸福感に充たされていたことだろう。初めての子を流産してしまったことに深く傷つき、思い悩み、生涯最大の不幸だと思っていた頃のことが、懐かしくさえあった。

誰かの口から、「赤ちゃん」という言葉が飛び出すたびに緊張し、身体に震えが走って泣きだしたくなった。忘れよう、忘れなければならない、と自らを戒めるのだが、頭の片隅から失った赤ん坊のことが離れることはなかった。

喪失感と自己嫌悪は、時間と共に次第に風化し、やがて記憶の小箱の奥深く、封印されていったが、それでも久我の両親と顔を合わせた時など、ふと思い出すことはよくあった。ちくり、と胸を刺す痛みのようなものは、長く消えずに残された。

妊娠しづらい身体、流産しやすい体質である、ということは、何かの検査によって医学的に証明されていたわけではない。今と違って、婦人科方面の医療技術も発達していなかった時代の話だ。不妊体質を治療するための確かな方法というものもなく、さしあたっては怪しげな民間療法を続けるなどの方法しかなかった。なかなか子供を授かることができずにいた女たちは、皆、運を天に任せていたのだ。

私もまた、似たようなものだった。妊娠の可能性が高い日を選んで、夫と肌を合わせようとすることもなかった。自然の流れに任せておきたい、とする気持ちのほうが強かった。とはいえそれも、必死になって自分自身をなだめすかした結果のことと言える。肩身の狭い思いをする必要は何もないのだ、と自分に言い聞かせつつ、卑屈になることも多かった。公園のベンチで、電車の中で、大きく胸をはだけ、赤ん坊に授乳している女を見ただけで、目をそむけたくもなった。

やがて、私がなかなか妊娠できずにいることは、久我家の話題の中では、一種の禁忌となった。赤ん坊や妊娠、出産の話題は、私がいる前ではおのずと避けられるようになった。誰も私を責めなかったし、やみくもに焦らせるようなセリフを口にする者もいなかった。私には彼らの気遣いが、かえって辛《つら》く感じられた。

そんな折、子供ができたとわかったら、どれほど嬉《うれ》しかったことだろう。その場で跳び上がり、手を打ち鳴らし、はしたなくも医師や看護婦の手をとって踊りだしていたかもしれない。夜まで待ちきれず、すぐに夫の会社や義母や綾子に電話をかけ、彼らからの祝辞と賛辞を強要していたかもしれない。

私の表情が暗いように見えたのか、医師はふと怪訝《けげん》な顔をし、「何かご心配事でも」と問いかけてきた。

いえ、何も、と私は顔をあげ、笑顔を見せた。微笑み続けていなければならなかった。この世の誰一人として、今この瞬間の自分の気持ちを理解する人間はいないのだ、と強く自分に言い聞かせた。

医師は生活上のこまごまとした注意を私に与えた。熱心にうなずいているふりをしつつも、私は何も聞いていなかった。そんなことはどうでもよかった。

医師に、よろしく、と頭を下げ、さも喜ばしい出来事があったかのようにふるまいながら、私は診察室を出た。雪ですよ、転ばないよう、くれぐれもお気をつけて、と看護婦が声をかけてきた。これからはお一人のお身体ではないんですからね、と。

静かな住宅地だった。雪は本降りになりかけており、あたりの住宅の軒先を白く染め始めていた。

持って来ていた傘もささず、ショールを無造作に頭からかぶったまま、私は歩き始めた。通りに出ればタクシーを拾えることはわかっていたが、そうしなかった。どこにも行くあてはなく、帰る家もなくなったような感じがした。ただ歩き続けること……歩いて歩いて、そこがどこなのかわからなくなるまで歩き続けていたかった。

雪の日に、冷えこむのもかまわずこんなふうに街をさまよっていたら、また流産してしまうに違いない、とふと思った。そして、そうなればどんなにいいか、と思った。

何故、何故、何故、と私は自分を問い詰めた。何故、青爾の子を身ごもることができなかったのだろう。あれほど烈しく恋をし、あれほど烈しく求め合った男との間に、何故、新しい命が芽生えなかったのだろう。

その受胎は言うまでもなく、自分と青爾との関係の終焉《しゅうえん》を意味していた。夫との間に子供を身ごもった女が、いつまでも恋人にそのことを隠し通せるはずもない。そのうち腹がふくれてきて、誰の目にも妊婦であることが明らかになってくる。仮に妊娠を隠し通して恋人との逢瀬《おうせ》を繰り返したのだとしても、いずれはわかってしまうことだった。ふくれた腹をかばいながら、青爾と接吻し合う自分を想像しただけで、私はその滑稽《こっけい》さに死んでしまいたくなった。

それにしても不思議なものだ。もしもあの時身ごもった子が、青爾の子であったなら、受胎はおのずと、私と夫との結婚生活の終焉を意味するものになったはずなのである。

雪の降りしきる静かな道を歩きつつ、或《あ》る恐ろしい考えが私の中に閃《ひらめ》いた。この子を夫の子ではない、青爾の子である、と言いきってしまえばいいのではないか、と。

女の身体はまことに複雑に出来ているようでいて、女自身は自分の子宮のメカニズムを熟知している。性を交わした際に、よほど意識が混濁していない限り……あるいはまた、同時に複数の男と性を交わさない限り、自分が孕《はら》んだ子の父親が誰であるか、確実にわかっているのが女なのだ。

私が「青爾の子を受胎した」と言いさえすれば、すべてが決定される。それまでゆるやかなカーブを描きながら終焉に向かっていたものが、鋏《はさみ》でひと思いに断ち切られたかのようになる。

まず夫に打ち明ける。頰を平手打ちされる。唇が切れて、口の中が血の味で充たされる。今すぐ出て行けと言われる。だが、夫がその事実を疑うことはない。私の告白を受けて、夫はただ激怒し、ただ絶望し、苦しみにのたうちまわるだけなのだ。

夫が不憫《ふびん》だ、とは思わなかった。むしろ、正真正銘、夫の子を産み、赤ん坊の水蜜桃《すいみつとう》のような柔らかな肌に接吻《せっぷん》しながら心密《ひそ》かに、「この子が青爾との間の子であったなら」と思い続けるに違いない自分のことを想像すると、そのほうがよほど夫を裏切ることになりはしないか、と私は考えた。

その想像はさらに拡がった。夫との間にできた子を、私はいずれ、憎み始めるのかもしれない。青爾の子ではなかったことを生涯、悔やみ続けるのかもしれない。ことあるごとに、子供に青爾の面影を探し出そうとし、探し出せずにいることに苛立《いらだ》ち続ける。その倒錯した母親の心理は、子供の神経を蝕《むしば》んでいくことになるのかもしれない。

もしそうなるのであれば、生まれてくる子が誰よりも不憫であった。

そんなことを考えながら歩き続けているうちに、気分が悪くなってきた。前回の妊娠の時の悪阻《つわり》も軽くはなかったが、その時の悪阻は不安定な精神状態も手伝って、いっそう烈《はげ》しいものになる予感があった。

タクシーに乗ったら車酔いしそうだったので、私は気分の悪さをこらえながらやっとの思いでバスの停留所まで行った。下落合まで帰るには、バスに乗るしか方法はなかった。停留所に置かれてある古ぼけたベンチに、人影はなかった。ベンチが濡《ぬ》れているのもかまわず、私は腰をおろした。傘をさし、頭に巻いたショールの端を口許《くちもと》にあてがいながら、吐き気と寒さのせいで小刻みに襲ってくる震えに耐えた。

搔爬《そうは》してしまおうか、という新たな考えが浮かんだ。それは或る意味では、名案のようにさえ思えた。

今ならまだ、夫にも誰にもこの事実は知られていない。医師の守秘義務を考えれば、あの山羊《やぎ》に似た医師が、久我家に出入りしている赤ら顔の医師に、ただちに私の懐妊を報告するとも思えなかった。うまくすれば、密かに一切を片づけることは不可能ではなかった。

それまで搔爬の経験は一度もなかった。結婚以来、一貫して妊娠を待ち望む、健全な市民としての生活を続けてきたのだから当然である。

だが、その種の闇の処置を得意とする医師や医院があることは知っていた。どこの医院が安全で、より適切な処置をしてくれるのか、ということも。どの医師が女医で、安心して身を任せることができるか、ということも。

厳しい躾《しつけ》のもとに育てられながら、何かのきっかけで常識や道徳心をかなぐり捨て、不義の子を宿してしまった女たち。闇の処置に関する幾つかの確かな情報は、彼女たちが後に続く女たちのために残し、語り継がれてきた、言わば密かな福音でもあった。

いざとなればそこに行き、処置を済ませてしまえばいい、と私は考えた。誰にも言わず、偽名を使って処置を受ける。その種の処置を受ける女たちは偽名を使う場合がほとんどなので、何の問題にもなりはしない。当日は数時間だけ医院のベッドで休み、夕方になって家に戻れば怪しまれずに済む。風邪をひいた、と嘘を言い、二、三日、寝たり起きたりを繰り返してさえいればいい。それですべてがなかったことになる。

なかったことになる？

嘘だ、と思うそばから考えた。一つの命を闇に葬って、それですべてがなかったことになど、なるわけがなかった。

その後に襲いかかってくるであろう苦しみは、容易に想像できた。まだ人間の形すら成していない、闇の中の小さな小さな命。だが、それはみゅうみゅうと鳴き続ける子猫のように、早くも私を母として慕っている。生きたい、生まれたい、とせがんでいる。それが誰との間にできた子であろうとも、命であることには変わりはない。生まれたい、とせがんでいる命を葬るのである。自責の念をかなぐり捨てることは、どう考えても不可能である。

私は生真面目だったのだろうか。それとも、生真面目さを装いながら、自己弁護をしようとしているだけだったのだろうか。誰よりも守りたいのは、青爾でも夫でも腹の中の子でもない、他ならぬ自分自身だったのだろうか。

やがて地面を鳴らしながらバスがやって来た。排気ガスの匂い、ガソリンの匂いがした。バスガールが扉を開け、私を見てぎょっとしたような顔をした。

私はかまわずにベンチから立ち上がり、乗降口のステップに足をかけた。途端に烈しい眩暈《めまい》に襲われた。眩暈の奥の奥に、かすかな嘔吐《おうと》感があり、いつそれが雪崩のようになって襲いかかってくるか、わからなかった。

私はバスガールに助けられながら這《は》うようにして座席まで行って、上半身を横に倒れこんだ。かぶっていたショールが頭からはずれ、だらしなく床にこぼれた。

乗客たちは何か恐ろしいものでも見るような目で私を見ていた。その時、和服姿の一人の老女がバスが揺れるのもかまわずに、思いがけずしっかりした足取りで私に近づいて来るなり、どかりと私の隣に腰をおろした。

ネル地の白いハンカチが私の顔に軽くあてがわれた。寒かったというのに、額に玉の汗をかいていた。ネル地のかわいた、温かい、柔らかな感触に気持ちが和んだ。

「女の人はね」と老女は歌うように言った。低く掠《かす》れた、男のような声だった。「いろんなことがありますからね。いいえ、いいんですよ。気にしないで横になってらっしゃいな。じきによくなりますよ。ええ、じきによくなりますとも」

老女は私ににっこりと微笑みかけた。私は瞬《まばた》きをして、それに応《こた》えた。素朴な民話の絵本の中に登場するのが似合いそうな、白髪を小さく髷《まげ》に結った、優しい笑顔の老女だった。

ふいに松本の母を思い出した。美夜を思い出した。

その優しさに搏《う》たれた。もう少しで、赤子のように声をあげ、泣いてしまいそうになった。私は身体を起こそうとした。

老女は私の肩を優しくおさえ、「まだいいの」と言った。「まだじっとしてらっしゃい。そうすれば、じきによくなりますからね。ほんとですよ。じきにね」

泣くまいと思うのに、涙がこぼれた。どこの誰なのかもわからない、この見知らぬ老女に向かって、一切合切を打ち明けてしまいたくなった。自分は妊娠してしまった、しかもそれは、愛している人の子ではない、どうすればいいのかわからない、と。

老女がネル地の白いハンカチを私の目尻《めじり》にあてがってくれた。微熱のようにぬくもったハンカチだった。

バスが大きく揺れ、ハンカチを手にする老女も揺れた。老女は私ではない、窓の外を見つめながら、「それにしてもひどい降りだこと」とつぶやいた。

その声に、バスガールの次の停留所を告げる声が重なった。乗客たちが立ち上がり、荷物の音をさせながら、がやがやと歩いて来る気配があった。あたりが急に騒がしくなった。

自分がどうなったとしても、世界は変わらずに動き続けるのだ、と私は思った。私が青爾と別れても、夫の子を孕んでも、掻爬してもらうために冷たいベッドに横たわっていても、雪は降り、日は昇り、星は瞬くのである。人々は昨日と変わらずに、生き続け、時間は昨日と変わらずに流れ続けていくのである。

バスが再び発車し、バスガールが私のほうにやって来た。気の毒そうな表情で、どちらまで、と聞かれた。

思わず、国分寺、と言ってしまいそうになりながら、私は小声で自分が降りる停留所の名を口にした。

25

夫に妊娠の事実を報告したのは、それから一週間ほどたってからだった。

その間、私の考えは堂々巡りを繰り返した。夫の子として産むか、青爾の子として産むか、それとも掻爬《そうは》してしまうか……。

三つの選択肢は時に、四つに増えたりもした。私が自分の死を選ぶことによってしか、この一切の物語には終止符が打たれないのではないのか、と考えたのだ。

だが、その四つ目の選択肢はすぐに消し去った。日常における何かとてもつまらないこと……例えば炊きたての御飯の香りを嗅《か》いだり、街ですれ違う浮浪者の、垢《あか》と脂に黒光りしたズボンを見たりしただけで、こみあげてくる嘔吐感に苦しめられ、そのたびに、腹の中に宿されたもう一つの命を意識せざるを得なくなった。私自身の肉体の死は、そのもう一つの命の死を意味する、と思うと、そんなことをするくらいなら、掻爬するのも同じではないのか、という考えに逆戻りしていき、結局はまた、残った三つの選択肢の間を行きつ戻りつするしかなくなるのだった。

とはいえ、それほど早く夫に報告するつもりはなかった。ぎりぎり最後まで考え抜いて、もうこれ以上、考えることができない、と観念するに至るまで黙っているつもりでいた。だが、できなかった。毎朝の悪阻《つわり》が烈《はげ》しくて、さしもの夫も私の変化に気づかざるを得なくなったからだ。

「杏子、おまえ、ひょっとして……」と或《あ》る朝、彼は初めて気づいたように言った。

朝食の席で、仲江が運んできた味噌《みそ》汁《しる》の、煮干しでとった出し汁の匂いを嗅《か》いだ瞬間、突然胸が悪くなった。洗面所に走るどころか、立ち上がる間もなかった。私は椅子に座ったまま、両手で口をおさえ、身体をふたつに折って、口にしたばかりの少量の御飯を吐き戻してしまったのだった。

「ごめんなさい」と私は言い、仲江が手渡してくれた濡れ手拭《てぬぐ》いで口を拭いながら、無理して夫に笑いかけた。「なんだかちょっと、急に気持ちが悪くなって」

彼は何かを忙しく考えている様子だったが、やがてその目に、いたずらっぽいような光が宿った。口もとに笑みが浮かんだ。

「今日にでもすぐ、先生に診てもらいなさい。きっと嬉《うれ》しい結果が出るぞ」

何の話か、という顔を作りたかったのだが、できなかった。私は黙っていた。

私の代わりに喋《しゃべ》り出したのが仲江である。仲江は昼間、私が何度か気分を悪くして横になったり、何かというと洗面所にかけこんだりする様を見ていた。うすうす気づかれているのではないか、と案じていたが、思っていた通りであった。

「やっぱり奥様」と仲江は息せききって言った。「さしでがましいことをお聞きするのは失礼だ、と思って、これまで私、黙っていたのですが……あの……やっぱり……その……おめでたいことが……」

勇作は伸江と私を等分に眺め、驚きと期待をないまぜにしたように目を丸くしてみせた。

「やっぱりそうなんだな？　え？　違うのか？」

私の中で、その時、がらがらと音をたてて何かが崩れ落ちていった。狂熱も、地獄も、薄皮のように自分自身にへばりついていた希望と呼べるようなものも、何もかもが。

よく晴れた冬の朝だった。庭先で数羽のヒヨドリがヒステリックな声で鳴き出した。

私は言った。「三ヶ月に入ってるの」

「なんだって？」

「ですから、妊娠三ヶ月に……」

「医者にみせたのか」

「はい」

「いつ」

「ついこの間」

おいおい、と夫はひきつったような笑みを浮かべ、手にしていた箸《はし》をテーブルに戻した。

伸江が気をきかせてか、退《さ》がって行った。

「どうして黙ってたんだ。え？　そんな大切なことをどうして……」

「言う機会を待ってたのよ。だって……」次の言葉はすらすらと口をついて出てきた。私は相変わらず悪魔だった。「また、流れてしまうんじゃないか、って不安だったの。あなたに報告すれば、すぐにお義母様《かあ》たちの耳に入るし、お義母様たちはああいう方だから、また大騒ぎになってお祝いの訪問を受けたりしているうちに、何かの拍子で流産っていうことにならないとも限らないでしょう。そう思うと怖くて……。だから、完全に落ちついた段階で、改めてあなたに報告して、喜んでもらおうと思ってたの」

「落ちつくも落ちつかないもないじゃないか。馬鹿だな。真っ先に僕に報告するのは当然だろう。何を不安がる必要があるんだよ」

「前の経験がありますから。ちょっと神経質になってただけです。ごめんなさい。あなたにだけは、すぐに言うべきだったわね」

夫はそれ以上、私の嘘を追及しなかった。そんなことよりも、この、思いがけない事態にひどく驚き、興奮している様子だった。

「で、どうなんだ。身体のほうは今のところ、問題はないのか」

ええ、と私はうなずいた。「何も」

「悪阻がひどいようだけど、大丈夫なんだな」

「妊娠すれば、誰だって悪阻を経験するわ」

「あまりものを食べていないようだけど、身体にさわらないようにしなくちゃいけないぞ」

「わかっています」

「予定日は？」

「九月の半ばよ」

私は赤ら顔の医師から紹介された産婦人科医の話をした。夫はうなずき、その医師の名は聞いたことがある、と言った。旧男爵家の誰それと、伯爵家の誰それも、その医師のもとで出産したはずだ、とも言った。

「ともあれよかったな。めでたいよ。ともかく大切にしなさい。のんびり暮らして、家事一切は伸江に任せればいい。重いものは持つんじゃないよ。きみの言うように、おふくろたちがうるさく騒ぎ出すのはわかっているから、当分の間、黙っていることにしよう。きみがもう大丈夫、と言うまで黙っている。松本のご両親にもまだ黙っていたほうがいいかもしれないな。あちらから、おふくろたちの耳に入るかもしれないからね。祝い事だからって、急いで周囲に言いふれまわる必要もないよ。何よりも赤ん坊ときみの身体が一番なんだから」

こくり、とうなずいた。唇がかすかに震えた。これで終わったのだ、と思った。

私の妊娠に対する夫の優しさ、気遣いは、青爾と二人で築いてきた砂上の楼閣をいともたやすく破壊して、粉々にし、風に散らして跡形もなく消し去るだけの力を持っていた。それは明らかに、現実、という名の力であった。そして私は、その現実の前で無力であった。

私は気分がすぐれないことを理由に、席を立った。それ以上、夫と同席しながら妊娠の話をしているのは耐えがたかった。

何か食べないと毒だぞ、と夫に言われたが、後でいただきます、と言い、居間を出た。二階に上がって、一人、冷たい畳の上に横になった。

目尻《めじり》から涙が伝い落ちた。腕枕をした自分の腕に耳をつけてじっとしていると、自分の心臓の鼓動の音が聞こえてきた。鈍く早く打ち続けるそれは、まるで死の谷の底に落ちていく時に打ち鳴らされる、小太鼓の音のようでもあった。

青爾に逢わねば、と思った。逢ってこのことを彼に告げねばならなかった。夫は当分の間、久我の義父母や綾子たちには黙っていよう、と言っていたが、永遠に黙っていられるはずもない。彼らには近いうちに正式に報告することになるし、そうなったら、青爾の耳に入るのは時間の問題になる。

他の人間からではない、私自身の口から告げる必要があった。そうしなければならなかった。そのことで彼がどう反応しようとも、そうすることは私の義務だったし、そうしたい、と私は思った。

綾子が興奮して青爾に連絡し、「知っていた？　杏子さんがね、おめでたなのよ」と報告している様を想像すると、そのおぞましさに叫び出したくなった。彼は自分の子だとは思わないだろう。夫との間にできた子だ、と思うだろう。そのことが何を意味するか、彼は知っていて、私を憎みさえし始めるだろう。

このまま黙って、時をやりすごすことはできない、と思った。事実は事実として受け止めねばならなかった。私は夫の子を宿した。あれほど考えぬいたというのに、結局、夫に報告もしてしまった。実はこの子はあなたの子ではない、青爾さんの子なのよ、と私が嘘でも言わない限り、自分たちの物語は一つの決められた秩序の中に収まって、与えられたレールの上を疾走していく他はなくなったのだ。

矢も楯《たて》もたまらなくなった。夫が出社してまもなく、私は居間の、黒檀《こくたん》の座卓に向かい、青爾に手紙を書いた。

妊娠がわかってから、まるでそれをどこかで見知っていたかのように、青爾からの手紙はいっとき、途絶えていた。何故なのか、わからなかった。忙しいのか、具合でも悪くしたのか。あるいは精神状態が不安定なのか。そのことに対する不安がないでもなかったのだが、私は自分が抱えこんでしまった新たな錘《おもり》を処理するのに必死だった。

全神経がそちらのほうに注ぎこまれていたので、青爾からの手紙が届かず、彼との間に空白が生じたのは、かえってありがたいことでもあった。そんな時に、青爾から手紙が届き、胸を熱くさせるようなことが書かれてあったとしたら、引き裂かれる思いにかられるあまり、私は発狂していたかもしれない。

どうしても逢ってお話ししなければならないことがある、と私は手紙に書いた。その、どこかしら相手の襟を正させるような、ひんやりとした一文を目にした青爾が、何を邪推し、どんなふうに苦悩するか、想像がついたが、どうしようもなかった。それ以外、どう書けばよかったというのか。ごまかしようのない事実をごまかそうとするのなら、腹の中の子の親が青爾である、と断言し続ける以外、方法はなくなっていたのだ。

そしてそんなことはもう、できそうになかった。その時点で私にはっきりわかっていたことがあったとしたら、それだけだった。

あなたの都合のいい時を教えてほしい、但《ただ》し、国分寺のあなたの邸《やしき》で逢うのは避けたほうがいいように思う、と私は書いた。あなたの会社の近くの、どこかのお店でも指定してくだされば、私はそこに行きます、人の目があるので、お迎えはいりません……淡々とそんなふうに書いて、私はその日のうちにポストに投函した。

数日後、青爾から返事がきた。昼間、混雑した薄汚い喫茶店で、テーブル越しにあなたとコーヒーを飲むことを考えただけで、そのあまりの惨めさに怖気《おぞけ》が走る、あなたさえよければ、次の水曜日の夜七時、日比谷公園の噴水の脇で待っている……手紙にはそう書かれてあった。簡潔すぎるほど簡潔な内容だったが、形式に則《のっと》った、そつのない手紙、と言うにはあまりに文字が乱れ過ぎていた。便箋《びんせん》のところどころには、インクの染みが点々と付着していた。

何故、国分寺の邸に逢いに来てくれないのか、何故、急に逢いたいなどと言いだしたのか、いったい何があったのか、その種の疑問は一切書かれていなかった。何故、ここのところ、手紙を書かずにいたのか、ということについても、触れられていなかった。同時にそこには、愛の言葉もなかった。

薄青い、エアメイル用の便箋に書かれた文字の間から立ちのぼってきたのは、苛立《いらだ》ち、虚《むな》しさ、憂鬱《ゆううつ》、倦怠感《けんたいかん》、悲しみ、絶望……そんなものばかりであった。

その手紙を読んで、私は自分でも不思議に思えるほど幼い反応をした。自分はもう、青爾に愛されなくなったに違いない、と思ったのだ。妊娠がわかった途端、この人はまるで予定していたかのように、自分から去って行こうとしているに違いない、と。

だが、冷静に考えればそんなことはあるはずもなかった。青爾が私の妊娠を知っているわけがなかった。

だとしたら、と私はまたしても考えた。青爾に何か目に見えない変化が起こりつつあるのではないか、と。そしてそれはきっと、音もなく壊れていく彼自身の問題なのではないか、と。

……その推測は、結局のところ当たっていたことになる。

私はまたしても、「佐々木和子」の名を使った。婦人会のメンバーが、私の懐妊を祝って、春の宵、ささやかな宴《うたげ》の席をもうけてくれる、という口実を作ったのである。

何故、昼間ではなく夜なのか、と夫に聞かれた時のための嘘まで用意した。「佐々木和子」がここのところ、ボランティアの仕事で忙しく、なかなか昼間の時間を空けることができない、婦人会の人々の中には、夜ゆっくりしたがっている人も多いので、どうせなら、夜、女同士、ゆっくりと何か美味《おい》しいものでも食べようということになった……と。

だが、夫は何も聞かなかった。それどころか、たまには外で楽しい時間をもったほうが、悪阻《つわり》からも解放されるに違いない、と言った。

　私の妊娠の報告を受けてから、夫は急に精力的に外で遊び始めた様子だった。具体的な証拠があったわけではない。だが、深夜になって帰宅した夫が、見知らぬ女の影を引きずって来ているのはよく感じることができた。何故なのかわからない。それは直感というものだった。

　そのことに対して私は、嫉妬《しっと》はむろんのこと、何ひとつねじ曲がった不快な感情は抱かなかった。夫のすることは常にわかりやすかった。妊娠した私の身体をしばらくの間、抱くことができないとわかれば、即座に目標を乗り換えて、束の間の享楽に耽《ふけ》り始める。だが、それは長続きしない。私の出産と共に、まるで何もなかったことのように、戻ってくる。そうなるであろうことは、初めからよくわかっていた。

　夫はそういう人間だった。私とは違う。私は恋に溺《おぼ》れ、もがき、苦しむ人間だった。魂を奪われ、奪われることを悦《よろこ》び、同時に相手からも奪う人間だった。夫の子を宿しても、それが愛《いと》しい男との間にできた子であると信じようとさえする、愚かな人間だった。

　裏切り、という意味で言えば、私のほうが遥《はる》かに深く、烈《はげ》しく、鋭い錐《きり》で穴を開けるがごとく、長い長い間、夫を裏切り続けていたのだ。

　六時に銀座の老舗《しにせ》の日本料理店で皆と落ち合う、ということにしてあった。私はその日、四時過ぎに家を出た。

　空腹時に、悪阻が烈しくなることがわかっていたので、銀座に出てからデパートに行き、食堂フロアの中にあるうどん屋に入った。その日、青爾が、一緒に食事をしようと言いだすとは思えなかった。腹を充たしておく必要があった。食欲はほとんどなかったのだが、私はきつねうどんを注文し、無理してなんとか食べ始めた。

うどん屋は混み合っており、空気が生ぬるく淀《よど》んでいた。相席システムになっている店だった。私の目の前で、一つの鍋焼《なべや》きうどんを分け合ってすすっていた親子連れの、頭を丸刈りにした五歳くらいの男の子は、青洟《あおばな》を垂らしながら、時折、私を指さして母親に何事か囁《ささや》いた。母親は、「しっ」と言って息子を叱り、私に向かって愛想笑いを返してきた。

こういう子が生まれるのだろうか、と私は思った。青爾とは似ても似つかない、膝小僧《ひざこぞう》にいつも擦りむき傷を作って、明日を思いわずらうことなく、目の前にある幸福に心から素直に浸ることのできる、猿のような子が……。

頭の中がしびれたようになった。私はうどんを半分以上残したまま支払いを済ませ、店を出た。

まだいくらか風は冷たいが、よく晴れた日の夕暮れ時だった。日が落ちて、ビルの向こうに隠れてしまってもなお、銀座の街はどことなく明るさを残していた。私は、ベルト付きの卵色のスプリングコートのポケットに手を入れながら、ゆっくり日比谷公園に向かった。

十一月に逢って以来、三ケ月ぶりだというのに、青爾に逢う嬉《うれ》しさは、不思議なほど希薄だった。報告すべき事実の重たさだけが、私にのしかかっていた。あと小一時間もすれば、その事実を告げねばならなくなる。たった一言、告げるだけの話なのだが、自分はその瞬間の青爾の顔を見なければならなくなる……。

公園に入り、噴水の見えるベンチに腰をおろした。木々の芽吹きが感じられた。何本かの愛らしい桃の木に、花が開いているのも見えた。木立の向こうの明るさは次第に黄昏《たそがれ》に取って代わり、あたりには次第に、薄墨色の空気がぼんやりと拡がり始めた。

つい一年前、青爾と美夜が挙式し、この公園の前にあるホテルの車寄せから、二人は佐高の運転する車に乗って走り去ったのだ……そう考えると、その間に起こった出来事の数々は、何か遠い、現実のものではなかったようにも思われた。美夜は去った。青爾と肉の悦びを分かち合いつつ、私は夫の子を孕《はら》んだ。そして今、自分はこうやって、そのことを打ち明けるために、一人、公園のベンチに座り、青爾を待っている……。

告白しなければならない。その日、私は、これが最後になる、青爾との逢瀬《おうせ》は正真正銘、最後になる、と自分に言いきかせて家を出て来た。だが、そうやって公園のベンチに座っていると、そんなことは出来やしない、出来るはずもない、としか思えなくなったのである。

青爾の肌が恋しかった。もう二度と、あの唇に唇を塞《ふさ》がれることがなくなる、二度とあの両腕に抱きすくめられることがなくなる……その思いは、私を恐怖のどん底にたたきつけた。

慎みも何もかもかなぐり捨ててしまいたくなった。孕んでいるこの肉体を、今日、今夜にも再び彼の前にさらけ出し、これはあなたの子、私たちの子、だから、私を愛して欲しい、死ぬまで愛し続けていて欲しい、と叫び続けてしまいたくなった。

それは肉の悦びに対する未練ではなく、むしろ、魂の未練であった。夫の子を宿していてなお、私は青爾に恋焦がれていた。青爾に逢い、青爾に触れ、抱き合うために一切を捨て去ってもかまわない、と思っていた。そのためには死をも厭《いと》うまい、と心のどこかで思い続けていた。浅ましいほどの肉の欲望のように見えて、実は肉が欲するものなど毛筋ほどもなく、そこにはただ、恋が……烈しく盲目的な恋が、相も変わらずに、小ゆるぎもせず横たわっているだけなのだった。

噴水の水飛沫《みずしぶき》の向こう、黄昏のおりた公園の木立の奥から、背の高い男がゆっくりとこちらに向かって歩いて来るのが見えた。初めその姿は、水の入ったグラスを透かして見る、ぼんやりとした人の形にしか見えなかった。

私は何か遠い、すでに失った懐かしいものでも見るような気持ちで彼を見ていた。胸が熱くなり、喉《のど》が塞がれた。

曖昧《あいまい》だった輪郭は次第に澄みわたったものになり、やがてそれは、陣内青爾、という恋しい男の姿になって、私に近づいて来た。

春めいた日だったというのに、彼は黒いツィードのコートを着て、黒の山羊《やぎ》革の手袋をはめていた。髪の毛をオールバックに固めたその顔は、妙に白茶けて見えた。落ちくぼんだ目の奥には鬼気迫るような危うい光があった。私は青爾が何か口に出せない病を抱えこんでいるのではないか、と思った。少し見ないうちに、それほど彼の様子は変わっていた。

にこりともせずに、青爾は私を見下ろし、私の前に立ちはだかった。背後に噴水の飛沫が見えた。公園内に灯《とも》された明かりが、彼のシルエットそのものを青白く見せていた。

「どうかした？」と私は聞いた。微笑みかけたつもりだったのだが、笑みはこわばっていた。「久しぶりなのに、どうしてそんなに怖い顔で私を見るの？」

「立って」と彼は言った。

初めは何を言われているのか、わからなかった。私は「え？」と聞き返した。

彼は少し苛立《いらだ》ったように口を歪《ゆが》め、片方の肩を軽く上げ、「立って」と、もう一度繰り返した。

私はベンチにハンドバッグを置いたまま、そっと立ち上がった。自分の履いていた靴が、地面の小石を踏みしめる音がした。

青爾と向かい合わせになり、彼を見上げた。彼は私の背に両腕をまわし、私はその胸の中に収まった。

それは逢いたくて逢いたくてたまらなかった恋しい相手に逢った時の抱擁とは、少し違っているように感じられた。乱暴というのとも違う、どこか捨て鉢な荒々しい抱擁……奥底に、何かの憎しみに似たものを感じさせる抱擁……。固く押しつけられた胸に、私はかすかな痛みを感じた。

「人が見ているわ」

「かまやしない」

私は肩の力を抜き、彼の胸に顔を埋めた。覚えのある彼の匂いがした。青爾の唇が私の髪の毛に触れ、やがてそれは私の額、鼻、頬を過ぎて、唇に至った。ついばみ合うような接吻《せっぷん》は、すぐに深いものに変わった。

私の中に稲妻が走った。身体の奥底が絞られるような感覚を覚えた。このまま強く抱きしめられ、そのあまりの強さに全身が砕け、腹の中の子もろともに粉々になって、宙に舞いあがってしまえばいい、と思った。

「もっと強く」と私は唇を離しながら囁いた。「もっと強く抱いて」

青爾は言われた通りにした。私は自分の中に、唐突な嵐が巻き起こるのを感じた。ふいに呼び覚まされた悦楽の兆しがそうさせたのか。性的な混乱が冷静さを失わせ、あれほど強固に保ち続けていたはずの理性すら吹き飛ばしてしまったのか。

その時、私は、嘘を言おう、と思った。今こそ嘘を言うのだ。腹の中の子はあなたの子なのだ、と。私はあなたの子を授かったのだ、と。

後のことは後で考えればいい。どうとでもなるに違いないし、どうなってもかまわない。勇気を出して言うのだ。それが、神をも恐れぬ大それた嘘だったとしても、そうわかっていて、嘘を言うのだ。

急に落ちつきを失った私に気づいたのか、青爾は抱きしめていた腕の力をゆるめ、私の顔をまじまじと見つめた。

「何を考えている」

「別に何も」

「何故、僕の家に、僕の庭に来なかった」

「あなたこそ、どうしてここで逢おう、だなんて書いてきたの」

「聞きたくない話を僕の庭で聞くのはいやだったからだよ」

「聞きたくない話？」

青爾は唇の端を少し上げ、笑みのようなものを作った。「話したいことがある……そんなふうに書いてきたあなたが話すことと言ったら、きっと僕が聞きたくない話に決まっている」

「しばらくの間、手紙が来なかったわ」

「書けなかった」

「何故？」

青爾はそれには答えなかった。

私たちはどちらからともなく、促し合うようにしてベンチに腰をおろした。あたりはすでにとっぷりと暮れていて、遠くを行き交う人々は、ねぐらに帰るのを忘れた鳩のように小さく見えた。

噴水の水の音がしていた。日比谷通りを走り抜けて行く車の音がそれに混じった。あたりには、春の予感に満ちた香りが漂っていて、それはどういうわけか、私の中の不安を呼び覚ました。

「妊娠したの」と私は言った。

ひと思いに言ったつもりだったのだが、その口調は緊張のあまり、どこか間が抜けていて、光の中でうたた寝をしている人間の、意味不明の寝言のように聞こえた。

青爾が私のほうを見つめるのが感じられた。さあ、言うのだ、と私は自分を叱咤《しった》した。言うのだ。言うのだ。言うのだ。

この瞬間を待っていたような気がした。何よりもこの瞬間のためにこそ、自分は生きてきたような気さえした。これまでの悲劇は何ひとつ、悲劇の様相を呈してなどおらず、本物の悲劇は今まさに、ここから始まるのだ、と思った。そして自分たちは、その悲劇の主人公を演じるためにこそ、出会ったのだ、と。

私はごくりと喉を鳴らして唾液《だえき》を飲んだ。

だが、先に口を開いたのは青爾のほうだった。

「それは」と彼は言った。「僕の子だね?」

のどかな口調に聞こえた。まるで初めからそのことに何の疑いも抱いていない、とでもいうような。

私は思わず横を向き、彼の顔をまじまじと見た。目の下に青黒い隈《くま》ができていた。彼は冷たい目をしていた。表情のない目。死んだ魚のように輝きを失った目……。

うなずけばいいだけだった。声を発するのが恐ろしいのなら、ただ一度、こくりとうなずきさえすれば、それでいいのだった。

私は唇を舐《な》め、彼を見つめ、荒い呼吸を繰り返した。

「杏子」と彼は私の名を静かに呼んだ。「もう一度聞くよ。それは……僕の子なんだね？」

うなずこうとした。そうよ、と言おうとした。そう言って抱きついていこうとした。

だが、私の唇は小刻みに震え出した。視界が潤み始めた。潤むあまりに彼の顔の輪郭すら、はっきり見えなくなった。小鼻がひくひくと動き、顔が烈《はげ》しく歪《ゆが》み始めた。

私は深く息を吸った。そして手の甲で乱暴に涙を拭《ぬぐ》い、唇を噛《か》んだ。

言えなかった。どうしても言えなかった。私は悪魔になりきれなかった。

「違う」と、私はやっとの思いで声に出して言った。そして、首を横に振った。「あなたの子じゃない」

その瞬間、私と青爾との間に、何か目に見えない、黒く不吉なシャッターのようなものが下ろされた。

26

永い永い、別の人生が始まった。

それは苦悩が通り過ぎた後にやってくる、音のない、色彩のない、ただ流れ過ぎていくだけの時間の堆積《たいせき》だった。

青爾からは何の連絡も来なくなった。電話はおろか、いつもの白い洋封筒に入れられた手紙、数行の近況が書かれた葉書一枚すら。

そうなることはわかっていた。わかっていたはずなのに、その沈黙は耐えがたかった。

一つの結論が否応《いやおう》なしに出て、青爾に焦がれる日々から解放され、自由になったと思うのに、私が得た自由は茫々《ぼうぼう》とした荒れ野の自由だった。そこには枯れ木一本立ってはおらず、日がな一日、砂のような色をした雲が垂れこめているだけで、一条の光も射してはこないのだった。

幾度か手紙を書こうと思い立ち、黒檀《こくたん》の座卓に向かった。だが、途中まで書いて破り捨てた。

何を書いても嘘になった。たとえ百万遍、あなたを愛している、と書いたとしても、そこに含まれた真意が青爾に伝わるとは思えなかった。まして自分自身の複雑にめぐっている気持ちが、言葉という形を借りて簡潔に表現できる、とも思えなかった。

誰か信用できる人に子細に事の次第を打ち明けてみるのはどうか、と真剣に考えることもあった。嘘偽りなく正直に打ち明けて、恥も外聞もなくさめざめと泣き伏し、青爾を失った悲しみを訴えるのだ。

だが、打ち明けられた相手がどんな反応を見せるか、私には目に見えていた。きっとその人物は私に向かって、月並みな励ましの言葉を投げてくるだろう。それは一種の、軽い社交辞令のようにしか聞こえないだろう。

夫との間に出来た子を、恋人の子だと偽るだなんて、まともな人間のやることではない、たとえ悩んだあげくであったとしても、あなたは結局は正しい選択をしたのだから何も思い煩う必要はないではないか、とその人は言うだろう。あげくの果てに、陣内青爾という男は、聞いていると風変わりを通り越して、少し頭がおかしいとしか思えない、きっとあなたは後々、あんな男とは別れてよかったと思うに決まっている、などと言ってのけるだろう。

違う、違う、違う、あなたは何もわかっていない……そう心の中で叫びながら、私は表向き、しおらしくそれらの励ましの言葉を聞いている。その通りね、と静かに言って涙を拭う。そして相手が何か言いかけるのを遮って先回りし、自分がもうじき人の子の母になることをしみじみとつぶやいてみせる。母になろうという時に、こんなことでいつまでも苦しんでいるべきじゃないのよね、と。

そうよ、と相手は勝ち誇ったように息せききって言う。あなたは立派よ、一度は道を踏み外したかもしれないけれど、こうやって最後には正しい場所に戻ることができたじゃないの。誇りに思わなくちゃいけないわ。

私は微笑む。そして、ありがとう、と言う。命の恩人に向けるような言い方で……。

そんなふうにして、他人の中で自分の苦しみが簡単に類型化されていくのを見るのは、屈辱以外の何ものでもなかった。青爾を失ったあげく、私は私自身のわずかながら残された尊厳まで失いたくはなかった。

尊厳……おかしな話だ。人は笑うだろう。何を称して尊厳などと言うのか、と呆《あき》れるだろう。類型化された物の考え方を好む人たちにとっては、私はただ、人の道から外れた恋に溺《おぼ》れ、手前勝手に苦しんでいるだけの、愚かな人妻に過ぎなかったはずなのだから。

だが、私は自分が得た苦しみが、例えば幾つもの小箱に入れて整理をし、一つ一つ蓋《ふた》を開けては眺めまわすことのできる種類のものだとは思っていなかった。私の苦しみは茫漠《ぼうばく》としていた。そこには客観視できるものが何もなかった。夢と現実の区別がなく、それらはいっしょくたになって波にもまれ、泡立ち、輪郭を失ったまま、海の底に沈んでいった。

いくら手を伸ばしても、私の掌《て》の中に残るものといったら、海水が残した苦い塩だけだった。そして私は、その苦い塩を舐《な》め続けていかなければならなかった。

舌先に永遠に残される苦さこそが、私の尊厳の象徴だったわけだが、その苦みの奥の奥には私にしかわからない、かすかな甘さがあった。それは永遠に消えない、透き通った甘さ……青爾の庭園の中に漂っていた、あの、封印された甘さであった。

眠れない夜には、日比谷公園で最後に会った青爾のことを幾度となく繰り返して思い返した。考えてみれば、最後の逢瀬《おうせ》はあまりにも短かった。

夫の子を宿した、と私が打ち明けた後、青爾は黙りこみ、口をきかなくなった。人が一瞬にして石に変わってしまうことがあるとしたら、あのようなことを言うのだろう。青爾の顔からは一切の表情が消え、感情が読み取れなくなった。彼はただ、そこに座っているだけの人形のようになった。

長い沈黙が流れた後で、青爾は「行こうか」と言った。空気が抜けたような言い方だった。

どこへ、と聞き返した。彼は「帰るのさ」と言った。

私は彼のコートの袖《そで》をわしづかみにし、「お願い、聞いて」と言った。だが、後の言葉は続かなかった。何を言えばいいのか、わからなかった。何を口にしても、それは弁解にしかならなかった。

私は青爾という人間が、夫の子を宿している女をも、変わらずに愛し続けることができる種類の人間ではない、と知っていた。その種の現代的な合理性、客観性を一切持ち併せていないのが青爾であった。彼には社会が決めたモラルがない代わりに、現実に起こってしまったことを巧妙に処理していく能力もなかった。彼は何かに耐え、何かを諦《あきら》めることによって別の何かを育《はぐく》み、精神を高めていくということに徹底して無関心だった。彼にできることといったら、自分の愛する風景の中に溺れること、それだけだった。

それでいいのだった。だからこそ私は彼に恋をしたのだった。

青爾は何か哀れな、気の毒な人間を見るような目で私を一瞥《いちべつ》し、「話すことは何もないよ」と言った。「本当だ。もう何もない」

虚無の底に転がり落ちていくような感じがした。たった今、自分はこの人を失った、と私は思った。共に悲劇のただ中を疾走するつもりでいた男を。手に手を取って疾走したあげく、狂い死んでもいいとさえ思っていた男を。

青爾は日比谷通りに出て、私のためにタクシーを拾ってくれた。運転手に「下落合まで」と言い、彼は私に向かって会釈をした。ただの白い彫像に向かってうなずいてみせたも同然の、感情のない、冷ややかな会釈だった。

握手もしなかった。接吻《せっぷん》の一つもなかった。さよならの一言もなかった。

私は車に乗り、青爾は私を見送った。春の夜、彼の立ち姿はたちまち闇にのまれ、私の視界から消え去った。

時は無情にも流れていった。そして皮肉なことに、私の腹の中の子は母の苦しみになど一切、頓着《とんちゃく》せず、すくすくと順調に育っていった。

四月に入って間もなく、私の様子が落ちついたと見たのか、勇作は改まって、久我の両親に私の懐妊を報告した。致し方なく、私もまた、自ら松本の実家に電話をかけて、子供ができたことを打ち明けた。

興奮した様子の母から受話器を奪い取るようにして、美夜が電話口に出て来た。おめでとう、と美夜は言った。「嬉《うれ》しいわ、お姉ちゃま。なんだか自分のことみたいよ」

ありがとう、と私は言った。美夜に限らず、相手が喜んで祝ってくれている、とわかればわかるほど、私の気持ちは平板な、とりとめもない、静まり返った沼のようになった。

身体の状態について幾つか質問されたので、私は正直に答えた。悪阻《つわり》がひどかったけど、もうすっかり治まった、と言うと、美夜は「家系ね、きっと」と言った。「お母さんもそうだったらしいわ。知らなかったけど、お祖母《ばあ》ちゃまも同じだったんですって。そういうのって、遺伝するって言うでしょう？　私も妊娠したら、悪阻で悩まされるかな。覚悟しとかなきゃ」

妊娠したら、という仮定で話をする美夜の相手をするのは辛《つら》かった。悪阻で苦しむことになるのは、私ではなく、美夜のはずだった。しかもそれは、幸福な悪阻であるはずだった。美夜が哀れだった。

出産の時は上京して、いろいろ手伝ってあげるからね、と美夜は無邪気に言った。それまでにも何か必要だったら、すぐ呼んでほしい、駆けつけるから、と。

美夜の気持ちは嬉しかったが、私は決して、何があっても美夜を呼ぶことはないだろう、赤子の世話をさせることもないだろう、と思った。

自分は青爾の身体を知った。その悦楽の深さを知ってしまった。受胎は、その深い悦楽との永遠の別れを意味していた。したがってそれは、喪失の悲しみを伴った受胎であった。しかも、私が喪《うしな》ったものは、美夜が喪ったものと同じだったのだ。

赤ん坊は、勇作の子という形をとりながら、いとしい男を喪った女の悲しみを一身に背負って生まれてくるはずだった。そんな赤子の世話を美夜にさせたくなかった。美夜はもう、あらゆる悲しみから解き放たれていなければならなかった。

その時点でまだ、美夜と青爾は正式な離婚手続きを済ませてはいなかった。とはいえ、その話がなかったわけではない。正月に久我家に行った時も、私は綾子からそれとなく、美夜の気持ちを打診されていた。まだまだ将来のある者同士が、こんなふうに別居を続けているのはいいことではない、もしも美夜ちゃんにそうする気があるのなら、近いうちにきちんと話をつけたほうがいいのではないか、と綾子は言い、義父母も曖昧《あいまい》ながら同調した。

だが、勇作は、二人とも大人なのだから、本人たちが言いださない限り、これ以上、まわりが首を突っ込むのもどうかと思う、と言った。それもそうよね、と綾子はうなずき、何ということもなく、その話はそこで終わった。

そうこうするうちに、私の懐妊の報告を受け、久我家は祝賀気分に包まれた。久我家内部で青爾や美夜の話題が出ることも、いつしか少なくなっていった。

花の季節も終わり、梅雨に入った。五月中、雨が多かったわりには空梅雨で、からりと夏のように晴れわたる日を間にはさみながら、暦はめくられ、七月になった。

悪阻の時期が完全に終わりを告げた途端、私の気持ちとは裏腹に、腹の中の子は私に食べ物を要求してやまなくなった。ただの食欲、というのではない、何かそれは充たされないものを次から次へと補充し続けようとするだけの、飢餓感に近いものでもあった。私は手当たり次第にものを食べるようになっていった。三度の食事以外に、目につくものすべてに手を伸ばした。飴玉《あめだま》、煎餅《せんべい》、駄菓子……さしあたって食べるものが見当たらないと、きな粉を小皿に盛り、小さなスプーンですくって舐めることもあった。夫は笑った。そんなにものを食べたがる人間は見たことがない、と言った。

伸江は赤ちゃんのために、と頼みもしないのに、度々、甘いホットケーキを焼いてくれた。たっぷりと蜜《みつ》をかけたそれを、出されるたびに私はまた平らげた。

それほど食べ続けていたというのに、私自身は太らずにいた。手足は細いままだったし、顔にも肉はつかず、かえって以前よりもほっそりとやつれてさえ見えた。

腹の中の子だけが育っていった。腹部のふくらみは日増しに目立つようになった。定期的に診てもらっていた、あの山羊《やぎ》に似た医師のいる医院に行くたびに、医師も看護婦も私の健康と、胎児の順調な成育ぶりを褒めたたえた。

大きくて健康的な赤ちゃんが生まれますよ、と医師は言った。聴診器を使って、私に胎児の心音を聞かせてもくれた。早鐘のように聞こえるそれは、私自身を鮮やかに裏切って、澄みわたった雲ひとつない青空に飛翔《ひしょう》していく若鳥の、力強い羽ばたきを思わせた。

あれほどの苦しみと喪失感が、何故、赤ん坊のみならず、私自身の健康を損ねずにいられたのか、今もわからない。とりたてて注意を払って生活していたわけではなかった。それどころか、今から考えるとずいぶん無茶なこともしていた。栄養のことを考えず、毎日、食べたいものだけを食べていた。夫が早く眠りについた夜など、窓の外が明るくなるまで、居間の黒檀《こくたん》の座卓に向かってぼんやりしていることもあった。

風邪薬は飲んではいけないとわかっていて、風邪気味とわかった途端、平気で市販の風邪薬を飲んだ。出かける時は、万一のことを考えて踵《かかと》の高い靴ははかないように、と言われていたのだが、かまわずに白いハイヒールをはいて新宿に買物に行った。そのハイヒールは、青爾と逢う時にはいていったものだった。

だからといって、何も自暴自棄になっていたわけではない。腹の中の子が流れてしまえばいい、と密《ひそ》かに願ってそうしていたのでもない。その種の烈《はげ》しい感情はもはや、私の中にはかけらも残っていなかった。

私はただ、過ぎていく時間の中をぼんやりとさまようようにして生きていたに過ぎない。どんな子が生まれるのだろう、という想像もしなかった。男か女か、夫に似ているのか、私に似ているのか。そういう想像をし始めると、決まって青爾を思い出す。私が青爾に溺《おぼ》れた分だけ、その想いの強さが赤ん坊に伝わって、少しでも青爾に似た子が生まれてくるのではないか、などという馬鹿げた空想を始めてしまう。それがいやだったのだ。

何も考えず、思い出や感傷、罪の意識に囚《とら》われもせず、起こってしまったことすべてを受け入れ、黙って生きる……そこに生まれる静けさだけが、私をかろうじて支え、生かしてくれていた。その意味で私は、徹底して無欲だった。

七月も半ばを過ぎた頃だったか。そろそろ梅雨明けか、という時期になって、私は義母と綾子の訪問を受けた。歌舞伎を観に行くことになっていたのだが、お目当ての役者が急病で倒れ、急遽《きゆうきよ》、代役になったとかで、それなら観てもつまらないから、とわが家に遊びに来たのだった。

今にも夕立がきそうな蒸し暑い日の午後だった。義母は私のためにアイスキャンディを買って来てくれて、私たち三人は、軒先の風鈴の音を聞きつつ、居間でそれを食べた。

ふいに青爾の話題を出してきたのは綾子だった。

「もうあの子もおしまいね」と綾子は言い、棒のついたアイスキャンディの最後の一口を優雅な手つきで口に運ぶと、軽く眉《まゆ》をひそめた。「あれでは、人からまともだと思われなくなって当然よ。これ以上、何をやらかそうとしているのかは知らないけれど、もう手に負えないことだけは確かだわ。杏子さん、あなた知っていた?」

或《あ》る予感があった。綾子から詳しい話を聞く前に、すでにその話の内容がわかっているような感じもした。

「何のことでしょう」

「青爾さんよ」

私は首を横に振った。胸の奥底にしまいこんでいたはずの小さな鉛の玉が、そろり、と動くのが感じられた。「青爾さんが……どうかしたんですか」

「どうもこうもね、ないのよ。頭が完全におかしくなった、って、もっぱらの噂なの。いえ、噂じゃないわね。本当のことなんだから。トリアピーとか何とかいう、ほら、例のあれ、何だったかしらね、百合子さん」

「トリアピーじゃなくて、トピアリーですよ、お義姉様《ねえ》。トピアリー」

「ああ、そうそう、そのトピ……なんとかっていう、大きな大きな植木の一種をね、お庭に幾つも植え始めたらしくてね。植木って言っていいのかしらね。人の背丈の何倍もあるような植木ですよ。その植木がね、何と、聞いて驚くじゃありませんか。動物の形をしている、って言うんですよ。刈りこんで、動物の形に似せたものでね。熊とかウサギとか……。どう考えたって、不気味でしょう？　そもそも、そんなものはあのお庭には似合いませんよ。それを植えるために、せっかくの噴水も壊して、あんなにきれいだった花壇も目茶苦茶にして、その工事でお邸《やしき》は大変らしいのよ」

義母はうんざりしたように後を継いだ。「それに、オペラを聴きに行った時の、あのひどいお話もあったでしょう、お義姉様」

「そうそう、そうでした。タキシードをびしっと着込んでね、オペラを一人で観に行ったらしいんだけど、青爾さんたら、座席で急に暴れ出したっていうんですよ。杏子さん、聞いて呆《あき》れるでしょう？　身なりのいい、きれいな顔立ちをしている大人の男が、そんな場所で……」

私は綾子を遮って聞いた。「暴れた、って、どういうことですか」

「上演されてたのはモーツアルトのね、『魔笛』だったかしらね、ね、そうよね、百合子さん」

「ええ、ええ、そうでした。確か『魔笛』でした」

「その『魔笛』の上演中に、いきなり席から立ち上がって、くだらん、って怒鳴ってね、誰彼かまわず何か大声で喋《しゃべ》り出したらしいのよ。上演中ですよ、上演中。そりゃあ、まわりの人は、さぞびっくりしたでしょう。劇場の人が飛んで来て、なだめすかしたんだけどだめでね、そのまま外に出されて、もう少しで警察沙汰《ざた》になるところだったらしいのよ」

ふうっ、と義母は切なげなため息をもらした。「どうしちゃったんでしょう。もうほんとに、目茶苦茶ですよ。あんないい子が……。もともと、ちょっとは変わり者ではあったけど、まさかそこまで……」

「それでね、杏子さん。私たちも、もうどうにもしようがなくなっているのよ。なにしろ、お邸に電話をかけても居留守を使われるばかりだし、会社にもろくに行ってないものだから、会社でも連絡がつかないの。陣内紡績は、今、保二郎に好き放題に取り仕切られてますよ。事実上、青爾さんは引退したも同然の形になってしまったわね」

夫からは何も聞いていなかった。少なくとも陣内紡績に関する話を夫が知らずにいたわけもない。私の状態を気づかって、美夜も関わってくるその種の余計な情報を耳に入れないようにしていたらしいことは、一目瞭然《りょうぜん》だった。青爾が狂乱している、という事実は、どうしても美夜の今後、美夜自身の問題につながっていく。妹の不幸だった結婚を案じる姉……という立場を崩さずにいた私に対して、勇作は勇作なりに気をつかっていたのだ。

だが、私は思ったものだ。何故、教えてくれなかったのか、と。もっと早く知っていたら、すぐさま青爾に逢いに行ったのに。手紙を何通も書いたのに。

逢ってくれずともかまわなかった。私が逢いに行ったという事実を彼に教えたかった。手紙を破り捨ててくれてもかまわなかった。私が彼にあてて、手紙を書いたということだけを知ってほしかった。

「美夜ちゃんも気の毒に」と義母がため息まじりに言った。「離婚の手続き、早めにしないといけなくなったわね、杏子さん。かといって、そのための連絡もできないような状態なのだから、今はどうしようもないのだけれど」

狂気に蝕《むしば》まれつつある青爾も、私が知っていた青爾、愛した青爾と何ひとつ変わりはしないのだ、と私は思った。『魔笛』を観ながら叫び出す青爾も、庭に巨大な動物のトピアリーを植えようとしている青爾も、眠れずに深夜、庭園の芝の上に仰向《あおむ》けになっている青爾も、どの青爾も、私にまっすぐに向かってきた青爾と同じであった。私を求め、私を愛した青爾と同じだった。何ひとつ変わらなかった。

「どうなることやら」と綾子は言い、皺《しわ》の寄った指先で、テーブルの上のグラスの水滴を意味もなさそうに、なぞり続けた。「このままいったら、陣内紡績は保二郎のいいように動かされて、あの子は追い出されたあげく、無一文になってしまいますよ。そうなったら、あれだけお金をかけて造った夢のようなお庭も、荒れ果てて、なぁんにも残りゃしない」

遠くで雷鳴が轟《とどろ》いた。湿った風が吹きつけてきて、軒下の風鈴がちりちりと烈しく鳴った。

「暗い話題ばっかりだわ、お義姉様。杏子さんの胎教に悪いですよ」

「あらあら、そうだったわね、ごめんなさい、杏子さん。あなたにはこんなお話、すべきではなかったわね」

私は、いいえ、いいんです、と言い、溶けかけたアイスキャンディの残りを勢いよく口に運んだ。

青爾はますます、私に近づいていた。離れれば離れるほど、彼は私に近くなっていた。彼の狂気はどこかで私を安堵《あんど》させた。彼が狂気にかられている、ということは、彼が私のことを想い続け、忘れることができず、苦しみ続けていてくれることの証《あかし》なのだ、と私は考えた。

その倒錯した考え方は、束の間、驚くほど私を幸福な気持ちにさせた。そして実際のところ、その幸福な気持ちは、それからしばらくの間、密かに私の中に残された。

あの年の夏は暑かった。

臨月の近づいた私の身体は重く、暑苦しく、暑さのせいもあって、少し動いただけで息切れがした。

昼の間は、蝉の乱鳴が家を包んでいた。風鈴が鳴り、風が凪《な》ぐと同時に静まり返り、黄昏《たそがれ》と共に庭の叢《くさむら》で虫が鳴き出した。何を考えていたのか、何をしていたのか、もうあまり思い出せない。ほとんど外出せず、一日中、家の中にいて、仲江を手伝って台所の水仕事をしたり、玄関先に仲江が水をまいてくれるのをぼんやり見ていたり、午後は二階の座敷に横になり、うつらうつらしながら怠惰な時間を過ごしたり……覚えているのはそれくらいだ。

当時は今と違って、出産を控えた母親は生まれてくる赤ん坊のためにおむつを作るのが習慣になっていた。私もそれにならって、針仕事をした。ぼんやりと針を動かし続けているものだから、おむつは何枚も何枚も出来上がっていった。そんなにたくさん作ってどうするんだ、と夫に呆れられるほど、家の片隅にはおむつの山が積み上げられていった。騒々しく訪ねて来る義母や綾子の相手もした。本を読んだ。出産に関係する記事が書かれてある雑誌も読んだ。ベビー服の準備もした。ふくらむだけふくらんだ腹を鏡に映し、その奇怪なシルエットを自分ではない、別の人間のもののようにして眺めた。

生まれてくる子に対して、とりたてて愛情が増したわけでもなく、かといって、それまで時折、感じていたような、求めずして生まれてくるもの、という拒絶の感覚を抱くこともなかった。私は恬淡《てんたん》としていた。恬淡としすぎて、考えることをやめてしまったほどだった。

時折、腹部を蹴《け》りあげてくる赤ん坊の、小さな小さな足を感じた。その時だけは、いとおしさに似たものを感じたが、それ以上の感情はわかなかった。自分は今、不思議な生き物と一緒に生きている、と思っただけだった。

初めて母親になる女がよくやるように、ふくれた自分の腹を撫《な》でまわしながら、未《いま》だ見ぬ子に話しかける、ということもしなかった。感傷もなかった。未来に向けて想像をめぐらせ、胸躍らせることもなかった。それでいて、私は自分と共に生きている小さな命を少しずつ愛し始めていた。

八月が過ぎ、九月になった。

或《あ》る晩、珍しく早く帰った夫が、困惑したような顔をして私に言った。

「青爾のやつが行方不明らしい」

何を言われているのか、わからなかった。私が黙っていると、夫は「暑い、暑い」と言いながら、着ていたワイシャツを脱ぎ捨て、うちわで烈《はげ》しく顔をあおいだ。

「三日前、陣内保二郎が警察に届けを出したというんだ。ここのところ、ずっと会社に出てこないし、邸にも戻った様子はない。誰も居場所を知らないそうだ。旅行に出た形跡もないらしくてね。警察が今日、僕のところに来たんだよ。驚いたよ」

残暑の厳しい晩だった。私は額に玉の汗をかいていた。

その汗を指先で拭《ぬぐ》いながら、私はふと、青爾が私のもとに来ようとして姿を隠したのではないか、と思った。

それは異様な発想、常軌を逸した思いつきだったかもしれない。だが、私は大まじめだった。どこかに、身を隠した青爾が、頃合いを見計らって私を訪ねて来る、という妄想が、激流のようになって私を充たした。青爾は私の出産がいつごろになるのか、知っているはずだった。私が出産を終えるのをどこかでじっと待っていて、私を奪いに来るつもりなんだ、きっとそうだ、そうに違いない、と私は思った。

馬鹿げた妄想だとはつゆほども思わなかった。諦《あきら》めの悪い自分が、ついに病的な状態に陥り、最悪のところに来てしまった、とも思わなかった。私はその考えにしがみつき、きっとやって来るであろう青爾が、ふいに自分の前に姿を現した時のことを想像した。

この家の庭先の、木立の奥に彼は立っている。雨あがりの夕暮れ時。橙色《だいだいいろ》の夕日が雨滴をきらきらと煌《きらめ》かせている中、彼は私を手招きする。私は胸高鳴らせながら、何も手にせずに庭に出て行く。欲しいもの、持って出て行きたいものは何もない。おそらくは、私の背後で眠っているであろう赤ん坊すら私は見捨てて、そんな私を彼は無言のまま迎え、そのまま夢遊病者のように彼のもとに駆け寄っていくだろう。そんな私を彼は無言のまま迎え、私たちはひっそりと抱き合って互いの肌の匂いを嗅《か》いだ後、人知れずどこかに旅立って行くだろう……。

「どうした」と夫に聞かれた。「何をぼんやりしてる」

「いえ、何も」と私は慌てて取りつくろった。「行方不明だなんて、嘘ばっかり、と思ったのよ」

「どうしてさ」

「ふらりと旅行にでも行っただけなんじゃないのかしら。青爾さんなら、そういうこと、しかねないし」

「青爾があの、ごたいそうな庭を放り出して、黙って旅になんか出るわけがないだろう？　たとえ陣内紡績を捨てても、やつが庭を捨てるはずがないんだ。最後に残った砦《とりで》を捨てて、いったいどこに行くところがある。第一、庭はまだ、例のくだらんトピアリーとか何とかいう植木の工事やら、その後に計画されてた花壇の補修工事も未完成の状態だ、っていう話だからね。それも費用の工面がつかない、っていう理由でさ」

「それにしても、警察が来たなんて、大げさだわ」

「警察だって動きだすさ。正式な届けが出てるんだから。まったく困ったことになった。今日もおやじと電話で話したんだ。何か妙なことにならなければいいが」

「妙な、って？」

夫は何か言いかけて口をつぐみ、いや別に、と言った。「まあ、きみは何も心配することはないよ。美夜ちゃんや松本のほうにもまだ報告する必要はないしな。何もはっきりしたことがわかっていないんだから、余計な心配をかけないほうがいい」

その晩はなかなか寝つけなかった。妄想の中で、庭の雨上がりの木立の奥に立っていた青爾は、街角の交差点に立っていたり、郵便局のポストの前に立っていたりした。新宿のデパートの入口で私を待ちかまえていたりした。あるいはまた、今はもう、いるはずもない佐高が運転する黒塗りのロールス・ロイスが、街を歩いている私の横にすうっと音もなく停まり、窓越しに佐高が「奥様、久しぶりでございます。旦那様《だんな》がお待ちですので、どうぞお乗りください」と言っている光景を想像したりした。

赤ん坊が、その晩、しきりと私の腹を蹴《け》っていた。お願いだから静かにしていて、と心の中で語りかけながら、私は腹に手をあてがった。掌《てのひら》に赤ん坊の足の形の感触が残された。

闇の中で大きく目を開けた。行方不明、という言葉を繰り返してみた。ふいに冷たいものが身体の奥を走り抜けていった。青爾は来ないのではないか。二度と来ることができないほど遠いところに行ってしまったのではないか。

不吉さを象徴するかのように、その時、遠くで雷鳴が轟《とどろ》き、それまで鳴き続けていた庭の虫が一斉に鳴きやんだ。


その二日後の午後、陣内邸の庭園の手入れをしていた松崎金次郎は、ふと何かの予感にかられて竹林の奥に分け入った。

久しく誰も入ることのなかった竹林だった。びっしりと生えそろった竹をかき分け、奥まで進んだ。金次郎自身、長い間、目にしていなかった野井戸があらわれた。

金次郎はその、蓋《ふた》の外された野井戸の外に、黒い男物の革靴が一足、揃えて置かれてあるのを見つけた。それが、陣内邸の当主、陣内青爾の革靴であることを金次郎はすぐに見抜いた。

足を踏み外さぬよう注意しながら、野井戸の縁に手をつき、おそるおそる中を覗《のぞ》いてみた。秋の午後の光が、その時、鬱蒼《うっそう》と生えた竹の葉を透かすようにして、まっすぐに野井戸に射し込んだ。

だが、野井戸の底は暗すぎてよく見えなかった。長年にわたって堆積し続けた竹の葉が、やわらかく朽ちて腐臭を放っていた。ほとり、と水が滴る音が聞こえ、それは井戸の底の底に吸いこまれていった。

金次郎は謂《いわ》れのない恐怖を覚え、あたふたとその場から立ち去った。ただちに警察が呼ばれた。大勢の警官がやって来て、竹林の奥に入って行った。

それから一時間後、野井戸の底から青爾の遺体が引き上げられた。朽ちた竹の葉が堆積した闇の中から、青爾は胎児の恰好《かっこう》をしたまま、地上に戻された。

遺体からは大量の睡眠薬とアルコールが検出された。左手首と頸動脈《けいどうみゃく》に深い切り傷があった。血糊《ちのり》のこびりついたナイフが、野井戸の近くに転がっていた。遺書はなかった。

そしてそれからさらに三日後の明け方、私は山羊《やぎ》に似た医師のいる産院で、まれに見る難産の末、赤ん坊を産んだ。

女の子だった。

27

青爾の告別式は、陣内紡績の社葬という形で行われた。一切を取り仕切ったのは保二郎だったと聞いている。

戸籍上は妻のままでいた美夜が喪主を務めるべきだったはずだが、久我家の面々や松本の両親や親戚《しんせき》、美夜本人が、難色を示したのをいいことに、保二郎が社葬を提案してきた、という話だった。酷《むご》い死に方、世間体の悪い最後だったこともあり、誰もが言葉少なだった。社葬であろうがなかろうが、なるべくひっそりと、目立たぬように執り行われればそれでよかったのだ。

その時の様子がどうだったのか、詳しいことを私はほとんど何も知らない。今も知らずにいる。葬儀の様子はもとより、青爾の自殺にまつわる出来事は、何ひとつ私の耳に入れられることなく終わったからだ。

出産まぎわに青爾の死を知らされて、あげくに難産だったこともあり、私はほとんど放心状態のままでいた。周囲は私を気づかって、青爾の話題を避けていたし、私もまた聞かなかった。聞こうとするだけの気力も残っていなかった。

勇作が奔走して、マスコミにつまらない与太記事が載らないよう、あちこちに圧力をかけた、ということは聞いた。自分の甥《おい》にあたる人間がそのような死に方をしたというので、義父もまた、久我家の体面を慮《おもんぱか》った。義父は関係者に対し、青爾に関する厳しい箝口令《かんこうれい》を敷いたようだった。

新聞の社会面の下のほうには、小さく青爾の自殺が報じられたが、勇作や義父のおかげか、あるいは、自分が社主を務めることになる陣内紡績の、その後の世間体を気にする保二郎が完璧《かんぺき》にもみ消したせいなのか、青爾の死が週刊誌などで面白おかしく取り上げられることはなかった。

私は産院のベッドに、半分死にかけたようになって横たわっていた。何も考えられなかった。青爾の死を嘆く力さえ残っていなかった。口をきく回数が極端に少なくなり、重度の不眠に悩まされた。食欲は失せ、目の焦点も合わなくなった。

度を超した悲嘆は周囲に怪しまれる、と思ったが、どうしようもなかった。

だが、夫や義父母たちは、私の異様な放心ぶりを当然のこととして受け止めた様子だった。よりによって、と綾子は涙を浮かべながら、私の前で静かに吐き捨てるように言った。

「あの子ったら。何もこんな時に、あんなことをしなくたって。かわいそうに。ただでさえひどい難産だったというのに、杏子さんをこんなに憔悴《しょうすい》させて」

彼らは皆、私の放心を出産に伴う極端なショック状態だとみなしていた。おのずと久我家の人々の口に、青爾の話題はのぼらなくなった。青爾の死はたちまち久我家にとって忌まわしいもの、記憶の奥底に閉じ込め、鍵《かぎ》をかけ、ただちに忘れ去るべきものとして扱われるようになった。

或《あ》る晩、眠れぬままに催眠剤を投与され、深夜、うつらうつらしながら私は大きな叫び声をあげた。看護婦が飛んできて、背中をさすり、腕をさすってくれた。全身に汗をかいていた。怖い夢をごらんになったのですね、と言われ、私は、違う、と言った。私は怖い夢を見て声をあげたのではなかった。

個室のベッドの脇に青爾が立っていた。朦朧《もうろう》とした意識の中で、私は悦《よろこ》びの声をあげた。やっと来てくれたのね、と言った。青爾は、うん、とうなずいて、そっと私の額に接吻《せっぷん》した。赤ん坊の話はしなかった。何もしなかった。私たちはただ、互いをじっと見つめ合っていただけだった。

青爾の顔は青白い。彫像の顔のように美しい。どこかに連れて行って、と私は言う。うん、と青爾はまたうなずく。私は彼に向かって両手を伸ばす。青爾はその手をつかみ、軽く引っ張る仕種《しぐさ》をする。だが、それだけだ。青爾の力は弱々しい。私を引き寄せるだけの力がない。

どうしたの、早くどこかに連れてって。あなたのいるところに連れて行って。

私が幾度となくそう言うのに、青爾は黙っている。寂しく光る、夏の蛍のような儚《はかな》い微笑みが青爾の唇に浮かぶ。彼は私の手をそっと離す。そして私をじっと見つめたまま、その姿は輪郭を失い、水のようになり、やがて闇に溶けて見えなくなる……。

あれは夢だったのか。私は自分の手に青爾の手のぬくもりを感じた。確かに感じた。そして青爾の意志も感じた。この人は私を彼方の世界に連れて行こうとしている。そうはっきり認めた。

だが、青爾は私を連れて行ってはくれなかった。私は一人、取り残されて、再び彼の名を呼んだのだ。その呼びかけが、断末魔のような叫び声になっただけなのだ。

松本の両親と美夜が、私の見舞いに産院にやって来た時のことはよく覚えている。誰も青爾の話を口にしなかった。決して口にしてはならない恐ろしい秘密を共有し合っている時のように、私たちは互いを気づかいながら、不自然に明るくふるまった。

私たちの不自然さを救ってくれたのは赤ん坊だった。両親も美夜も、赤ん坊を見て歓声をあげた。勇作さんにそっくり、と母は言った。そうね、と私はうなずいた。

誰かが、青爾に似ている、と言ってくれはしないだろうか、と本気で思った。その愚かさ加減に自分でも悲しくなり、そんなつもりはなかったのだが、私は枕に頭を落としたまま、涙ぐんだ。誰もが私の涙を見て見ぬふりをした。

美夜は病室で、終始、笑顔を崩さずにいた。青爾の死を知って、私の次に深いショックを受けたに違いないというのに、美夜の表情にはその片鱗《へんりん》も残されていなかった。

久しぶりに会う妹だった。憔悴して松本に帰って行った時と比べ、見違えるほど顔色がよくなっていた。美夜はベッドの脇の丸椅子に腰をおろし、過去の話でも現在の話でもない、未来の話を始めた。

松本市内にある珈琲《コーヒー》店の手伝いをすることにしたの、と美夜は言った。戦前からある古い店で、オーナーは父の昔からの知り合いだった。私も松本にいた頃、何度か足を運んだことがある。オーナーはクラシック音楽のレコードの蒐集《しゅうしゅう》家でもあり、地元の若い人たちが集まって、談論風発になることで有名な店だった。

コーヒーのいれ方なんて、まるでわからないんだけど、と美夜は言い、くすくす笑った。賑《にぎ》やかなお店なのよ、お姉ちゃまも松本に帰ったら、覗《のぞ》いてみてね、と。

私は、もちろん、と応《こた》えた。美夜は目を細めて私にうなずき返した。

青爾の死が美夜の人生に影を落とすことになるのは必至だったが、その時の美夜に、そうした翳《かげ》りは見えなかった。美夜はすでに、青爾の死を知る前から、青爾を乗り越えていたように感じられた。

いつか遠い将来、自分たち姉妹は青爾について話をすることがあるのだろうか、と私は思った。ないような気がした。美夜は死ぬまで、青爾と私に何があったのか、聞いてくることはないだろう。私もまた、美夜に青爾とのいきさつを話すことはないだろう。金輪際、ないだろう。私たち姉妹は、青爾をめぐる日々の記憶を完璧に封印し、なかったことのようにして生きていくだろう。

綿のように疲れきって、起き上がることもできずにいたが、それでも少しずつ少しずつ、私の身体は恢復《かいふく》していった。いやいやながら食べていた食べ物も、やがて残さずに食べられるようになった。ベッドから離れる時間が増え、そのうち、日に時間を決めて赤ん坊に授乳することまで、できるようになった。

まるまるとよく太った、健康的な赤ん坊だった。抱き上げると、ずっしりと重かった。それは確かな命の重み……私とは無関係なところで息づいている、力強い命の証《あかし》だった。

私は何度も何度も赤ん坊に頬をすり寄せ、その匂いを嗅《か》いだ。生温かな乳の匂いがするその生き物は、小さな手を握りしめたまま、私の乳首に吸いついてきた。

赤ん坊に乳首を吸われている、というその不思議な感覚の中に身を委《ゆだ》ねながら、私は自分の中にかすかな、目に見えないほどかすかな光が射してくるのを覚えた。それは決して、希望の光と呼べるほどまばゆいものではなく、淡く儚《はかな》く仄白《ほのじろ》く見えるだけの、わずかながら闇を薄めてくれるものに過ぎなかったが、それでも私はその、光とも呼べない光に救いを求めた。

この光を見失ってはならない、と思った。それは最後の光だった。青爾を失ってなお、私に残された、最後の光だった。


これでほぼ、書き残しておきたいこと、今一度、思い起こしてみたいことが形を成した。これが青爾と私のすべての物語。我ながら、細かいことをよく覚えていたものだ、と感心もする。とはいえ、忘れてしまったこともあったかもしれない。そしてそれは思いのほか、たくさんあったのかもしれない。

だが、忘れてしまったことを無理して思い出そうとする必要はないだろう。記憶から消えてしまったことは、初めからなかったと同じこと。そう思えば、この一篇の小説のような物語も、その物語を現実のものとして生きた私の手により、ほぼ完璧に再現できたと自負できる。

だが、ここで最後に、もう一つ、書き残しておかねばならないことがある。覚えている。あの日のことは、本当によく覚えている。まるでつい、今しがた起こったことのように。赤ん坊と共に退院し、下落合の家に戻って五日目の午後のことだった。赤ん坊に添い寝して、うつらうつらしていた私のところに、仲江がやって来て、お玄関にお客様がみえています、と言った。

「どなた？」

「佐々木様、という方ですけど」

そう言った途端、仲江は、思い出した、とでも言いたげに、急に顔をほころばせた。

「奥様の学校時代のお友達でいらっしゃいますよね。いつも電話をかけていらした、あの佐々木様……。あら、でも、違うかもしれません。今、お玄関にいらっしゃる方は、ご年配の方で、奥様と同じお年にはとても見えませんから」

何を言われているのか、理解するのに時間がかかった。佐々木、という苗字《みょうじ》はすでに私の記憶の中から消し去ったつもりでいた。てるが、この家に来るはずもない、と思った。

私はもう床についてはいなかったが、階段の登り降りが大儀なので、一階の奥の、かつて美夜が使っていた和室で赤ん坊と共に過ごすのが日課になっていた。傍らには赤ん坊が静かに眠っていた。

小雨が降りしきっていた日だった。室内が薄暗くなっていたので、私は伸江に電灯をつけてくれるよう頼んだ。軽く髪の毛を整え、着ていたカーディガンの裾を直してから、おそるおそる玄関先に向かった。

てるが私を見て、深々とお辞儀をした。縞《しま》模様の入った藍《あい》色の木綿の着物を着て、白いものが混じった髪の毛を髷《まげ》に結っていた。顔に化粧の跡はなかった。少し見ないうちに、めっきり老けこんだように感じられた。

「突然、お邪魔してしまって申し訳ございません」とてるは言った。「奥様に是非、お手渡ししておきたいものがございまして、どうしようかと迷ったのですが、お送りするのも失礼にあたると思いまして、こうやってお届けにあがりました」

てるは、傍らに置いた風呂《ふろ》敷《しき》包みにちらと目を落とした。重たげな、かなり大きな風呂敷包みだった。何か四角い、固いものが入っている様子だった。

「久しぶりね」と私は言った。「どうぞ。あがってちょうだいな」

「いえ、とんでもございません。私はここで……。これをお渡しに参っただけでございますので。外に車を待たせておりますし」

てるは風呂敷包みを上がり框《かまち》の上に置き、腰を二つに折って、中のものを取り出そうとした。私はかまわずに「あがってちょうだい」と繰り返した。「こんなところで立ち話をしていると、私も身体がまだ本調子じゃないので疲れてしまうわ。主人は会社ですし、気兼ねはいりません」

「そうでございますか。それではお言葉に甘えて……」

居間に通し、仲江を呼んでお茶を用意させようとしたが、てるは強硬にそれを断った。

何をどう言えばいいのか、わからず、私は青爾のことで簡単に悔やみを述べた。遠い親《しん》戚《せき》の、一、二度しか顔を見たことのない男が死んだ時のような言い方しかできずにいるのが、自分でも悲しかった。

てるは、「どうかそのことはお気遣いなく」と言った。「それよりも奥様のご心痛のほうが心配でした。でも、あんなに酷《ひど》いことがあった後でも、お元気な女のお子様がお生まれになったようで、このたびは本当にようございました。おめでとうございます。本来でしたら、お祝いのお品物をお届けにあがらねばならなかったのですが、そういう状態でもございませんで、失礼なことを致しました」

「何を言うの。お祝いだなんて、そんなもの……」

てるはいつもの仏頂面を崩さぬまま、それ以上、多くを語らずにてきぱきと風呂敷包みの結び目を解いた。絹の風呂敷は、てるの手により音もなく開かれていった。

中から出てきたものを見て、私は一瞬、叫びだしそうになった。

それは一枚の絵であった。カンバスに描かれた裸の私であった。

あの、青爾と最後に肌を交わし合った日、彼が描いてくれた私。あの時は、デッサンでしかなかったが、青爾はその後、そこに色を施した様子だった。油絵の中におさまった私自身の裸体は、まるで今にも生きて動き出しそうなほど、活《い》き活《い》きとした官能の色に染め上げられていた。

私は声を失い、同時に顔が赤くなるのを覚えた。だが、てるは表情を変えなかった。

「わたくしが旦那《だんな》様の書斎の整理をしていて、見つけました。こういうものを後々、誰かに見つけられても、面白くございません。かといって、捨ててしまうのも勿体《もったい》のうございます。やはり奥様のお手元に、と思いまして。ご処分なさるのでしたら、ご自由に。あ、それから、これも」

絵の下から、四角い洋封筒があらわれた。てるはその封筒を両手に掲げ、恭しく私に差し出した。

「何なの」

「ごらんあそばせ。すぐにおわかりになります」

中には、写真が一枚、入っていた。てるの前にもかかわらず、私は「ああ」と声を出し、肩で息をしながら目を閉じた。そして写真を膝《ひざ》に載せ、再び目を開けた。

芝生の上で撮影した写真だった。小花模様のシフォンのドレスを着た私がいる。後ろに青爾が立っている。私の肩に、青爾が手を置いている。

青爾、青爾、青爾……。私の愛した人。焦がれ続けた男。そして、今はもういない男……。

「申し訳ございません」てるが平板な口調で言った。「こんなものをお持ちして、かえってお気持ちを乱すことになってしまいましたでしょうか」

「いえ、いいの」と私はやっとの思いで言った。「いいのよ。かまわないのよ」

「そのお写真も、旦那様の書斎で見つけましたんでございます。お机の引き出しの奥に、大切そうにしまわれておりました。ええ、本当に大切そうに。何度も何度も、繰り返しご覧になっておいでで したのでしょう。ほんの少し、角の部分がすり切れておりますが、それもまた、旦那様のお心の表れでございますね。去年の秋のことですのに……ついこの間のことのような気がいたしますのに……ここに写っておられる旦那様がもう、この世の方ではなくなってしまったかと思うと、本当に……」

てるが言葉を詰まらせたので、私は少なからず驚いた。てるは泣くような人間ではなかった。泣いている姿を想像すらできない。

だが、てるは私の見ている前で、唇を歪《ゆが》めもせず、鼻をすすりもせず、ただ、相変わらず表情を変えないまま、その目にうっすらと涙をためてじっとしていた。

私は何も言えなくなった。何か言った途端、てるの足元にすがって号泣してしまいそうだったからだ。

私もてるも、しばらくの間、黙ったまま、雨の音を聞いていた。秋の雨の音は優しかった。

ややあって、てるが姿勢を正し、かすかに笑みを浮かべて私を見た。てるの目に、もう涙はなかった。「絵も写真も、奥様のもとに戻すことができて、ようございました。これでわたくしもほっといたしました」

「ありがとう」と私は言った。「あなたには、どうお礼を言ったらいいのか」

「お渡しすべきものをお渡しにあがっただけです。お礼などとんでもございません。それから奥様。わたくし、実は……」

てるは何かを忙しく考えている様子だったが、やがて意を決したように、持って来ていた鼠色の巾着袋《きんちゃくぶくろ》を手に取った。そして中から何か、柔らかな白い布に包まれたものを取り出すと、てるは私の見ている前で、それをテーブルの上に置き、そっと開いてみせた。

包みの中には、黒く汚れたまま畳まれた、何かわからない布の塊のようなものが入っていた。黒く見えたのは土で、それはすでに乾ききっており、白い布の上に、瘡蓋《かさぶた》のようにはらはらとこぼれ落ちた。

私は眉《まゆ》をひそめ、てるを見た。

「お帽子でございます」とてるは言った。「奥様の」

「帽子？　私の？」

「お忘れでございますか。そのお写真を撮影した日に、奥様がかぶっておいでだったお帽子でございますよ。白いお帽子。お帰りの際に、わたくしが奥様に、お帽子はどうなさったんでしょうか、と伺いましたら、風でどこかに飛ばされたとおっしゃっておいででした。やわらかな素材のお帽子で、汚れたとはいえ、こんなふうに丸めてお持ちできたのは幸いでした」

小さなパズルのかけらが雪崩のように押し寄せてきて、たちまち形を成していくのが感じられた。あの日、あの撮影をした日、私と青爾は西苑に行き、抱擁し合った。その時に接吻《せっぷん》をするのに邪魔になる、と思って脱いだ帽子が、私の手から落ち、そのまま風に乗ってどこかに飛んで行った。

そんなことはとっくの昔に忘れていた。思い出しもしなかった。

私はごくりと唾《つば》を飲んだ。「それ、どこにあったの」

「薔薇《ばら》園でございます」てるはこともなげに言った。「薔薇園の奥のほうの茂みの中に」

「てるさんが見つけたのね」

「はい。偶然でございました。旦那様のご遺体が見つかって、大騒ぎになって、警察の方々がお庭のほうに大勢、入っておいでになった時のことです。わたくし、竹林のほうに行くのが怖くて、ずっと葡萄《ぶどう》棚の下で、はらはらしながら見守っておりましたんですが、その時、何気なく目を移した薔薇園の茂みの中に、白いものが見えました。ご存じの通り、葡萄棚のすぐ脇が薔薇園ですのでね。白いものは、葡萄棚のすぐ近くの茂みの中にありましたんです。それでわたくし、何だろうと不思議に思って確かめに行ったんでございますよ。そうしましたら、お帽子で……すぐにぴんときましたんでございます。これはあの日、奥様がなくされたとおっしゃっていたお帽子ではないか、って。それで……」

「わかるわ」と私は目を瞬《しばた》き、喉《のど》を詰まらせながら言った。「よくわかるわ。そんなものを警察の人に見つけられたら、誰のものだろう、っていうことになったかもしれないわね。

私があの日、お邸《やしき》に行った時、この帽子をかぶっていたことは、民子さんや他の人たちも、皆が見て知っていたはずだから、誰かがここぞとばかりに私の名前を出したかもしれない」

「おっしゃる通りでございます。これが奥様のものだ、ということになって、そのことが面白おかしく人の口にのぼるようになったら、奥様も心安くはいられないに決まっています。咄嗟《とっさ》にそう考えまして、すぐに丸めて割烹着《かっぽうぎ》のポケットに押し込んで、わたくしの部屋に持ち帰ったという次第でございます」

西苑にいた時に風に吹かれて飛んでいった帽子が、園路をまたいで、その向こう側にある薔薇園の奥に転がっていったというのは、充分、あり得ることだった。

雨に濡《ぬ》れ、泥まみれになり、風にあおられたあげく、薔薇の木の刺《とげ》か何かで引っ掻《か》かれでもしたのか、その帽子は、帽子という形状をとっているようには見えず、ただの丸めた、ぼろのように見えた。長い時間を経て、それは私のもとに戻って来た。青爾の庭の土の香りをいっぱいに吸い込んだまま。

「わたくしの一存で、その場で処分してさしあげるべきだったのかもしれませんが、何ですか、これをそのまま奥様のお目に入れてさしあげたいと思うようになって、それでつい……」

私は黙ってうなずいた。

「大切なお帽子とはいえ、もうこうなったら、使い物にはなりますまい。このままにしておきますか。それともわたくしが……」

「置いてってくださいな」と私は言った。「ありがとう、てるさん。本当にありがとう。こんなことまでしてくれて……何て言ったらいいのか……」

いえ、とてるは言い、眉を吊《つ》り上げたまま、空になった風呂敷を膝《ひざ》の上で四角に折り畳んだ。「いつお持ちしようか、とそればかり考えておりましたのですが、こうやってお役目を果たすことができて嬉《うれ》しゅうございます。奥様のお元気そうなお顔も拝見できましたし、光栄でございました」

目尻《めじり》から伝い落ちた涙を拭《ふ》きながら、私はてるに向かって微笑みかけた。「まだ行かないでちょうだい。一つだけ聞きたいことがあるの」

「はい。何でございましょう」

「何故、あんなに私と青爾さんの間を取り持ってくだすったの。誰にも言わず、秘密も守ってくださって。今だってこうやって、こんなにまでしてくれて。ずっとわからなかったのよ。何故、てるさんが、ここまでしてくれるのか、って」

てるは唇をゴムのように薄く横に伸ばして笑った。作り笑いのようではあったが、私はてるがそんなふうに無邪気な笑顔を作るのを初めて見た。

「何故でございましょうね。わたくしにもよくわかりません。性分のようなもの、と申し上げておきましょうか」

「性分？」

「はい」

「それだけじゃわからないわ」

「ただの性分ですよ。いえね、わたくしのような人間にも、奥様や旦那《だんな》様のお気持ちがようくわかったんでございますよ。ただそれだけです」

「わかっただけで、あそこまで一生懸命、味方をしてくれることができる？」

「できますとも」とてるは歌うように言った。「本当の色恋というものは、特別なものでございますから。そこらにごろごろ転がっているようなものじゃございませんから。親兄弟はおろか、神も仏も、生き死ににですら、そんなものはどうでもよくなってしまうんでございますよ。学のない、ありふれた人間ですが、わたくしには若い頃から、それだけはよくわかっておりましたんです。そう思えばこそ、できる限り、支えてさしあげたい、という気になっただけのことで、何も深い意味があったわけじゃあ、ございません」

てるはそこまで言うと、ちらと私を見つめ、ふっ、と短いため息をつきながら微笑んだ。

「もうお目にかかることもありますまいが、奥様、どうかくれぐれもお達者で」

「あなたもね、てるさん」

てるはうなずき、巾着袋を手に立ち上がった。何事もなかったかのような……まるで買物帰りに、電車を降りようとしている時のような自然な仕種《しぐさ》だった。

「青爾さんが亡くなって、てるさん、これからどうするの？」

「まだ決めておりません。しばらくの間は、気の済むまでお邸の片づけをさせていただくつもりでしたが、管財人の方がその必要はない、とおっしゃってきたので、近いうちにお邸を出て行くことになると思います」

「行くあてはあるの？」

てるはいつものてる、私の知っているてるに戻り、うっすらと、冷笑とも受け取れる冷ややかな笑みを唇に湛《たた》えながら「奥様」と諭すように言った。「そんなことは奥様が心配なさることではございません」

そしててるは、見送りなどもったいない、車も待たせていることですし、どうか、そのままで、と言い残し、そそくさと部屋を出て行った。

後には私の裸体を描いた絵と、青爾と写した写真、そして、青爾と最後に狂おしく抱き合った日にかぶっていた帽子だけが残された。

その日、雨は夜半まで降りやまなかった。

生まれた赤ん坊には、翔子、と名づけた。

ショウコ、というのは文字として見れば悪くないが、口にしてみると堅い感じがしなくもない、と夫は言い、もう少しやわらかい、女らしい語感のある名前のほうがいいのではないか、と反対してきたが、私は何が何でも翔子にしたい、と言い張った。

夫は半ば呆《あき》れながらも、最後には同意してくれた。理由は聞かれなかった。

翔子……「飛翔」の「翔」である。

人工楽園の中に閉じこもることの快楽になど目もくれず、むしろそんなものは鼻先でせせら笑い、限りなく外へ外へ……たとえそこが、醜悪さに満ちた、我慢ならない汚れ果てた地獄であったとしても、おかまいなしに外へ外へと飛び立っていって、逞《たくま》しく生きてほしい、というのが私の願いだった。

そして出来得れば、逞しく生きながら、時折、ふと立ち止まり、彼方を見つめ、世間に理解されない種類の烈《はげ》しい感情の幾つかが、自分たちの奥底に蠢《うごめ》いている、ということを感じられる人間になってほしい、と。とりわけ、人を恋する気持ちの中にある、脆《もろ》いけれど強靭《きょうじん》な、何ものをも寄せつけようとしない烈しさと悲しみを、そしてその愚かさを、少しでも理解できる人間になってほしい、と。

青爾の庭園と邸は彼の死後、しばらくたってから陣内保二郎の手に渡された。だが、保二郎は庭園も邸も愛《め》でる間もなかった。なじみの芸妓《げいぎ》と熱海の温泉に行き、風呂《ふろ》からあがった途端、廊下でばったり倒れたという話だった。意識が恢復《かいふく》しないまま、保二郎は死線をさまよい、一と月あまりで他界した。

陣内家はもともと、少子、早死にの家系であった。持主のいなくなった庭園と邸は、その後、荒れ果てたまま放置され、近隣の宅地開発計画がもちあがったと同時に、東京都によって買い上げられた。

その庭のあまりの美しさに、地元住民たちから保存計画の声もあがったが、二万坪の敷地は宅地開発業者にとっては魅力であった。うち、八割以上が即座に造成され、残る二割はありふれた現代ふうの児童公園に造り変えられて、今に至っている。

青爾の庭園の面影は、もうどこにも残っていない。アモールとプシュケの像はおろか、一本の木、一株の薔薇ですら……。

だが、目を閉じると、今も私の中に、あの頃のままの青爾の庭園が現れる。

木陰に佇《たたず》む幾つもの白い彫像。アモールとプシュケ。水盤の中で煌《きらめ》いていた木洩《こ》れ日。整然とした刈り込み模様の美しい花壇。壁のようにそそり立っていた、緑の高生け垣の数々。五月になると庭園中に甘い香りを漂わせた、薔薇《ばら》園の薔薇。私と青爾が、初めての接吻《せっぷん》をした池泉のほとりの、大鹿の彫像。いつも水の滴る音が低く響いていたグロッタ。私たちが言葉もなく求め合った、秋の日のボスコ。その木陰の苔《こけ》。その躍るような木洩れ日。そして、美しい庭園の主である狂王が最後の臥所《ふしど》に選んだ、竹林の奥の静かな野井戸……。

梢《こずえ》を吹き抜けてくる風の音。しんしんと降りつもる雪の匂い。晴れた日の、噴水にかかった小さな虹《にじ》……。

いつだったか、庭園を散歩しながら私は青爾に言った。始まった物語はいつかは終わる、と。どんな物語でも、終わらない物語はないのだ、と。

だが、本当に私と青爾の物語は終わったのだろうか。そんな埒《らち》もないことを私は今も考える。

今となれば、苦しみや悲しみの記憶の数々は風化して、残されているのは不思議に甘い、優しい水のような記憶ばかりだ。そしてその優しい記憶の中で、青爾と私の物語は続いている。

少しも年を取っていない。あの時のままの姿で、私たちは今も、あの庭園の奥でひっそりと肩寄せ合い、過ぎてきた時間を数えている。私たちの傍らには、白く美しい幻の一角獣がおとなしく寝そべっている。

そこにはいつでも、木洩れ日が降るように煌《きらめ》いている。あたりには乾いた羊歯《しだ》の匂いが漂い、梢を渡って吹き過ぎていく風は、幾百年、幾千年もの時の彼方に私たちを連れ去って行く。

〔完〕

本書は平成十四年六月刊の小社書き下ろし単行本を、文庫化したものです。

狂王《きようおう》の庭《にわ》

小池真理子《こいけまりこ》

平成17年 9月25日 初版発行
令和6年 4月25日 9版発行

発行者●山下直久

発行●株式会社KADOKAWA
〒102-8177 東京都千代田区富士見2-13-3
電話 0570-002-301(ナビダイヤル)

角川文庫 13934

印刷所●株式会社KADOKAWA
製本所●株式会社KADOKAWA

表紙画●和田三造

●お問い合わせ
https://www.kadokawa.co.jp/（「お問い合わせ」へお進みください）
※内容によっては、お答えできない場合があります。
※サポートは日本国内のみとさせていただきます。
※Japanese text only

ISBN978-4-04-149415-8 C0193

◆◆◇

角川文庫発刊に際して

角川源義

第二次世界大戦の敗北は、軍事力の敗北であった以上に、私たちの若い文化力の敗退であった。私たちの文化が戦争に対して如何に無力であり、単なるあだ花に過ぎなかったかを、私たちは身を以て体験し痛感した。西洋近代文化の摂取にとって、明治以後八十年の歳月は決して短かすぎたとは言えない。にもかかわらず、近代文化の伝統を確立し、自由な批判と柔軟な良識に富む文化層として自らを形成することに私たちは失敗して来た。そしてこれは、各層への文化の普及滲透を任務とする出版人の責任でもあった。

一九四五年以来、私たちは再び振出しに戻り、第一歩から踏み出すことを余儀なくされた。これは大きな不幸ではあるが、反面、これまでの混沌・未熟・歪曲の中にあった我が国の文化に秩序と確たる基礎を齎らすためには絶好の機会でもある。角川書店は、このような祖国の文化的危機にあたり、微力をも顧みず再建の礎石たるべき抱負と決意とをもって出発したが、ここに創立以来の念願を果すべく角川文庫を発刊する。これまで刊行されたあらゆる全集叢書文庫類の長所と短所とを検討し、古今東西の不朽の典籍を、良心的編集のもとに、廉価に、そして書架にふさわしい美本として、多くのひとびとに提供しようとする。しかし私たちは徒らに百科全書的な知識のジレッタントを作ることを目的とせず、あくまで祖国の文化に秩序と再建への道を示し、この文庫を角川書店の栄ある事業として、今後永久に継続発展せしめ、学芸と教養との殿堂として大成せんことを期したい。多くの読書子の愛情ある忠言と支持とによって、この希望と抱負とを完遂せしめられんことを願う。

一九四九年五月三日